③

马瑞芳新校新评

聊斋志异

[清] 蒲松龄 著　马瑞芳 评注

卷五

大人

卷五

长山李孝廉质君诣青州〔1〕，途中遇六七人，语音类燕〔2〕。审视两颊，俱有瘢，大如钱，异之，因问："何病之同？"客自述：旧岁客云南，日暮失道，入大山中，绝壑巉岩，不可得出。谷中有大树一章，条数尺，绵绵下垂，荫广亩余，诸客计无所之，因共系马解装，傍树栖止。夜既深，虎、豹、鸱鸮〔3〕，次第嗥动，诸客抱膝相向，不能寐。忽见一大人来，高以丈计。客团伏，莫敢息。大人至，以手攫马而食，六七匹，顷刻都尽；既而折树上长条，捉人首穿腮，如贯鱼状，贯讫，提行数步，条毳折有声〔4〕。大人似恐坠落，乃屈条之两端，压以巨石而去。①客觉其去远，出佩刀，自断贯条，负痛疾走，见大人又导一人俱来，客惧，伏丛莽中。见后来者更巨，至树下，往来巡视，似有所求而不得。已乃声啁啾，似巨鸟鸣，意甚怒，盖怒大人之绐己也。因以掌批其颊。大人伛偻顺受，无敢少争②。俄而俱去。

诸客始仓皇出，荒窜良久，遥见岭头有灯火，群趋之。至则一男子居石室中。客入环拜，兼告所苦。男子曳令坐曰："此物殊可恨，然我亦不能钳制。待舍妹归，可与谋也。"

居无何，一女子荷两虎自外入③，问客何得至，诸客叩伏而告以故。女子曰："久知两个为孽，不图凶顽若此！当即除之。"于石室中出铜锤，重三四百斤④，出门遂逝。男子煮虎肉饷客。肉未熟，女子已返⑤，曰："彼见我，欲遁，追之数十里，断其一指而还。"因以指掷地，大于胫股焉⑥。众骇极，问其姓氏，即亦不言。少间，肉熟，客创痛不食；女以药屑遍糁之〔5〕，痛顿止。既明，女子送客至树下，行李俱在。各负装行十余里，经昨夜斗处，女子指示之，石洼中残血尚存盆许。出山，女子始别而返。

① "大人"似为野人。

②大人在另一更巨大的"大人"面前相形见绌。

③劈空而来，气势非凡。

④有力拔山兮气盖世的气魄。

⑤有关羽温酒斩华雄的神通。

⑥巧妙虚写。

921

校勘

底本：异史。参校：二十四卷本、铸雪斋本、青柯亭本。

注释

〔1〕长山李孝廉质君：李斯义（1644—1707），字质君，山东长山县人，康熙年间进士，曾任福建巡抚。康熙五十五年（1716）《长山县志》有传。〔2〕语音类燕：说话口音像今京津冀一带的人。〔3〕鸱鸺（xiāo chī）：即鸺鹠，猫头鹰。〔4〕毳：同"脆"。〔5〕糁：撒。

点评

此文由燕客面部瘢痕引起对云南野遇的回忆。"绵绵下垂"的树似为榕树，"大人"神力无比，骇人耳目，但在另一个"大人"面前又"伛偻"受其打。而当"妹"出现时，两个大人又都不堪一击。多么神奇的巾帼英雄。短文写大人之大，写"妹"之神武，极尽变化之妙。

大人

深山豈意覯
防風貫頗長條
計亦工縱有天生
奇女子銅鎚末
許奏全功

向杲

①壮士佳名。杲，为日出之貌；初旦，初升的太阳。

②苛政猛于虎。

③向杲想给兄报仇，不管是官了还是私了都没法，化虎成了唯一可能成功的选择。

④"蹲若犬"已不是人而是虎的动作。"转念"一步步写来，心理描写细腻。虎而人写得生动，猛虎外形，壮士心理。此时向杲处于灵肉分离状态。前辈小说家从未有人写过此类状态。

⑤向杲做虎时可以按人的思维行事；恢复人形，反而因虎骤变为人而恍惚、萎靡、迷惘、错愕、不适应。妙！

向杲字初旦①，太原人。与庶兄晟友于最敦〔1〕。晟狎一妓，名波斯，有割臂之盟〔2〕；以其母取直奢，所约不遂。适其母欲出籍为良，愿先遣波斯。有庄公子者，素善波斯，请赎为妾。波斯谓母曰："既愿同离水火，是欲出地狱而登天堂也。若妾媵之〔3〕，相去几何矣！肯从奴志，向生其可。"母诺之，以意达晟。时晟丧偶未婚，喜，竭资聘波斯以归。庄闻，怒晟之夺所好也，途中偶逢，大加诟骂。晟不服。遂嗾从人折箠笞之〔4〕，垂毙，乃去。

杲闻，奔视，则兄已死，不胜哀愤。具造赴郡〔5〕。庄广行贿赂，使其理不得伸②。杲隐忿中结〔6〕，莫可控诉。惟思要路刺杀庄〔7〕。日怀利刃，伏于山径之莽。久之，机渐泄。庄知其谋，出则戒备甚严。闻汾州有焦桐者〔8〕，勇而善射，以多金聘为卫③。杲无计所施，然犹日伺之。一日，方伏，雨暴作，上下沾濡〔9〕，寒战颇苦。既而烈风四起〔10〕，冰雹继至，身忽忽然痛痒不能复觉〔11〕。岭上旧有山神祠，强起奔赴。既入庙，则所识道士在焉。先是，道士尝行乞村中，杲辄饭之，道士以故识杲。见杲衣服濡湿，乃以布袍授之，曰："姑易此。"杲易衣，忍冻蹲若犬④，自视，则毛革顿生，身化为虎。道士已失所在。心中惊恨，转念：得仇人而食其肉，计亦良得。下至旧伏处，见己尸卧丛莽中，始悟前身已死；犹恐葬于乌鸢〔12〕，时时逻守之。

越日，庄适经此，虎暴出，于马上扑庄落，龁其首〔13〕，咽之。焦桐返马而射，中虎腹，蹶然遂毙〔14〕。杲在错楚中〔15〕，恍若梦醒；又经宵，始能行步，厌厌以归。家人以其连夕不返，方共骇疑，见之，喜相慰问。杲但卧，蹇涩不能语〔16〕⑤。少间，闻庄信，

924

争即床头庆告之。昇乃自言："虎即我也。"遂述其异。由此传播。庄子痛父之死也惨，闻而恶之，因讼昇。官以其事诞而无据，置不理焉。

异史氏曰："壮士志酬，必不生返，此千古所悼恨也〔17〕。借人之杀以为生⑥，仙人之术何神哉！然天下事之指人发者多矣，使怨者常为人，恨不令暂作虎！"

⑥向昇化的虎为焦桐射杀，虎死而向昇生，这样处理真是天孙机杼、巧妙合理。但明伦评："死而生借仇人之矢，千古奇情。""人而虎，道士为之；虎而人，道士未必能为之也。焦不射，则虎不死，虎不死，则昇不生。吾不奇道士化昇为虎而咽庄，独奇庄之聘焦射虎而活昇。"

校勘

底本：异史。参校：二十四卷本、铸雪斋本、青柯亭本。

注释

〔1〕与庶兄晟（shèng）友于最敦：与庶母所生的哥哥晟友情最亲密。父妾为庶母。敦，和睦。〔2〕割臂之盟：男女之间私下订婚。典故出自《左传·庄公三十二年》，春秋时鲁庄公答应娶大夫党氏女孟任为夫人，孟任"割臂盟公"。〔3〕妾媵之：做丫鬟做妾。〔4〕遂唆（sǒu）从人折箠笞之：教唆指使随从用短棍打向晟。〔5〕具造赴郡：写了状子到太原府告状。〔6〕隐忿中结：愤怒郁结于心。〔7〕要路：拦路。〔8〕汾州：今山西省汾阳市。〔9〕沾濡：被雨水湿透。〔10〕烈风：暴风，疾风。〔11〕忽忽然：迷离恍惚。〔12〕鸢（yuān）：老鹰。〔13〕龁（hé）其首：咬下庄公子的脑袋。〔14〕蹶（jué）然：跌倒昏迷。〔15〕错楚：杂乱丛生的树木。〔16〕謇涩：反应迟钝。〔17〕悼恨：哀伤、遗憾、愤恨。

点评

《向昇》取材前人作品，以"官虎吏狼"的深刻认识和对艺术形式的不懈追求，让传统题材负荷了社会的政治性问题，让人化虎的传统模式获得了刺贪刺虐的新生命。唐传奇集《续玄怪录》有张逢化虎的故事：张逢偶然到一片绿草地上，变成老虎，将郑纠吃了。张逢化虎是偶然性的。张逢如果遇不到那片草地就化不了虎，张逢对郑纠也没有必欲食之而后快的仇恨。向昇化虎也是偶然性的，但又是对付黑暗社会的必然，是把斗争锋芒指向残民以逞的黑恶势力。化虎吃仇人既报了仇，又不授人以柄，保护了善良和无辜。小说写玄妙的人虎变化，奇妙的人虎交替心理，写得既细且深，又有逻辑性。作者的理想主义和艺术才能相撞击，使该篇成为《聊斋志异》名作之一。

董公子

青州董尚书可畏[1]，家庭森肃[2]，内外男女，不敢通一语。一日，有婢及仆调笑于中门之外，为公子所窥，怒叱之，各奔而去。及夜，公子偕僮卧斋中，时方盛暑，室门洞敞。更既深，僮闻床上有声甚厉，方惊醒；月影中见前仆提一物出门去，以其家人故，弗深怪，遂复寐。①忽闻靴声訇然，一伟丈夫赤面长髯，似寿亭侯像，捉一人头入。僮惧，蛇行入床下②，但闻床上支支格格③，如振衣，如摩腹，移时始罢。靴声又响，乃去。僮伸颈渐出，见榻上有晓色。以手扪床上，着手沾湿，嗅之血腥④。大呼公子，公子方醒，告而火之，血盈枕席。大骇，不得其故。

忽有官役叩门，公子出见之，役愕然，但言怪事。诘之，告曰："适衙前一人神色迷罔，大声自言曰：'我杀主人矣！'众见其衣有血污，执而白之官，审知为公子家人。彼言已杀公子，埋首于关庙之侧⑤。往验之，穴土犹新，而首则无之。"公子骇异，趋赴公庭，见其人，即前狎婢者也。因述其异。官甚惶惑，重责而释之。公子不欲结怨于小人，以前婢配之，令去。

积数日，其邻堵者[3]，夜闻仆房中一声震响若崩裂，急赴，呼之，不应。排阖入视，见夫妇及寝床，皆截然断而为两。木肉上俱有削痕，似一刀所断者。关公之灵迹最多，未有奇于此者也。

① 点出"前仆"。
② "蛇行"，生动。
③ 已在床下，就从听觉写出。细腻。
④ 从触觉、嗅觉写出。
⑤ 关公点化其"自首"矣。

校勘

底本：康熙本。参校：异史、二十四卷本、铸雪斋、青柯亭本。

注释

〔1〕青州董尚书可畏：即董可威。明代万历年间官至工部尚书。康熙十一年（1672）《益都县志》有传。〔2〕森肃：家中规矩很多，对仆人要求很严。〔3〕邻堵者：邻居。此邻居的卧室与仆人的卧室一墙之隔。

点评

关公救活被杀的董公子，惩治杀人凶犯，神通广大。文中不做正面叙述，用模模糊糊的描写，引读者猜测联想。仆人杀董，以"前仆提一物出门去"来写，"一物"，董首也。关帝进来则先以其靴声造成声威，继用床上如振衣如摩腹的声响，让人想象关公将被杀的董公子脑袋复原于身上的法术。"血盈枕席"进一步坐实公子曾经被杀。前仆的自首自然也是关公所为。最后仆与婢夫妇被一刀两断，则青龙偃月刀也。描写扑朔迷离，耐人寻味。

箕子冢

尚書冢比肅
中門聖帝神威
今尚存試者進奴騂
戰日寢妹彩自宮口痕

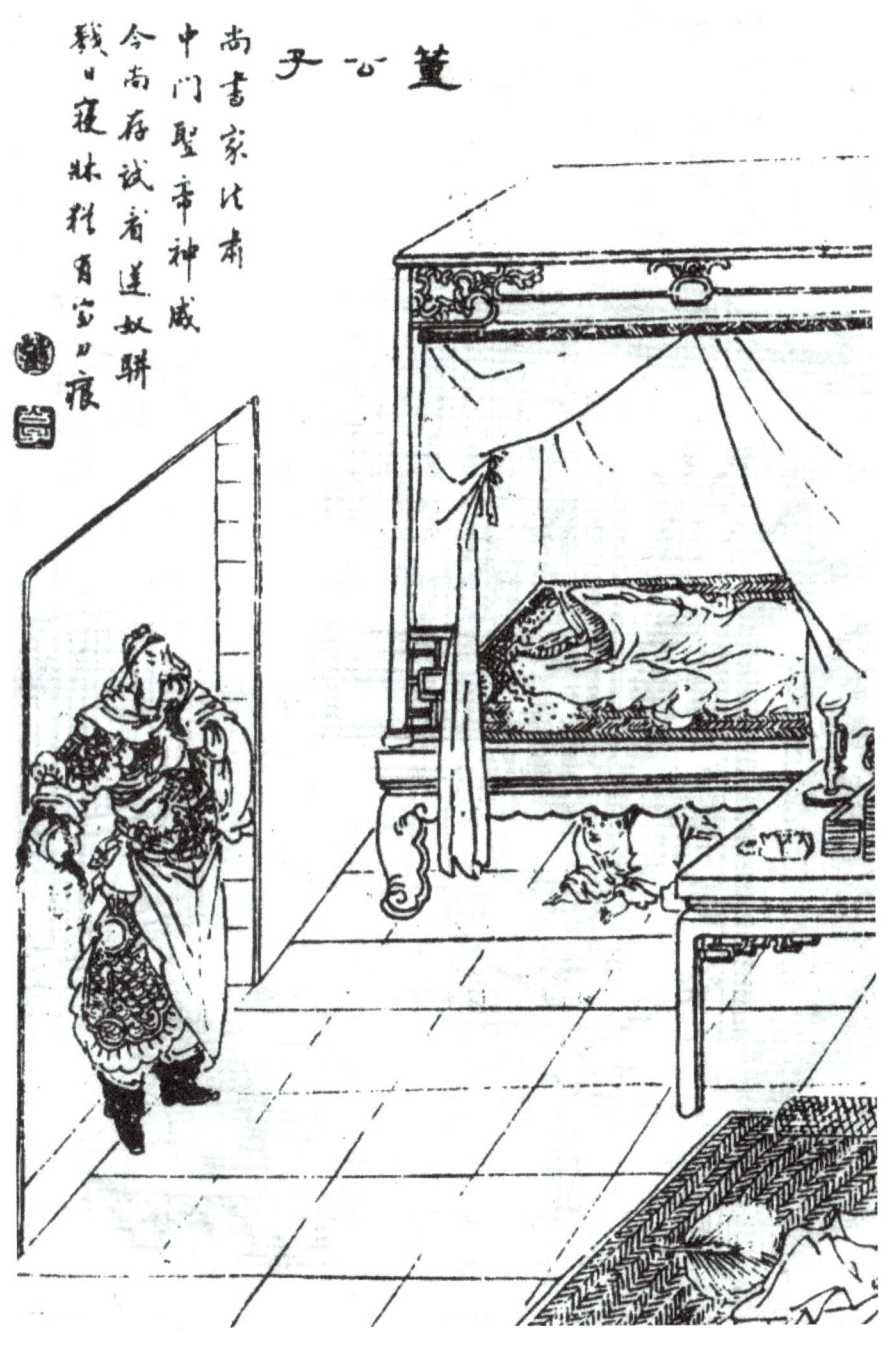

周三

泰安张太华，富吏也。家有狐扰，不可堪，遣制罔效。陈其状于州尹[1]，尹亦不能为力。时州之东亦有狐，居村民家，人共见之，一白发叟云，叟与居人通吊问[2]，一如世人礼。自云行二，都呼之"胡二爷"。适有诸生谒尹，间道其异。尹为吏策[3]，使往问叟，时东村人有作隶者，吏访之，果不诬，便与俱往。即隶家设筵招胡，胡至，揖让酬酢，无异常人。吏因以告所求，胡言："我固悉之，但不能为君效力。仆友人周三，侨居岳庙，宜可降伏，当代求之。"吏喜，欠抑申谢。胡临别与吏约，明日张筵于岳庙之东，吏如其教。

胡果导周至。周虬髯铁面[4]，服裤褶[5]。饮数行，向吏曰："适胡二弟致尊意，事已尽悉。但此辈实繁有徒[6]，不可善谕，难免用武。请即假馆君家，微劳所不敢辞。"吏闻之，自念去一狐，得一狐，是以暴易暴也[7]，游移不敢即应。周已知之，曰："无相畏。我非他比，且与君有喜缘，请勿疑。"吏诺之。周又嘱："明日偕家人阖户坐室中，幸勿哗。"吏既归，悉听教言。俄闻庭中攻击刺斗之声，逾时始定。启关出视，血点点盈阶上；墀中有小狐首数枚，大如碗盏焉；又视所除舍，则周危坐其中，拱手笑曰："蒙重托，妖类已荡灭矣。"自是馆于其家，相见如主客焉。

校勘

底本：康熙本。参校：异史、二十四卷本、铸雪斋本、青柯亭本。

注释

[1]州尹：知州。[2]吊问：吊丧、问候，互相往来。[3]尹为吏策：知州为吏出谋划策。[4]虬髯铁面：大胡子，板着脸。[5]服裤褶：穿着军人骑射的衣服。[6]实繁有徒：实在是有很多的党徒。[7]以暴易暴：用暴徒代替暴徒，用狐狸精代替狐狸精。

点评

刘熙载《艺概》有语："诗要避俗，更要避熟。"写小说也是如此。《聊斋》

写狐，古今高手，篇与篇不同，同一篇中也有不同之狐。《周三》中，白发叟是与人通吊问、彬彬有礼的狐；周三是赳赳武夫般的狐；张太华家的狐则是祟人妖狐。以狐治狐，竟然不是以暴治暴，驱狐之狐正襟危坐，称同类为"妖类"，滑稽有趣。

周三

鐵面虬髯意氣殊
請從假館效馳驅
周三不諱誅同類
莫是狐中劍俠無

卷五

鸽异

① 此文不同于《聊斋志异》以人物命运为主线的小说。那些小说开头常介绍主人公姓氏、籍贯、个性，然后围绕主人公做文章。此文写异鸽，写因鸽而生的异事。落笔从鸽写起，立意新颖。

② 白衣暗寓白鸽。

③ 妙语！白鸽飞翔于天，岂能不算"漂泊"？

④ 鸽的异常之美、异常之妙、异常之奇，美不胜收。

⑤ 有趣的舞蹈场面！鸽作鹤舞，妙在舞姿之奇，妙在鸽的载歌载舞，鸣声变幻不定，抑扬顿挫，合乎节拍。

　　鸽类甚繁①，晋有坤星〔1〕，鲁有鹤秀〔2〕，黔有腋蝶〔3〕，梁有翻跳〔4〕，越有诸尖〔5〕：皆异种也。又有靴头、点子、大白、黑石夫妇、雀花、狗眼之类〔6〕，名不可屈以指，惟好事者能辨之也。邹平张公子幼量癖好之，按经而求〔7〕，务尽其种。其养之也，如保婴儿：冷则疗以粉草〔8〕，热则投以盐颗〔9〕。鸽善睡，睡太甚，有病麻痹而死者。张在广陵以十金购一鸽〔10〕，体最小，善走，置地上，盘旋无已时，不至于死不休也，故常须人把握之。夜置群中，使惊诸鸽，可以免痹股之病，是名"夜游"。齐鲁养鸽家，无如公子最，公子亦以鸽自诩。

　　一夜，坐斋中，忽一白衣少年叩扉入②，殊不相识。问之，答曰："漂泊之人③，姓名何足道。遥闻畜鸽最盛，此生平之所好也，愿得寓目。"张乃尽出所有，五色俱备，灿若云锦。少年笑曰："人言果不虚，公子可谓尽养鸽之能事矣。仆亦携有一两头，颇愿观之否？"张喜，从少年去。月色冥漠〔11〕，野况萧条，心窃疑惧。少年指曰："请勉行〔12〕，寓屋不远矣。"又数武，见一道院，仅两楹。少年握手入，昧无灯火。少年立庭中，口中作鸽鸣。忽有两鸽出：状类常鸽，而毛纯白，飞与檐齐，且鸣且斗，每一扑，必作筋斗。少年挥之以肱〔13〕，连翼而去。复撮口作异声〔14〕，又有两鸽出：大者如鹜〔15〕，小者裁如拳④；集阶上，学鹤舞。大者延颈立，张翼作屏〔16〕，宛转鸣跳，若引之；小者上下飞鸣，时集其顶，翼翩翩如燕子落蒲叶上，声细碎，类鼗鼓〔17〕；大者伸颈不敢动，鸣愈急，声变如磬〔18〕，两两相和，间杂中节〔19〕。既而小者飞起，大者又颠倒引呼之⑤。张嘉叹不已，自觉望洋可

933

愧〔20〕。遂揖少年，乞求分爱，少年不许。又固求之，少年乃叱鸽去，仍作前声，招二白鸽来，以手把之，曰："如不嫌憎，以此塞责〔21〕。"接而玩之〔22〕：睛映月作琥珀色，两目通透，若无隔阂，中黑珠圆于椒粒〔23〕；启其翼，胁肉晶莹，脏腑可数⑥。张甚奇之，而意犹未足，诡求不已〔24〕。少年曰："尚有两种未献，今不敢复请观矣。"方竞论间，家人燎麻炬入寻主人〔25〕。回视少年，化白鸽，大如鸡，冲霄而去。又目前院宇都渺，盖一小墓，树二柏焉。与家人抱鸽，骇叹而归。试使飞，驯异如初。虽非其尤〔26〕，人世亦绝少矣。于是爱惜臻至。

积二年，育雌雄各三，虽戚好求之，不得也。有父执某公〔27〕，为贵官。一日，见公子，问："畜鸽几许？"⑦公子唯唯以退，疑其意爱好之也。思所以报而割爱良难。又念长者之求，不可重拂〔28〕，且不敢以常鸽应，选二白鸽，笼送之，自以千金之赠不啻也。他日见某公，颇有德色，而某殊无一申谢语。心不能忍，问："前禽佳否？"答云："亦肥美。"张惊曰："烹之乎？"曰："然。"⑧张大惊曰："此非常鸽，乃俗所言'鞑靼'者也〔29〕！"某回思曰："味亦殊无异处。"⑨张叹恨而返。

至夜，梦白衣少年至，责之曰："我以君能爱之，故遂托以子孙。何以明珠暗投〔30〕，致残鼎镬〔31〕！今率儿辈去矣。"言已，化为鸽，所养白鸽皆从之，飞鸣径去。天明视之，果俱亡矣。心甚恨之，遂以所畜分赠知交，数日而尽。

异史氏曰："物莫不聚于所好，诚然也。叶公好龙，则真龙入室。而况学士之于良友，贤君之于良臣乎？而独阿堵之物，好者更多，而聚者特少，亦以见鬼神之怒贪而不怒痴也。"

向有友人馈朱鲫于孙公子禹年〔32〕，家无慧仆，以老佣往，及门，倾水出鱼，索梁而进之。及达主所，

⑥将"鞑靼"（后边由张公子说出其名）的幽美恬静，写得栩栩如生。

⑦贵官之问，其实不过是没话找话。既无讨鸽豢养之雅兴，也无要鸽烹之打算。张公子居然为这句话展开激烈思想斗争，可笑亦复可怜。

⑧贵官是焚琴煮鹤之徒。

⑨妙！贵官琢磨吃鸽的感受，张公子以极爱之物送不爱之人，才遇到如此尴尬场面。
张公子不送戚好而送父执，乃因其为贵官。张公子面露德色，其实反映了他趋炎附势的心理。

鱼已枯毙。公子但笑不言，以酒犒佣，即烹鱼以饷。既归，主人问："公子得鱼颇欢慰否？"答："欢甚。"问："何以知？"曰："公子见鱼便忻然有笑容，立命赐酒，且烹数尾以犒小人。"主人骇甚，自念所赠颇不粗劣，何至烹赐下人？因责之曰："必汝蠢顽无礼，故公子迁怒耳。"佣扬手力辩曰："我固陋拙，遂以为非人也？登公子门，小心如许，犹恐筲斗不文〔33〕，敬索样出，一一匀排而后进之，有何不周详也？"主人骂而遣之。

灵隐寺僧某，以茶得名，铛臼皆精〔34〕，然所蓄茶有数等，恒视客之贵贱以为烹献；其最上者，非贵客及知味者，不以奉也。一日，有贵官至，僧伏谒甚恭，出佳茶，手自烹进，冀得称誉。而贵官殊无一语。僧惑甚，又出最上一等，细细烹煎而后进之。饮已将尽，犹无赞语。急不能待，鞠躬曰："茶何如？"贵官执盏一拱曰："甚热。"

此两事，可与张公子之赠鸽同一笑也。

校勘

底本：康熙本。参校：异史、二十四卷本、铸雪斋本、青柯亭本。

注释

〔1〕晋有坤星：晋，山西；坤星，鸽名。据《鸽经》（下几则同出此书）：金眼凤头，背上有如银七星。〔2〕鲁有鹤秀：鲁，山东西部；鹤秀，鸽名。银嘴鸭掌，头尾皆白，羽毛如鹤之秀。〔3〕黔有腋蝶：黔，贵州；腋蝶，鸽名，又名麒麟斑，嘴无杂羽，腋无异色，背上斑纹如麟甲。〔4〕梁有翻跳：梁，陕西秦岭以南及汉水流域；翻跳，以动作划分的鸽类名，可飞至空中，如轮转动。〔5〕越有诸尖：越，今浙江北部、江苏及安徽南部一带；诸尖，以形貌划分的鸽名，形体小，嘴如稻粱，脚如雀爪。〔6〕"又有靴头"一句：这些鸽子，《鸽经》都做过详细描绘，不一一列举。〔7〕按经而求：根据《鸽经》搜求异鸽。〔8〕粉草：粉甘草。〔9〕盐颗：大盐粒。〔10〕广陵：秦置县名，今扬州。〔11〕月色冥漠：月色昏暗，景物迷蒙不清。〔12〕勉行：抓紧走。〔13〕挥之以胘：挥手臂。〔14〕撮口：嘴唇聚合成圆形。〔15〕鹜：野鸭。〔16〕张翼作屏：鸟翼张开如屏风。〔17〕鼗（táo）鼓：拨浪鼓。〔18〕磬：玉石做成的乐器。〔19〕间杂中节：叫声错落而合乎节拍。〔20〕望洋可愧：看到他人高明而自愧不如。〔21〕塞责：敷衍了事。〔22〕玩：观赏。〔23〕椒粒：花椒的黑子。

〔24〕诡求：巧言求取索讨。〔25〕爇麻炬：点着麻秆作的火把。〔26〕尤：最好的。〔27〕父执：父亲的朋友。〔28〕重拂：过分违背。〔29〕靼鞑：鸽中体形较大者，夜分即鸣，声可达旦，故得名。〔30〕明珠暗投：把珍贵的东西送给不识货的人。〔31〕致残鼎镬：导致它们被煮食。〔32〕朱鲫：红色金鱼。孙公子禹年，即孙琰龄，兵部尚书孙之獬次子，著有《燕游草》等，乾隆四十一年（1776）《淄川县志》有传。〔33〕筲（shāo）斗不文：用水桶盛着鱼不好看。〔34〕铛臼：煎茶、碎茶用具。

点评

　　《鸽异》既是镂金错彩的名物志，又是韵致流离的哲理文。张公子爱鸽，鸽神遂向他托以子孙。异鸽却在俗世遭遇悲剧。小说的异鸽描绘灵婉轻快，笔法跳脱，是中华美鸽的博览会，达"志异"之最。后半部文笔骤转，以"靼鞑"不幸葬身汤锅，映照出势利社会的风趣图画。寓辛辣于幽默，寄哲思于谐谑。小说前段写异鸽之美，皎洁如月；后段写世情之恶，暗黑如磐。悲剧就是将美好的事物毁灭给人看。异鸽的悲剧，令人深思，令人联想到一切美好事物在恶势力、俗势力下的不幸。

　　这个小说写真人假事。真人就是小说男主角邹平张公子张幼量，名叫张万斛，幼量乃其字。他按《鸽经》养鸽子。《鸽经》作者是其亲兄张万钟。总结千百年养鸽经验的《鸽经》，康熙三十六年刊行。张万钟还有个重要身份：王士禛的岳父。这样一来，邹平张公子张幼量就是王士禛的叔岳父，是蒲松龄尊敬的大诗人王士禛的前辈。王士禛于康熙五十年去世。他曾四次阅读《聊斋志异》，写下三十几条评语，王士禛有没有看到关于他叔岳父的这则故事？值得研究。

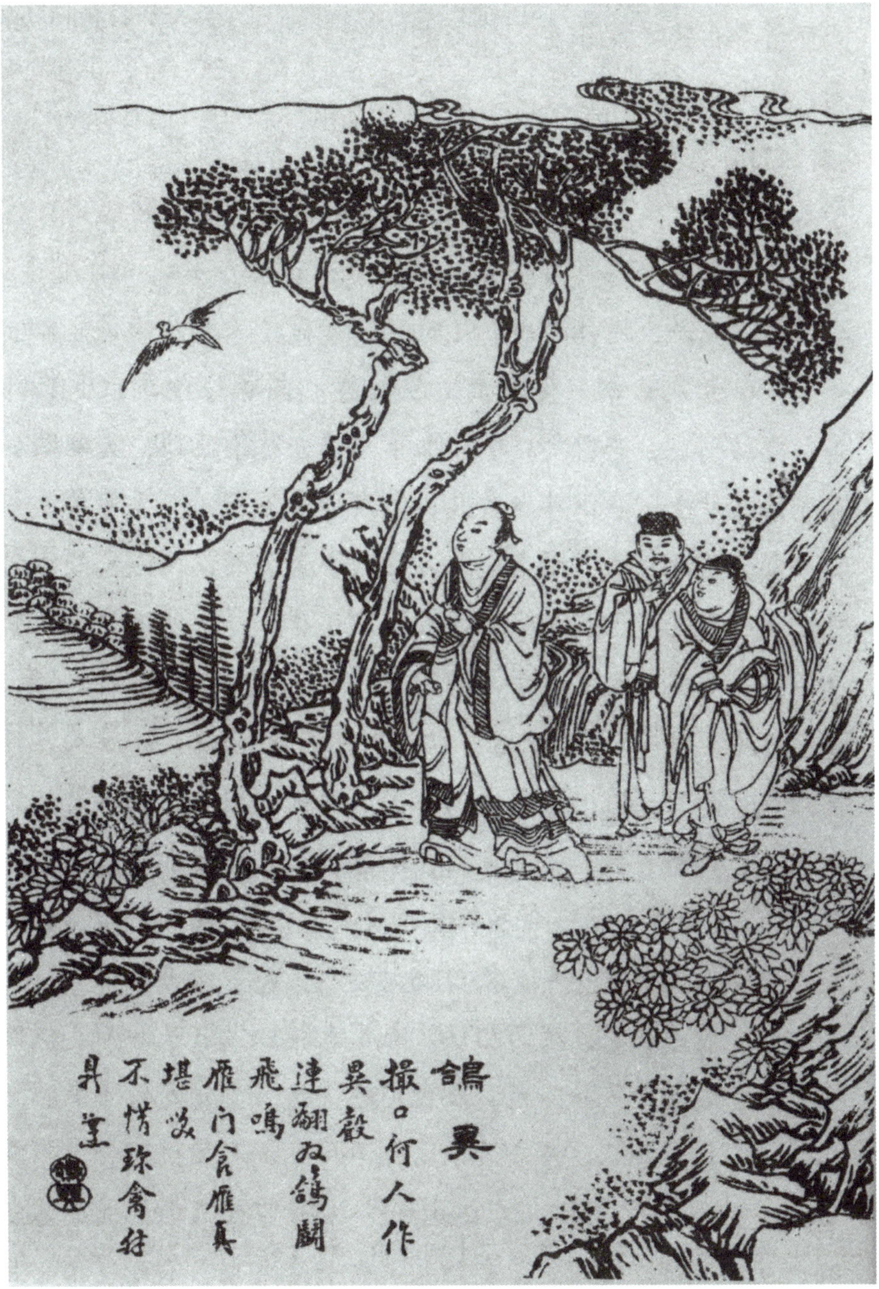
鴿異
撮口何人作
異殼
連翩双鴿鬭
飛鳴
雁门食雁真
堪笑
不惜珠禽付
具羹

聂政〔1〕

怀庆潞王〔2〕，有昏德〔3〕，时行民间，窥见好女子，辄夺之。有王生妻，为王所睹，遣舆马直入其第〔4〕。女子号泣不伏，强舁而出。王亡去，隐身聂政之墓，冀妻经此过，得一遥诀。无何，妻至，望见夫，大哭投地。王恻动心怀，不觉失声。从人知其王生，执之，将加榜掠。忽墓中一丈夫出，手握白刃，气象威猛，厉声曰："我聂政也！良家子岂容强占〔5〕！念汝辈非所自由，姑且宥恕。寄语无道王：'若不改行，不日将抉其首！'"众大骇，弃车而走。丈夫亦入墓中而没。夫妻叩墓归，犹惧王命复临。过十余日，竟无消息，心始安。王自此淫威亦少杀云。

异史氏曰："余读《刺客传》〔6〕①，而独服膺于轵深井里也〔7〕。其锐身而报知己，有豫之义〔8〕；白昼而屠卿相，有鱄之勇〔9〕；皮面自刑，不累骨肉，有曹之智〔10〕。至于荆轲〔11〕，力不足以谋无道秦，遂使绝裾而去〔12〕，自取灭亡。轻借樊将军之头〔13〕，何日可能还也？此千古之所恨，而聂政之所嗤者矣。闻之野史：其坟见掘于羊、左之鬼〔14〕。果尔，则生不成名，死犹丧义，其视聂之抱义愤而惩荒淫者，为人之贤不肖何如哉！噫！聂之贤，于此益信。"

①《史记·刺客列传》记载曹沫、专诸、豫让、聂政、荆轲事，五大刺客享誉后世。蒲松龄自少年时代就喜欢读《刺客列传》，他独不喜欢荆轲，《商三官》中已对他不以为然。

校勘

底本：康熙本。参校：异史、二十四卷本、铸雪斋本、青柯亭本。

注释

〔1〕聂政：战国时轵（今河南济源）人。严仲子与韩相侠累有仇，求聂政刺杀侠累，聂政因老母在堂，未同意。其母逝后，聂政独行刺杀侠累后毁容自杀，

其姊聂荣为扬弟名，哭于尸旁亦死。事见《史记·刺客列传》。〔2〕怀庆潞王：明穆宗第四子朱翊镠（1568—1614），封于河南，怀庆属其封地。〔3〕昏德：不道德。〔4〕舆马：车马。〔5〕良家子：出身良家的女子。〔6〕《刺客传》：即《史记·刺客列传》。〔7〕轵深井里：聂政的家乡是战国时魏国轵邑深井里，在今河南济源。此用地名代指聂政。〔8〕"锐身"二句：挺身而出报答知己，有豫让的义气。豫让，春秋时著名的刺客，为报答智伯之恩而想替他报仇。〔9〕"白昼"二句：大白天杀死大臣侠累，有专诸的勇气。鱄，即专诸，春秋时著名的刺客，杀死吴王僚。〔10〕"皮面"三句：毁坏自己的面容以不连累亲人，有曹沫的智慧。曹沫，春秋时著名的将领，在会盟时，劫持并数落齐桓公，逼齐国退还侵占的土地。〔11〕荆轲：战国时的刺客。燕太子丹派其刺秦王政，未遂。〔12〕"力不足"二句：荆轲没有能力刺杀秦王，让秦王扯断衣袖跑掉。〔13〕借樊将军之头：荆轲为了取得秦王的信任，"借"了秦王的死敌樊於期的头。〔14〕其坟见掘于羊、左之鬼：传说汉代左伯桃和羊角哀一同投奔楚元王，途中遇雪，左把衣服给羊，自己冻死，羊将左葬在荆轲墓旁。夜梦左诉说荆轲向其施暴，羊自刎，两鬼魂一起击败荆轲，掘其坟墓，暴其尸骨。

点评

此文正文写千载雄鬼聂政救良民，斥昏王，笔势纵横。人民对昏王的义愤导致古侠客从墓中崛起，来人间铲除不平，这是幻想化、理想化笔墨。"异史氏曰"峭拔奇丽，壮怀激烈，抒发作者对聂政的仰慕。作者引经据典，认为聂政兼具春秋战国时多位著名刺客的美德。不像荆轲那样既自不量力又失于计较。前人论史讲究"才""学""识"并重，正因为有对封建社会官虎吏狼的博"识"，有对古典纵横古今之"学"，有奇想奔驰之"才"，蒲松龄才能将文章写得如此精粹。

聂政

庚门一入怅分离悲恸
冒无计可施白乃凛
然墓中出神威想
见刺韩时

冷生

平城冷生者〔1〕，少最钝，年二十余，未能通一经〔2〕。后忽有狐来与之燕处〔3〕，每闻其终夜语，即兄弟诘之，亦不肯泄一字。如是多日，忽得狂易病〔4〕，每为文时，得题，则闭门枯坐，少时，哗然大笑。窥之，则手不停草，而一艺成矣。既而脱稿，文思精妙。是年入泮，明年食饩。每逢场作笑，响彻堂壁，由此"笑生"之名大噪。幸学使退休，不闻。后值某学使规矩严肃，终日危坐堂上。忽闻笑声，怒执之，将以加责，执事官代白其颠。学使怒稍息，释之，而黜其名。从此佯狂诗酒。著有颠草四卷，超拔可诵〔5〕。

异史氏曰："闭门一笑，与佛家顿悟时何殊间哉〔6〕！大笑成文，亦一快事，何至以此褫革？如此主司，宁非悠悠〔7〕！"

昔学师孙景夏先生往访友人，至其窗外，不闻人语，但闻笑声嗤然，顷刻数作。意其与人戏耳。入视，则居之独也。怪之。始大笑曰："适无事，默温笑谈耳。"

邑宫生者，家畜一驴，性蹇劣，每途中逢徒行之客，拱手谢曰："适忙遽，不遑下骑〔8〕，勿罪！"言未已，驴已蹶然伏道上，屡试不爽。宫大惭恨，因与妻谋，使伪作客。已乃跨驴而周于庭，向妻拱手作遇客语，驴果伏。便以利锥毒刺之。适有友人相访，方欲款关，闻宫言于内曰："不遑下骑，勿罪！"少顷，又言之。中大怪异，叩扉而问其故，以实告，相与捧腹。

此二则，可附冷生之笑以传矣。

校勘

底本：康熙本。参校：异史、二十四卷本、铸雪斋本、青柯亭本。

注释

〔1〕平城：秦置县名，明清属于大同府。故址在今山西省大同市东北。〔2〕一经：一门经书。科举时代读书人要熟读"四书五经"，"四书"为《论语》《孟子》《大学》《中庸》，"五经"为《诗》《书》《易》《礼记》《春秋》，此生连其中的一部也没读通。〔3〕燕处：友好相处。〔4〕狂易病：精神病。〔5〕超拔：超群拔俗。〔6〕佛家顿悟：佛教禅宗南派主张顿悟，认为人自有灵

性，一悟即可明心成佛。〔7〕悠悠：荒谬。〔8〕不遑：来不及。

点评

　　冷生必须发狂，才能文思精妙，科举制对书生的毒害可谓深矣。冷生热衷功名，终于成为"逢场必笑"的精神病，这是多么可悲的境况。读书人成了这个样子，"于中求伊周，亦复可恻怆！"（蒲松龄《历下吟》）此文语言简练、概括、集中，写狂生之态简捷传神。"异史氏曰"机锋四出，寓悲愤于笑话中，包蕴深远。

冷生

笑生真合唤冷生
銷愁脱稿長
吟笑不休一
頂頭巾何足
惜伴狂詩酒
自風流

狐惩淫

某生者,购新第,常患狐。凡一切服物,多为所毁,且时以尘土置汤饼中。一日,有友过访,值生他适,至暮不归。生妻备馔供客,已而偕婢啜食余饵。生素不羁,好蓄媚药,不知何时狐以药置粥中,妇食之,觉有脑麝气,问婢,婢答不知。食讫,觉欲焰上炽,不可暂忍,强自按抑,燥渴愈急。筹思家中无可奔者,独有客在,遂往叩斋。客问其谁,实告之;问何作,不答。客谢曰:"我与若夫道义交,不敢为此兽行。"妇尚流连,客叱骂曰:"某兄文章品行,被汝丧尽矣!"隔窗唾之,妇大惭,乃退。因自念:我何为若此?忽忆碗中香,得毋媚药耶?捡包中药,果狼藉满案,盉盏中皆是也。稔知冷水可解,因就饮之。顷刻,心下清醒,愧耻无以自容。展转既久,更漏已残,愈恐天晓无以见人,乃解带自经。婢觉,救之,气已渐绝;辰后,始有微息。客夜间已遁。

生晡后方归,见妻卧,问之,不言,但含清涕。婢以状告,大惊,苦诘之。妻遣婢去,始以实陈。生叹曰:"此我之淫报也,于卿何尤?幸有良友,不然,何以为人!"遂从此痛饬往行,狐亦遂绝。

异史氏曰:"居家者相戒勿蓄砒鸩,从无有相戒不蓄媚药者,亦犹人之畏兵刃而狎床笫也。宁知其毒有甚于砒鸩者哉!顾蓄之不过以媚内耳!乃至见嫉于鬼神;况人之纵淫,有过于蓄药者乎?"

某生赴试,自郡中归,日已暮,携有莲实菱藕,入室,并置几上。又有藤津伪器一事〔1〕,水浸盉中。诸邻人以生新归,携酒登堂,生仓卒置床下而出,令内子经营供馔,与客薄饮。饮已,入内,急烛床下,盉水已空。问妇,妇曰:"适与菱藕并出供客,何尚寻也?"生忆肴中有黑条杂错,举座不知何物。乃失笑曰:"痴婆子!此何物事,可供客耶?"妇亦疑曰:"我尚怨子不言烹法,其状可丑,又不知何名,只得糊涂脔切耳〔2〕。"生乃告之,相与大笑。今某生贵矣,相狎者犹以为戏。

校勘

底本:康熙本。参校:异史、二十四卷本、铸雪斋本、青柯亭本。

注释

〔1〕藤津伪器：藤条根茎制成类似男根的性器具。〔2〕脔切：切成小块。

点评

冯镇峦《读〈聊斋〉杂说》评《聊斋》一书"如名儒讲学，如老僧谈禅，如乡曲长者读诵劝世文，观之实有益于身心，警戒愚顽"。此文的两则故事及"异史氏曰"都是这类教诲之作。狐祟人的故事，客观上反映了封建士子的放荡，其中"客"的正人君子风范，正气凛然话语，颇有神采。附则是一短讽刺小品，此文未写某生夫妇如何放荡纵欲，仅写家中待客阴差阳错，大闹笑话，篇末"某生贵"，暗含讥讽。

狐懲淫

疑雨翻雲思不禁
隔窗未歇逗琴心
勸君休蓄房中藥
猶恐真成蕩婦唫

山市〔1〕

卷五

奂山山市〔2〕，邑景之一也〔3〕，然数年恒不一见〔4〕①。孙公子禹年②，与同人饮楼上，忽见山头有孤塔耸起③，高插青冥〔5〕。相顾惊疑，念近中无此禅院。无何，④见宫殿数十所，碧瓦飞甍〔6〕，始悟为山市。未几，高垣睥睨〔7〕，连亘六七里，居然城郭矣。中有楼若者、堂若者、坊若者〔8〕，历历在目，以亿万计。忽大风起，尘气莽莽然，城市依稀而已⑤。既而风定天清，一切乌有。惟危楼一座〔9〕，直接霄汉〔10〕。楼五架，窗扉皆洞开，一行有五点明处，楼外天也。层层指数：楼愈高，则明渐小；数至八层，裁如星点，又其上则黯然缥缈，不可计其层次矣。而楼上人往来屑屑〔11〕，或凭或立，不一状。逾时，楼渐低，可见其顶，又渐如常楼，又渐如高舍，倏忽如拳如豆，遂不可见。又闻有早行者，见山上人烟市肆，与世无别，故又名"鬼市"云。⑥

①起如山势嶙嶙，突兀奇崛。

②真人见闻，亲切之感。

③劈空而入，引人注目。

④然后次第写山市的奇妙变化，一笔一笔写来，如清泉泠泠，又如电影的"摇镜头"。

⑤特写与全景交替，简写与繁写交互，动境与静态相映衬。作者状飞动之趣，叙虚无之境，铺排得有韵有调。

⑥引用民间传说，另换一个角度收尾。如截奔马，干净利索。

校勘

底本：康熙本。参校：异史、二十四卷本、铸雪斋本、青柯亭本。

注释

〔1〕山市：山中蜃景，形成与海市蜃楼相同。古人认为海市蜃楼是蜃吐气的结果，其实是光线在密度不同的气层中，从远处经过折射造成的结果。〔2〕奂山：亦名"涣山"。淄川城西约五十里的一座小山，位于蒲家庄与蒲松龄坐馆的西铺之间，蒲松龄每年数次经过此山，写下多篇关于此山的诗歌。《淄川县志·舆地志》对奂山山市有记载："城阁楼台，宫室树木，人物之状，类海市云。"〔3〕邑景之一：淄川著名的景色之一。据嘉靖《淄川县志》，淄川九景为：郑公书院、季子石桥、万山石桥、丰水牧唱、梵刹浮图、文庙古桧、般阳

晓钟、昆仑山色、涣山山市。〔4〕恒：常。〔5〕青冥：幽深高远的青天。〔6〕碧瓦飞甍：绿色的瓦，高大的屋脊两端向上卷起如飞。〔7〕高垣睥睨：城墙上观察用的孔。〔8〕若：好像。〔9〕危楼：高楼。〔10〕霄汉：云霄和天河，指天空。〔11〕往来屑屑：来往奔忙。

点评

　　写虚无缥缈的海市蜃楼很难把握，作者以生花妙笔写得简约明快，清新隽美，很能代表作者的散文成就。作者善于文之屈伸，文之突转，文之波澜，文之布局谋篇。真是"篇有百尺之锦，句有千钧之势，字有百炼之金"（徐师曾《文体明辨序说》），是一篇真幻相生、虚实相形、妙笔剪裁、幽微神妙、别有洞天的山水游记。

山市

山市將無海市同
城垣宮闕望玲瓏
大風吹後危樓在
笑指煙雲縹緲中

江城

临江高生〔1〕，名蕃，少慧，仪容秀美，十四岁入邑庠。富室争女之。生选择良苛，屡梗父命。父仲鸿，年六十，止此子，宠惜之，不忍少拂〔2〕。初，东村有樊翁者，授童蒙于市肆，携家僦生屋。翁有女，小字江城，与生同甲，时皆八九岁，两小无猜，日共嬉戏。后翁徙去，积四五年，不复闻问。一日，生于隘巷中，见一女郎，艳美绝俗，从一小鬟，仅六七岁。不敢倾顾，但斜睨之。女停睇，若欲有言。细视之，江城也，顿大惊喜，各无所言，相视呆立，移时始别，两情恋恋。生故以红巾遗地而去，小鬟拾之，喜以授女。女入袖中，易以己巾①，伪谓鬟曰："高秀才非他人，勿得讳其遗物，可追还之。"小鬟果追付生。

① 定情活画了江城的机智应变。

生得巾大喜，归见母，请与论婚。母曰："家无半间屋，南北流移，何足匹偶？"生言："我自欲之。固当无悔。"母中心摈拒〔3〕，不自决，以商仲鸿，鸿执不可。生闻之闷然，嗌不容粒〔4〕。母大忧之，谓高曰："樊氏虽贫，亦非狙侩无赖者比〔5〕。我请过诸其家，倘其女可偶也，即亦何害？"高诺之。母托烧香黑帝祠〔6〕，诣之，见女明眸秀齿，居然娟好，心大爱悦②。遂以金帛厚赠之，实告以意。樊媪谦抑而后受盟。归述其情，生始解颜为笑。

② 江城以外做良善俘获本来瞧不起她的高家父母，做了秀才娘子。

逾岁，择吉迎女归，夫妻相得甚欢。而女善怒，反眼若不相识，词舌嘲啁〔7〕，常常聒于耳。生以爱故，悉含忍之。翁姁稍有所闻，心弗善也，潜责其子，为女所闻，大恚，诟骂弥加。生稍稍反其恶声，女益怒，挞逐出户，阖其扉，生嗫嚅门外〔8〕，不敢叩关，抱膝宿檐下。女自是视若仇。其初，长跪犹可以解，渐至屈膝无灵，而丈夫益苦矣。翁姑薄让之，女牴牾不可言状

〔9〕。翁姑忿怒，逼令大归〔10〕③。樊惭惧，浼交好者请于仲鸿，仲鸿不许。

年余，生出，遇岳，岳把袂邀归其家，谢罪不遑，妆女出见。夫妇相看，不觉恻楚④。樊乃沽酒款婿，酬劝甚殷，无何，日暮，坚止留宿，扫别榻，使夫妇并寝。既曙，辞归，不敢以情告父母，惟掩饰而弥缝之。由此三五日，辄一寄岳家宿，而父母不知也。

樊一日自诣仲鸿，初不见，迫而后见之。樊膝行而请，高不承，诿诸其子。樊言："婿昨夜宿仆家，不闻有异言。"高惊问："何时寄宿？"樊具以告。高赧谢曰："我固不之知耳。彼爱之，我独何仇乎？"樊既去，高呼子而骂。生但俯首，不少出气。言间，樊已送女至。高曰："我固不能为儿女任过。不如各有门户，即烦主析爨之盟〔11〕。"樊劝之，不听，遂别院居之，遣一婢给役焉。月余，颇相安，翁姁窃慰。

未几，女渐肆，生面上时有指爪痕。父母明知之，亦忍置不问。一日，生不堪挞楚，奔避父所，芒芒然如鸟雀之被鹯驱者〔12〕。翁姁方怪问，女已横梃追入〔13〕，竟即翁侧捉而箠之。翁姑沸噪，略不顾瞻；挞至数十，始悻悻以去。⑤

高逐子曰："我惟避嚣，故析尔。尔固乐此，又焉逃乎？"生被逐，徙倚殊无所归〔14〕。母恐其挫折行死，令独居而给之食，又召樊来，使教其女。樊入室，开谕万端，女终不听，反以恶言相苦。樊拂衣而行，誓相绝。无何，樊翁愤生病，与媪相继死。女恨之，亦不临吊，惟日隔壁噪骂，故使翁姑闻。高悉置不校。⑥

生自独居，若离汤火，但觉凄寂，暗以金赇媒媪李氏，纳妓斋中，往来皆以夜。久之，女微闻知，诣斋谩骂。生力白其诬，矢以天日，女始归。自此日伺生隙。李媪自斋中出，适为所遭，急呼之，媪神色变异，女益疑，谓媪曰："明告所作，或可宥免；若犹隐秘，撮毛尽矣〔15〕！"媪战而告曰："半月来，惟勾栏李云娘过此两度耳。适公子言，曾于玉笥山见陶家妇，爱其双翘，嘱奴招致之。渠虽不贞，亦未便作夜度娘，成否故未必也。"女以其言诚，姑从宽恕；媪欲行，又强止之。日既昏，呵之曰："可先往灭其烛，便言陶家至矣。"媪如其言，女即遽入。生喜极，挽臂捉坐，具道饥渴。女默不言，生暗中索其足，曰："自山上一觌仙容，介介独恋是耳。"女终不语。生曰："夙昔之愿，今始得遂，何可觌面而不识也！"躬自促火一照，则江城也。大惧失色，堕烛于地，长跪觳觫，若兵在颈。女摘耳提归，以针刺两股殆遍，乃卧以下床，醒则数骂之⑦。生以此畏若虎狼，即偶假以颜色，枕席之上亦震慑不能为人。女批颊而叱去之，益厌弃，不以人齿。生曰在兰麝之乡，如犴狴中人仰狱吏之尊也〔16〕。

女有两姊，俱适诸生。长姊平善，讷于口，常与女不相洽。二姊适葛氏，为人狡黠善辨，顾影弄姿，貌不及江城，而悍妒与埒〔17〕；姊妹相逢无他语，惟各以阃威自鸣得意〔18〕，以故二人最善。生适戚友，女辄嗔怒；惟适葛所，知之不禁也。

一日，饮葛所，既醉，葛嘲曰："子何畏之甚？"生笑曰："天下事颇多不解：我之畏，畏其美也；乃有美不及内人，而畏与仆等者，惑不滋甚哉？"葛大惭，不能对。婢闻，以告二姊。二姊怒，操杖遽出。生察其状凶，躐屣欲走。杖起，已中腰膂；三杖三蹶而不能起，误中颅，血流如渖。二姊去，生蹒跚而归。妻惊问之，初以忤姨故，不敢遽告；再三研诘，始具陈之。女以帛束生首，忿然曰："人家男子，何烦他挞楚耶？"更短袖裳，怀木杵，携婢径去。抵葛家，二姊笑语承迎。女不语，以杵击之，仆；裂裤而痛楚焉，齿落唇缺，遗矢溲便。

女既返，二姊羞愤，遣夫赴诉于高。生趋出，极意温恤。葛私语曰："仆此来，不得不尔。悍妇不仁，幸假手而惩创之，我两人何嫌焉。"女已闻之，遽出，指

⑦妒是江城最大特征，江城妒之极亦妒之智。捉奸精彩之至。画江城妒且智惟妙惟肖。平时暴跳如雷的江城居然在扮演陶家妇时如此沉得住气，耐心地让高蕃充分表演，后发制人，真是一次成功偷袭。

骂曰："醒醒贼！妻子亏苦，反窃窃与外人交好！此等男子，不宜打煞耶！"疾呼觅杖。葛大窘，夺门窜去。生由此往来全无一所。

同窗王子雅过之，宛转留饮。饮间，以闺阁相谑，颇涉狎亵。女适窥客，伏听尽悉，暗以巴豆投汤中而进之〔19〕。未几，吐利不可堪〔20〕，奄存气息。女使婢问之曰："再敢无礼否？"始悟病之所自来，呻吟而哀之。则绿豆汤已储待矣。饮之乃止。从此同人相戒，莫敢饮于其家。

王有酤肆，肆中多红梅，设宴招其曹侣〔21〕。生托文社，禀白而往。日暮，既酣，王生曰："适有南昌名妓，流寓此间，可以呼来共饮。"众大悦，惟生离席兴辞。群曳之曰："阃中耳目虽长，亦听睹不至于此。"因相矢缄口〔22〕，生乃复坐。少间，妓果出，年十七八，玉佩丁东，云鬟掠削〔23〕。问其姓，云："谢氏，小字芳兰。"出词吐气，备极风雅。举座若狂，而芳兰尤属意生，屡以色授，为众所觉，故曳两人连肩坐。芳兰阴把生手，以指书掌作"宿"字。生于此时，欲去不忍，欲留不敢，心如乱丝，不可言喻。而倾头耳语，醉态益狂，榻上胭脂虎〔24〕，亦并忘之。

少选，听更漏已动，肆中酒客愈稀，惟遥座一美少年，对烛独酌，有小僮捧巾侍焉。众窃议其高雅。无何，少年罢饮出门去。僮返身入，向生曰："主人相候一语。"众都不知何谁，惟生颜色惨变，不遑告别，匆匆便去。盖少年乃江城，僮即其家婢也。生从至家，伏受鞭扑⑧。从此益禁锢之，吊庆皆绝。文宗下学〔25〕，生以误讲降为青〔26〕。一日，与婢语，女疑与私，以酒坛囊婢首而挞之，已而缚生及婢，以绣剪剪腹间肉互补之，释缚令其自束。月余，补处竟合为一云。女每以白足踏饼，抛尘土中，叱生摭食之〔27〕。如是种种。

母以忆子故，偶至其家，见子柴瘠〔28〕，既归，痛哭欲死。夜梦一叟告之曰："勿须忧烦，此是前世因。

⑧有趣的"化装侦察"！江城的装扮如此高明，连丈夫都看不出来。江城对渔色丈夫惩戒无可厚非，但其虐待狂令人怵目惊心。这"悍"在一定程度上是妇女对封建宗法制的畸形反抗。

江城原静业和尚所养长生鼠,公子前身为士人,偶游其寺,误毙之。今作恶报,不可以人力回也。每早起虔心诵观音咒一百遍,必当有效。"醒而述于仲鸿,异之,夫妻咸尊其教。两月余,女横如故,益之狂纵,闻门外钲鼓〔29〕,辄握发出〔30〕,憨然引眺〔31〕,千人共指,不为怪。翁姑共耻之,然不能禁,腹诽而已。

忽有老僧在门外宣佛果〔32〕,观者如堵。僧吹鼓上革作牛鸣。女奔出,见人众无隙,命婢移行床〔33〕,翘登其上。众目集视之,女为弗觉也者。逾时,僧敷衍将毕〔34〕,索清水一盂,持向女而宣言曰:"莫要嗔,莫要嗔!前世也非假,今世也非真。咄!鼠子缩头去,勿使猫儿寻。"宣已,吸水噀射女面〔35〕,粉黛淫淫,下沾衿袖。众大骇,意女暴怒,女殊不语,拭面自归。僧亦遂去。

女入室痴坐,嗒然若丧〔36〕,终日不食,扫榻遽寝。中夜忽唤生醒,生疑其将遗,捧进溺盆。女却之,暗把生臂,曳入衾。生承命,四体惊悚,若奉丹诏〔37〕。女慨然曰:"使君若此,何以为人!"⑨乃以手抚扪生体,每至刀杖痕,嘤嘤啜泣,辄以爪甲自掐,恨不即死。生见其状,意良不忍,所以慰藉之良厚。女曰:"妾思和尚必是菩萨化身,清水一洒,若更肺腑。今回忆曩昔所为,都如隔世。妾向时得毋非人耶?有夫妻而不能欢,有姑嫜而不能事,是诚何心!明日可移家去,仍与父母同居,庶便定省〔38〕。"絮语终夜,如话十年之别。

昧爽即起,折衣敛器,婢携簏〔39〕,躬襆被,促生前往叩扉。母出骇问,告以意。母迟回有难色,女已偕婢入。母从之。女伏地哀泣,但求免死。母察其意诚,亦泣曰:"吾儿何遽如此?"生为细述前状,始悟曩昔之梦验也;喜,唤厮仆为除旧舍。女自是承颜顺志,过于孝子;见人,则覥如新妇;或戏述往事,则红涨于颊;且勤俭,又善居积。三年,翁姑不问家计,而富称巨万矣。生是岁乡捷。女每谓生曰:"当日一见芳兰,今犹忆之。"

⑨作者捏造"长生鼠"冤缘,将江城从悍极妒极变为柔极、贤极,前后判若两人,这固然是作者按宿命论布局的结果,却因极大跌宕,产生强烈艺术对比效果。

⑩明代谢肇淛《五杂组》一书载："江氏姊妹五人，凶妒恶，人称五虎，有宅素凶，人不敢处，五虎闻之，笑曰：'安有是！'入夜，持刀独处中堂，至旦帖然，不闻鬼魅。夫妒妇，鬼物尤畏之，况于人乎？"江城是真实的人物，是颇有名气的妒妇，蒲松龄写作是有原型的。蒲松龄说"浙邸得晤王子雅"得知这故事，"浙邸"当指江浙，蒲松龄唯一一次南游是到宝应。

生以不受荼毒，愿已至足，妄念所不敢萌，唯唯而已。会以应举入都，数月乃返。入室，见芳兰方与江城对弈。惊而问之，则女以数百金出其籍云。

余于浙邸得晤王子雅⑩，言之竟夜，甚详。

异史氏曰："人生业果，饮啄必报，而惟果报之在房中者，如附骨之疽，其毒尤惨。每见天下贤妇十之一，悍妇十之九，亦以见人世之能修善业者少也。观自在愿力宏大，何不将盂中水洒大千世界耶？"

校勘

底本：康熙本。参校：异史、二十四卷本、铸雪斋本、青柯亭本。

注释

〔1〕临江：明清府名，今江西樟树市。〔2〕少拂：稍微违犯其意志。〔3〕摅（shū）拒：打算拒绝。〔4〕嗌（yì）不容粒：吃不下东西。嗌，咽喉。〔5〕狙侩：即"驵会"，市场上卖牛卖马的经纪人，引申为狡猾奸诈者。〔6〕黑帝：即玄帝。道教的玄天上帝。〔7〕词舌嘲哳：絮絮叨叨。〔8〕嚖（xī）嚖：为冷风吹拂的样子。〔9〕牴牾（dǐ wǔ）：原意为顶牛的样子，引申为顶撞。〔10〕大归：休回娘家。〔11〕析爨（cuàn）：分家。爨，烧火做饭。〔12〕芒芒然如鸟雀之被鹯（zhān）驱者：跑得精疲力竭像小鸟给老鹰追赶。芒芒然，匆忙疲惫之貌。鹯，鸷鸟。〔13〕横梃：横持棍棒。〔14〕徙倚：徘徊。《楚辞·远游》："步徙倚遥思兮，怊惝恍而乖怀。"〔15〕撮毛尽：把头发拔光。〔16〕"生日在"二句：高生处在兰闱，却像监狱里的人凡事要听狱吏的。犴狴（àn bì），监狱。〔17〕埒：并列。〔18〕阃（kǔn）威：妻子挟治丈夫的威风。〔19〕巴豆：中药。有毒，食之上吐下泻。〔20〕吐利：上吐下泻。〔21〕曹侣：同辈朋友。〔22〕相矢缄口：互相发誓缄口不言，替高生保密。〔23〕云鬟掠削：像云一样高耸的环状发髻梳得整整齐齐。〔24〕胭脂虎：指凶悍泼妇。宋陶穀《清异录·胭脂虎》："朱氏女沉惨狡妒，嫁陆慎言为妻。慎言宰尉氏，政不在己，吏民语曰'胭脂虎'。"〔25〕文宗下学：学政到县里考察秀才课业，即所谓"岁试"。文宗，学政；下学，到县里考核秀才。〔26〕误讲：对指定的考试题目讲解错误。八股文"破题""承题"之后为"起讲"，是全文正式议论的开始，误

讲指题旨没有讲明白导致全文不清。降为青：从秀才降为青衣。青衣，为没有功名的儒生所穿的青色衣服。明清时期秀才岁考考到低名次者（附生岁试第五等或增生岁试第六等），就令脱掉秀才襕衫，穿一般儒生的青色衣服。〔27〕摭：拾取。〔28〕柴瘠：骨瘦如柴，面有菜色。〔29〕钲鼓：锣鼓。〔30〕握发出：发髻还没挽好就抓着头发出门。〔31〕憨然引眺：傻呵呵地看远处。〔32〕佛果：佛法因果。〔33〕行床：即春凳。约两米长，半米宽，半米多高，人可以躺在上边乘凉。〔34〕敷衍：即"敷演"，陈说并加以演绎。〔35〕噀（xùn）射：喷。〔36〕嗒（tà）然若丧：垂头丧气。〔37〕丹诏：皇帝的圣旨。〔38〕定省（xǐng）：早晚问候、侍奉。〔39〕婢携簏：丫鬟带着竹筐。

点评

《江城》创造了"胭脂虎"的生动形象，江城敢于向封建纲常挑战，善于把握自己命运，她占有欲极强，心狠手辣，工于心计。她不讲孝道，不讲人情，有虐待狂。两种鲜明对照的个性在她身上巧妙组合——胭脂般的美貌和老虎般的凶猛——形成了江城的典型性格，同样是悍妇，江城比《马介甫》里的尹氏更生动更丰满。作者写江城之悍妒，无所不用其极，而这悍与妒又始终与她的聪明相结合，江城比尹氏，更能洞察人情世态，更能在缝隙中求生存，更能体察男性心理。对江城的刻画，《聊斋》点评家认为是"吴道子画鬼伎俩"，"形容绝倒"，"穷形尽态，情境逼真"。

蒲松龄对"胭脂虎"的观察和思考较多，《马介甫》《江城》《阎王》《邵九娘》诸篇都描写这类内容。他晚年创作俚曲《禳妒咒》，用更多的情节和通俗的语言扩展《江城》的内容。

紅蛺

好姻緣是惡姻緣
鼠子相逢宿孽纏
一旦悤歌栘木句
始知佛力竟無邊

孙生

余乡孙生者，娶故家女辛氏，初入门，为穷裤[1]，多其带，浑身纠缠甚密，拒男子不与共榻，床头常设锥簪之器以自卫。孙屡被刺剟[2]，因就别榻眠。月余，不敢问鼎[3]。即白昼相逢，女未尝假以言笑。

同窗某知之，私谓孙曰："夫人能饮否？"答云："少饮。"某戏之曰："仆有调停之法，善而可行。"问："何法？"曰："以迷药入酒，绐使饮焉，则惟君所欲矣。"孙笑之，而阴服其策良。询之医家，敬以酒煮乌头，置案上。入夜，孙酾别酒，独酌数觥而寝。如此三夕，妻终不饮。一夜，孙卧移时，视妻犹寂坐，孙故作鼾声，妻乃下榻，取酒煨炉上。孙窃喜。既而满引一杯；又复酌，约尽半杯许，以其余仍内壶中，拂榻就寝。久之无声，而灯惶煌尚未灭也。疑其尚醒，故大呼："锡檠熔化矣[4]！"妻不应，再呼仍不应；白身往视[5]，则醉睡如泥。启衾潜入，层层断其缚结。妻固觉之，不能动，亦不能言，任其轻薄而去。既醒，恶之，投缳自缢。孙梦中闻喘吼声，起而奔视，舌已出两寸许。大惊，断索，扶榻上，逾时始苏。孙自此殊厌恨之，夫妻避道而行，相逢则俯其首，积四五年，不交一语。妻或在室中，与他人嬉笑，见夫至，色则立变，凛如霜雪。孙尝寄宿斋中，恒经岁无归时；即强之归，亦面壁移时，默然就枕而已。父母甚忧之。

一日，有老尼至其家，见妇，亟加赞誉。母不言，但有浩叹，尼诘其故，具以情告。尼曰："此易事耳。"母喜曰："倘能回妇意，当不靳酬也。"尼窥室无人，耳语曰："请购春宫一帧[6]，三日后为若厌之[7]。"

尼既去，母从其教，购以待之。三日，尼果来，嘱曰："此须慎密，勿令夫妇知。"乃剪下图中人，又针三枚、艾一撮，并以素纸包固，外绘数画如蚓状，使母赚妇出，窃取其枕，开其缝而投之；已而仍合之，返归故处。尼乃去。

至晚，母强子归宿。佣媪知其情，窃往伏听。二更将残，闻妇呼孙小字，孙不答。少间，妇复语，孙厌气作恶声[8]。质明，母入其室，见夫妇面首相背，知尼之术诬也。呼子于无人处，委谕之[9]。孙闻妻名便怒，切齿。母怒骂之，不顾而去。

越日，尼来，告之罔效，尼大疑。媪因述所听。尼笑曰："前日妇憎夫，故偏厌之。今妇意已转，所未转者男耳。请作两制之法，必有验。"母从之，索子枕如前缄置讫，又呼令归寝。更余，犹闻两榻上皆有转侧声，时作咳，都若不能寐。久之，闻两人在一床上唧唧语，但隐约不可辨。将曙，犹闻戏笑，吃吃不绝。媪以告母，母喜。尼来，厚馈之。孙由是琴瑟好合。今各三十余矣，生一男两女，十余年从无角口之事。同人私问其故，笑曰："前此顾影生怒，后此闻声而喜，自亦不解其何心也。"

异史氏曰："移憎而爱，术不亦神哉。然能令人喜者，亦能令人怒，术人之神，正术人之可畏也。先哲云：'六婆不入门〔10〕。'有见矣夫！"

校勘

底本：康熙本。参校：异史、二十四卷本、铸雪斋本、青柯亭本。

注释

〔1〕穷裤：亦作"穷袴"，即绲裆裤，前后裆系着牢固细密的带子，不易解开。据《汉书》记载，霍光欲使皇后擅宠，让宫人皆为穷裤。〔2〕刺剟（duō）：刺。剟，亦为刺。刺剟，原为古代酷刑的一种，以铁器刺人身体。《史记·张耳陈余列传》："贯高至，对狱，曰：'独吾属为之，王实不知。'吏治榜笞数千，刺剟，身无可击者，终不复言。"〔3〕问鼎：原意为夺取政权，引申为想触犯妻子。〔4〕檠：灯架。〔5〕白身：裸体。〔6〕春宫：即春宫图，古代图解男女交合的画。东汉张衡《同声歌》较早记载："衣解金粉御，列图陈枕帐。素女为我师，仪态盈万方。"明代中期后唐寅、仇英所绘此类图在社会上流行。〔7〕厌（yā）：施行巫术。〔8〕厌气：厌恶的口气。〔9〕委谕：委婉地劝说。〔10〕六婆不入门：古代认为居家安稳过日子应该如避蛇蝎一样拒绝三姑六婆进门。元代陶宗仪《南村辍耕录·三姑六婆》："三姑者，尼姑、道姑、卦姑也。六婆者，牙婆、媒婆、师婆、虔婆、药婆、稳婆也。"

点评

辛氏对孙生处处设防，是对婚姻不满？还是性无知、性冷淡？作者仅是客观描写，本应四大皆空的老尼，偏偏懂得用春宫治疗男女性冷淡，更是滑稽可笑，"移憎而爱"之术显然是邪术，但作者却写得煞有介事。

孤走

独向兰闺望
月明春宵
辜负太无情
何人为置
迎心院双宿
双飞过
一生

八大王

临洮冯生[1]，传者忘其姓字，盖贵介裔而凌夷矣[2]。有渔鳖者，负其债，不能偿，得鳖辄献之。一日献巨鳖，额有白点，生以其状异，放之。

后自婿家归，至恒河之侧[3]，日已就昏，见一醉者，从二三僮，颠跛而至，遥见生，便问："何人？"生漫应："行道者。"醉人怒曰："宁无姓名，胡言行道者？"① 生驰驱心急，置不答，径过之。醉人益怒，捉袂使不得行，酒臭熏人。生益不耐，然力解莫能脱。问："汝何名？"呓然而对曰[4]："我南都旧令尹也[5]。将何为？"生曰："世间有此等令尹，辱寞世界矣！幸是旧令尹；假新令尹，将无杀尽途人耶？"醉人怒甚，势将用武。生大言曰："我冯某非受人挝打者！"醉人闻之，变怒为欢，踉跄下拜曰："是我恩主，唐突勿罪！"起唤从人，先归治具。生辞之不得。握手行数里，见一小村。既入，则廊舍华好，似贵人家。醉人醒稍解[6]，生始询其姓字。曰："言之勿惊，我洮水八大王也[7]。适西山青童招饮[8]，不觉过醉，有犯尊颜，实切愧悚。"生知其妖，以其情辞殷渥[9]，遂不畏怖。俄而设筵丰盛，促坐欢饮。八大王最豪，连举数觥。生恐其复醉，再作萦扰，伪醉求寝。八大王已喻其意，笑曰："君得无畏我狂耶？但请勿惧。凡醉人无行，谓隔夜不复记忆者，欺人耳。酒徒之不德，故犯者十九。② 仆虽不齿于侪偶，顾未敢以无赖之行，施之长者，何遂见拒如此？"生乃复坐，正容而谏曰："既自知之，何勿改行？"八王曰："老夫为令尹时，沉湎尤过于今日。自触帝怒，谪归岛屿，力返前辙者十余年矣。今老将就木，潦倒不能横飞[10]，故态复作，我自不解耳。兹敬闻命矣。"倾谈间，远钟已动。八王起，捉臂曰："相聚不久。蓄

①问话者酒气熏心，回答者漫不经心。

②有理。

961

有一物，聊报厚德。此不可以久佩，如愿后，当见还也。"口中吐一小人，仅寸余，因以爪掐生臂，痛若肤裂；急以小人按捺其上，释手已入革里，甲痕尚在，而漫漫坟起，类痰核状。惊问之，笑而不答。但曰："君宜行矣。"送生出，八王自返。回顾村舍全渺，惟一巨鳖，蠢蠢入水而没。错愕久之，自念所获，必鳖宝也。由此目最明，凡有珠宝之处，黄泉下皆可见，即素所不知之物，亦随口而知其名。于寝室中，掘得藏镪数百，用度颇充。后有货故宅者，生视其中有藏镪无算，遂以重金购居之。由此与王公埒富，火齐木难之类皆蓄焉〔11〕。得一镜，背有凤纽，环水云湘妃之图，光射里余，须眉皆可数。佳人一照，则影留其中，磨之不能灭也；若改妆重照，或更一美人，则前影消矣。时肃府第三主绝美〔12〕，雅慕其名。会主游崆峒〔13〕，乃往伏山中，伺其下舆，照之而归，设置案头。审视之，见美人在中，拈巾微笑，口欲言而波欲动，喜而藏之。

年余，为妻所泄，闻之肃府。王怒，收之，追镜去，拟斩。生大贿中贵人，使言于王曰："王如见赦，天下之至宝，不难致也。不然，有死而已，于王诚无所益。"王欲籍其家而徙之。③三主曰："彼已窥我，十死之不足解此诟，不如嫁之。"王不许，主闭户不食。妃子大忧，力言于王。王乃释生，因命中贵以意示生。生辞曰："糟糠之妻不下堂，宁死不敢承命。王如听臣自赎，倾家可也。"王怒，复逮之。妃召生妻入宫，将鸩之。既见，妻以珊瑚镜台纳妃，④词意温恻。妃悦之，使参主。主亦悦之，订为姊妹，转使谕生。生告妻曰："王侯之女，不可以先后论嫡庶也。"妻不听，归修聘币纳王邸，赍送者以千人。珍石宝玉之属，王家不能知其名。王大喜，释生归，以主嫔焉⑤。主仍怀镜归。

生一夕独寝，梦八王轩然入，曰："所赠之物，当见还也。佩之既久，耗人精血，损人寿命。"生诺之，即留宴饮。八大王辞曰："自聆药石，戒杯中物，已三

③贪得无厌，心狠手辣。

④先欲毒杀，后见钱眼开。王爷夫妇全是势利小人。

⑤有钱使得鬼推磨，有钱使得王爷把娇女嫁给平民做妾。深刻。

年矣。"乃以口啮生臂，痛极而醒。视之，则核块消矣。后此遂如常人。

异史氏曰："醒则犹人，而醉则犹鳖，此酒人之大都也。顾鳖虽日习于酒狂乎，而不敢忘恩，不敢无礼于长者，鳖不过人远哉？若夫己氏则醒不如人，而醉不如鳖矣。古人有龟鉴〔14〕，盍以为鳖鉴乎？乃作酒人赋。赋曰：

'有一物焉，陶情适口；饮之则醺醺腾腾，厥名为"酒"。其名最多，为功已久：以宴嘉宾，以速父舅〔15〕，以促膝而为欢，以合卺而成偶；或以为"钓诗钩"，又以为"扫愁帚"〔16〕。故曲生频来，则骚客之金兰友；醉乡深处，则愁人之逋逃薮〔17〕。糟丘之台既成，鸱夷之功不朽〔18〕。齐臣遂能一石，学士亦称五斗〔19〕。则酒固以人传，而人或以酒丑。若夫落帽之孟嘉〔20〕，荷锸之伯伦〔21〕，山公之倒其接䍦〔22〕，彭泽之漉以葛巾〔23〕。酣眠乎美人之侧也，或察其无心〔24〕；濡首于墨汁之中也，自以为有神〔25〕。井底卧乘船之士〔26〕，槽边缚珥玉之臣〔27〕。甚至效鳖囚而玩世〔28〕，亦犹非害物而不仁。

'至如雨宵雪夜，月旦花晨，风定尘短，客旧妓新，履舄交错，兰麝香沉，细批薄抹，低唱浅斟；忽清商兮一奏，则寂若兮无人。雅谑则飞花粲齿，高吟则戛玉敲金。总陶然而大醉，亦魂清而梦真。果尔，即一朝一醉，当亦名教之所不嗔。尔乃嘈杂不韵，俚词并进；坐起欢哗，呶呶成阵。涓滴忿争，势将投刃；伸颈攒眉，引杯若鸩；倾渖碎觥，拂灯灭烬。绿醑葡萄，狼藉不斩；病叶狂花〔29〕，觞政所禁。如此情怀，不如勿饮。

'又有酒隔咽喉，间不盈寸，呐呐呢呢，犹讥主吝。坐不言行，饮复不任；酒客无品，于斯为甚。甚有狂药下，客气粗；努石棱，碟髭须；袒两臂，跃双趺。尘蒙蒙兮满面，哇浪浪兮沾裾；口狺狺兮乱吠，发蓬蓬兮若奴。其呼地而呼天也，似李郎之呕其肝脏〔30〕；其扬手而掷足也，如苏相之裂于牛车〔31〕。舌底生莲者，不能穷其状；灯前取影者〔32〕，不能为之图。父母前而受忤，妻子弱而难扶。或以父执之良友，无端而受骂于灌夫〔33〕。婉言以警，倍益眩瞑。此名"酒凶"，不可救拯。

'惟有一术，可以解酲。厥术维何？只须一梃。紧其手足，与斩豕等。止困其臀，勿伤其顶；捶至百余，豁然顿醒。'"

校勘

底本：康熙本。参校：异史、二十四卷本、铸雪斋本、青柯亭本。

注释

〔1〕临洮：明清府名，今甘肃省临洮县。〔2〕贵介裔而凌夷：名门大户出身而已经衰败。贵介，尊贵、高贵。陵夷，败落。〔3〕恒河：即恒水，古代洮河支流。〔4〕呓（yì）然：昏昏沉沉像说梦话。〔5〕南都旧令尹：化用神话传说鳖令故事，暗示醉人身份是鳖。郦道元《水经注·江水》引来敏《本蜀论》记载：荆人鳖令死，浮尸水上，至汶山复生，望帝杜宇立为相。南都，四川成都。令尹，春秋战国时楚官，相当于宰相。〔6〕酲（chéng）：酒醉神志不清。〔7〕洮水：即洮河，黄河上游支流，发源于甘肃、青海边境西倾山东麓。流经临洮县，后入黄河。〔8〕西山青童：神话传说中的仙童。《述异记》有"青童秉烛飙飞轮之车"的描写。〔9〕殷渥：诚恳。〔10〕潦倒不能横飞：潦倒而不能纵横驰骋。〔11〕火齐木难：历史上有名的宝石和宝珠。〔12〕肃府：即肃庄王府。肃庄王，明太祖朱元璋第十四子。子孙世袭，治在兰州。〔13〕崆峒：山名，在甘肃平凉。〔14〕龟鉴：即龟镜，龟可占卜，镜能见美丑。〔15〕速父舅：宴请父亲和岳父。〔16〕钓诗钩、扫愁帚：酒可以令诗人写出好诗，也可以为人解除忧愁。〔17〕"故曲生"四句：美酒不断到来，成了文人骚客的同心知己，成了断肠人聚集逃避烦恼的地方。曲生，酒的代称。〔18〕"糟丘"二句：美酒酿成，盛到皮口袋里。糟丘，酒糟堆积成了小山。鸱夷，皮制的囊袋，可以盛酒。〔19〕"齐臣"二句：齐威王派淳于髡出使楚前，请淳于髡喝酒，问他能喝多少？回答："臣饮一斗亦醉，一石亦醉。"学士，指文人刘伶，自称饮酒"五斗解酲"。〔20〕落帽之孟嘉：晋代文人孟嘉在酒宴上帽子被吹落也不知。〔21〕荷锸之伯伦：伯伦，即刘伶，晋人，经常坐小车饮酒，令人扛着锹跟在后面，说："死即埋我。"〔22〕山公之倒其接䍦：晋人山简镇守襄阳时经常喝得大醉，倒戴着白色的帽子。时人作歌，称"倒着白接䍦"。白接䍦，以白鹭羽为装饰的帽子。〔23〕彭泽之漉以葛巾：陶渊明在家里用葛巾滤酒。彭泽，陶渊明曾任彭泽令；葛巾，葛布头巾。〔24〕"酣眠"二句：阮籍喝醉酒后躺在卖酒妇人身边，却无非礼行为。〔25〕"濡首"二句：唐代大书法家张旭醉后以头发蘸墨汁书狂草。〔26〕井底卧乘船之士：杜甫《酒中八仙歌》写贺知章"知章骑马似乘船，眼花落井水底眠"。〔27〕槽边缚珥玉之臣：晋代毕卓为吏部郎，喜欢饮酒。邻居酿成，毕夜入邻家盗饮，被捉住绑上。邻家认出是毕卓，释放之，毕卓遂邀请主人一起在酒瓮边痛饮。〔28〕效鳖囚而玩世：鳖饮为饮酒形式的一种。宋张舜民《画墁录》写苏舜钦等饮酒有鬼饮、囚饮、鳖饮、鹤饮。鳖饮为：以毛席自裹其身，伸头出饮，饮毕缩之。〔29〕病叶狂花：饮酒者称酒醉后争斗喧闹者为狂花，酒醉后沉睡者为病叶。〔30〕李郎之呕其肝

脏；李贺呕心沥血写诗。〔31〕苏相之裂于牛车：苏秦被五牛分尸。〔32〕灯前取影者：绘画技术高超者。〔33〕灌夫：汉代灌夫曾在宴会中使酒骂座。

点评

王安石有语："看似寻常最奇崛，成如容易却艰辛。"这篇鳖王报恩故事，初看似冯生放生之德得厚报，实际用寓言形式，春秋笔法，巧妙有力地讽世疾邪，深邃独创，闪烁着哲理光辉。鳖王对冯生报恩报得豪爽、大方、心诚。冯生以"鳖宝"致富并得一宝镜，将美丽的公主摄入镜中观赏。冯生并无邪念，此事却引发了王爷及王妃的大邪念，宝镜照出公主的绝色，也照出王爷王妃的贪婪、骄横、龌龊。堂堂王爷不仅不如冯生，连鳖王也不如！这是多么深刻巧妙的针砭，真是刺贪刺虐锦文章。篇末以《酒人赋》为附则，对"酒人"做精彩概括，洋洋洒洒，回环纵横，曲尽酒态、酒人、酒事，成为别致的"酒典"，集古代酒文化之大成。蒲松龄是位学者型作家，喜欢把有关典故放到短篇小说后边，增添知识性，但如此繁富的典故一般读者未必欣赏。

八大王

令尹胡何唤大王醉
逢恩主更倾筹能
复规劝
能酬德
多少
衣冠愧
酒狂

戏缢

邑人某，佻达无赖，偶游村外，见少妇乘马来，谓同游者曰："我能令其一笑。"众不信，约赌作筵。某遽奔去，出马前，连声哗曰："我要死！"因于墙头抽梁黦一本，横尺许，解带挂其上，引颈作缢状。妇果过而哂之，众亦粲然。妇去既远，某犹不动，众益笑之。近视则舌出目瞑，而气真绝矣。梁干自经，不亦奇哉？是可以为儇薄者戒。

校勘

底本：康熙本。参校：异史、二十四卷本、铸雪斋本、青柯亭本。

点评

此文写一儇薄子的可悲下场。寓严肃的说教于玩笑般情节。此文仅截取一个小小的生活横切面，却如同独幕剧中的人物，个个有表情，儇薄子"连声哗"的轻薄之态，妇人"过而哂之"的不屑神情，众人看热闹的神态，栩栩如生。小巧玲珑，意味深长。

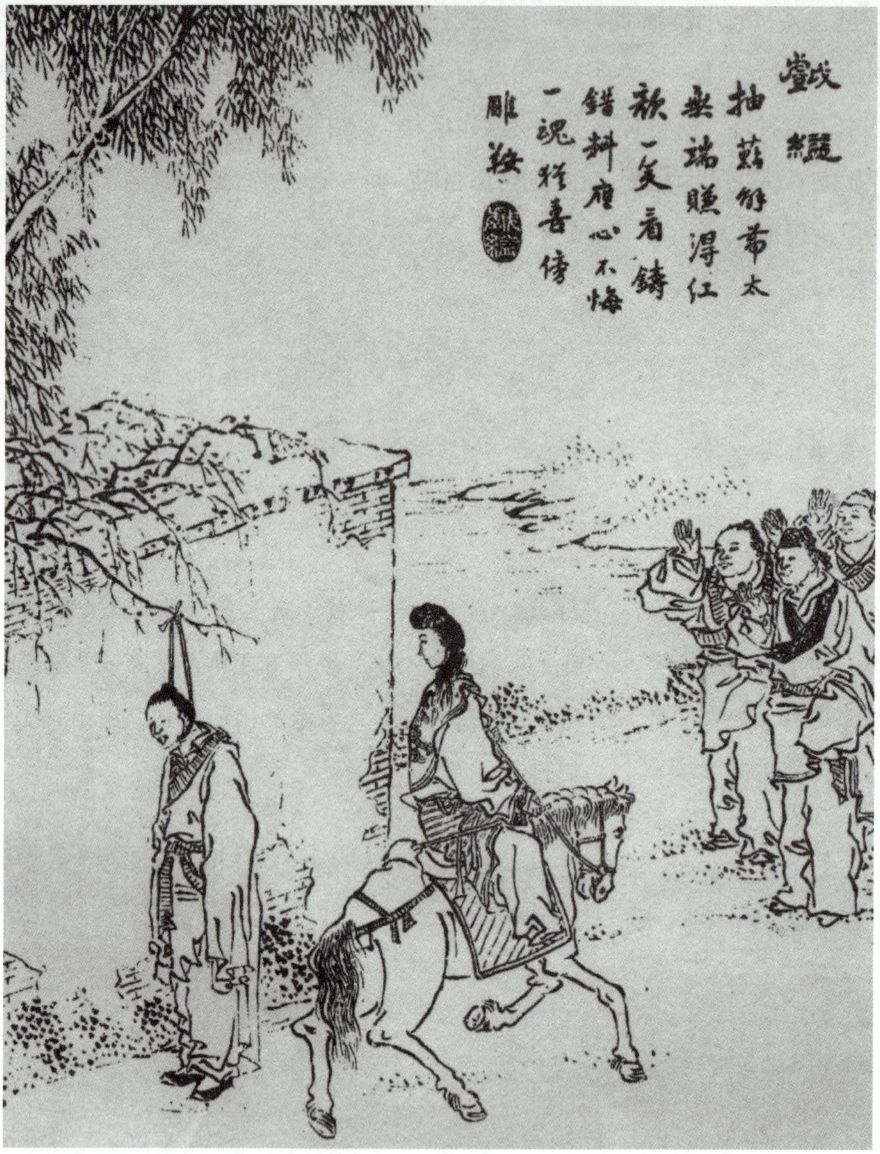
戲縊
抽蘇解帶太
無端賺得紅
顏一笑看鑄
錯料應心不悔
一魂猶喜傍
雕鞍

刘姓

邑刘姓，虎而冠者也〔1〕。后去淄居沂，习气不除，乡人咸畏恶之。有田数亩，与苗某连垄。苗勤，田畔多种桃。桃初实，子往攀摘，刘怒驱之，指为己有，子啼而告诸父。父方骇怪，刘已诟骂在门，且言将讼。苗笑慰之。怒不解，忿而去。时有同邑李翠石作典商于沂〔2〕，刘持状入城，适与之遇。以同乡故相熟，问："作何干？"刘以告，李笑曰："子声望众所共知；我素识苗某，甚平善，何敢占骗？将毋反言之也！"乃碎其词纸，曳入肆，将与调停。刘恨恨不已，窃肆中笔，复造状藏怀中，期以必告。未几，苗至，细陈所以，因哀李为之解免，言："我农人，半世不见官长。但得罢讼，数株桃，何敢执为己有。"①李呼刘出，告以退让之意。刘犹指天画地，叱骂不休，苗惟和色卑词，无敢少辩②。

既罢，逾四五日，见其村中人，传刘已死，李为惊叹。翼日他适，见杖而来者，俨然刘也。比至，殷殷问讯，且请临顾。李逡巡问曰③："日前忽闻凶讣，一何妄也？"刘不答，但挽入村，至其家，罗浆酒焉。乃言："前日之传，非妄也。曩出门，见二人来，捉见官府。问何事，但言不知。自思出入衙门数十年，非怯见官长者，亦不畏怖。从去，至公廨，见南面者有怒容曰：'汝即刘某耶？罪恶贯盈，不自悛悔；又以他人之物，占为己有。此等横暴，合置铛鼎〔3〕！'一人稽簿曰：'此人有一善，合不死。'南面者阅簿，色稍霁，便云：'暂送他去。'数十人齐声呵逐。余曰：'因何事勾我来？又因何事遣我去？还祈明示。'吏持簿下，指一条示之。上记：崇祯十三年〔4〕，用钱三百，救一人夫妻完聚。吏曰：'非此，则今日命当绝，宜堕畜生道〔5〕。'骇极，乃从二人出。二人索贿，怒告曰：'不知刘某出

①老实农民口吻毕肖。

②桃树主人一味退让，抢桃树者步步紧逼，对比鲜明。

③欲言又止，对"虎而冠"者的畏惧如画。

④典型话语。

入公门二十年，专勒人财者，何得向老虎讨肉吃耶？'④二人乃不复言。送至村，拱手曰：'此役不曾啖得一掬水。'二人既去，入门遂苏，时气绝已隔日矣。"李闻而异之，因诘其善行颠末。初，崇祯十三年，岁大凶，人相食。刘时在淄，为主捕隶〔6〕。适见男女哭甚哀，问之，答云："夫妇聚裁年余，今岁荒，不能两全，故悲耳。"少时，油肆前复见之，似有所争。近诘之，肆主马姓者便云："伊夫妇饿将死，日向我讨麻酱以为活；今又欲卖妇于我，我家中已买十余口矣。此何紧要？贱则售之，否则已耳。如此可笑，生来缠人！"男子因言："今粟贵如珠，自度非得三百数，不足供逃亡之费。本欲两生，若卖妻而不免于死，何取焉？非敢言直，但求作阴骘行之耳。"⑤刘怜之，便问马出几何。马言："今日妇口，止直百许耳。"刘请勿短其数，且愿助以半价之资，马执不可。刘少负气，便谓男子："彼鄙琐不足道，我请如数相赠。若能逃荒，又全夫妇，不更佳耶？"遂发囊与之。夫妻泣拜而去。刘述此事，李大加奖叹。

⑤此人亦擅词令。

刘自此前行顿改，今七旬犹健。去年李诣周村，遇刘与人争，众围劝不能解，李笑呼："汝又欲讼桃树耶？"刘茫然改容，呐呐敛手而退。

异史氏曰："李翠石兄弟皆称素封。然翠石尤醇谨〔7〕，喜为善，未尝以富自豪，抑然诚笃君子也。观其解纷劝善，其生平可知矣。古云：'为富不仁。'吾不知翠石先仁而后富者耶？抑先富而后仁者耶？"

校勘

底本：异史。参校：康熙本、二十四卷本、铸雪斋本、青柯亭本。

注释

〔1〕虎而冠：字面意思是老虎戴着帽子，引申为像老虎一样凶猛的人。语出《史记·齐悼惠王世家》："大王议立齐王，而琅琊王及大臣曰：'齐王母家

驷钧，恶戾，虎而冠者也。'"〔2〕李翠石：确有其人，名李永康，字翠石，淄川人。为人谦厚，享誉乡里。乾隆八年（1743）《淄川县志》有传。典商：典当行的商人。〔3〕合置铛鼎：应该给下油锅的惩罚。〔4〕崇祯十三年：即公元1640年，为蒲松龄出生之年。〔5〕堕畜生道：轮回做畜生。〔6〕为主捕隶：做衙役的班头。〔7〕醇谨：朴实善良而言行谨慎。

点评

好人就是好人，恶人就是恶人，常常是《聊斋》人物面目，此文却写恶人未必尽恶，恶人亦可向善。刘姓一向蛮横不讲理，却也有仁心，曾救助一对夫妻，避免了妻子被卖的悲剧。刘姓从横行乡里到知过从善，李翠石与人为善、擅长做劝说工作，苗某的良善懦弱本分，都极有神采。阴司的"最后审判"成为阳世道德法律的准绳和劝善惩恶的法规。作者寓劝世之意。

劉姓

荒年夫婦賴完全　三百青銅
壽可延　我願丘人知此意
積功原不在多錢

邵九娘①

①在《聊斋》早期抄本中，此文题目是"邵九娘"，青柯亭刻本改为"邵氏"，今从《聊斋》最早的抄本康熙抄本，仍用"邵九娘"为题。邵某虽然止有此女，但"九娘"可能是随祖父名下孙女排行，而"九娘"蕴含"九死不悔"之意。

②金氏不仅有奇妒之心，而且有奇妒之才。对付丈夫奇兵突出，花样翻新。

③外做贤良。

④讲话在理。

⑤所谓"逮理不让人"。

⑥细针密线，暗伏后文：其一，邵氏因相面之术，观柴生有光大门闾之后人，故嫁之；其二，邵氏会医道，故有后文医病之生动情节。

　　柴廷宾，太平人〔1〕，妻金氏不育，又奇妒。柴百金买妾，金暴遇之，经岁而死。柴忿出，独宿数月，不践闺闼。一日，柴初度，金卑词庄礼为丈夫寿，柴不忍拒，始通言笑。金设筵内寝，招柴，柴辞以醉。金华妆自诣柴所，曰："妾竭诚终日，君即醉，请一盏而别。"柴乃入，酌酒话言。妻从容曰："前日误杀婢子，今甚悔之。何便仇忌，遂无结发情耶？后请纳金钗十二，妾不汝瑕疵也。"柴益喜，烛尽见跋〔2〕，遂止宿焉。由此敬爱如初。

　　金便呼媒媪来，嘱为物色佳媵，而阴使迁延勿报，己则故督促之。②如是年余。柴不能待，遍嘱戚好为之购致，得林氏之养女。金一见，喜形于色，饮食共之，脂泽花钏，任其所取。③然林固燕产，不习女红，绣履之外，须人而成〔3〕。金曰："我家素勤俭，非似王侯家，买作画图看者。"④于是授美锦，使学制，若严师诲弟子。初犹呵骂，继而鞭楚。柴痛切于心，不能为地。而金之怜爱林尤倍于昔，往往自为汝束，匀铅黄焉。但履跟稍有折痕，则以铁杖击双弯，发少乱，则批两颊。⑤林不堪其虐，自经死。柴悲惨心目，颇致怨怼。妻怒曰："我代汝教娘子，有何罪过？"柴始悟其奸，因复反目，永绝琴瑟之好。阴于别业修房闼，思购丽人而别居之。

　　荏苒半载，未得其人。偶会友人之葬，见二八女郎，光艳溢目，停睇神驰。女怪其狂顾，秋波斜转之。询诸人，知为邵氏。邵贫士，止此女，少聪慧，教之读，过目能了。尤喜读《内经》及冰鉴书〔4〕。⑥父溺爱之，有议婚者，辄令自择，而贫富皆少所可，故十七岁犹未字也。柴得其端末，知不可图，然心低徊之。又冀其家贫，或可利动。谋之数媪，无敢媒者，遂亦灰心，无所复望。

忽有贾媪者，以货珠过柴，柴告所愿，赂以重金，曰："止求一通诚意，其成与否，所勿责也。万一可图，千金不惜。"媪利其有，诺之，登门，故与邵妻絮语。睹女，惊赞曰："好个美姑姑！假到昭阳院，赵家姊妹何足数得！"⑦又问："婿家阿谁？"邵妻答："尚未。"媪言："若个娘子，何愁无王侯作贵客也！"邵妻叹曰："王侯家所不敢望；只要个读书种子，便是佳耳。我家小孽冤，翻复遴选，十无一当，不解是何意向？"媪曰："夫人勿须烦怨。恁个丽人，不知前身修何福泽，才能消受得！昨一大笑事，柴家郎君云：于某家茔边望见颜色，愿以千金为聘。此非饿鸱作天鹅想耶[5]？早被老身呵斥去矣！"⑧邵妻微哂未答。媪曰："便是秀才家，难与校计，若在别个，失尺而得丈，宜若可为矣。"⑨邵妻复笑不言。媪抚掌曰："果尔，则为老身计亦左矣。日蒙夫人爱，登堂便促膝赐浆酒；若得千金，出车马，入楼阁，老身再到门，则阍者呵叱及之矣。"⑩邵妻沉吟良久，起而去，与夫语；移时，唤其女；又移时，三人并出。⑪邵妻笑曰："婢子奇特，多少良匹悉不就，闻为贱媵则就之。但恐为儒林笑也！"媪曰："倘入门得一小哥子，大夫人便如何耶！"言已，告以别居之谋。邵益喜，唤女曰："试同贾姥言之。此汝自主张，勿后悔，致怼父母。"女觍然曰："父母安享厚奉，则养女有济矣。况自顾命薄，若得佳偶，必减寿数，少受折磨，未必非福。前见柴郎亦福相，子孙必有兴者。"

媪大喜，奔告。柴喜出非望，即置千金，备舆马，娶女于别业，家人无敢言者。女谓柴曰："君之计，所谓燕巢于幕，不谋朝夕者也[6]。塞口防舌以冀不漏[7]，何可得乎？请不如早归，犹速发而祸小。"柴虑摧残，女曰："天下无不可化之人。我苟无过，怒何由起？"柴曰："不然。此非常之悍，不可情理动者。"女曰："身为贱婢，摧折其分。不然，买日为活，何可长也？"柴以为是，终踌躇而不敢决。

⑦三姑六婆的生动口语。先从夸赞入手。此媪真是舌底生莲，是女苏秦式人物。

⑧将做媒的任务用取笑的口气说出。试探也。
⑨对邵家之贫下菜碟。

⑩偏要从自己角度描绘邵家卖女后的富裕情况。给邵妻强烈向往。

⑪叙事有层次。邵女其实是卖身以济父母。可怜，是贤妻亦孝女。其擅长相面，寄希望于将来。

一日，柴他往，女青衣而出〔8〕，命苍头控老牝马，一妪携襆从之，竟诣嫡所，伏地自陈。妻始而怒，既念其自首可原，又见容饰谦卑，气亦稍平。乃命婢子出锦衣衣之，曰："彼薄倖人播恶于众，使我横被口语。其实皆男子不义，诸婢无行，有以激之。汝试念背妻而立家室，此岂复是人矣？"⑫女曰："细察渠似稍悔之，但不肯下气耳。谚云：'大者不伏小。'以礼论：妻之于夫，犹子之于父，庶之于嫡也。夫人若肯假以词色，则积怨可以尽捐。"妻云："彼自不来，我何与焉？"即命婢媪为之除舍。心虽不乐，亦暂安之。

　　柴闻女归，惊怛不已，窃意羊入虎群，狼藉已不堪矣。疾奔而至，见家中寂然，心始稳贴。女迎门而劝，令诣嫡所，柴有难色。女泣下，柴意少纳。女往见妻曰："郎适归，自惭无以见夫人，乞夫人往一姗笑之也。"⑬妻不肯行，女曰："妾已言之：夫之于妻，犹嫡之于庶。孟光举案，而人不以为诣，何哉？分在则然耳。"妻乃从之，见柴曰："汝狡兔三窟，何归为？"⑭柴俯不对。女肘之，柴始强颜为笑。妻色稍霁，将返。女推柴从之，又嘱庖人备酌。自是夫妻复和。

　　女早起青衣往朝，盥已，授帨，执婢礼甚恭。柴入其室，苦辞之，十余夕始肯一纳。妻亦心贤之，然自愧弗如，积惭成忌。但女奉侍谨，无可蹈瑕，或薄施呵谴，女惟顺受。

　　一夜，夫妻小有反唇，晓妆犹含盛怒。女捧镜，镜堕，破之。妻益恚，握发裂眦。女惧，长跪哀免。怒不解，鞭之至数十。柴不能忍，盛气奔入，曳女出，妻呶呶逐击之。柴怒，夺鞭反扑，面肤绽裂，始退。由是夫妻若仇。柴禁女勿往，女弗听，早起，膝行伺幕外。妻捶床怒骂，叱去，不听前。日夜切齿，将伺柴出而后泄愤于女。柴知之，谢绝人事，杜门不通吊庆。妻无如何，惟日挞婢媪以寄其恨，下人皆不可堪。自夫妻绝好，女亦莫敢当夕，柴于是孤眠。妻闻之，意亦稍安，有大婢素狡黠，偶与

⑫ 谁能说这话不对？金氏非常会抓理。

⑬ 邵女的低三下四、曲意周全真是到家了。

⑭ 妙语。《聊斋》妒妇中，江城、尹氏、金氏，可谓鼎足而三，金氏的妒忌表现为处理人际关系的精明。

柴语，妻疑其私，暴之尤苦。婢辄于无人处，疾首怨骂。一夕，轮婢值宿，女嘱柴，禁无往，曰："婢面有杀机，叵测也。"柴如其言，招之来，诈问："何作？"婢惊惧，无所措词。柴益疑，检其衣，得利刃焉。婢无言，惟伏地乞死。柴欲挞之，女止之曰："恐夫人所闻，此婢必无生理。彼罪固不赦，然不如鬻之，既全其生，我亦得直焉。"柴然之。会有买妾者，急货之。妻以其不谋故，罪柴，益迁怒女，诟骂益毒。柴忿，顾女曰："皆汝自取。前此杀却，乌有今日？"言已而走。妻怪其言，遍诘左右，并无知者，问女，女亦不言。心益闷怒，捉裙浪骂。柴乃返，以实告。妻大惊，向女温语，而心转恨其言之不早。

柴以为嫌隙尽释，不复作防。适远出，妻乃召女而数之曰："杀主者罪不赦，汝纵之何心？"女造次不能以词自达。妻烧赤铁烙女面欲毁其容，婢媪皆为之不平。每号痛一声，则家人尽哭，愿代受死。妻乃不烙，以针刺胁二十余下，始挥去之。

柴归，见面创，大怒，欲往寻之。女捉襟曰："妾明知火盆而固蹈之。当嫁君时，岂以君家为天堂耶？亦自顾命薄，聊以泄造化之怒耳。安心忍受，尚有满时，若再触焉，是坎已填而复掘之也〔9〕。"遂以药糁患处，数日寻愈。忽揽镜喜曰："君今日宜为妾贺，彼烙断我晦纹矣！"⑮朝夕事嫡，一如往日。金前见众哭，自知身同独夫，略有愧悔之萌，时时呼女共事，词色平善。月余，忽病逆，害饮食。柴恨其不死，略不顾问。数日，腹胀如鼓，日夜寝困。女侍伺不遑眠食，金益德之。女以医理自陈；金自觉畴昔过惨，疑其怨报，故谢之。

金为人持家严整，婢仆悉就约束；自病后，皆散诞无操作者。柴躬自经理，劬劳甚苦，而家中米盐，不食自尽。由是慨然兴中馈之思〔10〕，聘医药之。金对人辄自言为"气蛊"，以故医脉之，无不指为气郁者。凡易数医，卒罔效，亦濒危矣。又将烹药，女进曰："此等药，百裹无益，只增剧耳。"金不信。女暗撮别剂易之。

⑮ 唯心主义外加奴性。

药下，食顷三遗〔11〕，病若失。遂益笑女言妄，呻而呼之曰："女华佗，今如何也？"女及群婢皆笑。金问故，始实告之。泣曰："妾日受子之覆载而不知也〔12〕！今而后，请虽家政听子而行。"

无何病痊，柴整设为贺。女捧壶侍侧，金自起夺壶，曳与连臂，爱异常情。更阑，女托故离席，金遣二婢曳还之，强与连榻。自此，事必商，食必偕，即姊妹无其和也。无何，女产一男。产后多病，金亲为调视，若奉其母。

后金患心痏〔13〕，痛起，则面目皆青，但欲觅死。女急取银针数枚，比至，则气息濒尽，按穴刺之，画然痛止。十余日复发，复刺；过六七日又发。虽应手奏效，不至太苦，然心常惴惴，恐其复萌。夜梦至一处，似庙宇，殿中鬼神皆动。神问："汝金氏耶？汝罪过多端，寿数合尽。念汝改悔，故仅降灾，以示微谴。前杀两姬，此其宿报。至邵氏何罪，而惨毒至此？鞭打之刑，已有柴生代报，可以相准；所欠一烙、二十三针，今三次，止偿零数，便望病根除耶？明日又当作矣！"醒而大惧，犹冀为妖梦之诬。食后果病，其痛倍苦。女至，刺之，随手而瘥。疑曰："技止此类，病本何以不拔？请再灼之。此非烂烧不可，但恐夫人不能忍受。"金忆梦中语，以故无难色。然呻吟忍受之际，默思欠此十九针，不知作何变症，不如一朝受尽，庶免后苦。炷尽，求女再针，女笑曰："针岂可以泛常施耶？'金曰："不必论穴，但烦十九刺。"女笑不可。金请益坚，起跪榻上，女终不忍。实以梦告，女乃约略经络，刺之如数。自此平复，果不复病。弥自忏悔，临下亦无戾色。子名曰俊，秀惠绝伦。女每曰："此子翰苑相也。"八岁，有神童之目，十五岁，以进士授翰林。⑯是时柴夫妇年四十，如夫人三十有二三耳。舆马归宁，乡里荣之。邵翁自鬻女后，家暴富，而士林羞与为伍，至是，始有通往来者。

异史氏曰："女子狡妒，其天性然也。而为妾媵者，

⑯ 苦尽甘来，儿子做官，这是蒲松龄经常给"贤妾"安排的结局。

又复炫美弄机,以增其怒。呜呼!祸所由来矣。若以命自安,以分自守,百折而不移其志,此岂梃刃所能加乎?乃至于再拯其死,而始有悔悟之萌。呜呼!岂人也哉!如数以偿,而不增之息,亦造物之恕矣。顾以仁术作恶报,不亦慎乎〔14〕!每见愚夫妇抱疴终日,即招无知之巫,任其刺肌灼肤而不敢呻,心尝怪之,至此始悟。"

闽人有纳妾者,夕入妻房,不敢便去,伪解屦作登榻状。妻曰:"去休!勿作态!"夫尚徘徊,妻正色曰:"我非似他家妒忌者,何必尔尔。"夫乃去。妻独卧,辗转不得寐,遂起,往伏门外潜听之。但闻妾声隐约,不甚了了,惟"郎罢"二字,略可辨识。郎罢,闽人呼父也。妻听逾刻,痰厥而踣,首触扉作声。夫惊起,启户,尸倒入。呼妾火之,则其妻也。急扶灌之。目略开,即呻曰:"谁家'郎罢'被汝呼!"妒情可哂。

校勘

底本:康熙本。参校:异史、二十四卷本、铸雪斋本、青柯亭本。

注释

〔1〕太平:明清府名,今安徽省马鞍山市和芜湖市一带。〔2〕烛尽见跋:蜡烛烧尽。蜡烛烬余部分为跋。〔3〕须人而成:需要他人来完成。〔4〕《内经》及冰鉴书:《黄帝内经》和相面的书。〔5〕饿鸱作天鹅想:饥饿的猫头鹰想吃天鹅肉。〔6〕"燕巢"二句:燕子将巢建在飞幕之上,不管能不能维持。典故源自《左传·襄公二十九年》:"夫子在此也,犹燕之巢于幕上。"〔7〕塞口防舌以冀不漏:想方设法不让偷娶邵氏的消息传出去。〔8〕青衣:寒酸的奴仆衣服。〔9〕坎已填而复掘之:已经填平的火坑重新再掘深。〔10〕慨然兴中馈之思:因为知道妻子对家庭的贡献对妻子产生珍惜之情。〔11〕食顷三遗:一顿饭功夫大便三次。〔12〕覆载:天覆地载。形容恩惠。〔13〕心痗(mèi):忧伤导致心病。〔14〕慎(diān):同"颠",发疯。

点评

典型妒妻金氏遇到典型贤妾邵九娘。邵氏之"贤"对应金氏之"妒"并感化其妒。金氏既有奇妒之心又有奇妒法术,邵氏偏偏能对症下药疗其妒。"天下无不可化之人",是全文总纲。邵氏化金氏,第一步是以"青衣"面目出现,示守分；第二步，苦口婆心讲"夫为妻纲"，启发金氏守妇道；第三步"不敢当夕"避免矛盾；第四步，解脱金的疾病，使其感恩。嫡庶相争历来是封建家庭的关键，蒲松龄创造邵氏这一充满奴性色彩的人物和充满果报观念的故事，表达了他欣赏妻妾和美、嫡庶相安的封建婚姻观。小说最精彩的人物则是说服秀才卖女的三姑六婆贾媪。此人身上有明显的明清白话小说"开言欺陆贾，出口胜隋和"之类人物的痕迹。

郤女
水剪雙瞳善相人
窺六脈抄回春徑
宾談咳唾叅事填
盡人間姒娣津

巩仙

巩道人，无名字，亦不知何里人。尝求见鲁王〔1〕，阍人不为通。有中贵人出，揖求之，中贵见其鄙陋，逐去之；已而复来。中贵怒，且逐且扑。至无人处，道人笑出黄金百两，烦逐者覆中贵："为言我亦不要见王；但闻后苑花木楼台，极人间佳胜，若能导我一游，生平足矣。"又以白金赂逐者。其人喜，反命〔2〕；中贵亦喜①，引道人自后宰门入〔3〕，诸景俱历。又从登楼上，中贵方凭窗，道人一推，但觉身堕楼外，有细葛绷腰，悬于空际；下视，则高深晕目，葛隐隐作断声。惧极，大号。无何，数监至，骇极。见其去地绝远，登楼共视，则葛端系棁上，欲解援之，则葛细不堪用力。遍索道人，已杳矣。束手无计，奏知鲁王，王诣视，大奇之，命楼下藉茅铺絮，将因而断之。甫毕，葛崩然自绝，去地乃不咫耳。相与失笑。②

王命访道士所在。闻馆于尚秀才家，往问之，则出游未复。既，遇于途，遂引见王。王赐宴坐，便请作剧，道士曰："臣草野之夫，无他庸能。既承优宠，敢献女乐为大王寿〔4〕。"遂探袖中，出美人，置地上，向王稽拜已。道士命扮《瑶池宴》本，祝王万年。女子吊场数语〔5〕，道士又出一人，自白"王母"。少间，董双成、许飞琼，一切仙姬次第俱出。末有织女来谒〔6〕，献天衣一袭，金彩绚烂，光映一室。王意其伪，索观之，道士急言："不可！"王不听，卒观之，果无缝之衣〔7〕，非人工所能制也。道士不乐曰："臣竭诚以奉大王，暂而假诸天孙〔8〕，今为浊气所染③，何以还故主乎？"王又意歌者必仙姬，思欲留其一二④，细视之，则皆宫中乐伎耳。转疑此曲非所夙谙，问之，果茫然不自知。道士以衣置火烧之，然后纳诸袖中，再搜之，则已无矣。

① 侯门似海，金钱开路。

② 小施薄惩。

③ 浊人以浊气薰衣。

④ 猎艳无孔不入。

王于是深重道士，留居府内。道士曰："野人之性，视宫殿如藩笼，不如秀才家得自由也。"每至中夜，必还其所，时而坚留，亦遂宿止。辄于筵间，颠倒四时花木为戏。王问曰："闻仙人亦不能忘情，果否？"对曰："或仙人然耳；臣非仙人，故心如枯木矣。"一夜宿府中，王遣少妓往试之。入其室，数呼不应，烛之，则瞑坐榻上。摇之，眸一闪即复合；再摇之，鼾声作矣。推之，则随手而倒，酣卧如雷；弹其额，硬丕指，作铁釜声。返以白王。王使刺以针，针弗入。推之，重不可摇；加十余人举掷床下，若千斤石堕地者。旦而窥之，仍眠地上。醒而笑曰："一场恶睡，坠床不觉耶！"后女子辈每于其坐卧时，按之以为戏，初按犹软，再按则铁石矣。⑤

　　道士舍尚秀才家，恒中夜不归。尚锁其户，及旦启扉，道士已卧室中。初，尚与曲妓惠哥善〔9〕，矢志嫁娶。惠雅善歌，弦索倾一时。鲁王闻其名，召入供奉，遂绝情好。每系念之，苦无由通。一夕问道士："见惠哥否？"答言："诸姬皆见，但不知其谁何。"尚述其貌，道其年，道士乃忆之。尚求转寄一语，道士笑曰："我世外人，不能为君塞鸿〔10〕。"尚哀之不已。道士展其袖曰："必欲一见，请入此。"尚窥之，中大如屋。伏身入，则光明洞彻，宽若厅堂；几案床榻，无物不有。居其内，殊无闷苦。⑥

　　道士入府，与王对弈。望惠哥至，阳以袍袖拂尘，惠哥已纳袖中，而他人不之睹也。尚方独坐凝想，忽有美人自檐间堕，视之，惠哥也。两相惊喜，绸缪臻至。尚曰："今日奇缘，不可不志。请与卿联之。"书壁上曰："侯门似海久无踪。"惠续云："谁识萧郎今又逢。"尚曰："袖里乾坤真个大。"惠曰："离人思妇尽包容。"⑦书甫毕，忽有五人入，角冠，淡红衣，认之，都与无素。默然不言，捉惠哥去。尚惊骇，不知所由。道士既归，呼之出，问其情事，隐讳不以尽言。道士微笑，解衣反袂示之。尚审视，隐隐有字迹，细裁如虮，盖即所题句也。

⑤心如槁木而体如铁石。鲁王好奇如顽童，种种恶作剧。

⑥《聊斋》点化的仙境无处不在。

⑦但明伦评："偏是天下极难之事，必世外人成全之。故谓仙人能忘情，耐我无情之事。"

后十数日，又求一入。前后凡三入。惠哥谓尚曰："腹中震动，妾甚忧之，常以紧帛束腰际。府中耳目较多，倘一朝临蓐，何处可容儿啼？烦与巩仙谋，见妾三叉腰时，便一拯救。"尚诺之。归见道士，伏地不起。道士曳之曰："所言，予已了了。但请勿忧。君宗祧赖此一线，何敢不竭绵薄。但自此不必复入。我所以报君者，原不在情私也。"⑧

后数月，道士自外入，笑曰："携得公子至矣。可速把襁褓来！"尚妻最贤，年近三十，数胎而存一子；适生女，盈月而殇。闻尚言，惊喜自出。道士探袖出婴儿，酣然若寐，脐梗犹未断也。尚妻接抱，始呱呱而泣。

道士解衣曰："产血溅衣，道门最忌。今为君故，二十年故物，一旦弃之。"尚为易衣。道士嘱曰："旧物勿弃却，烧钱许，可疗难产，堕死胎。"尚从其言。居之又久，忽告尚曰："所藏旧衲，当留少许自用，我死后亦勿忘也。"尚谓其言不祥。道士不言而去，入见王曰："臣欲死！"王惊问之，曰："此有定数，亦复何言。"王不信，强留之；手谈一局，急起，王又止之。请就外舍，从之。道士趋卧，视之已死。王具棺木，礼葬之。尚临哭尽哀，始悟囊言盖先告之也。遗衲用催生，应如响，求者踵接于门。始犹以污袖与之；既而剪领衿，罔不效。及闻所嘱，疑妻必有产厄，断血布如掌，珍藏之。会鲁王有爱妃临盆，三日不下，医穷于术，或有以尚生告者，立召入，一剂而产。王大喜，赠白金、彩缎良厚，尚悉辞不受。王问所欲，曰："臣不敢言。"再请之，顿首曰："如推天惠，但赐旧妓惠哥足矣。"王召之来，问其年，曰："妾十八入府，今十四年矣。"王以其齿加长，命遍呼群妓，任尚自择，尚一无所好。王笑曰："痴哉书生！⑨十年前定婚嫁耶？"尚以实对。乃盛备舆马，仍以所辞彩缎为惠哥作妆，送之出。惠所生子，名之秀生。秀者，袖也。是时年十一矣。日念仙人之恩，清明则上其墓。有久客川中者，逢道人于途，出书一卷

⑧聊斋先生心目中子嗣高于一切，有了儿子，情爱就不复需要了。

⑨夏虫不可语冰，亲王岂可言情。

曰："此府中物，来时仓猝，未暇璧返，烦寄去。"客归，闻道人已死，不敢达王，尚代奏之。王展视，果道士所借。疑之，发其冢，空棺耳。后尚子少殇，赖秀生承继，益服巩之先知云。

异史氏曰："袖里乾坤，古人之寓言耳，岂真有之耶？抑何其奇也！中有天地、有日月，可以娶妻生子，而又无催科之苦，人事之烦，则衲中虮虱，何殊桃源鸡犬哉！设容人常住，老于是乡可耳。"⑩

⑩疑作者创作此文，本来就是从"袖里乾坤"俗语生发出来。

校勘

底本：康熙本。参校：异史、二十四卷本、铸雪斋本、青柯亭本。

注释

〔1〕鲁王：明太祖朱元璋第十子封鲁王，封地在山东在兖州。〔2〕反命：复命。〔3〕后宰门：王府后门。〔4〕献女乐为大王寿：命歌舞伎献歌舞为鲁王求长寿。〔5〕吊场：戏剧术语，一出戏的结束，其他演员离场，留下一二人念下场诗，或戏中某场面未结束，由一演员说几句话转入下一场面。〔6〕董双成、许飞琼、织女：均为前人神话传说中的天上仙女。董、许出现在《汉武内传》，织女出现在南朝殷芸《小说》，长年织造云锦，既是神话人物，亦是星名。〔7〕无缝之衣：天衣，为神仙所穿之衣，据《玄怪录》，天衣本非针线所制，故无缝。〔8〕天孙：织女星。《汉书·天文志》："织女，天女孙也。"〔9〕曲妓：乐伎。〔10〕塞鸿：唐传奇《无双传》，王仙客与无双自幼相爱，后无双被招入宫，仙客的仆人塞鸿帮助二人复合。塞鸿，原意为塞外飞鸿，苏武牧羊，借鸿雁传书，后世常作信使代称。

点评

"袖里乾坤"跟桃花源一样，是逃避现实的乌托邦，作者希望有这样一个"无催科之苦，人事之烦"的所在，离妇思人可以在这里幽会。道士提供袍袖做恋人的婚床，主要不是为了情爱而是为了传宗接代。这是蒲松龄极其强烈的宗祧观的生动表现。道士慎独，尚秀才忠于爱情，贵为亲王的鲁王及中贵人不是见色起意就是见钱眼开，作者寓讽刺于谐趣之中。小说充满了奇幻色彩，处处诡异，时时变幻，令人目不暇接。

罩儴

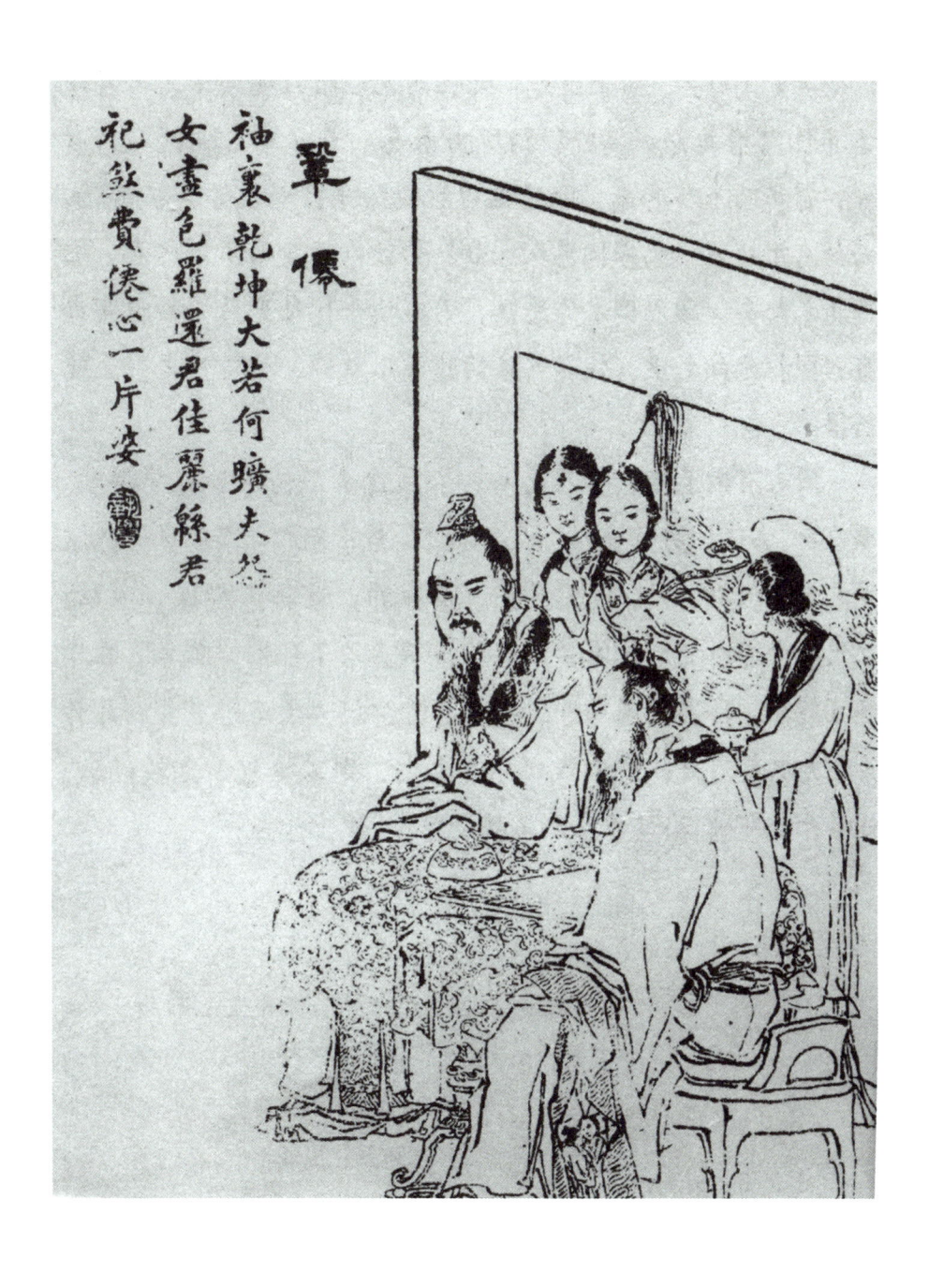

袖裏乾坤大若何曠夫怨
女盡包羅還君佳麗縣君
祀然費儂心一片娑

二商

莒人商姓者〔1〕，兄富而弟贫，邻垣而居〔2〕。康熙间〔3〕，岁大凶，弟朝夕不自给。一日，日向午，尚未举火，枵腹蹀躞，无以为计。妻令往告兄，商曰："无益。脱兄怜我贫也，当早有以处此矣。"妻固强之，商使其子往，少顷，空手而返。商曰："何如哉！"妻详问阿伯云何，子曰："伯踌躇，目视伯母①，伯母告我曰：'兄弟析居，有饭各食，谁复能相顾也。'"②夫妻无言，暂以残盎败榻〔4〕，少易糠秕而生。

里中三四恶少，窥大商饶足，夜逾坦入。夫妻警寤，鸣盎器而号。邻人共嫉之，无援者。不得已，疾呼二商，商闻嫂鸣，欲趋救，妻止之，大声对嫂曰："兄弟析居，有祸各受，谁复能相顾也！"③俄，盗破扉，执大商及妇，炮烙之〔5〕，呼声綦惨。二商曰："彼固无情，焉有坐视兄死而不救者！"率子越墙，大声疾呼。二商父子故武勇，人所畏惧，又恐惊致他援，盗乃去。视兄嫂，两股焦灼，扶榻上，招集婢仆，乃归。

大商虽被创，而金帛无所亡失，谓妻曰："今所遗留，悉出弟赐，宜分给之。"④妻曰："汝有好兄弟，不受此苦矣！"⑤商乃不言。二商家绝食，谓兄必有一报，久之，寂不闻。妇不能待，使子捉囊往从贷，得斗粟而返。妇怒其少，欲反之，二商止之。逾两月，贫馁愈不可支。二商曰："今无术可以谋生，不如鬻宅于兄。兄恐我他去，或不受券而恤焉，未可知；纵或不然，得十余金，亦可存活。"妻以为然，遣子操券诣大商。大商告之妇，且曰："弟即不仁，我手足也。彼去，则我孤立，不如反其券而周之。"⑥妻曰："不然。彼言去，挟我也；果尔，则适堕其谋。世间无兄弟者，便都死却耶？⑦我高茸墙垣，亦足自固。不如受其券，从所适，亦可以广吾宅。"⑧

①七个字活画怕老婆之懦夫神采。

②铁齿钢牙！

③以牙还牙。

④大商纵有爱弟之心，无奈凡事"请示"耶。

⑤事非口吻毕肖。

⑥大商之虑亦完全出自自我利益之想。自私。其妻更恶。

⑦大商妇胁夫骂弟，絮絮口吻如见。

⑧乘人之危获利，哪怕是亲兄弟，怪不得大商被盗，邻人无人相救。

计定，令二商押署券尾，付直而去。二商于是徙居邻村。

乡中不逞之徒，闻二商去，又攻之。复执大商，榜楚并兼，酷毒参至，所有金资，悉以赎命。盗临去，开廪呼村中贫者〔6〕，恣所取，顷刻都尽。

次日，二商始闻，及奔视，则兄已昏愦不能语，开目见弟，但以手抓床席而已。少顷遂死。二商忿诉邑宰。盗首逃窜，莫可缉获。盗粟者百余人，皆里中贫民，州守亦莫如何。

大商遗幼子，才五岁，家既贫，往往自投叔所，数日不归；送之归，则啼不止。二商妇颇不加青眼。二商曰："渠父母不义，其子何罪？"⑨因市蒸饼数枚，自送之。过数日，又避妻子，阴负斗粟于嫂，使养儿。如此以为常。又数年，大商卖其田宅⑩，母得直，足自给，二商乃不复至。后岁大饥，道殣相望〔7〕，二商食指益繁，不能他顾。侄年十五，荏弱不能操业，使携篮从兄货胡饼⑪。一夜，梦兄至，颜色惨戚曰："余惑于妇言，遂失手足之义。弟不念前嫌，增我汗羞。所卖故宅，今尚空闲，宜僦居之。屋后篷颗下，藏有窖金，发之，可以小阜。使丑儿相从；长舌妇，余甚憾之，勿顾也。"既醒，异之。以重直啗第主，始得就，果发得五百金。从此弃贱业，使兄弟设肆廛间。侄颇慧，记算无讹，又诚悫〔8〕，凡出入，一锱铢必告。二商益爱之。一日，泣为母请粟，商妻欲勿与，二商念其孝，按月廪给之。数年家益富。大商妇病死，二商亦老，乃析侄，家资割半与之。

异史氏曰："闻大商一介不轻取予，亦狷洁自好者也〔9〕。然妇言是听，愦愦不置一词，忍情骨肉〔10〕，卒以吝死。呜呼！亦何怪哉。二商以贫始，以素封终。为人何所长？但不甚遵闺教耳。呜呼！一行不同，而人品遂异。"

校勘

底本：康熙本。参校：异史、二十四卷本、铸雪斋本、青柯亭本。

注释

〔1〕莒（jǔ）：明清莒州，今山东省日照市莒县。〔2〕邻垣而居：隔墙而居。〔3〕康熙：清圣祖玄烨（1662—1722）年号。蒲松龄的主要生活年代。〔4〕残盎败榻：破旧的家具、陶器。〔5〕炮（páo）烙之：烧红烙铁烙其身体。〔6〕廪：粮仓。〔7〕道殣（jìn）相望：路上到处是饿死的人。〔8〕诚悫（què）：忠厚谨慎。〔9〕狷洁自好：耿直，洁身自好。〔10〕恝（jiá）情骨肉：对亲兄弟漠不关心。

点评

一篇非常有生活气息的家庭问题小说。封建家庭中因为妇人的不贤导致兄弟失和是常有的现象，蒲松龄自己也深受其害。大商唯妻之言是听，全然不讲兄弟情谊，二商有主见，对兄嫂以德报怨。兄弟二人贤愚分明，结局也迥然不同。大商妇和二商妇都悭吝不仁，尖刻自私。翻云覆雨，颠倒是非，一个站干岸儿，一个推倒墙不扶，泼妇之意针锋相对，缺德招数，层出不穷。作者写怕老婆之懦夫，写横逆之泼妇，三言两语，神采毕现。人物对话生动，如闻其声，如见其人。

二商

兄弟怡怡樂孔懷
婦言偏使兩情乖
二商友愛鍾天性
長舌安能作厲階

罗祖

罗祖,即墨人也,少贫纵。族中应出一丁戍北边,即以罗往。罗居边数年,生一子。驻防守备雅厚遇之。会守备迁陕西参将,欲携与俱去,罗乃托妻子于其友李某者,遂西。自此,三年不得反。

适参将欲致书北塞,罗乃自陈,请以便道省妻子,参将从之。罗至家,见妻子无恙,良慰。然床下有男子遗舄,心疑之;即而至李申谢。李致酒殷勤,妻又道李恩义,罗感激不胜。明日,谓妻曰:"我往致主命,暮不能归,勿伺也。"出门跨马去。匿身近处,更定却归〔1〕。闻妻与李卧语,大怒,破扉。二人惧,膝行乞死。罗抽刃出,已复韬之曰〔2〕:"我始以汝为人也,今若此,杀之污吾刀耳!与汝约:妻子而受之,籍名亦而充之,马匹械器具在。我逝矣!"遂去。乡人共闻于官,官笞李,李以实告。而事无验见,莫可质凭,远近搜罗,则绝匿名迹。官疑其因奸致杀,益械李及妻;逾年,并桎梏以死〔3〕。乃驿送其子归即墨〔4〕。

后石匣营有樵人入山,见一道人坐洞中,未尝求食。众以为异,赍粮供之。或有识者,盖即罗也。馈遗满洞,罗终不食,意似厌嚣,以故来者渐寡。积数年,洞外蓬蒿成林。或潜窥之,则坐处不曾少移。又久之,见其出游山上,就之已杳;往瞰洞中,则衣上尘蒙如故。益奇之。更数日而往,则玉柱下垂〔5〕,坐化已久。土人为之建庙,每三月间,香楮相属于道〔6〕。其子往,人皆呼以小罗祖,香税悉归之〔7〕。今其后人,犹岁一往,收税金焉。沂水刘宗玉向予言之甚详〔8〕。予笑曰:"今世诸檀越,不求为圣贤,但望成佛祖。请遍告之:若要立地成佛,须放下刀子去。"

校勘

底本:康熙本。参校:异史、二十四卷本、铸雪斋本、青柯亭本。

注释

〔1〕更定:一更天之后。〔2〕复韬之:指收刀入鞘。〔3〕桎梏:手铐脚镣,指受刑。〔4〕驿送:通过驿站传送。〔5〕玉柱:佛教徒谓坐化后鼻悬之鼻涕为

玉柱。〔6〕香楮：香烛、纸钱。〔7〕香税：香火钱。〔8〕沂水刘宗玉：即刘琮，见卷四《钱流》注1。

点评

这是个"放下屠刀，立地成佛"的劝世故事。罗祖相信朋友和妻子，托朋友照管妻子，结果变成山羊看守白菜。小说写罗祖对妻子和朋友的坦荡信任，写他察觉异样后设法捉奸，层层写来，都是"入世"之思，待拿到证据后，却将籍名、器械马匹相赠，做出世之想。他到底是大发善心，还是以"失踪"有意陷害？罗祖在抽刀杀人一刹那，善心大发，飘然而去，隐居山林，修炼成佛。他的妻子和朋友却被怀疑因奸致杀罪，被官场滥施酷刑而死。值得推敲。

羅祖

妻孥久別幸千
安決絕如何一旦
拌檀越猶將刀
放下便成佛祖
忽孔難

沂水秀才

　　沂水某秀才，课业山中。夜有二美人入，含笑不语，各以长袖拂榻，相将坐〔1〕，衣软无声。少间，一美人起，以白绫巾展几上，上有草书三四行，亦未审其何词。一美人置白金一铤，可三四两许，秀才掇内袖中。美人取巾，握手笑出，曰："俗不可耐！"秀才扪金，则乌有矣。丽人在坐，投以芳泽，置不顾，而金是取，是乞儿相也，尚可耐哉！狐子可儿，雅态可想。

　　友人言此，并思不可耐事，附志之：对酸俗客；市井人作文语〔2〕；富贵态状；秀才装名士；信口谎言不掩；揖坐苦让上下〔3〕；旁观谄态；财奴哭穷；歪诗文强人观听；醉人歪缠；汉人作满洲调〔4〕；任憨儿登筵抓肴果；市井恶谑；体气苦逼人语〔5〕；歪科甲谈诗文〔6〕；语次频称贵戚；假人余威装模样。

校勘

　　底本：康熙本。参校：异史、二十四卷本、铸雪斋本、青柯亭本。

注释

　　〔1〕相将坐：互相扶持着坐下。〔2〕市井人作文语：市井做买卖的人故意假装斯文。〔3〕揖坐苦让上下：主人和客人为了座次一再互相谦让。〔4〕汉人作满洲调：中原人模仿满洲人说话。清入关后，八旗人学汉话多带儿话音。〔5〕体气苦逼人语：身上有狐臭或口臭却靠近人说话。〔6〕歪科甲谈诗文：瞎猫碰着死老鼠考上功名的人跟有学问的人谈诗论文。

点评

　　身为秀才对草书不感兴趣，身为男子对美女不感兴趣，就是见钱眼开，怪不得狐女要说"俗不可耐"了。这是篇意味深长的讽刺小品，写得轻灵巧妙，幽默风趣。篇末所附"不可耐事"，是作者对人生弊病洞察的结果。可见作者的正义感和愤世嫉俗之心。

何来长袖态翩翩 小榻无
尘坐并肩 不爱绫巾爱金
铤 书生俗状亦堪怜

千蕙水诉

梅女

封云亭，太行人〔1〕。偶至郡，昼卧寓屋。时年少丧偶，岑寂之下，颇有所思。凝视间，见墙上有女子影，依稀如画。念必意想所致，而久之不动，亦不灭。异之。起视转真，再近之，俨然少女，容蹙舌伸〔2〕，索环秀领〔3〕，惊顾未已，冉冉欲下。知为缢鬼，然以白昼壮胆，不大畏怯。语曰："娘子如有奇冤，小生可以极力〔4〕。"影居然下，曰："萍水之人，何敢遽以重务浼君子。但泉下槁骸〔5〕，舌不得缩，索不得除，求断屋梁而焚之，恩同山岳矣。"①诺之，遂灭。呼主人来，问所见状。主人言："此十年前梅氏故宅，夜有小偷入室，为梅所执，送诣典史〔6〕。典史受盗钱三百，诬其女与通，将拘审验。女闻，自经。后梅夫妻相继卒，宅归于余。客往往见怪异，而无术可以靖之〔7〕。"封以鬼言告。主人计毁舍易楹，费不赀〔8〕，故难之。封乃协力助作，既就而复居之。

梅女夜至，展谢已，喜气充溢，姿态嫣然。封爱悦之，欲与为欢。瞒然而惭曰〔9〕："阴惨之气，非但不为君利，若此之为，则生前之垢〔10〕，西江不可濯矣〔11〕。会合有时，今日尚未。"问："何时？"但笑不言。封问："饮乎？"答曰："不饮。"封曰："坐对佳人，闷眼相看，亦复何味？"女曰："妾生平戏技，惟谙打马〔12〕。但两人寥落，夜深又苦无局。今长夜莫遣，聊与君为交线之戏〔13〕。"封从之。促膝戟指〔14〕，翻变良久，封迷乱不知所从。女辄口道而颐指之〔15〕，愈出愈幻，不穷于术。封笑曰："此闺房之绝技也。"女曰："此妾自悟，但有双线，即可成文〔16〕，人自不之察耳。"更阑颇怠，强使就寝，曰："我阴人不寐，请君自休。妾少解按摩之术，愿尽技能，

①梅女慧极，她做鬼十六年，亦一心申冤十六年，她要观察封生是否可靠，故开始不以报仇重务相托。必先解脱吊死鬼的绳索之苦。

995

② 一段媲美性爱的男女之情。梅女必须保持清白之身以洗其冤屈。二人的感情又相当深厚，交线、按摩等情节，写梅女的聪慧和擅长辞令、温柔体贴，丝丝入扣。

③ 妙语如珠。

④ 既是爱卿不乐说名字怕站门户，亦是作者构思与伏笔之需要。其身世将由典史揭开。

⑤ 鬼妓骤见阳世之夫，表情生动。

以侑清梦〔17〕。"②封从其请。女叠掌为之轻按，自顶及踵皆遍；手所经，骨若醉。既而握指细擂，如以团絮相触状，体畅舒不可言：擂至腰，口目皆懵；至股，则沉沉睡去矣。

及醒，日已向午，觉骨节轻和，殊于往日。心益爱慕，绕屋而呼之，并无响应。日夕，女始至，封曰："卿居何所，使我呼欲遍？"曰："鬼无常所，要在地下。"问："地下有隙可容身乎？"曰："鬼不见地，犹鱼不见水也。"③封握腕曰："使卿而活，当破产购致之。"女笑曰："无须破产。"戏至半夜，封苦逼之。女曰："君勿缠我。有浙娼爱卿者，新寓比邻，颇极风致〔18〕。明夕，招与俱来，聊以自代。若何？"封允之。次夕，果与一少妇同至，年近三十已来，眉目流转，隐含荡意。三人狎坐〔19〕，打马为戏。局终，女起曰："嘉会方殷〔20〕，我且去。"封欲挽之，飘然已逝。两人登榻，于飞甚乐〔21〕。诘其家世，则含糊不以尽道④，但曰："郎如爱妾，当以指弹北壁，微呼曰：'壶卢子，'即至。三呼不应，可知不暇，勿更招也。"天晓，入北壁隙中而去。次日，女来，封问爱卿。女曰："被高公子招去侑酒，以故不得来。"因而剪烛共话。女每欲有所言，吻已启而辄止；固诘之，终不肯言，欷歔而已。封强与作戏，四漏始去。自此二女频来，笑声常彻宵旦，因而城社悉闻〔22〕。典史某，亦浙之世族〔23〕，嫡室以私仆被黜〔24〕。继娶顾氏，深相爱好，期月夭殂，心甚悼之。闻封有灵鬼，欲以问冥世之缘，遂跨马造封。封初不肯承，某力求不已。封设筵与坐，诺为之招鬼妓。日及曛〔25〕，叩壁而呼，三声未已，爱卿骤入。举头见客，色变欲走⑤，封以身横阻之。某审视，大怒，投以巨碗，溘然而灭。封大惊，不解其故，方将致诘。俄暗室中一老妪出，大骂曰："贪鄙贼！坏我家钱树子！三十贯索要偿也！"以杖击某，中颅。某抱首而哀曰："此顾氏，我妻也！少年而殒，方切哀痛，不图为鬼不贞。于姥乎何与？"姬怒曰："汝本江浙一无赖贼，买得条乌角带〔26〕，鼻骨倒竖矣〔27〕！汝居官有何黑白？袖有三百钱便而翁也⑥！神怒人怨，死期已迫。汝父母代哀冥司，愿以爱媳入青楼，代汝偿贪债，不知耶？"言已，又击。某宛转哀鸣。方惊诧无从救解，旋见梅女自房中出，张目吐舌，颜色变异，近以长簪刺其耳。封惊极，以身障客，女愤不已。封劝曰："某即有罪，倘死于寓所，则咎在小生。请少存投鼠之忌〔28〕。"女乃曳姬曰："暂假余息〔29〕，为我顾封郎也。"某张皇鼠窜而去。至署，患脑痛，中夜遂毙。

次夜，女出，笑曰："痛快，恶气出矣！"问："何仇怨？"女曰："曩已言之：受贿诬奸，衔恨已久⑦。每欲浼君一为昭雪，自愧无纤毫之德，故将言而辄止。适闻纷拏〔30〕，窃以伺听，不意其仇人也。"封讶曰："此即诬卿者耶？"曰："彼典史于此，十有八年，妾冤殁十六寒暑矣。"问："姬为谁？"曰："老娼也。"又问爱卿。曰："卧病耳。"因辗然曰："妾昔谓会合有期，今真不远矣。君尝愿破家相赎，犹记否？"封曰："今日犹此心也。"女曰："实告君：妾殁日，已投生延安展孝廉家。徒以大怨未伸，故迁延于是。请以新帛作鬼囊，俾妾得附君以往，就展氏求婚，计必允谐〔31〕。"封虑势分悬殊〔32〕，恐将不遂。女曰："但去无忧。"封从其言。女嘱曰："途中慎勿相唤；待合卺之夕，以囊挂新人首，急呼曰：'勿忘勿忘！'"封诺之。才启囊，女跳身已入⑧。携至延安，访之，果有展孝廉。生一女，貌极端好；但病痴，又常以舌出唇外，类犬喘日〔33〕。年十六岁，无问名者。父母忧念成痗。封到门投刺，具通族阀〔34〕。既退，托媒。展喜，赘封于家。女痴绝，不知为礼。使两婢扶曳归所。群婢既去，女解衿露乳，对封憨笑。封覆囊而呼之。女停眸审顾，似有疑思。封笑曰："卿不识小生耶？"举之囊而示之。女乃悟，急掩衿，喜共燕笑。诘旦，封入谒岳。展慰之曰：

---

⑥老鬼骂得入骨三分，痛快淋漓。此姬必须是鬼，如果是寻常百姓见官，只有跪拜叩头的份儿，岂敢开骂？

⑦典史受贿三百铜钱就害死梅女，梅女鬼魂向典史索命。梅女必须是鬼，否则就不能揭露夜台一样的社会；梅女必须是鬼，否则就不能向贪官复仇。怪异的鬼故事寄托深刻的刺贪刺虐的思想。

⑧携带灵魂去见躯壳。妙想！

⑨展女从傻极露乳到温文尔雅，其事由封说明，章法细密。

"痴女无知，既承青眷〔35〕，君倘有意，家中慧婢不乏，仆不靳相赠。"封力辨其不痴。展疑之。无何，女至，举止皆佳，因大惊异。女但掩口微笑。展细诘之，女进退而惭于言〔36〕；封为略述梗概⑨。展大喜，爱悦逾于平时。使子大成与婿同学，供给丰备。年余，大成渐厌薄之〔37〕。因而郎舅不相能〔38〕。厮仆亦刻疵其短〔39〕。展惑于浸润〔40〕，礼稍懈。女觉之，谓封曰："岳家不可久居；凡久居者，尽阋茸也。及今未大决裂，宜速归！"⑩封然之，告展。展欲留女，女不可。父兄尽怒，不给舆马。女自出奁资贳马归〔41〕。后展招令归宁，女固辞不往。后封举孝廉，始通庆好。

⑩梅女后身亦美而慧。

异史氏曰："官卑者愈贪，其常情然乎？三百诬奸，夜气之牿亡尽矣〔42〕。夺嘉偶入青楼，卒用暴死。吁！可畏哉！"

康熙甲子，贝丘典史最贪诈，民咸怨之。忽其妻被狡者诱与偕亡。或代悬招状云："某官因自己不慎，走失夫人一名。身无余物，止有红绫七尺，包裹元宝一枚，翘边细纹，并无阙坏。"亦风流之小报也。

校勘

底本：康熙本。参校：异史、二十四卷本、铸雪斋本、青柯亭本。

注释

〔1〕太行：太行山地区。〔2〕容蹙：皱着眉头。〔3〕索环秀领：秀美的脖子上套着绳索。〔4〕极力：竭力。〔5〕泉下槁骸：九泉之下的枯骨。〔6〕典史：县令的佐杂官，掌管缉盗、监狱。〔7〕靖：平息。〔8〕费不资：费用不可计数。〔9〕瞒（mén）然：惭愧之状。〔10〕生前之垢：典史诬陷梅女的罪名。〔11〕西江不可濯：掬长江之水也洗不清。西江，长江中下游。〔12〕打马：古代博戏，其棋子称"马"。李清照曾作《打马图》。〔13〕交线之戏：翻线游戏。一人架线于双手手指，另一人接过翻成新花样。轮番翻弄，层出不穷。〔14〕促膝载指：两人对坐膝接近，伸出双手，拇指和食指如载架线。〔15〕口道而颐指之：

口中解说且用下巴摆动指示方向。〔16〕成文：交线构成各种花样。〔17〕侑：佐助。〔18〕风致：容貌姿态。〔19〕狎坐：亲昵地坐一起。〔20〕嘉会：欢会。〔21〕于飞：用比翼而飞比喻男女欢会。〔22〕城社：全城。〔23〕浙：浙江。〔24〕私仆被黜：与仆人私通而被休。〔25〕曛（xūn）：黄昏。〔26〕乌角带：明代最低官员的腰饰。乌角圆板四片，镶银边的腰带。〔27〕鼻骨倒竖：字面意思是鼻孔朝天，引申为不知天高地厚、不知自己姓什么。〔28〕投鼠之忌：即"投鼠忌器"，比喻想打击坏人而又有所顾忌。〔29〕暂假余息：暂且让他苟延残喘。〔30〕纷挐：纷乱状态。〔31〕允谐：同意婚事。〔32〕势分：权势地位。〔33〕类犬喘日：像天热时狗伸着舌头喘息散热。〔34〕族阀：家世。古代仕宦人家立门外的柱子榜贴家世功绩，《玉篇·门部》："在左曰阀，在右曰阅。"〔35〕青眼：看得起。〔36〕进退：犹豫、为难之状。〔37〕厌薄：厌恶、瞧不起。〔38〕郎舅不相能：男子和妻子的兄弟不和。〔39〕刻疵其短：刻薄地挑封云亭的错。〔40〕惑于浸润：天长日久地受到迷惑。〔41〕贳（shì）：出租，租赁。〔42〕夜气之牿（gù）亡尽矣：良心丧尽的意思。《孟子·告子上》："平旦之气，其好恶与人相近也者几希，则其旦昼之所为，有牿亡之矣。牿之反复，则夜气不足以存。夜气不足以存，则其违禽兽不远矣。"夜气，儒家认为深夜静思产生的良知。"牿"通"梏"，因为受到利益的诱惑而失却善心。

点评

鬼本虚无，冤情却真。优美的人鬼恋故事寓刺贪刺虐的深刻思想。三百铜钱，一条人命，封建官场黑暗到无以复加的地步。柔弱的梅女为保清白之身洗冤，给情人介绍鬼妓，鬼妓偏偏是害梅女而死的典史之妻，巧合而合理。鬼姬臭骂骂出百姓对官场的无比愤怒，成为《聊斋志异》代表性语言。躯体投生，灵魂滞留阴世洗冤，洗雪后灵魂与躯体汇合，构思巧妙。

梅女

狂洪都因受盜
錢夜壹買笑亦堪
憐傷心家是
梅家女幽
魄沈淪
十六年

郭秀才

东粤士人郭某[1]，暮自友人归，入山迷路，窜榛莽中。约更许，闻山头笑语，急趋之，见十余人藉地饮。望见郭，哄然曰："坐中正欠一客，大佳，大佳！"郭既坐，见诸客半儒巾[2]，便请指迷。一人笑曰："君真酸腐！舍此明月不赏，何求道路？"即飞一觥来。郭饮之，芳香射鼻，一引遂尽。又一人持壶倾注。郭故善饮，又复奔驰吻燥[3]，一举十觞。众人大赞曰："豪哉！真吾友也！"郭放达喜谑，能学禽语，无不酷肖。离坐起溲，窃作燕子鸣。众疑曰："夜半何得此耶？"又效杜鹃，众益疑。郭坐，但笑不言。方纷议问，郭回首为鹦鹉鸣曰："郭秀才醉矣，送他归也！"众惊听，寂不复闻；少顷，又作之。既而悟其为郭，始大笑。皆撮口从学，无一能者。一人曰："可惜青娘子未至。"又一人曰："中秋还集于此，郭先生不可不来。"郭敬诺。一人起曰："客有绝技，我等亦献踏肩之戏，若何？"于是哗然并起。前一人挺身矗立；即有一人飞登肩上，亦矗立；累至四人，高不可登；继至者，攀肩踏臂，如缘梯状。十余人，顷刻都尽，望之可接霄汉。方惊顾间，挺然倒地，化为修道一线[4]①。郭骇立良久，遵道得归。翼日，腹大痛，溺绿色，似铜青，着物能染，亦无溺气，三日乃已。往验故处，则肴骨狼藉，四围丛莽，并无道路。至中秋，郭欲赴约，朋友谏止之。设斗胆再往一会青娘子，必更有异，惜乎其见之摇也！

①郭秀才所遇，比《西游记》唐僧遇到的树精还有趣，这些山精对郭秀才热情招待，还给他指示回家的路，除了他们的食物不适合人类享用外，几乎是一次快乐的漫游。

校勘

底本：康熙本。参校：异史、二十四卷本、铸雪斋本、青柯亭本。

注释

〔1〕东粤：古代以广东、广西为两粤，东粤即广东一带。〔2〕儒巾：秀才的服饰，明代称"方巾"。〔3〕奔驰吻燥：跑得口干舌燥。〔4〕修道：长长的道路。

点评

一个放达之人，遇一群放达之客，赏明月，饮美酒，学鸟语，叠罗汉，怡游快乐之余，群客给秀才指示回家的路，字里行间透露出群客可能是山神、树精之类，未露面的"青娘子"可能是山鸟。情节诡异，描写美妙，文字轻灵欢快。秀才决心动摇，未再赴约，留下想象的空间。

郡秀才

鳥語啁啾夜
未央月中豪飲
快飛觴踏肩作戲
成修道歸路何
愁強半忘

死僧

① 此处的"若不见"是死僧眼中只有金钱,看不到人。深刻。

② 此处的"若不见"则是道士对死僧魂游的感受。两个"若不见"完全不同,巧妙。

③ 深山野寺,僧人需要如何节俭、如何悭吝,如何挖空心思才能积下三十两银子?可怜!

④ 贪财的丧于财。不过也可能有另一种解释:死僧想让村人用藏银安葬他。

某道士云游,日暮,没止野寺。见僧房扃闭,遂藉蒲团,趺坐廊下〔1〕。夜既静,闻启阖声,旋见一僧来,浑身血污,目中若不见道士①,道士亦若不见之。②僧直入殿,登佛座,抱佛头而笑,久之乃去。及明,视室门,扃如故。怪之,入村,道所见。众如寺,发扃验之,则僧杀死在地,室中席箧掀腾,知为盗劫。疑鬼笑有因;共验佛首,见脑后有微痕,刓之,内藏三十余金,遂用以葬之。

异史氏曰:"谚有之:'财连于命。'不虚哉!夫人俭啬封殖〔2〕③,以予所不知谁何之人,亦已痴矣;况僧并不知谁何之人而无之哉!生不肯享,死犹顾而笑之,财奴之可叹如此。佛云:'一文将不去,惟有业随身。'④其僧之谓夫!"

校勘

底本:康熙本。参校:异史、二十四卷本、铸雪斋本、青柯亭本。

注释

〔1〕趺坐:盘腿打坐。〔2〕俭啬封殖:节俭吝啬,以大钱生小钱。

点评

绝妙的讽刺小品。僧人爱财过命,爱财不要命。生前积聚银两,并将银两藏到佛头上,本身已是对佛大不敬。僧人被杀,不思申冤,犹耽耽于生前所积聚的几十两银子,抱佛头而笑,多么可怜、可悲、可怕的精神状态。金钱不为人所用,人倒成了金钱的奴隶。无怪叫"财奴"。

死僧

居然兵解浮離
塵尚戀藏金現
幻身我為優婆
夷一欵積貲將
欲付何人

阿英

①兄弟二人的名、字，都取意于美玉，乃为人品质的暗寓。兄待弟如子，弟敬兄若父。故事中先出场的是哥哥，他却不是爱情男主角。《阿英》也不是纯粹的爱情故事，而是更加丰厚的亲情故事。

②阿英因"伤右臂"不能出场，对话伏下她的存在。倘若她在，甘玉就不能对秦氏产生娶为弟妻的想法。

③几位佳丽聊天，倩语絮絮，如吴侬软语，美人情态通过对话如在目前。

④丰子恺给蒲松龄故居画此诗意并题字。

⑤伟丈夫即老鹰也。表面上似是恶男欺负弱女，实际是老鹰欺凌小鸟儿。

⑥殆如鸟散，妙，正是小鸟四散飞走。

⑦断了的拇指作为将来鸟救人时的识别标志。

⑧秦氏，乃会说话的秦吉了鸟。

⑨甘玉只为弟弟着想，自己绝不见色起意。

　　甘玉，字璧人，庐陵人〔1〕。父母早丧。遗弟珏，字双璧，始五岁，从兄鞠养①。玉性友爱，抚弟如子。后珏渐长，丰姿秀出〔2〕，又惠能文。玉益爱之，每曰："吾弟表表〔3〕，不可以无良匹。"然简拔过刻〔4〕，姻卒不就。

　　适读书匡山僧寺〔5〕，夜初就枕，闻窗外有女子声。窥之，见三四女郎席地坐，数婢陈肴酒，皆殊色也。一女曰："秦娘子，恁良宵，阿英何不来？"下座者曰："昨自函谷来〔6〕，被恶人伤右臂，不能同游②。方用恨恨〔7〕。"一女曰："前宵一梦大恶，今犹汗悸。"下座者摇手曰："莫道，莫道！今夕姊妹欢会，言之吓人不快。"③女笑曰："婢子胆怯尔尔，便有虎狼衔去耶？若要勿言，须歌一曲，为娘行侑酒。"女低吟曰："闲阶桃花取次开〔8〕，昨日踏青小约未应乖〔9〕。付嘱东邻女伴，少待莫相催，着得凤头鞋子即当来〔10〕。"④吟罢，一座无不叹赏。

　　谈笑间，忽一伟丈夫岸然自外入〔11〕⑤，鹘睛荧荧〔12〕，其貌狞丑。众啼曰："妖至矣！"仓卒哄然，殆如鸟散⑥。惟歌者婀娜不前〔13〕，被执哀啼，强与支撑〔14〕。丈夫吼怒，龁手断指，就便嚼食。女即踣地若死。玉怜恻不可复忍，乃急抽剑，拔关出，挥之，中股；股落，负痛逃去。扶女入室，面如尘土，血淋衿袖，验其手，则右拇断矣⑦。裂帛代裹之。女始呻曰："拯命之德，将何以报？"玉自初窥时，心已隐为弟谋，因告以意。女曰："狼疾之人〔15〕，不能操箕帚矣。当别为贤仲图之〔16〕。"诘其姓氏，答曰："秦氏。"⑧玉乃展衾，俾暂休养，自乃襆被他所⑨。晓而视之，则床上已空。意其自归，而访察近村，殊少此姓；广托戚朋，并无确耗。归与弟言，悔恨若失。

　　珏一日偶游涂野〔17〕，遇一二八女郎，姿致娟娟〔18〕，顾之，微笑，似将有言，因以秋波四顾而后问曰⑩："君甘家二郎否？"曰："然。"曰："君家尊曾与妾有婚姻之约〔19〕，何今日欲背前盟，另订秦家？"珏曰："小生幼孤，夙好都不曾闻〔20〕，请言族阀，归当问兄。"女曰："无须细道，但得一言，妾当自至。"珏以未禀兄命为辞，女笑曰："骁郎君〔21〕！遂如此怕哥子耶？既如此，妾陆氏，居东山望村。三日内，当候玉音〔22〕。"乃别而去。

　　珏归，述诸兄嫂。兄曰："此大谬语！父殁时，我二十余岁，倘有是说，哪得不闻？"又以其独行旷野，遂与男儿交语，愈益鄙之。因问其貌，珏红彻面颈，不出一言⑪。嫂笑曰："想是佳人。"玉曰："童子何辨妍媸！纵美，必不及秦；待秦氏不谐，图之未晚。"珏默而退。逾数日，玉在途，见一女子，零涕前行。垂鞭按辔而微睨之〔23〕，人世殆无其匹〔24〕。使仆诘焉。答曰："我旧许甘家二郎，因家贫远徙，遂绝耗问。近方归，复闻郎家二三其德〔25〕，背弃前盟。往问伯伯甘璧人⑫，焉置妾也？"玉惊喜曰："甘璧人，即我是也。先人曩约，实所不知。去家不远，请即归谋。"乃下骑授辔，步御以归。女自言："小字阿英。家无昆季〔26〕，惟外姊秦氏同居。"⑬始悟丽者即其人也。玉欲告诸其家，女固止之。窃喜弟得佳妇，然恐其佻达招议〔27〕。久之，女殊矜庄〔28〕，又娇婉善言⑭，母事嫂，嫂亦雅爱慕之。值中秋，夫妻方狎宴，嫂苦招之。珏意怏惘。女遣招者先行，约以继至；而端坐笑言，良久殊无去志。珏恐嫂待久，故促之。女但笑，卒不复去。质旦〔29〕，晨妆甫竟，嫂自来抚问〔30〕："夜来相对，何尔怏怏〔31〕？"女微哂之。珏觉有异，质对参差〔32〕。嫂大骇："苟非妖物，何得有分身术？"玉亦惧，隔帘而告之曰⑮："家世积德，曾无怨仇。如其妖也，

⑩淑女形态如画。先以秋波四顾，是小心翼翼看周围有没有人。

⑪珏年少面薄，不好意思道陆氏美，嫂嫂合理猜测，哥哥主观武断，三人形态如画。

⑫难道不知对话者即甘玉？当然知道，阿英聪明过人，就是要说给你听。且"背后"说人也称"其"字，礼貌周全。

⑬鸟儿之间的亲戚关系。

⑭擅长言辞的人，还是会说话的鸟儿？妙！

⑮封建社会讲究"叔嫂不通问"，大伯对小婶更要回避。故对话需要隔帘进行。

1007

请速行,幸勿杀吾弟!"女靦然曰:"妾本非人,只以阿翁夙盟,故秦家姊以此劝驾〔33〕。自分不能育男女〔34〕,尝欲辞去,所以恋恋者,为兄嫂待我不薄耳。今既见疑,请从此诀。"转眼化为鹦鹉,翩然逝矣。

初,甘翁在时,蓄一鹦鹉,甚慧,尝自投饵〔35〕。珏时四五岁,问:"饲鸟何为?"父戏曰:"将以为汝妇。"间虑鹦鹉乏食,则呼珏曰:"不将饵去,饿煞媳妇矣!"⑯家人亦皆以此相戏。后断锁亡去。始悟旧约即此也。然珏明知其非人,而思之不置;嫂悬情尤切,旦夕啜泣;玉悔之而无如何。

⑯ 如此喂鸟并开玩笑者世间不少,哪个写得出此文?蒲翁天才也!

后二年,为弟聘姜氏女,意终不自得⑰。

⑰ 情到深处。甘珏虽然另娶,却放不下阿英。

有表兄为粤司李,玉往省之,久不归。适土寇为乱〔36〕,近村里落〔37〕,半为丘墟。珏大惧,率家人避难山谷。山上男女颇杂,都不知其谁何。忽闻女子小语,绝类英。嫂促珏近验之,果英。珏喜极,捉臂不释。女乃谓同行者曰:"姊且去,我望嫂嫂来。"既至,嫂望见悲哽〔38〕。女慰劝再三,又谓:"此非乐土〔39〕。"因劝令归。众惧寇至,女固言:"不妨。"乃相将俱归。女撮土拦户,嘱安居勿出⑱。坐数语,反身欲去。嫂急握其腕,又令两婢捉左右足。女不得已,止焉。然不甚归私室,珏订之三四,始为之一往。

⑱ "撮土拦户"居然能拦住强盗,仙术也。

嫂每谓新妇不能当叔意〔40〕。女遂早起为姜理妆,梳竟,细匀铅黄〔41〕,人视之,艳增数倍;如此三日,居然玉人⑲。嫂奇之,因言:"我又无子。欲购一妾,姑未遑暇〔42〕,不知婢辈可涂泽否〔43〕?"女曰:"无人不可转移,但质美者易为力耳。"遂遍相诸婢,惟一黑丑者有宜男相〔44〕,乃唤与洗濯,已而以浓粉杂药末涂之。如是三日,面色渐黄;四七后,脂泽沁入肌理,居然可观。日惟闭门作笑,并不计及兵火。一夜,噪声四起,举家不知所谋。俄闻门外人马鸣动,纷纷俱去。既明,始知村中焚掠殆尽;盗纵群队穷搜,凡伏匿岩穴者,悉被杀掳。遂益德女,目之以神。

⑲ 阿英帮姜氏美容,其实仍出于对甘珏之爱。

1008

女忽谓嫂曰："妾此来，徒以嫂义难忘，聊分离乱之忧。阿伯行至，妾在此，如谚所云'非李非奈〔45〕'，可笑人也。我姑去，当乘间一相望耳。"嫂问："行人无恙乎？"曰："近中有大难。此无与他人事，秦家姊受恩奢，意必报之。固当无妨。"嫂挽之过宿，未明已去。

玉自东粤归，闻乱，兼程进。途遇寇，主仆弃马，各以金束腰间，潜身丛棘中。一秦吉了飞集棘上展翼覆之〔46〕。视其足，缺一指⑳，心异之。俄而群盗四合，绕莽殆遍，似寻之，二人气不敢息。盗既散，鸟始翔去。既归，各道所见。始知秦吉了即所救丽者也。

后值玉他出不归，英必暮至；计玉将归则早去。珏或会于嫂所，间邀之，则诺而不赴。一夕，玉他往，珏意英必至，潜伏候之。未几，英果来，暴起，要遮而归于室。女曰："妾与君情缘已尽，强合之，恐为造物所忌。少留有余，时作一面之会，如何？"珏不听，卒与狎。天明，诣嫂。嫂怪之，女笑云："中途为强寇所劫，劳嫂悬望矣。"数语趋出。居无何，有巨狸衔鹦鹉经寝门过。嫂骇绝，固疑是英。时方沐，辍洗急号，群起噪击，始得之。左翼沾血，奄存余息〔47〕；抱置膝头，抚摩良久，始渐醒。自以喙理其翼。少选〔48〕，飞绕室中，呼曰："嫂嫂，别矣！吾怨珏也！"振翼遂去，不复来㉑。

⑳ 小说构思妙着，断指联系起丽人与鸟儿。

㉑ 鲁迅先生说《聊斋志异》"偶见鹘突，知复非人"。婉妙佳丽变成绝美小鸟。纯粹鸟的形态，却表达人的感情。亦鸟亦人、亦人亦鸟，鸟做人语言，人如鸟翩翩。妙！

校勘

底本：康熙本。参校：异史、二十四卷本、铸雪斋本、青柯亭本。

注释

〔1〕庐陵：今江西省吉安市。〔2〕丰姿秀出：人物秀美，出类拔萃。〔3〕表表：不同寻常。〔4〕简拔过刻：挑选过于苛刻。简，挑选；拔，选拔。〔5〕匡山：庐山。〔6〕函谷：函谷关。在今河南省灵宝县。〔7〕方用恨恨：因此感到很遗憾。〔8〕取次：随意。〔9〕踏青：古人习惯于清明节郊外游览。小约：

暂时约定。乖：违背。〔10〕凤头鞋子：绣花鞋子。〔11〕岸然：伟岸傲慢状。〔12〕鹘（hú）睛：老鹰似的眼睛。〔13〕婀娜：轻盈柔弱。〔14〕支撑：竭力招架。〔15〕狼疾之人：残疾之人。指秦氏手指已被咬断。〔16〕贤仲：您的弟弟。〔17〕涂野：旷野。〔18〕姿致娟娟：风姿情致十分娟美。〔19〕君家尊：您父亲。〔20〕凤好：旧交老友。〔21〕骏（ái）：痴呆。"骏郎君"犹如"傻小子"。〔22〕玉音：对他人言辞的敬称，意即"您的回复"。〔23〕按辔：勒紧马缰绳使其缓行。〔24〕人世殆无其匹：举世无双的美丽。〔25〕二三其德：朝秦暮楚，三心二意。〔26〕昆季：兄弟。长为昆，幼为季。〔27〕佻达：轻浮，不稳重。〔28〕矜庄：矜持，端庄。〔29〕质旦：天亮时。〔30〕抚问：慰问。〔31〕何尔怏怏：为什么那样心不在焉？〔32〕质对参差：经互相查对发现破绽，甘家叔嫂发现阿英可以同时跟不在一处的甘二郎和嫂子饮酒，有分身法。〔33〕劝驾：劝促阿英到甘家完婚。〔34〕自分：自知。〔35〕投饵：喂食。〔36〕土寇：土匪。〔37〕里落：村落。〔38〕悲哽：悲伤哽咽。〔39〕乐土：安乐的地方。〔40〕叔：丈夫之弟，即小叔子。〔41〕细匀铅黄：仔细地涂抹化妆品。铅黄，铅粉和雌黄，古时妇人的化妆品。〔42〕姑未遑暇：暂时没空闲。〔43〕涂泽：化妆。〔44〕宜男相：根据面相判断有生男孩的能力。〔45〕非李非奈（nài）：名不正言不顺。奈，果木，俗名花红果儿，亦名沙果。"非李非奈"意即不伦不类，意思是甘珏已再娶，阿英以前妻身份与其同居。〔46〕秦吉了：又名八哥，类似鹦鹉而体型稍大，善于学人说话。〔47〕奄存余息：奄奄一息。〔48〕少选：没多久。

点评

　　人鸟之恋的美丽神话，真善美的优雅颂歌，"情"和"义"的崇高礼赞，优美的"绿色环保"小说。甘父当年一句戏言，引出生动曲折、酣畅淋漓的"爱"的故事。温情脉脉，荡气回肠。甘家兄弟互相关爱，甘家妯娌相处和美，甘珏和阿英夫妇情深，阿英（鹦鹉）和表姐（秦吉了）相亲相助。写亲情、写友情、写爱情，无一不到、无一不美。故事曲折有序，人物活灵活现，构思轻巧别致。

阿英

鸚鵡能言亦可人
阿翁早許結昏姻
一朝緣盡難重合
駭絕狌奴幾喪身

橘树

陕西刘公为兴化令〔1〕，有道士来献盆树，视之，则小橘，细裁如指，摈弗受〔2〕。刘有幼女，时六七岁，适值初度。道士云："此不足供大人清玩〔3〕，聊祝女公子福寿耳。"乃受之。女一见，不胜爱悦，置诸闺闼，朝夕护之。惟恐伤。刘任满，橘盈把矣，是年初结实。简装将行，以橘重赘，谋弃之。女抱树娇啼。①家人绐之曰〔4〕："暂去，且将复来。"女信之，涕始止。又恐为大力者负之而去，立视家人移栽墀下②，乃行。

女归，受庄氏聘。庄丙戌登进士〔5〕，释褐为兴化令〔6〕，夫人大喜。窃意十余年，橘不复存；及至，则橘已十围，实累累以千计。问之故役，皆云："刘公去后，橘甚茂而不实，此其初结也。"更奇之。庄任三年，繁实不懈；第四年，憔悴无少华〔7〕。夫人曰："君任此不久矣。"至秋，果解任。

异史氏曰："橘其有夙缘于女与？何遇之巧也。其实也似感恩，其不华也似伤离。物犹如此，③而况于人乎？"

① 小女孩恋树之情，宛如图画。

② 孩子心理行为曲曲写出。

③ "木犹如此，人何以堪"，是《世说新语》里桓温的名言。原句乃写对"时间"的感叹。蒲翁引申写树和人之间的感情。

校勘

底本：康熙本。参校：异史、二十四卷本、铸雪斋本、青柯亭本。

注释

〔1〕兴化令：兴化县县令。兴化，明清县名，属扬州府，今江苏省兴化市。
〔2〕摈弗受：拒绝接受。〔3〕清玩：供玩赏的清雅物品。〔4〕绐（dài）之：骗她，哄她。〔5〕丙戌登进士：当为康熙四十五年（1706），《明清进士题名录索引》有二甲第十九名进士庄令舆，但他担任过翰林院编修，未担任兴化县令。
〔6〕释褐为兴化令：脱下平民衣服做了兴化县县令。释褐，脱掉布衣，代指始

任官职。〔7〕无少华：没有开几朵花。

> **点评**
>
> 树人相依，人树感应，人树情深。短短小文写尽真情。刘公女天真可爱、稚气十足，对树的深情，完全是孩子的爱护方式。树对刘女的感情也完全是树的报答方式：以初结果欢迎刘女复回，以憔悴无华感叹刘女离去。人和树可以如此，人和人之间如何？作者寄予更大期望。

橘樹

魚軒重淮扮
先知及屆辰期感
別離橘薩偉好棠陰
比復先冰玉縈人思

牛成章

牛成章，江西之布商也。娶郑氏，生子、女各一。牛三十三岁病死。子名忠，时方十二；女八九岁而已。母不能贞，货产入囊，改醮而去，遗两孤难以存济①。有牛从嫂〔1〕，年已六秩〔2〕，贫寡无归，送与居处。数年，妪死，家益替〔3〕。而忠渐长，思继父业而苦无资。妹适毛姓，毛富贾也，女哀婿假数十金付兄。兄从人适金陵，途中遇寇，资斧尽丧，飘荡不能归。偶趋典肆〔4〕，见主肆者绝类其父，出而潜察之，姓字皆符，骇异不谕其故〔5〕。惟日流连其旁，以窥意旨，而其人亦略不顾问。如此三日，觇其言笑举止，真父无讹。即又不敢拜识，乃自陈于群小〔6〕，求以同乡之故，进身为佣。立券已〔7〕，主人视其里居、姓氏，似有所动，问所从来。忠泣诉父名，主人怅然若失，久之，问："而母无恙乎？"忠又不敢谓父死，婉应曰："我父六年前经商不返，②母醮而去。幸有伯母抚育，不然，葬沟渎久矣。"主人惨然曰："我即是汝父也。"于是握手悲哀。又导入参其后母。后母姬，年三十余，无出，得忠喜，设宴寝门。③牛终欷歔不乐，即欲一归故里。④妻虑肆中乏人，故止之。牛乃率子纪理肆务。居之三月，乃以诸籍委子，趣装西归。

既别，忠实以父死告母，姬乃大惊，言："彼负贩于此，曩所与交好者，留作当商，娶我已六年矣，何言死耶？"忠又细述之。相与疑念，不谕其由。逾一昼夜，而牛已返，携一妇入，头如蓬葆〔8〕⑤，忠视之，则其所生母也。牛摘耳顿骂："何弃吾儿！"妇慑伏不敢少动。牛以口龁其项，妇呼忠曰："儿救吾！儿救吾！"忠大不忍，横身蔽鬲其间。牛犹忿怒，妇已不见。众大惊，相哗以鬼。旋视牛，颜色惨变，委衣于地，化为黑气，亦寻灭矣⑥。

① 世上焉有这样忍心的母亲？
② 此子亦擅长词令。
③ 颇有人情味。
④ 挂念向妻子复仇。
⑤ 已然是鬼。
⑥ 恢复鬼的身份。

1015

母子骇叹，举衣冠而瘗之。忠席父业，富有万金。后归家问之，则嫁母于是日死，一家皆见牛成章云。

校勘

底本：康熙本。参校：异史、二十四卷本、铸雪斋本、青柯亭本。

注释

〔1〕从嫂：叔伯嫂嫂。〔2〕六秩：六十岁。〔3〕替：败落。〔4〕典肆：当铺。〔5〕不谕：不理解。〔6〕自陈于群小：向典铺的仆人自我介绍。群小，社会地位低的人。〔7〕立券：签约。〔8〕头如蓬葆：头发像乱草。

点评

牛妻在子女幼小无依的情况下改嫁而且将家财变卖带走，极缺乏母爱之心，违背日常生活的常理，当然是不道德的。这个怪异鬼故事体现了蒲松龄强烈的封建婚姻观，改嫁女子受亡夫的严惩，被鬼魂活捉，悲惨地死去，作者是肯定的；丈夫的鬼魂继娶，过起夫唱妇随的富裕生活，作者则认为天经地义。男女绝对不平等的理念和鬼魂惩治不贞女子的怪诞情节，形成作品的封建意识和神秘诡异色彩。

牛成章

游魂渺渺竟何之
千里經商似舊時
搤耳尚能懲艷婦
仔肩且喜付孤兒

赤字

顺治乙未冬夜〔1〕，天上赤字如火。其文云："白苕代靖否复议朝冶驰。"

校勘

底本：康熙本。参校：异史、二十四卷本、铸雪斋本。

注释

〔1〕顺治乙未：即顺治十二年（1655）。顺治，清世祖福临（1638—1661）年号。

点评

此事王士禛《池北偶谈》亦有记载，唯赤字内容稍有出入。可见这是当时很有名的轶闻。可能是天空云彩的变幻令时人产生联想，有人认为是隐约地反映了汉民族的伤感之情。但文意模糊，很难确指。

青娥

霍桓，字匡九，晋人也〔1〕。父官县尉〔2〕，早卒。遗生最幼，聪惠绝人，十一岁以神童入泮〔3〕。而母过于爱惜，禁不令出庭户，年十三，尚不能辨叔伯甥舅焉。

同里有武评事者〔4〕，好道，入山不返。有女青娥，年十四，美异常伦。幼时窃读父书，慕何仙姑之为人〔5〕，父既隐，立志不嫁，母无奈之。一日，生于门外瞥见之。童子虽无知，只觉爱之极，而不能言；直告母，使委禽焉〔6〕。母知其不可，故难之，生郁郁不自得。母恐拂儿意，遂托往来者致意武，果不谐。生行思坐筹，无以为计。

会有一道士在门，手握小镵①，长裁尺许，生借阅一过，问："将何用？"答云："此劚药之具〔7〕，物虽微，坚石可入。"生未深信。道士即以斫墙上石，应手落如腐。生大异之，把玩不释于手，道士笑曰："公子爱之，即以奉赠。"生大喜，酬之以钱，不受而去。持归，历试砖石，略无隔阂。顿念穴墙则美人可见，而并不知其非法也。更定，逾垣而出，直至武第，凡穴两重垣，始达中庭。见小厢中，尚有灯火，伏窥之，则青娥卸晚装矣。少顷，烛灭，寂无声，穿堵入，女已熟眠。轻解双履，悄然登榻，又恐女郎惊觉，必遭呵逐，遂潜伏绣衾之侧，略闻香息，心愿窃慰。而半夜经营，疲殆颇甚，少一合眸，不觉睡去②。

女醒，闻鼻气休休，开目，见穴隙亮入。大骇，急起，暗中唤婢醒，拔关轻出，敲窗唤家人妇，共爇火操杖以往。则见一总角书生酣眠绣榻〔8〕，细审视，识为霍生。捄之始觉〔9〕，遽起，目灼灼如流星，似亦不大畏惧，但觍然不作一语。众指为贼，恐呵之。始出涕曰："我非贼，实以爱娘子故，愿以近芳泽耳。"③

① 此文道士的小镵有非常重要的作用，可称为"主题导具"。第一次，霍生用镵掘开武评事几层墙壁，卧于青娥榻旁，离开时还想带走镵；第二次，青娥嫁入霍家，入门掷镵于地"此窃盗物"；第三次，武评事将女锢入深山，霍生用镵掘开洞府，带走青娥。小镵身上，维系着男女主角的爱情幸福，又是小说结构的杠杆。

② 逾墙相从，古之恋人常技，写俗写滥，霍生逾墙，却不通人事，酣眠青娥榻旁。与《卖油郎独占花魁》对照，同为怜香惜玉，卖油郎一夜不睡，表现体贴入微的深情，霍生马上睡着，不谙男女情的娃娃也。此文写稚男稚女之恋，以稚气为特点，霍生之爱，朦朦胧胧。

③ 此子虽幼，口才却佳。

④立志不嫁的青娥，在霍生追求下改变了心思。其"沉思"中有千言万语，实际是少女在进行激烈的思想斗争。

⑤女初"不答"，是正合心意，羞而不答；"不言亦不怒"，不言是不好意思说，不怒乃真意。

⑥假他人论赞写人物。背面傅粉，姿态横生。

⑦霍母爱子心切，故夸张二人恋情以羞武家。

⑧字斟句酌，讲得非常聪明。无怪"神童"。

⑨非如此，无以周旋。两家婚事已陷入绝境，非官方出面不可。

⑩倩语巧言，从说话似可看出人来。

众又疑穴数重垣，非童子所能者。生出镜以言异，共试之，骇绝，讶为神授。将共告诸夫人，女俯首沉思，意似不以为可。④众窥知女意，因曰："此子声名门第，殊不辱坫。不如纵之使去，俾复求媒焉。诘旦，假盗以告夫人，如何也？"女不答。众乃促生行。生索镜，共笑曰："骇儿童！犹不忘凶器耶？"生觑枕边，有凤钗一股。阴纳袖中。已为婢子所窥，急白之，女不言亦不怒。⑤一媪拍颈曰："莫道他骇，若小意念乖绝也。"⑥乃曳之，仍自窦中出。

既归，不敢实告母，但嘱母复媒致之。母不忍显拒，惟遍托媒氏，急为别觅良姻。青娥知之，中情皇急，阴使腹心者风示媪。媪悦，托媒往。会小婢漏泄前事，武夫人辱之，不胜恚愤。媒至，益触其怒，以杖画地，骂生并及其母。媒惧，窜归，具述其状。生母亦怒曰："不肖儿所为，我都梦梦。何遂以无礼相加！当交股时，何不将荡儿淫女一并杀却⑦？"由是见其亲属，辄便披诉。女闻，愧欲死。武夫人大悔，而不能禁之使勿言也。女阴使人婉致生母，且矢之以不他，其词悲切。母感之，乃不复言，而论亲之媒，亦遂辍矣。

会秦中欧公宰是邑〔10〕，见生文，深器之，时召入内署，极意优宠。一日，问生："婚乎？"答言："未。"细诘之，对曰："夙与故武评事女小有盟约，后以微嫌，遂致中寝。"⑧问："犹愿之否？"生觍然不言。公笑曰："我当为子成之。"即委县尉、教谕〔11〕，纳币于武〔12〕。夫人喜，婚乃定。⑨

逾岁，娶女归。女入门，乃以镜掷地曰："此寇盗物，可将去！"⑩生笑曰："勿忘媒约。"珍佩之，恒不去身。女为人温良寡默，一日三朝其母，余惟闭门寂坐，不甚留心家务。母或以吊庆他往，则事事经纪，罔不井井。二年余，生一子孟仙，一切委之乳保，似亦不甚顾惜。又四五年，忽谓生曰："欢爱之缘，于兹八载。今离长会短，可将奈何！"生惊问之，即已默默，盛妆拜母，返身入室。追而诘之,则仰眠榻上而气绝矣。⑪母子痛悼,购良材而葬之。

母已衰迈,每每抱子思母,如摧肺肝,由是遘疾,遂惫不起。逆害饮食,但思鱼羹,而近地无鱼,百里外始可购致。时厮骑皆被差遣〔13〕,生性纯孝,急不可待,怀资独往,昼夜无停趾。返至山中,日已沉冥,两足跋跻,步不能咫。后一叟至⑫,问曰:"足得毋泡乎?"生唯唯。叟便曳坐路隅,敲石取火,以纸裹药末,熏生两足讫。试使行,不惟痛止,兼益矫健。感极申谢,叟问:"何事汲汲〔14〕?"答以母病,因历道所由。叟问:"何不另娶?"答云:"未得佳者。"叟遥指山村曰:"此处有一佳人,倘能从我去,仆当为君作伐。"生辞以母病待鱼,姑不遑暇〔15〕。叟乃拱手,约以异日,"入村但问老王"。乃别而去。

生归,烹鱼献母,母略进,数日寻瘥。乃命仆马往寻叟,至旧处,迷村所在。周章逾时〔16〕,夕暾渐坠〔17〕,山谷甚杂,又不可以极望。乃与仆分上山头,以瞻里落;而山径崎岖,不可复骑,跋履而上,昧色笼烟矣〔18〕。踉跄四望,更无村落。方将下山,而归路已迷,心中燥火如烧。荒窜间,冥堕绝壁,幸数尺下有一线荒台,坠卧其上,阔仅容身,下视,黑不见底。惧极,不敢少动。又幸崖边皆生小树,约体如栏。⑬

定移时,见足傍有小洞,心窃喜,以背着石,蠕行而入〔19〕。意稍稳,冀天明可以呼救。少顷,深处有光如星点。渐近之,约二三里许,忽睹廊舍,并无缸烛〔20〕,而光明若昼。一丽人自房中出,视之,则青娥也⑭。见生,惊曰:"郎何能来?"生不暇陈,把袪鸣恻。女劝止之,问母及儿,生悉述苦况,女亦惨然。生曰:"卿死年余,此得无冥间耶?"女曰:"非也,此乃仙府。曩实非死,所瘗,一竹杖耳。郎今来,仙缘有分也。"因导令朝父,则一修髯丈夫⑮,坐堂上,生趋拜。女曰:"霍郎来。"翁惊起,握手略道平素〔21〕。曰:"婿

⑪ 霍翁作祟。

⑫ 此叟莫非即道士?

⑬ 景物描写优美别致,与人物心情契合无间。

⑭ 天上掉下个"林妹妹"。

⑮ 此翁至此才出场。

1021

来大好，分当留此。"生辞以母望，不能久留。翁曰："我亦知之。但迟三数日，即亦何伤。"乃饵以肴酒，即令婢设榻于西堂，施锦裀焉。

生既退，约女同寝，女却之曰："此何处，可容狎亵？"生捉臂不舍。窗外婢子笑声嗤然，女益惭。方争拒间，翁入叱曰："俗骨污吾洞府！宜即去！"生素负气，愧不能忍，作色曰："儿女之情，人所不免，长者何当窥伺我？⑯无难，即去，但令女须便将随。"翁无辞，招女随之，启后门送之，赚生离门，父子阖扉去。回头则峭壁巉岩，无少隙缝，只影茕茕，罔所归适。视天上斜月高揭，星斗已稀⑰。怅怅良久，悲已而恨，面壁叫号，迄无应者。愤极，腰中出镵，凿石攻进，且攻且骂⑱，瞬息洞入三四尺许。隐隐闻人语曰："孽障哉！"生奋力凿益急。忽洞底豁开二扉，推娥出曰："可去，可去！"壁即复合。女怨曰："既爱我为妇，岂有待丈人如此者？是何处老道士，授汝凶器，将人缠混欲死？"生得女，意愿已慰，不复置辨，但忧路险难归。女折两枝，各跨其一，即化为马，行且驶，俄顷至家。时失生已七日矣。

初，生之与仆相失也，觅之不得，归而告母。母遣人穷搜山谷，并无踪绪。正忧惶无所，闻子归，欢喜承迎。举首见妇，几骇绝。生略述之，母益忻慰。女以形迹诡异，虑骇物听，求母播迁〔22〕，母从之。异郡有别业，刻期徙往，人莫之知。偕居十八年，生一女，适同邑李氏。后母寿终。女谓生曰："吾家茅田中，有雉抱八卵〔23〕，其地可葬，汝父子扶榇归窆〔24〕。儿已成立，宜即留守庐墓〔25〕，无庸复来。"生从其言，葬后自返。月余孟仙往省之，而父母俱杳。问之老奴，则云："赴葬未还。"心知其异，浩叹而已。⑲

孟仙文名甚噪，而困于场屋，四旬不售。后以拔贡入北闱〔26〕，遇同号生，年可十七八，神采俊逸，爱之。视其卷，注"顺天廪生霍仲仙"。瞪目大骇，因自道姓名。仲仙亦异之，便问乡贯，孟悉告之。仲仙喜曰："弟赴

---

⑯ 女婿如此对岳翁，岂非犯上作乱？但评："对翁虽然负气，却是堂堂之鼓，正正之旗。"

⑰ 写景如画且叙事讲究，入洞前时间与此衔接，天衣无缝。

⑱ 性情中人！注意小镵。但明伦评："一镵也，女视之如寇盗，生视之如媒妁，道士视之则先寇盗后媒妁，既媒妁又寇盗，以寇盗为媒妁，以媒妁为寇盗。镵也，寇盗也，媒妁也，一而二，二而一也。"

⑲ 霍生受青娥影响，渐有出世之想，两次弃子修道。

都时，父嘱文场中如逢山右霍姓者[27]，吾族也，宜与款接，今果然矣。顾何以名字相同如此？"孟仙因诘高、曾，并严、慈姓讳[28]，已而惊曰："是我父母也！"仲仙疑年齿之不类。孟仙曰："我父母皆仙人，何可以貌信其年岁乎？"因述往迹，仲仙始信。

场后不暇休息，命驾同归。才到门，家人迎告，是夜失太翁及夫人所在。两人大惊。仲仙入而询诸妇，妇言："昨夕尚共杯酌，母谓：'汝夫妇少不更事。明日大哥来，吾无虑矣。'早旦入室，则阒无人矣[29]。"兄弟闻之，顿足悲哀。仲仙犹欲追觅，孟仙以为无益，乃止。是科仲领乡荐。以晋中祖墓所在，从兄而归。犹冀父母尚在人间，随在探访，而终无踪迹矣。

异史氏曰："钻穴眠榻，其意则痴；凿壁骂翁，其行则狂；仙人之撮合之者，惟欲以长生报其孝耳。然既混迹人间，狎生子女，则居而终焉，亦何不可？乃三十年而屡弃其子，抑独何哉？异已！" ⑳

⑳ 聊斋此文写人四字：痴、狂、孝、仙。对爱情如痴如狂，对母亲至孝，感动仙人。

校勘

底本：康熙本。参校：异史、二十四卷本、铸雪斋本、青柯亭本。

注释

[1]晋：山西。[2]县尉：县令之下掌管刑狱的官员。明代以典史代。[3]以神童入泮：以神童的身份成为秀才。此处作者故意模糊小说的背景，唐宋科举考试有童子科，明代之后已无，参加秀才考试不论年龄大小。[4]评事：掌管刑狱的官员。属大理寺，秩正七品。[5]何仙姑："八仙"之一。传说为吕洞宾度化的何氏女，因其手执荷花，故以"荷"谐音名"何"。[6]委禽：下聘礼。[7]劚(zhú)药：挖药。劚，锄。[8]总角：古代儿童不分男女梳两个小抓髻，形状如牛角，故称"总角"，此发型表示未成年。[9]抁(yǎn)：摇动。[10]秦中：古地名，指陕西中部。宰是邑：担任这个县的县令。[11]教谕：县学主管。[12]纳币：订婚。纳币为古代婚礼"六礼"中的第四礼，男方向女方送聘礼。[13]厮骑：仆人和马匹。[14]汲汲：匆忙。

〔15〕姑不遑暇：暂时没有时间。〔16〕周章：彷徨。〔17〕夕暾（tūn）：夕阳。〔18〕昧色笼烟：暮色苍茫。〔19〕蠐（cáo）行：像蛴螬一样蠕动前行。蛴螬，金龟子的幼虫。〔20〕釭烛：通"缸烛"，灯光。〔21〕略道平素：多少说几句家常话。〔22〕播迁：迁移到别处。〔23〕雉：野鸡。抱：孵。〔24〕扶榇（chèn）归窆（biǎn）：扶柩下葬。〔25〕庐墓：服丧期间在父母墓前筑小屋居住保护坟墓。〔26〕以拔贡入北闱：以选拔出来的贡生资格参加顺天府的乡试。拔贡，清代六年一次，由学政选择生员送入京中。〔27〕山右：即山西。〔28〕高、曾，并严、慈姓讳：高祖、曾祖及父母的名字。〔29〕阒（qù）：寂静。

点评

青娥慕仙，霍生痴爱，爱战胜仙。一对稚男少女敷衍出一段曲折生动的有趣故事。霍生对青娥的爱真诚纯朴稚气，想爱就爱，既爱就追，追之不舍，直追到深山洞府，还敢跟岳父大讲爱的权利。爱得真诚，爱得实在，爱到痴狂。青娥的爱是渐渐觉醒的爱，又是聪慧深沉的爱。霍生对母亲的爱感动上帝，成为他跟青娥复合的缘由。精诚所至，金石为开。一把神奇小镵成为爱的导线、爱的法宝，是小说构思的绝妙丝线。人物话语说一人肖一人，宛如就在耳边。写景简练明媚，如诗如画，文笔玲珑，巧不可言。

青娥

穴垣曾探绣房春
鳌石重联洞府姻
捆道士赠
镜丸有
志度他
孝子作
仙人

镜听〔1〕

　　益都郑氏兄弟，皆文学士〔2〕。大郑早知名，父母尝过爱之〔3〕，又因子并及其妇；二郑落拓，不甚为父母所欢，遂恶次妇，至不齿礼〔4〕。冷暖相形，颇存芥蒂。次妇每谓二郑："等男子耳，何遂不能为妻子争气？"遂摈弗与同宿。于是二郑感愤，勤心锐思〔5〕，亦遂知名。父母稍稍优顾之，然终杀于兄〔6〕。

　　次妇望夫綦切，是岁大比〔7〕，窃于除夜以镜听卜。有二人初起，相推为戏，云："汝也凉凉去！"①妇归，凶吉不可解，亦置之。

　　闱后，兄弟皆归。时暑气犹盛，两妇在厨下炊饭饷耕〔8〕，其热正苦。忽有报骑登门，报大郑捷〔9〕，母入厨唤大妇曰："大男中式矣〔10〕！汝可凉凉去。"②次妇忿恻〔11〕，泣且炊。俄又有报二郑捷者，次妇力掷饼杖而起，曰："侬也凉凉去！"③此时中情所激，不觉出之于口；既而思之，始知镜听之验也。

　　异史氏曰："贫穷则父母不子〔12〕，有以也哉！庭帏之中〔13〕，固非愤激之地；然二郑妇激发男儿，亦与怨望无赖者殊不同科〔14〕。投杖而起，真千古之快事也！"

①除夕天冷，叫人惊快去，是开玩笑，对应到乡试后热天炊饼妇想凉快，构思绝妙。

②母的势利未免露骨。

③数载恶运，一肚子鸟气，一个掷饼杖动作出之。然而"侬"乃上海话，不知益都乡下妇人如何说得。

校勘

底本：康熙本。参校：异史、二十四卷本、铸雪斋本、青柯亭本。

注释

　　〔1〕镜听：古代一种占卜方法，又称"响卜"。占者于除夕或岁首怀镜胸前，出门听人言，据此判断吉凶祸福。唐王建《镜听词》："重重摩挲嫁时镜，夫婿远行凭镜听。"〔2〕文学士：会写文章的士子。〔3〕过爱：偏爱，偏心眼儿。

〔4〕不齿礼：不一样对待。齿，并列。〔5〕勤心锐思：用功读书，用心写文章。〔6〕杀：不及。〔7〕大比：乡试。〔8〕饷耕：给田里的人送饭。〔9〕捷：中举。〔10〕中式：乡试被录取为举人称"中式"。《明史·选举志》："三年大比，以诸生试之直省，曰乡试。中式者为举人。"〔11〕忿恻：既气愤又悲伤。〔12〕不子：不当作儿子看待。〔13〕庭帏之中：家庭内部。〔14〕殊不同科：很不相同。

点评

丈夫考中了，妻子可以从厨房里出来凉快凉快；丈夫没考中，妻子只能在厨房里继续吃苦受热。一件芝麻绿豆大的小事折射出科举制度下的社会现实，以功名取人，连至亲之间也未能免俗。科举功名如此有威力，难怪千百万读书人追求金榜题名，像千军万马过独木桥，沉醉一生烂如泥。镜听是迷信活动，却被《聊斋》点铁成金，成为小说构思的巧妙工具，做出一篇杰出的小小说。

鏡聽

冷暖相形存芥蒂 更闲怀
鏡恩何淡顯名雁塔尋常
事 莫負紅閏此頃心

牛癀〔1〕

①小小围领，大有文章。

②专注围领。

③围领去矣，麻烦来也。

④似空空而实藏龙卧虎。各膜间各有一瘟神，构思妙。

陈华封，蒙山人〔2〕。以盛暑烦热，枕藉野树下〔3〕。忽一人奔波而来，首着围领①，疾趋树阴，掬石为座〔4〕，挥扇不停，汗下如流沈〔5〕。陈起座，笑曰："若除围领②，不扇可凉。"客曰："脱之易，再着难也。"就与倾谈，颇极蕴藉。既而曰："此时无他想，但得冰浸良酝，一道冷芳，度下十二重楼〔6〕，暑气可消一半。"陈笑曰："此愿易遂，仆当为君偿之。"因握手曰："寒舍伊迩〔7〕，请即迁步〔8〕。"客笑而从之。

至家，出藏酒于石洞，其凉震齿。客大悦，一举十觥。日已就暮，天忽雨，于是张灯于室，客乃解除领巾③，相与磅礴〔9〕。语次，见客脑后时漏灯光，疑之。无何，客酩酊眠榻上。陈移灯窃窥之，见耳后有巨穴，盏大，数道厚膜，间鬲如棂；棂外软革垂蔽，中似空空。④骇极，潜抽髻簪，拨膜觇之，有一物状类小牛，随手飞出，破窗而去。益骇，不敢复拨。方欲转步，而客已醒。惊曰："子窥见吾隐矣！放牛癀出，将为奈何？"陈拜诘其故，客曰："今已若此，尚复何讳。实相告：我六畜瘟神耳。适所纵者牛癀，恐百里内牛无种矣。"陈故以养牛为业，闻之大恐，拜求术解。客曰："余且不免于罪，其何术之能解？惟苦参散最效〔10〕，其广传此方，勿存私念可也。"言已，谢别出门，又掬土堆壁龛中，曰："每用一合亦效〔11〕。"拱手即不复见。

居无何，牛果病，瘟疫大作。陈欲专利，秘其方，不肯传，惟传其弟。弟试之神验。而陈自锉啖牛〔12〕，殊罔所效。有牛两百蹄躈〔13〕，倒毙殆尽；遗老牝牛四五头，亦逡巡就死。中心懊恼，无所用力。忽忆龛中掬土，念未必效，姑妄投之，经夜，牛乃尽起。始悟药之不灵，乃神罚其私也。后数年，牝牛繁育，渐复其故。

1029

校勘

底本：康熙本。参校：异史、二十四卷本、铸雪斋本、青柯亭本。

注释

〔1〕牛癀（huáng）：传说带来牛瘟的瘟神。〔2〕蒙山：山名，在山东省临沂市蒙阴县南。〔3〕枕藉：本意为设床铺席，此为在野外树下躺卧。〔4〕掬石为座：搬了块石头来坐下。〔5〕汗下如流沸：满头大汗。〔6〕十二重楼：古人认为人的咽喉管有十二节，此处谐称所饮之酒流入咽喉。〔7〕伊迩：附近。〔8〕迂步：枉步。邀请他人到自己家的谦辞。〔9〕相与磅礴：不拘形迹地开怀痛饮。〔10〕苦参散：用苦参制作的方药。散，药末。〔11〕一合：中药的容量单位，一升的十分之一。〔12〕自锉啖牛：自己做了苦参末喂牛。〔13〕两百蹄躈（qiào）：四十头牛。蹄，牛蹄；躈，口。四蹄一口为一牛。

点评

瘟神到人间传播瘟病，却将治疗瘟病的药方传给人，人秘其方而独专，结果秘方失效。颈绕围领的瘟神是个神秘而可爱的"人物"，好奇的陈某则是个自私角色，故事虽然奇幻，哲理却非常明晰。小说从畸人的围领入手，愈写愈奇，引人入胜。瘟神脑后机关，是古代小说从来没有过的奇幻情节，不知作者如何琢磨出来。

牛

解除圍領痛
燈光巨穴偏
從耳後蘆誤
走牛塵神有
罪特教留得
苦參方

金姑夫

会稽有梅姑祠[1]。神故马姓,族居东莞[2],未嫁而夫早死,遂矢志不醮,三旬而卒。族人祠之,谓之梅姑。

丙申[3],上虞金生赴试经此[4],入庙徘徊,颇涉冥想。至夜,梦青衣来,传梅姑命招之。从去,入祠,梅姑立候檐下,笑曰:"蒙君宠顾,实切依恋。不嫌陋拙,愿以身为姬侍。"金唯唯。梅姑送之曰:"君且去。设座成,当相迓耳。"醒而恶之。①是夜,居人梦梅姑曰:"上虞金生今为吾婿,宜塑其像。"诘旦,村人语梦悉同。族长恐玷其贞,以故不从,未几,一家俱病。大惧,为肖像于左。既成,金生告妻子曰:"梅姑迎我矣。"衣冠而死。妻痛恨,诣祠指女像秽骂;又升座批颊数四,乃去。②今马氏呼为金姑夫。

异史氏曰:"未嫁而守,不可谓不贞矣。为鬼数百年,而始易其操,抑何其无耻也?大抵贞魂烈魄,未必即依于土偶;其庙貌有灵,惊世而骇俗者,皆鬼狐凭之耳。"③

①金生并无做鬼准备。

②骂亦骂得,打亦打得。

③但明伦评:"定是邪鬼所凭。"冯镇峦评:"宋之王朴、范质,元之赵孟𫖯,明之危素,明季之钱谦益,皆梅姑类也。……比类而观,今古何所不有?"

校勘

底本:康熙本。参校:异史、二十四卷本、铸雪斋本、青柯亭本。

注释

[1]会稽:明清府名,为绍兴府府治,今浙江省绍兴市。[2]东莞:非今日之广东东莞。汉时,曾在山东沂水设东莞县。但"东莞"更可能是"东关"之误。据《康熙会稽志》:"东关市,在县东六十里。"另《中国历史地名大辞典》:"东关驿,即今浙江上虞县西东关镇。"[3]丙申:当谓清顺治十三年(1656)。[4]上虞:明清县名,属绍兴府。

点评

梅姑因为守贞而成鬼,而入祠,做鬼数百年,当年的贞操却守不住了,硬是把别人的丈夫抢来做丈夫,这是蒲松龄对贞节女神的调侃?还是对畸形的贞节观的反映?冯镇峦认为《聊斋》此文可能暗寓对"贰臣"的讽刺,可供参考。

金姑夫

雙：塑像事荒唐猱鬼憑
依作壻鄉烈魄真魂空受
玷小姑居處本無郎

梓潼令

①好名好姓。大忠必大孝，忠孝两全之贤人。

②何守奇评："文昌投刺，其令必贤。已可想见常公为人。"

常进士大忠①〔1〕，太原人，候选在都〔2〕。前一夜，梦文昌投刺〔3〕，拔签，得梓潼令〔4〕，奇之。后丁艰归〔5〕，服阕候补〔6〕，又梦如前。默思岂复任梓潼乎？已而果然。②

校勘

底本：康熙本。参校：异史、二十四卷本、铸雪斋本、青柯亭本。

注释

〔1〕常进士大忠：常大忠（1624—？），太原交城人，曾任梓潼县令，光绪八年（1882）《交城县志》有传。〔2〕候选在都：在京城等候任命。〔3〕文昌：即梓橦君，道教信奉主管功名、禄位的神。投刺：送名片。〔4〕梓潼：四川县名。〔5〕丁艰：官员因父母去世需要回家守丧三年，谓"丁艰"或"丁忧"。〔6〕服阕候补：服丧时间满，候选做官。

点评

梓橦君是道教传说中主管功名的神，此神前来拜访，被拜访的人当然是有官运的，无奈他遇到父母之丧，不得不守孝三年，梓橦君还是执着地再来拜访。好人有好报，这是蒲松龄在这个几十字的小故事里表达的思想。至于此人为什么是好人？看名字即知。至于此事是否是此人为宣扬自己而虚构，不得而知。

梓潼令

蕉庐当年芙郑人迷离
怅怳境非真梓
潼再任先觉兆梦
划雷同梦更神

鬼津

李某昼卧，见一妇人自墙中出，蓬首如筐，发垂蔽面，至床前，始以手自分，露面出，肥黑绝丑。某大惧，欲奔。妇猝然登床，力抱其首，便与接唇，以舌度津，冷如冰块，浸浸入喉。欲不咽而气不得息，咽之稠粘塞喉。才一呼吸，而口中又满，气急复咽之。如此良久，气闭不可复忍。闻门外有人行声，妇始释手去。由此腹胀喘满，数日不食。或教以参芦汤探吐之〔1〕，吐出物如卵清，病乃瘳。

校勘

底本：康熙本。参校：异史、二十四卷本、铸雪斋本。

注释

〔1〕参芦汤：人参芦头汤，味苦，有涌吐作用。

点评

本来可以疑为梦魇，但李某终因鬼津而病，又非梦。女鬼由远而近，越写越丑，越写越细。先写其首如筐，继写其发蒙面，然后自己分开头发，露出绝丑的面容。极丑的"人物"，极恶的怪液，极可怕的情节，这是篇志怪短简，作者笔法细腻，状稀奇古怪之事如寻常之事，描虚无幻灭之影如真实之形。

仙人岛

王勉,字黾斋,灵山人[1],有才思,累冠文场[2],心气颇高,善诮骂[3],多所凌折[4]。偶遇一道士,视之曰:"子相极贵,然被轻薄孽折除几尽矣。以子智慧,若反身修道,尚可登仙籍。"王嗤曰:"福泽诚不可知,然世上岂有仙人?"道士曰:"子何见之卑!无他求,即我便是仙耳。"王益笑其诬,道士曰:"我何足异。能从我去,真仙数十,可立见之。"问:"在何处?"曰:"咫尺耳。"遂以杖夹股间,即以一头授生,令如己状,嘱:"合眼。"呵曰:"起!"觉杖粗于五斗囊,凌空翕飞[5],潜扪之,鳞甲齿齿焉[6]。骇惧,不敢复动。移时又呵曰:"止!"即抽杖去,落巨宅中,重楼延阁[7],类帝王居。有台高丈余,台上殿十一楹,弘丽无比。道士曳客上,即命僮子设筵招宾。殿上列数十筵,铺张炫目。道士易盛服以伺。

少顷,诸客自空中来。所骑或龙,或虎,或鸾凤,不一其类。又各携乐器。有女子,有丈夫,皆赤其两足。中独一丽者,跨彩凤,宫样妆束,有侍儿代抱乐具,长五尺以来,非琴非瑟,不知何名。酒既行,珍肴杂错,入口甘芳,并异常馐。王默然寂坐,惟目注丽者,心爱其人,而又欲闻其乐,窃恐其终不一弹也。酒阑,一叟倡言曰:"蒙崔真人雅召,今日可云盛会,自宜尽欢。请以器之同者,共队为曲[8]。"于是各合配旅[9],丝竹之声,响彻云汉。独有跨凤者,乐伎无偶。群声既歇,侍儿始启绣囊,横陈几上。女乃舒玉腕,如挡筝状[10],其亮数倍于琴,烈足开胸,柔可荡魄。弹半炊许,合殿寂然,无有咳者。既阕,铿尔一声[11],如击清磬。共赞曰:"云和夫人绝调哉!"大众皆起告别,鹤唳龙吟,一时并散。

卷五

道士设宝榻锦衾，备生寝处。王初睹丽人，心情已动，闻乐之后，涉想尤劳[12]，念已才调，自合芥拾青紫，富贵后何求弗得。①顷刻百绪，乱如蓬麻。道士似已知之，谓曰："子前身与我同学，后缘意念不坚，遂堕尘网，仆不自他于君[13]，实欲拔出恶浊，不料迷晦已深，梦梦不可提悟。今当送君行，未必无复见之期；然做天仙，须再劫矣。"遂指阶下长石，令闭目坐，坚嘱无视，已，乃以鞭驱石。石飞起，风声灌耳，不知所行几许，忽念下方景界，未审何似，隐将两眸微开一线，则见大海茫茫，浑无边际，大惧，即复合，而身已随石俱堕，砰然一响，汩没若鸥[14]。幸凫近海，略谙泅浮，闻人鼓掌曰："美哉跌乎！"危殆方急，一女子援登舟上，且曰："吉利，吉利！秀才中湿矣[15]！"②视之，年可十七八，颜色艳丽。王出水寒慄，求火燎衣，女子言："从我至家，当为处置。苟适意，勿相忘。"王曰："是何言哉！我中原才子，偶遭狼狈，过此图以身报，何但不忘。"

女子以棹催艇，疾如风雨，俄已近岸，于舱中携所采莲花一握，导与俱去。半里入村，见朱户南开，进历数重门，女子先驰入。少间，一丈夫出，是四十许人，揖王升阶，命侍者取冠袍袜履，为王更衣。既，询邦族。王曰："某非相欺，才名略可听闻。崔真人切切眷爱，招升天阙，自分功名反掌，以故不愿栖隐。"③丈夫起敬曰："此名仙人岛，远绝人世。文若，姓桓，世居幽僻，何幸得觌名流。"因而殷勤置酒，又从容而言曰："仆有二女，长者芳云，年十六矣，只今未遭良匹，欲以奉侍高人，如何？"王意必采莲人，离席称谢。桓命于邻党中招二三耆德来[16]。顾左右，立唤女郎。④无何，异香浓射，美姝十余辈拥芳云出，光艳明媚，若芙蕖之映朝日。拜已，即坐。群姝列侍，则采莲人亦在焉。

酒数行，一垂髫女自内出，仅十余龄，而姿态秀曼，笑依芳云肘下，秋波流动。桓曰："女子不在闺中，出作何务？"乃顾客曰："此绿云，即仆幼女，颇惠，

① 面对五彩灿烂的天界，长生不老的仙人，美丽如画的仙女，开胸荡魄的仙乐，最终起作用的，仍是人间过眼烟云的功名。真是糊涂油蒙心、深陷恶浊尘网的凡夫俗子。俗不可耐。可悲可笑！

② 王勉到天宫时乘飞龙，从天仙境降到地仙境，连交通工具都等而下之：是阶下长石。进天宫优雅之至，入仙人岛狼狈之极，"中湿"音谐"中式"，其实是挖苦他成了落汤鸡。

③ 吹牛皮、撒大谎、要恭维。冯镇峦评："妄男子，满口胡柴，骄态可哂。"王勉相信自己"才名"，只有让他认清了其"才调"为何物，方能迷途知返。

④ 衣香鬓影、杯觥交错的仙人宴像有哲理的群口相声，有捧有逗，相互对立又互相补充，年高仙人请王勉将"才调"展露，"撩拨他来作笑"，仙女毫不留情贬得一文不值。不是寻常喜宴，也非文人斗嘴，是按小说家构思，对王勉当头棒喝，层层递进，对症下药，给患"轻薄孽"的王勉痛下针砭。

1039

⑤第一步让王勉体会被讥骂滋味。以才子自居、想显摆一手的王勉成取笑对象，芳云歪批，诙谐语，巧而捷，虐而文。将表达怀才不遇情绪的诗歪曲成滑稽的笑柄。

⑥似乎欣赏，实际只是客气，但明伦评："再三诵之，不置一词，邻叟自是妙人，即所谓齿德也。"

⑦第二步，让王勉明白，不仅他科举考试的"冠军之作"根本不通，连考官的题、经书的话都压根不通。桓公的话是打圆场，文章题目错了，文字再好，还不是南辕北辙？桓公实际给王勉提供机会，让他的洋相出得更彻底。

⑧桓公的对子是用姓名阿谀王勉，绿云就棍打狗，讽刺中原才子变成缩头乌龟。但明伦评："神气沮丧，徒有汗淫，是才子受用；屡被讥辱，颈缩如龟，是才子身份；望洋堪羞，藏拙绝笔，是才子下落。"

能记典、坟矣〔17〕。"因令对客吟诗，遂诵竹枝词三章，娇婉可听。便令傍姊隅坐。桓因谓："王郎天才，宿构必富〔18〕，可使鄙人得闻教否？"王慨然诵近体一作，顾盼自雄⑤，中二句云："一身剩有须眉在，小饮能令块磊消〔19〕。"邻叟再三诵之。⑥芳云低告曰："上句是孙行者离火云洞，下句是猪八戒过子母河也〔20〕。"一座抚掌。桓请其他。王述水鸟诗云："潴头鸣格磔〔21〕"，忽忘下句，甫一沉吟，芳云向妹咕咕耳语〔22〕，遂掩口而笑。绿云告父曰："渠为姊夫续下句矣，云：'狗腚响彃巴〔23〕'。"合席粲然。王有惭色。桓顾芳云，怒之以目。王色稍定。桓复请其文艺。王意世外人必不知八股业，乃炫其冠军之作，题为《孝哉闵子骞》二句，破云："圣人赞大贤之孝……"绿云顾父曰："圣人无字门人者，'孝哉……'一句，即是人言〔24〕。"⑦王闻之，意兴索然。桓笑曰："童子何知！不在此，只论文耳。"王乃复诵，每数句，姊妹必相耳语，似是月旦之词，但嚅嗫不可辨。王诵至佳处，兼述文宗评语："字字痛切"。绿云告父曰："姊云宜删'切'字。"众都不解。桓恐其语嫚，不敢研诘。王诵毕，又述总评，有云："羯鼓一挝，则万花齐落。"芳云又掩口语妹，两人皆笑不可仰。绿云又告曰："姊云羯鼓当是四挝。"众又不解。绿云启口欲言，芳云忍笑诃之，曰："婢子敢言，打煞矣！"众大疑，互有猜论。绿云不能忍，乃曰："去'切'字，言'痛'则'不通'；鼓四挝，其云'不通又不通'也。"众大笑。

桓怒诃之，因而自起泛卮，谢过不遑。王初以才名自诩，目中实无千古，至此，神气沮丧，徒有汗淫。桓诶而慰之曰："适有一言，请席中属对焉：'王子身边，无有一点不似玉。'"众未措想，绿云应声曰："黾翁头上，再着半夕即成龟。"⑧芳云失笑，呵手扭胁肉数四。绿云解脱而走，回顾曰："何预汝事！汝骂之频频，不以为非；宁他人一句，便不许耶？"桓咄之，始笑而去。

1040

邻叟辞别。诸婢导夫妻入内寝。灯烛屏榻，陈设精备。又视洞房中，牙签满架，靡书不有。略致问难，响应无穷。王至此，始觉望洋堪羞。女唤"明珰"，则采莲者趋应，由是始识其名。屡受诮辱，自恐不见重于闺闼，幸芳云语言虽虐，而房帏之内，犹相爱好。王安居无事，辄复吟哦。女曰："妾有良言，不知肯嘉纳否？"问："何言？"曰："从此不作诗，亦藏拙之一道也。"王大惭，遂绝笔。

久之，与明珰渐狎，告芳云曰："明珰与小生有拯命之德，愿少假以辞色。"芳云许之。每作房中之戏，招与共事，两情益笃，时色授而手语之。芳云微觉，责词重叠，王惟喋喋，强自解免。

一夕，对酌，王以为寂，劝招明珰，芳云不许。王曰："卿无书不读，何不记'独乐乐'数语？"芳云曰："我言君不通，今益验矣。句读尚不知耶？'独要，乃乐于人要：问乐，孰要乎？曰：不。'"〔25〕一笑而罢。适芳云姊妹赴邻女之约，王得间，急引明珰，绸缪备至。当晚，觉小腹微痛，痛已，而前阴尽缩。⑨大惧，以告芳云，云笑曰："必明珰之恩报矣！"王不敢隐，实供之。芳云曰："自作之殃，实无可以方略，既非痛痒，听之可矣。"数日不瘳，忧闷寡欢。芳云知其意，亦不问讯，但凝视之，秋水盈盈，朗若曙星。王曰："卿所谓'胸中正，则眸子瞭焉。'"芳云笑曰："卿所谓'胸中不正，则瞭子眸焉。'"〔26〕盖"没有"之"没"，俗读似"眸"，故以此戏之也。王失笑，哀求方剂。曰："君不听良言，前此未必不疑妾为妒。不知此婢原不可近。曩实相爱，而君若东风之吹马耳，故唾弃不相怜。无已，为若治之。然医师必审患处。"乃探衣而咒曰："'黄鸟黄鸟，无止于楚〔27〕。'"⑩王不觉大笑，笑已而瘳。

逾数月，王以亲老子幼，每切怀思，以意告女。女曰："归即不难，但会合无日耳。"王涕下交颐，哀与同归。女筹思再三，始许之。桓翁张筵祖饯，绿云提篮入，曰：

⑨王勉"轻薄孽"，恃才为一，好色为二。王勉与才女芳云结合后，炫才孽暂歇，好色孽又生。让好色者失去男根，多有趣有力的教训？自作孽不可活，王勉不得不下决心改悔。王勉两方面"轻薄孽"俱除，取得道德完善，归乡孝父训子，丢功名之念是必然结果。

⑩《诗经》是圣人编定的经书，芳云篡改成夫妇闺房床帏密语，大不敬。《聊斋》点评家都难以接受，冯镇峦说："真是以文为戏，口孽哉，《聊斋》恶息，当以为戒。"

"姊姊远别，莫可持赠。恐至海南，无以为家。夙夜代营宫室，勿嫌草创。"芳云拜而受之。近而审谛，则用细草制为楼阁，大如橼〔28〕，小如橘，约二十余座。每座梁栋榱题〔29〕，历历可数；其中供帐床榻，类麻粒焉。王儿戏视之，而心窃叹其工。芳云曰："实与君言：我等皆是地仙，因有宿分，遂得陪从。本不欲践红尘，徒以君有老父，故不忍违。待父天年，须复还也。"王敬诺。桓问："陆耶？舟也？"王以风涛险，愿陆。出则车马已候于门。谢别言迈〔30〕，行踪骛驶，俄至海岸，王心虑其无途。芳云出素练一匹，望南抛去，化为长堤，其阔盈丈，瞬息驰过，堤亦渐收。至一处，潮水所经，四望辽邈〔31〕。芳云止勿行，下车取篮中草具，偕明珰数辈，布置如法，转眼化为巨第。并入解装，则与岛中居无少差殊，洞房内几榻宛然。时已昏暮，因止宿焉。早旦，命王迎养〔32〕，王命骑趋诣故里，至则居宅已属他姓，问之里人，始知母及妻皆已物故，惟老父尚存。子善博，田产并尽，祖孙莫可栖止，暂僦居于西村。王初归时，尚有功名之念，不恝于怀，及闻此况，沉痛大悲，自念富贵纵可携取，与空花何异。驱马至西村，见父衣服滓敝〔33〕，衰老堪怜。相见，哭各失声。问不肖子，则出赌未归。王乃载父而还。芳云朝拜已，燀汤请浴，进以锦裳，寝以香舍。又遥致故老与之谈宴，享奉过于世家。子一日寻至其处，王绝之，不听入，但予甘金，使人传语曰："可持此买妇，以图生业。再来，则鞭挞立毙矣。"子泣而去。

王自归，不甚与人通礼，然故人偶至，必延接盘桓，执抑过于平时。独有黄子介，夙与同门学，亦名士之坎坷者，王留之甚久，时与秘语，赆遗甚厚。居三四年，王翁卒，王万钱卜兆，营葬尽礼。时子已娶妇，妇束男子严，子赌亦少间矣。是日临丧，始得拜识姑嫜。芳云一见，许其能家，赐三百金为田产之费。翼日，黄及子同往省视，则舍宇全渺，不知所在。

异史氏曰："佳丽所在，人且于地狱中求之，况享寿无穷乎？地仙许携姝丽，恐帝阙下虚无人矣。轻薄减其禄籍，理固宜然，岂仙人遂不之忌哉？彼妇之口，抑何其虐也！"

校勘

底本：康熙本。参校：异史、二十四卷本、铸雪斋本、青柯亭本。

注释

〔1〕灵山：灵山卫，明初为备倭而建，析自胶州，雍正年间裁撤。〔2〕累

冠文场：屡次在科举考试中取得第一名。〔3〕善诮骂：擅长讽刺挖苦他人。〔4〕多所凌折：很多人受到他的污辱。〔5〕翕（xī）：指王勉所骑的囊一收一鼓地在空中飞行。〔6〕鳞甲齿齿：鳞甲排列得如牙齿一样整齐有序。〔7〕重楼延阁：绵延不断的亭台楼阁。〔8〕共队为曲：合奏乐曲。〔9〕各合配旅：乐器相同或相近的聚集到一起互相配合。〔10〕挡（chōu）筝：拨弄筝。〔11〕铿尔一声：乐曲结束的声音。〔12〕涉想尤劳：想念迫切。〔13〕不自他：不把自己当外人。〔14〕汩没若鸥：像海鸥一样坠落到海面上。〔15〕秀才中湿："秀才中式"的谐音，秀才中举谓"中式"，此处丫鬟用谐音取笑。〔16〕齿德：年高有德之人。〔17〕典、坟：《三坟》《五典》的统称。指经典。〔18〕宿构：过去的著作。〔19〕一身剩有须眉在，小饮能令块磊消：前句表彰自己有男子汉气概，后句则说借酒浇愁。〔20〕"上句是"二句：故意歪曲王诗的原意调侃。孙行者在火云洞被红孩儿烧了猴毛；猪八戒过子母河误饮其水怀孕，靠孙悟空弄来的落胎泉的水消除。芳云将王勉的"须眉"与猴毛并列，将其"块磊"即忧国忧民心和猪八戒肚子里的血块并列，是恶谑。〔21〕潴（zhū）头鸣格磔（zhé）：积水停驻的地方不断听到小鸟的叫声。潴头，积水处；格磔，鸟叫声。芳云将其篡改为谐音"猪头鸣格磔"，意思是猪的刺耳叫声。〔22〕呫（chè）呫：低声。〔23〕狗腚响嘣（péng）巴：字面与"猪头鸣格磔"相对，意思是放狗屁。腚，山东土话，屁股；嘣巴，放屁的声音。〔24〕圣人无字门人者，"孝哉……"一句，即是人言：圣人是不会用表字来称呼自己弟子的，"孝哉闵子骞"不是孔子说的话，而是他人说的话。绿云这两句话，不仅戳穿了王勉这屡次夺冠者的牛皮，而且说明，连考官出的题都不通。〔25〕"独要，乃乐于人要：问乐，孰要乎？曰：不。"：《孟子》原话是"'独乐乐，与人乐乐，孰乐？'曰：'不若与人。'"芳云故意断错句并用错字取笑。〔26〕胸中不正，则眸子眊焉：这是句恶谑。芳云故意把《孟子》里的话用谐音取笑。《孟子》的原话是"存乎人者，莫良于眸子，眸子不能掩其恶，胸中正，则眸子瞭焉，胸中不正，则眸子眊焉"。"瞭子"，山东方言，男性外生殖器；"眊"，与山东方言"没"同音。芳云歪曲孟子的话，讽刺王勉因为行为不端，生殖器也没了。〔27〕黄鸟黄鸟，无止于楚：这也是句用经典取笑的话。《诗经·秦风·黄鸟》原意与此绝对不同，"楚"在原诗中是树名，黄鸟则借喻壮士。芳云用"黄鸟"谐指男性生殖器，用"楚"说"痛楚"。〔28〕大如橼（yuán）：一种个头儿比较大的南方水果。〔29〕榱（cuī）：屋檐的椽子头，即出檐。〔30〕谢别言迈：道别而开始远行。〔31〕辽邈：辽远。〔32〕迎养：把父母接到自己的住处来奉养。〔33〕滓敝：肮脏破烂。

点评

自我膨胀、不知天高地厚、动辄翘尾巴的王勉，在崔真人引导下游历神奇瑰丽的仙界，从跟天仙交往到与地仙结合，因受了世外才女刻骨铭心的教训和别出心裁的点拨，终于反身修道——反躬自省、修身养性——明白天外有天，掂出自身分量，夹起尾巴做人。仙人岛上的仙人桓公和邻叟一直对王勉持恭敬、客气、宽容态度；仙女芳云和绿云始终对王勉持不逊、尖刻、戏耍态度。桓公和邻叟与人为善、替人解忧、为人解困；芳云、绿云博学多才、聪明机智、顽皮诙谐。两代仙人对王勉似不相同的态度实际相辅相成，老仙人恭敬是对小仙人不逊的启迪，老仙人客气是对小仙人不客气的导引，老仙人宽容是对小仙人尖刻的铺垫。桓公、邻叟和芳云姐妹一颂一贬，一纵一擒，却貌离神合、殊途同归，完成了对王勉的灵魂洗礼。芳云姐妹离经叛道的言论不同寻常。她们涉入了本来只属于男性的天地，对封建文化的柱石——儒家经典，随意调侃、歪曲。芳云、绿云的以文为戏，显然负荷着聊斋先生跟经典唱反调的特殊创意，但与人物个性谐合无间，写出叛逆女性特有的风采和韵味。"轻薄孽"是王勉个性基调，也是小说机趣层出、妙趣横生，场面生动活泼、人物栩栩如生的暗道机关。《世说新语》将人按"品藻"描写，吉光片羽，断简残片，《仙人岛》从人物品性切入，结撰出想象驰骋、曲折诡异、艺术成熟的短篇小说佳作。

傳人島

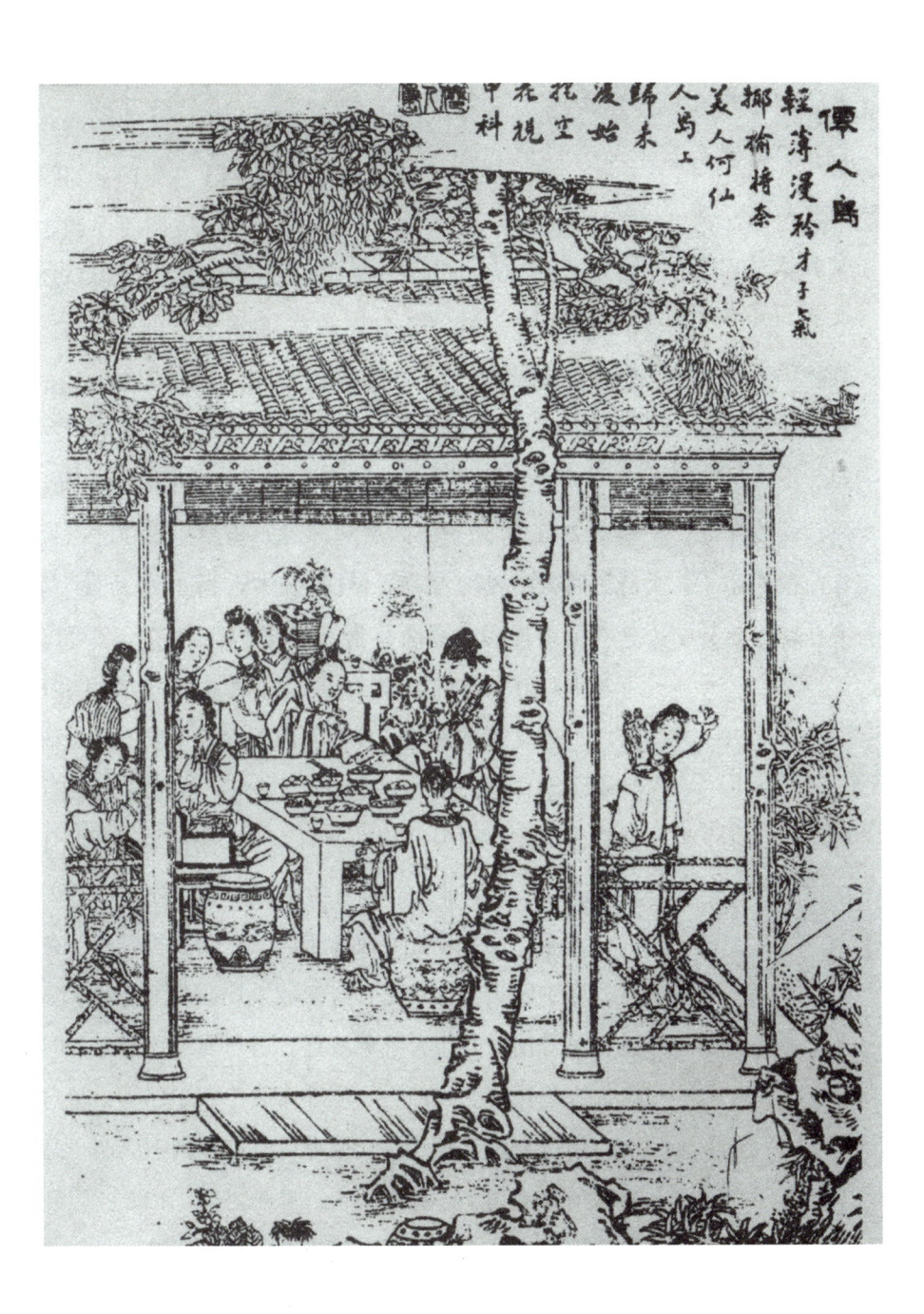

輕薄漫矜才子氣
揶揄摶奈
美人何仙
人鳥工
歸未
渡始
托空
花視
中科

阎罗薨

巡抚某公父〔1〕，先为南服总督〔2〕，殂谢已久〔3〕。公一夜梦父来，颜色惨栗〔4〕，告曰："我生平无多孽愆，只有镇师一旅〔5〕，不应调而误调之，途逢海寇，全军尽覆。今讼于阎君，刑狱酷毒，实可畏凛。①阎罗非他，明日有经历解粮至，魏姓者是也。当代哀之，勿忘！"醒而异之，意未深信。既寐，又梦父让之曰〔6〕："父罹厄难，尚弗镂心，犹妖梦置之耶？"公大异之。

明日，留心审阅，果有魏经历，转运初至，即刻传入，使两人捺坐〔7〕，而后起拜，如朝参礼。拜已，长跽涟洏而告以故〔8〕。魏不自任，公伏地不起。魏乃云："然，其有之。但阴曹之法，非若阳世愦愦〔9〕，②可以上下其手〔10〕，即恐不能为力。"公哀之益切，魏不得已，诺之。公又求其速理，魏筹回虑无静所〔11〕，公请为粪除宾廨〔12〕，许之。公乃起。又求一往窥听，魏不可。强之再四③，嘱曰："去即勿声。且冥刑虽惨，与世不同，暂置若死，其实非死。如有所见，无庸骇怪。"

至夜，潜伏廨侧，见阶下囚人，断头折臂者纷杂无数。墀中置火铛油镬〔13〕，数人炽薪其下〔14〕。俄见魏冠带出，升座，气象威猛，迥与曩殊。群鬼一时都伏，齐鸣冤苦。魏曰："汝等命戕于寇〔15〕，冤自有主，何得妄告官长？"众鬼哗言曰："例不应调，乃被妄檄前来〔16〕，遂遭凶害，谁贻之冤〔17〕？"魏又曲为解脱④，众鬼嗥冤，其声汹动。魏乃唤鬼役："可将某官赴油鼎，略入一煠〔18〕，于理亦当。"察其意似欲借此以泄众忿。⑤言一出，即有牛首阿旁执公父至〔19〕，即以利叉刺入油鼎。公见之，中心惨怛，痛不可忍，不觉失声一号，庭中寂然，万形俱灭矣。公叹咤而归。及明视魏，则已死于廨中。松江张禹定言之

①此人并无多劣迹，仅是误调，去世已久还要反复追查，说明阴世之法严酷矣。

②"阴曹之法，非若阳世愦愦"，文眼。

③魏亦非贪赃枉法，而是却不过情面。

④魏将阳世做法带到阴司也。

⑤所谓众怒难犯。

〔20〕。以非佳名，故讳其人。

校勘

底本：康熙本。参校：异史、二十四卷本、铸雪斋本、青柯亭本。

注释

〔1〕巡抚：明清两代与总督同为省级最高行政长官，巡抚治理一省，总督通常兼管数省。〔2〕南服：南方。按周朝规定，以土地离国都远近分五服，南方为南服。〔3〕殂谢：去世。〔4〕颜色惨慄：面部表情悲惨而害怕。〔5〕镇师一旅：属于镇的五百人一支的军队。镇，明清时军队的编制单位。旅，军队编制单位，五百人为一旅。〔6〕让：责备。〔7〕捺坐：按在座位上。〔8〕长跽涟洏（ér）：直挺挺地跪着，泪流满面。〔9〕懞（měng）懞：糊涂昏暗。〔10〕上下其手：勾通作弊。〔11〕筹回：谋划。〔12〕粪除宾廨：打扫接待客人的馆驿。〔13〕火铛油镬：阴司惩罚犯罪者的刑罚。即所谓火床油锅。〔14〕炽薪：烧着柴草。〔15〕命戕于寇：被强盗杀害。〔16〕妄檄：错误的公文。〔17〕谁贻之冤：是谁招致的冤情？〔18〕煤（zhá）：同"炸"。〔19〕牛首阿旁：牛头马面等阴司恶鬼。〔20〕松江：明清府名，今上海市松江区。张禹定：即张泽霑，生卒年不详。嘉庆二十三年（1818）《松江府志》有传。

点评

"阴曹之法，非若阳世懞懞"，是本文的文眼。一个去世很久的巡抚仅仅因误调军队，若干年后还要受阴司严惩，兼职阎罗即使一心左袒，仍然不得不走走过场把巡抚下油锅，因带了被审者亲属观看审案，兼职阎罗竟然就受到更严重惩罚，命也丢了。阳世草菅人命的官员，视兵士生命为儿戏的将帅，该受到怎样的惩处？在动不动就上下其手的黑暗时世，他们的罪行归哪个衙门管？作者通过似乎诡异的阴世，巧妙讽刺现实。故事离奇，发人深思。

閻羅薨

星、燁火起佳城
大夫鐵鐺夜對
詞地下難辭知也
閻羅誰自省薨時

颠道人

颠道人，不知姓名，寓蒙山寺〔1〕。歌哭不常，人莫之测，或见其煮石为饭者〔2〕。会重阳，有邑贵载酒登临〔3〕，舆盖而往〔4〕，宴毕过寺，甫及门，则道人赤足着破衲，自张黄盖，作警跸声而出〔5〕，①意近玩弄。邑贵乃惭怒，挥仆辈逐骂之。道人笑而却走。逐急，弃盖，共毁裂之，片片化为鹰隼，四散群飞。②众始骇。盖柄转成巨蟒，赤鳞耀目。③众哗欲奔，有同游者止之曰："此不过翳眼之幻术耳〔6〕，乌能噬人！"遂操刀直前。蟒张吻怒逆，吞客咽之。④众骇，拥贵人急奔，息于三里之外。使数人逡巡往探，渐入寺，则人蟒俱无。方将返报，闻老槐内喘急如驴，骇甚。初不敢前，潜踪移近之，见树朽中空，有窍如盘。试一攀窥，则斗蟒者倒植其中，而孔大仅容两手，无术可以出之。急以刀劈树，比树开而人已死，逾时，少苏，舁归。道人不知所之矣。

异史氏曰："张盖游山，厌气浃于骨髓〔7〕。仙人游戏三昧〔8〕，一何可笑！予乡殷生文屏，毕司农之妹夫也〔9〕，为人玩世不恭。章丘有周生者，以寒贱起家，出必驾肩而行〔10〕。亦与司农有瓜葛之旧〔11〕。值太夫人寿〔12〕，殷料其必来，先候于道，着猪皮靴，公服持手本〔13〕。俟周至，鞠躬道左，唱曰：'淄川生员，接章丘生员！'⑤周惭，下舆，略致数语而别。少间，同聚于司农之堂，冠裳满座〔14〕，视其服色，无不窃笑；殷傲睨自若〔15〕⑥。既而筵终出门，各命舆马。殷亦大声呼：'殷老爷独龙车何在⑦？'有二健仆，横扁杖于前，腾身跨之。致声拜谢，飞驰而去。殷亦仙人之亚也〔16〕。"⑧

① 好看。

② 好看煞。

③ 眼花欲迷。

④ 薄惩马屁精。

⑤ 明明不是官员，偏做官员张势，"生员"离官甚远，偏喊出"生员"，笑倒。

⑥ 自信不比任何高官差。

⑦ 妙车名，妙言语，妙人物。

⑧ 蒲松龄西铺坐馆，东家历史上的故事对他帮助不少。

校勘

底本：康熙本。参校：异史、二十四卷本、铸雪斋本、青柯亭本。

注释

〔1〕蒙山：山名，在山东省临沂市蒙阴县南。〔2〕煮石为饭：古时方士烧煮白石为饭。晋葛洪《神仙传·白石先生》："常煮白石为粮。"〔3〕邑贵载酒登临：本县有势力的人带着酒菜爬山。〔4〕舆盖：坐着轿打着仪仗队用的伞。〔5〕警跸（bì）声：喝道声。〔6〕瞖眼之幻术：障眼法。〔7〕厌气浃于骨髓：讨人嫌的俗气深入骨髓。〔8〕游戏三昧：菩萨以专心救济众生为游戏，曰游戏三昧。三昧，专心之意。〔9〕毕司农：毕自严，明代官至户部尚书，蒲松龄坐馆之馆东毕际有即其子。司农，是户部尚书的别称。〔10〕驾肩：坐轿。〔11〕瓜葛之旧：转弯抹角的远亲。〔12〕太夫人：此处指毕自严之母。〔13〕"着猪皮靴"二句：猪皮靴，为当时衙役常穿者。公服，衙役的服装。手本，下级见上级时的名帖。〔14〕冠裳满座：满座都是穿种种官服的客人。〔15〕傲睨自若：傲慢地向周围观瞧，神情自若。〔16〕仙人之亚：和仙人类似的人。

点评

重阳登高本雅事，邑贵偏要坐轿张伞卖弄，道人赤脚破衣模仿之，邑贵非但不改弦更张还要大施淫威，厮小为之张目，被道人小施妙术，受到一次教训。刺世讥邪，妙笔生花。道人故事完全是虚幻，"异史氏曰"所讲完全是真人真事，但比虚幻还好看。人物狂放不羁，幽默聪慧，形象如同浮雕，言语如在耳边。

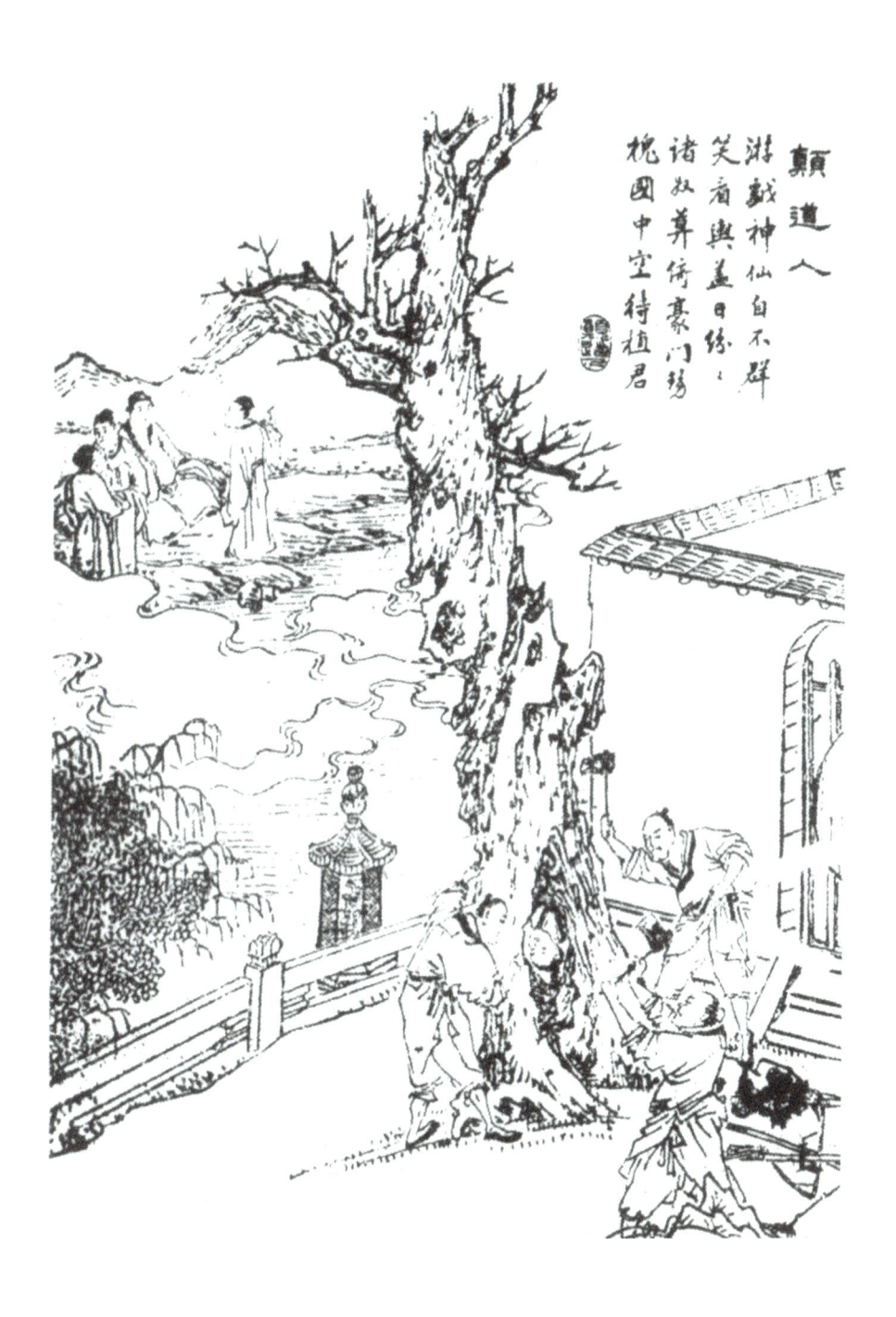

颠道人

游戏神仙自不群
笑看舆盖日纷纷
诸奴莽倚豪门势
槐国中空待植君

胡四娘

程孝思，剑南人〔1〕，少惠能文。父母俱早丧，家赤贫，无衣食业，求佣为胡银台司笔札。胡公试使文，大悦之，曰："此不长贫，可妻也。"①银台有三子四女，皆襁中论亲于大家〔2〕；止有少女四娘，孽出〔3〕，母早亡，笄年未字〔4〕，遂赘程。或非笑之，以为悖耄之乱命〔5〕，而公弗之顾也。除馆馆生〔6〕，供备丰隆。群公子鄙不与同食，婢仆咸揶揄焉。生默默不较短长，研读甚苦。众从旁厌讥之，程读弗辍；群又以鸣钲锽聒其侧〔7〕，程携卷去，读于闺中。初，四娘之未字也，有神巫知人贵贱，遍观之，都无谀词〔8〕，惟四娘至，乃曰："此真贵人也！"及赘程，诸姊妹皆呼之"贵人"以嘲笑之。而四娘端重寡言，若罔闻知。渐至婢媪，亦率相呼。四娘有婢名桂儿，意颇不平，大言曰："何知吾家郎君便不作贵官耶？"二姊闻而嗤之曰："程郎如作贵官，当抉我眸子去〔9〕！"②桂儿怒而言曰："到尔时，恐不舍得眸子也！"二姊有婢春香曰："二娘食言，我以两睛代之。"桂儿益恚，击掌为誓曰："管教两丁盲也〔10〕！"二姊忿其语侵，立批之。桂儿号咷。夫人闻知，即亦无所可否，但微哂焉。桂儿噪诉四娘，四娘方绩，不怒亦不言，绩自若。

会公初度，诸婿皆至，寿仪充庭。大妇嘲四娘曰："汝家祝仪何物？"二妇曰："两肩荷一口！"③四娘坦然，殊无惭怍。人见其事事类痴，愈益狎之。独有公爱妾李氏，三姊所自出也，恒礼重四娘，往往相顾恤。每谓三娘曰："四娘内慧外朴〔11〕，聪明浑而不露〔12〕，诸婢子皆在其包罗中而不自知。况程郎昼夜攻苦，夫岂久为人下者？汝勿效尤，宜善之，他日好相见也。"④故三娘每归宁，辄加意相欢。

①胡银台有眼光、有卓识，对女儿命运做正确选择；其子女却势利眼，穷人入富家，尴尬。

②对家庭口角的生动叙写，是后文中的重要伏线。

③世间焉有此长嫂乎？

④李夫人亦有眼光。

卷五

是年，程以公力得入邑庠。明年，学使科试士，而公适薨〔13〕，程缞衰如子，未得与试。既离苫块〔14〕，四娘赠以金，使趋入"遗才"籍〔15〕，嘱曰："曩久居，所不被呵逐者，徒以有老父在；今万分不可矣！倘能吐气，庶回时尚有家耳。"⑤临别，李氏及三娘赂遗优厚。程入闱，砥志研思〔16〕，以求必售。无何，放榜，竟被黜。愿乖气结〔17〕，难于旋里，幸囊资小泰〔18〕，携卷入都。时妻党多任京秩〔19〕，恐见诮讪，乃易旧名，诡托里居，求潜身于大人之门。东海李兰台见而器之〔20〕⑥，收诸幕中〔21〕，资以膏火〔22〕，为之纳贡⑦，使应顺天举，连战皆捷，授庶吉士〔23〕。自乃实言其故，李公假千金，先使纪纲赴剑南，为之治第。时胡大郎以父亡空匮〔24〕，货其沃墅，因购焉。既成，然后贷舆马往迎四娘。

先是，程擢第后〔25〕，有邮报者〔26〕，举宅皆恶闻之；又审其名字不符，叱去之。适三郎完婚，戚眷登堂为餪。姊妹诸姑咸在，惟四娘不见招于兄嫂⑧。忽一人驰入，呈程寄四娘函信。兄弟发视，相顾失色。筵中诸眷客始请见四娘。姊妹惴惴，惟恐四娘衔恨不至。无何，翩然竟来⑨。申贺者，捉坐者〔27〕，寒暄者，喧杂满屋。耳有听，听四娘；目有视，视四娘；口有道，道四娘也。而四娘凝重如故〔28〕。众见其靡所短长〔29〕，稍就安帖。于是争把盏酌四娘。方宴笑间，门外啼号甚急，群致怪问。俄见春香奔入，面血沾染；共诘之，哭不对。二娘呵之，始泣曰："桂儿逼索眼睛，非解脱，几抉去矣！"⑩二娘大惭，汗粉交下。四娘漠然⑪，合坐寂无一语。客始告别。四娘盛妆，独拜李夫人及三姊，出门登车而去。众始知买墅者，即程也。

四娘初至墅，什物多阙。夫人及诸郎各以婢仆、器具相赠遗，四娘一无所受；惟李夫人赠一婢，受之。居无何，程假归展墓〔30〕。车马扈从如云。诣岳家，礼公柩，次参李夫人。诸郎衣冠既竟，已升舆矣。胡公殁，

⑤ 时代风尚。妻子劝夫绝招。

⑥ 才能仅是才能，才能和权贵结合起来方能大放光彩。

⑦ 有权还需有钱。

⑧ 势利世界的经典画面。

⑨ 蒲松龄写聂小倩用"翩然"是魂游状态，写胡四娘用"翩然"是潇洒爽快之状。

⑩ 莺歌燕舞之中的腥风血雨！

⑪ 在胡家这帮势利眼眼前，已得志的胡四娘大度能容。贫贱时受嘲笑，不怒亦不言；富贵时受趋奉，不喜亦不言。沉稳庄重，不浮浅，不外露，是对势利眼极大的蔑视。

群公子日竞资财,柩置弗顾。数年,灵寝漏败,渐将以华屋作山丘矣〔31〕。程睹之悲,竟不谋于诸郎,刻期营葬,事事尽礼。殡日,冠盖相属,里中咸嘉叹焉。

程十余年历秩清显〔32〕,凡遇乡党厄急,罔不极力。二郎适以人命被逮,直指巡方者〔33〕,为程同谱,风规甚烈〔34〕。大郎浼妇翁王观察函致之,殊无裁答〔35〕,益惧。欲往求妹,而自觉无颜,乃持李夫人手书往。至都,不敢遽进,觇程入朝,而后诣之,冀四娘念手足之义,而忘睚眦之嫌。阍人既通,即有旧媪出,导入听事〔36〕,具酒馔,亦颇草草。食毕,四娘出,颜色温霁,问:"大哥人事大忙,万里何暇枉顾?"大郎五体投地〔37〕,泣述所来。四娘扶而笑曰:"大哥好男子,此何大事,直复尔尔〔38〕?妹子一女流,几曾见呜呜向人?"大郎乃出李夫人书。四娘曰:"诸兄家娘子,都是天人,各求父兄,即亦可了,何至奔波到此?"大郎无词,但固哀之。四娘作色曰:"我以为跋涉来省妹子,乃以大讼来求'贵人'耶!"⑫拂袖径入。大郎惭愤而出。归家详述,大小罔不诟詈〔39〕;李夫人亦谓其忍。逾数日,二郎释放宁家。众大喜,方笑四娘之徒取怨谤也。俄白四娘遣价候李夫人〔40〕。唤入,仆陈金币,言:"夫人为二舅事,遣发甚急,未遑字覆,聊寄微仪,以代函信。"众始知二郎之归,乃程力也。后三娘家渐贫,程施报逾于常格。又以李夫人无子,迎养若母焉。

⑫ 胡四娘过去受尽嘲笑,一切暗藏心中,过去姐妹们以"贵人"调侃,今日成了真正的贵人,终于出了这口恶气。

校勘

底本:康熙本。参校:异史、二十四卷本、铸雪斋本、青柯亭本。

注释

〔1〕剑南:唐方镇名,相当今四川大部分地区。〔2〕襁中论亲于大家:与有钱有势的人家订娃娃亲。〔3〕孽出:庶出,即妾生。〔4〕笄年未字:女子

及笄之年未许配人家。笄年，指女子年满十五周岁。〔5〕惛耄（hūn mào）：年老糊涂。〔6〕除馆馆生：清扫馆舍让程生居住。〔7〕鸣钲锽：敲锣打鼓。钲，乐器。锽，古兵器，借指乐器。聒，乐器声音洪亮嘈杂。〔8〕谀词：奉承话。〔9〕抉：挖。〔10〕两丁：双目。〔11〕内慧外朴：内心聪明而外表朴实。〔12〕浑而不露：聪明隐藏在朴实浑厚中不显露出来。〔13〕薨（hōng）：周代诸侯死曰"薨"，后世用于有地位的官员。〔14〕既离苫（shān）块：守丧期满。苫块，古时居丧孝子睡草荐枕土块。〔15〕遗才：因故未参加科考，在乡试前参加补考。〔16〕砥志研思：刻苦励志、专心钻研。〔17〕愿乖气结：愿望没实现，心情郁闷。〔18〕小泰：比较充足。〔19〕妻党：妻子一方的亲属。京秩：京官。〔20〕东海：县名，今江苏连云港。兰台：御史。〔21〕收诸幕中：让程担任幕宾。〔22〕膏火：学习费用。〔23〕庶吉士：属翰林院。由进士中擅长文字者担任。〔24〕空匮：贫困，缺钱用。〔25〕擢（zhuó）第：科举考试及第。〔26〕邮报：报信。〔27〕捉坐：靠近坐。〔28〕凝重：庄重。〔29〕靡所短长：没有批评或不满。〔30〕展墓：扫墓。〔31〕以华屋作山丘：旧时存放灵柩的华丽房屋，已破败得像荒山。〔32〕历秩清显：历次担任清贵而显要的官职。〔33〕直指巡方：巡按御史巡察指定府属。〔34〕风规甚烈：执法严厉。〔35〕裁答：复信。〔36〕听事：接待客人的堂屋。〔37〕五体投地：头及双肘双膝着地跪拜。〔38〕直复尔尔：竟至于如此。〔39〕诟詈（lì）：责骂。〔40〕价（jiè）：仆人或送信的人。

点评

  丈夫的功名是妻子的一切，是"亲情"，是"价值"。很少有作品像《胡四娘》把科举制度下亲属间的世态炎凉写得如此深刻、如此生动、如此触目惊心。惟功名马首是瞻是小说所有人物的共同特点。胡银台打破门第观念将女儿许给程生，是估计到程生可能金榜题名，其远见和卓识出于功名之想；李氏嘱咐女儿善待四娘，是看到程生日夜攻苦，不会久居人下，也是为了将来做感情"投资"；胡家兄弟姐妹因程生当前的贫贱，百般羞辱，是因为眼光如豆；程生忍辱负重、刻苦读书、百般营谋也只为功名。小说最精彩的人物是胡四娘。丈夫贫贱时她自尊自爱，激励丈夫；丈夫得势后，她洒脱大度，善待亲属。小说虽取材于前人作品《鹅笼夫人传》，却结合科举制度下的人情世态，成为精致洗练的短篇小说。两次宴会场面尤为出色，互相对比写尽名利场中"亲人"的庸俗丑态。语言画龙点睛，描写尽致。三言两语，画人"颊上三毛"；两语三言，场景栩栩如生。

胡四娘

閱盡炎涼一瞬中
四娘真有大家風怪他婢
子偏修怨執取雙眸血濺紅

僧术

卷五

①钱可通神，钱可役鬼。借冥世刺人生，巧妙机智，入骨三分。

②心理描写真切合理。

③至理名言。唤醒世人。

④写黄生之吝生动。

⑤蒲松龄以明经终老，深有体会。

黄生，故家子，才情颇赡〔1〕，夙志高骞〔2〕。村外兰若有居僧某，素与分深〔3〕，既而僧云游，去十余年复归。见黄，叹曰："谓君腾达已久，今尚白纻耶〔4〕？想福命固薄。请为君贿冥中主者〔5〕。①能置十千否？"答言："不能。"僧曰："请勉办其半，余当代假之。三日为约。"黄诺之。竭力典质如数〔6〕。

三日，僧果以五千来付黄。黄家旧有汲井，水深不竭，云通河海。僧命束置井边，戒曰："约我到寺，即推堕井中。候半炊时，有一钱泛起，当拜之。"乃去。黄不解何术，转念效否未定，而十千可惜。乃匿其九，②而以一千投之。少间巨泡突起，铿然而破，即有一钱浮出，大如车轮。黄大惊，既拜，又取四千投焉。落下，击触有声，为大钱所隔，不得沉。日暮，僧至，谯让之曰〔7〕："胡不尽投？"黄云："已尽投矣。"僧曰："冥中使者止将一千去，何乃妄言？"黄实告之，僧叹曰："鄙吝者必非大器。③此子之命合以明经终〔8〕；不然，甲科立致矣〔9〕。"黄大悔，求再禳之，僧固辞而去。黄视井中钱犹浮，以绠钓上④，大钱乃沉。是岁，黄以副榜准贡〔10〕，卒如僧言。

异史氏曰："岂冥中亦开捐纳之科耶？十千而得一第，直亦廉矣。然一千准贡，犹昂贵耳。明经不第，何值一钱！"⑤

校勘

底本：康熙本。参校：异史、二十四卷本、铸雪斋本、青柯亭本。

注释

〔1〕才情颇赡：很有才情。〔2〕夙志高骞：一向有很高的志向。〔3〕分：情分。〔4〕尚白纻：仍然是平民。白纻，白粗布衣服。〔5〕冥中主者：阴司的主管。〔6〕典质：抵押财产。〔7〕谯（qiào）让：责备。〔8〕明经：贡生。〔9〕甲科：进士。〔10〕副榜准贡：乡试副榜为贡生。

点评

冥中捐钱得官，是阳世卖官鬻爵的写照，官位高低完全按交钱多少决定，如同市场交易，官场黑暗，通过冥中买官含蓄而又辛辣地揭露出来。"鄙吝者必非大器"，是至理名言。黄生有才能，却不得不通过买卖求官，又偏偏不舍得花钱，最终就不得不困顿而终。此中对黄生式的书生颇有同情意味。小说写黄生不仅吝啬而且贪婪，悄悄将僧资助的钱据为己有再谎称已投，最后还要把钱再钓上来，眼光短浅，视钱如命，几个细节将人物写得面目如生。

僧術

苍苴竟可達幽冥
白足何人衍亦靈
可惜慳心猪未化
千錢祇許淨明經

禄数

①显而不道，害莫大矣。"横"是其不道的主要表现。

②假如真如此人所算，岂非天公无眼？

③冷眼看螃蟹，横行到几时？

④权柄在手、金钱在握而横行者看着。

某显者多为不道[1]①，夫人每以果报劝谏之[2]，殊不听信。适有方士能知人禄数[3]，诣之。方士熟视曰："君再食米二十石、面四十石，天禄乃终。"归语夫人。计一人终年仅食面二石，尚有二十余年天禄，岂不善所能绝耶？②横如故③。逾年，忽病除中[4]，食甚多而旋饥，一昼夜十余餐。未及周岁，死矣④。

校勘

底本：康熙本。参校：异史、二十四卷本、铸雪斋本、青柯亭本。

注释

[1]显者：显贵，高官。[2]果报：善有善报，恶有恶报。[3]方士：能求仙、知长生不老术的人。禄数：禄，古人把一生能够得到多少钱财并吃多少饭，称为"禄"。此为上天注定，故下文称"天禄"。[4]除中：糖尿病后期，糖尿病又称"消渴"。《伤寒论》解释："若中气将绝而反能食者，称为'除中'，属危象。"

点评

本文似乎在宣扬命中注定的封建迷信，但"多为不道"是关键，横行霸道、自以为永远如日中天的家伙，冥冥中自然有"果报"在等着他。文字很短，却曲折有致。

禄数

由来禄命
赋生初命
尽俦没禄消
饭苗共未生
雀不得何缘
一定为清缘

柳生

周生，顺天宦裔也，与柳生善。柳得异人之传，精袁、许之术〔1〕。尝谓周曰："子功名无分，万钟之资尚可以人谋〔2〕，然尊阃薄相〔3〕，恐不能佐君成业。"未几妇果亡，家室萧条，不可聊赖。因诣柳，将以卜姻。入客舍，坐良久，柳归内不出。呼之再三，始方出，曰："我日为君物色佳偶，今始得之。适在内作小术，求月老系赤绳耳〔4〕。"周喜，问之，答曰："甫有一人携囊出①，遇之否？"曰："遇之。褴褛若丐②。"曰："此君岳翁，宜敬礼之。"周曰："缘相交好，遂谋隐密，何相戏之甚也！仆即式微〔5〕，犹是世裔〔6〕，何至下昏于市侩〔7〕？"柳曰："不然。犁牛尚有子〔8〕，何害？"周问："曾见其女耶？"答曰："未也。我素与无旧，姓名亦问讯知之。"周笑曰："尚未知犁牛，何知其子？"柳曰："我以数信之，其人凶而贱，然当生厚福之女。但强合之必有大厄，容复禳之。"周既归，未肯以其言为信，诸方觅之，迄无一成。

一日，柳忽至，曰："有一客，我已代折简矣〔9〕。"问："为谁？"曰："但勿问，宜速作黍〔10〕。"周不谕其故，如命治具。俄，客至，盖傅姓营卒也〔11〕。心内不合，阳浮道与之〔12〕③；而柳生承应甚恭。少间酒肴既陈，杂恶草具进。柳起告客："公子向慕已久，每托某代访，曩夕始得晤。又闻不日远征，立刻相邀，可谓仓卒主人矣〔13〕④。"饮间，傅忧马病，不可骑，柳亦俯首为之筹思。既而客去，柳让周曰〔14〕："千金不能买此友，何乃视之漠漠？"借马骑归，因假命周，登门持赠傅。⑤周既知，稍稍不快，已无如何。

过岁，将如江西，投臬司幕〔15〕。诣柳问卜，柳言："大吉！"周笑曰："我意无他，但薄有所猎，当购佳妇，

①肯定是柳生假冒周生给此人救济。故此人后来相遇马上要求结亲。

②衣帽取人，俗眼向世。

③周生势利眼儿。他瞧不起巡捕营普通士兵，摆世家公子架子，却因相信朋友此人将来帮他的预言，假装热情又粗劣待客。

④柳生知傅某将来会救周生，故代周生千方百计结纳，用心良苦精细。借马相赠成为伏笔。

⑤为朋友思谋无所不至。

几幸前言之不验也,能否?"柳云:"并如君愿。"

及至江西,值大寇叛乱,三年不得归。后稍平,选日遵路,中途为土寇所掠,同难七八人,皆劫其金资,释令去,惟周被掳至巢。盗首诘其家世,因曰:"我有息女,欲奉箕帚,当即勿辞。"周不答,盗怒,立命枭斩。周惧,思不如暂从其请,因从容而弃之〔16〕⑥。遂告曰:"小生所以踟蹰者,以文弱不能从戎,恐益为丈人累耳。如使夫妇得相将俱去,恩莫厚焉。"盗曰:"我方忧女子累人,此何不可从也。"引入内,妆女出见,年可十八九,盖天人也。当夕合卺,深过所望。细审姓氏,乃知其父即当年荷囊人也。因述柳言,为之感叹⑦。

过三四日,将送之行,忽大军掩至,全家皆就执缚。有将官三员监视,已将妇翁斩讫,寻次及周。周自分已无生理,一员审视曰:"此非周某耶?"盖傅卒已以军功授副将军矣⑧,谓僚曰:"此吾乡世家名士,安得为贼!"解其缚,问所从来。周诡曰⑨:"适江皋娶妇而归〔17〕,不意途陷盗窟,幸蒙拯救,德戴二天〔18〕!但室人离散,求借洪威,更赐瓦全。"傅命列诸俘,令其自认,得之。饷以酒食,助以资斧,曰:"曩受解骖之惠〔19〕,旦夕不忘。但抢攘间〔20〕,不遑修礼,请以马二匹、金五十两,助君北旋。"又遣二骑持信矢护送之〔21〕。

途中,女告周曰:"痴父不听忠告,母氏死之。知有今日久矣,所以偷生旦暮者〔22〕,以少时曾为相者所许,冀他日能收亲骨耳。某所窖藏巨金,可以发赎父骨,余者携归,尚足谋生。"嘱骑者候于路,两人至旧处,庐舍已烬于灰火中,取佩刀,掘尺许,果得金,尽装入橐,乃返。以百金赂骑者,使瘗翁尸,又引拜母冢,始行。至直隶界,厚赐骑者而去。

周久不归,家人谓其已死,恣意侵冒,粟帛器具,荡无存者。闻主人归,大惧,哄然尽逃;只有一妪、一婢、一老奴在焉。周以出死得生,不复追问。及访柳,则不

⑥ 极其实用主义。

⑦ 是感叹朋友为自己设计谋求一切?还是感叹自己傻人有傻福?

⑧ 前文柳生一切思谋,从一句话知晓其目的。

⑨ "诡"字用得好。周生一生行为,皆可用"诡"字解释。但幸亏有个好朋友。

⑩飘若游龙，翩若惊鸿。倘若作者让柳生再次出现并让周生感谢之，岂非笨伯作文？

知所适矣⑩。女持家逾于男子，择醇笃者，授以资本而均其息。每诸商会计于檐下，女垂帘听之，盘中误下一珠，辄指其讹。内外无敢欺。数年，夥商盈百，家数十巨万矣。乃遣人移亲骨，厚葬之。

异史氏曰："月老可以贿嘱，无怪媒妁之同于牙侩矣〔23〕。乃盗也而有是女耶？培娄无松柏〔24〕，此鄙人之论耳。妇人女子犹失之，况以相天下士哉！"

校勘

底本：康熙本。参校：异史、二十四卷本、铸雪斋本、青柯亭本。

注释

〔1〕袁、许之术：相术。袁，袁天纲，唐代著名相术家；许，许负，汉代著名相术家。〔2〕万钟之资：万钟，形容钱多。〔3〕尊阃（kǔn）薄相：尊夫人一脸薄命相，没有福气。阃，妇女居住的内室，代指妇女。〔4〕月老系赤绳：古代传说，有位月下老人主管男女婚姻，他用赤绳将二人的脚拴住，就是走到天涯海角，二人仍然要成夫妇。典故出自唐传奇集《续玄怪录》。〔5〕式微：衰败。〔6〕世裔：世家后裔。〔7〕下昏于市侩：降低身份和小商贩结亲。按当时的世俗观念，读书做官为上，经商为下。〔8〕犁牛尚有子：比喻父母不善不妨碍子女贤明。出自《论语·雍也》："犁牛之子骍且角，虽欲勿用，山川其舍诸？"大意是，耕牛之子，只要够做牺牲的条件，神灵也不会拒绝。柳生用此话是为说明，世俗人家的子女未必不好。〔9〕代折简：代为邀请。〔10〕作黍：准备酒饭招待客人。〔11〕营卒：清代拱卫京师负责巡捕驻防的士兵。〔12〕阳浮道与之：表面上对那人虚假的客气、恭维。〔13〕仓卒主人：匆忙中请客。柳生以此解释周生为何待客食品粗糙。〔14〕让：责备。〔15〕臬司幕：给按察使做幕宾。臬司，按察使。〔16〕因从容而弃之：找到机会再抛弃她。〔17〕江臬娶妇而归：从江西按察司衙门娶妻回来。〔18〕德戴二天：感谢再生之恩。〔19〕解骖之惠：赠马解困的恩惠。〔20〕抢攘（chēng rǎng）：纷乱貌。典故出《汉书·贾谊传》："本末舛逆，首尾衡决，国制抢攘，非甚有纪，胡可谓治？"〔21〕持信矢：拿着作为信物的令箭。〔22〕偷生：苟且求活。旦暮：短时间内。〔23〕牙侩：市场上为买卖双方说合的经纪人。〔24〕培娄无松柏：小土堆长不出参天松柏。比

喻小门小户生不出好女儿。

点评

　　作者宣传神乎其神的"相术"，有相当浓厚的迷信色彩。但这个似乎宣扬命中注定的故事，却以简练的文笔，写活两个人物。周生目光短浅，自私冷酷，拔一毛而利他人不为也；柳生目光远大，善良周到，为朋友两肋插刀无所不至。情节奇而又奇，却前有伏笔，后有照应，严密周详。遣词用字存春秋笔法，于不动声色的描绘中寓褒贬之意。小说以详尽笔墨写周生复杂多变的人生经历，篇名却是"柳生"，意味深长。

柳生

姝娣俩从
匹冠未充
囊且喜富
赀时人间
怨报知何
限惜少神
通典抗回

冤狱

卷五

① 个性埋情节发展诱因，因喜欢开玩笑，就因开玩笑惹来杀身之祸。

② 详析此情，开玩笑的主角还是"媪"。

③ 昏官审案，全然不查实情，只知施暴。作者冷静描写中暗伏贬义。"疑朱"，"疑邻妇与私"，全是凭空猜想，却成板上钉钉的铁案！

④ 供出血衣却搜不到，明明是假的，昏官却想不到。儒雅者有英雄气，仅从其话就可判断他非杀人者，昏官竟听不出。

⑤ "杀人者"藏被杀者血衣做甚？一怪。朱家怎么可能有死者之衣？难道死者是裸的？二怪。事隔多日，血迹却新，难道看不出？三怪。昏官乱疑乱判，竟然轻易判死刑。昏到家了。

⑥ 文眼。

⑦ 鬼神有知，如果不是周仓抓来正犯，则杀人者生，戏言者死。

朱生，阳谷人〔1〕，少年佻达，喜诙谑。①因丧偶，往求媒媪，遇其邻人之妻，睨之美，戏谓媪曰："适睹尊邻，雅妙丽，若为我求凰，渠可也。"媪亦戏曰："请杀其男子，我为若图之。"朱笑曰："诺。"②

更月余，邻人出责负〔2〕，被杀于野。邑令拘邻保〔3〕，血肤取实〔4〕，究无端绪，惟媒媪述相谑之词，以此疑朱。捕至，百口不承。令又疑邻妇与私，榜掠之，五毒参至〔5〕，妇不能堪，诬伏③。又讯朱，朱曰："细嫩不任苦刑，所言皆妄。既使冤死，而又加以不节之名，纵鬼神无知，予心何忍乎？我实供之可矣：欲杀夫而娶其妇，皆我之为，妇不知之也。"④问："何凭？"答言："血衣可证。"及使人搜诸其家，竟不可得。又掠之，死而复苏者再。朱乃云："此母不忍出证据死我耳，待自取之。"因押归，告母曰："予我衣，死也；即不予，亦死也；均之死，故迟也不如其速也。"母泣，入室移时，取衣出，付之。令审其迹确，拟斩⑤。再驳再审〔6〕，无异词。经年余，决有日矣。令方虑囚〔7〕，忽一人直上公堂，努目视令而大骂曰〔8〕："如此愦愦，何足临民！"⑥隶役数十辈，将共执之。其人振臂一挥，颓然并仆。令惧，欲逃，其人大言曰："我关帝前周将军也〔9〕！昏官若动，即便诛却！"⑦令战惧悚听。其人曰："杀人者乃宫标也，于朱某何与？"言已，倒地，气若绝。少顷而醒，面无人色。及问其人，则宫标也，搒之，尽服其罪。

盖宫素不逞〔10〕，知某讨负而归，意腰橐必富，及杀之，竟无所得。闻朱诬服，窃自幸，是日身入公门，殊不自知。令问朱血衣所自来，朱亦不知之。唤其母鞫之，则割臂所染，验其左臂，刀痕犹未平也。令亦愕然。

1067

⑧咎由自取。曾被其冤杀者又有多少!

后以此被参揭免官〔11〕,罚赎羁留而死〔12〕⑧。年余,邻母欲嫁其妇,妇感朱义,遂嫁之。

异史氏曰:"讼狱乃居官之首务,培阴骘,灭天理,皆在于此,不可不慎也。躁急污暴,固乖天和;淹滞因循,亦伤民命。一人兴讼,则数农违时;一案既成,则十家荡产:岂故之细哉!余尝谓为官者,不滥受词讼,即是盛德。且非重大之情,不必羁候;若无疑难之事,何用徘徊?即或乡里愚民,山村豪气,偶因鹅鸭之争,致起雀角之忿〔13〕,此不过借官宰之一言,以为平定而已,无用全人,只须两造〔14〕,笞杖立加,葛藤悉断〔15〕。所谓神明之宰非耶?

⑨"异史氏曰"比正文还长,是关于刑狱的杰出杂文。蒲松龄终生未仕,且恪守秀才"片纸不入公门"的道德规范,为什么能对刑狱问题有如此深刻、独到的见解?原因有二:其一,蒲松龄曾到宝应县给朋友孙蕙做幕宾,其文集中保留了他代孙起草劝民息讼的布告,内容跟此文非常相似,有个别字句还完全相同;其二,蒲松龄一直非常关心如何澄清吏治,多次以小说形式探讨。他涉及吏治问题的小说不少,一写贪官,如《梦狼》《公孙夏》等;二写昏官,如《放蝶》和多篇断案小说。

每见今之听讼者矣⑨:一票既出,若故忘之。摄牒者入手未盈,不令消见官之票;承刑者润笔不饱,不肯悬听审之牌。矇蔽因循,动经岁月,不及登长吏之庭,而皮骨已将尽矣。而俨然而民上也者,偃息在床,漠若无事。宁知水火狱中,有无数冤魂,伸颈延息,以望拔救耶!然在奸民之凶顽,固无足惜;而在良民株累,亦复何堪?况且无辜之干连,往往奸民少而良民多;而良民之受害,且更倍于奸民。何以故?奸民难虐,而良民易欺也。皂隶之所殴骂,胥徒之所需索,皆相良者而施之暴。身入公门,如陷汤火。早结一日之案,则早安一日之生,有何大事,而顾奄奄堂上若死人,似恐溪壑之不遽饱〔16〕,而故假之以岁时也者!虽非酷暴,而其实厥罪维均矣〔17〕。尝见一词之中,其急要不可少者,不过三数人;其余皆无辜之赤子,妄被罗织者也。或平昔以睚眦开嫌〔18〕,或当前以怀璧致罪〔19〕,故兴讼者以其全力谋正案,而以其余毒复小仇,带一名于纸尾,遂成附骨之疽;受万罪于公门,竟属切肤之痛。人跪亦跪,状若鸟集;人出亦出,还同猱系。而究之官问不及,吏诘不至,其实一无所用,只足以破产倾家,饱蠹役之贪囊;鬻子典妻,泄小人之私愤而已。深愿为官者,每投到时,略一审诘:当逐逐之,不当逐芟之。

1068

不过一濡毫、一动腕之间耳，便保全多少身家，培养多少元气。从政者曾不一念及于此，又何必桁杨刀锯能杀人哉〔20〕！"

校勘

底本：康熙本。参校：异史、二十四卷本、铸雪斋本、青柯亭本。

注释

〔1〕阳谷：明清县名。属兖州，今山东省聊城市阳谷县。〔2〕责负：讨债。〔3〕邻保：从宋代开始实行邻里互保，若干家为一保，保内有人犯法，必须互相揭发。保，户籍单位。〔4〕血肤取实：严刑拷打，打得皮开血流。〔5〕五毒参至：用尽种种刑罚。〔6〕再驳再审：驳回原判，重新审理。驳，即驳勘。〔7〕虑囚：核实囚犯的罪状。〔8〕努目：怒目。〔9〕关将军前周将军：关羽驾前的周仓。〔10〕素不逞：一向为非作歹。〔11〕参揭：弹劾。〔12〕罚赎：以罚金赎罪。羁留：拘禁或禁止离开。〔13〕雀角之忿：指纷争。语出《诗经·召南·行露》："谁谓雀无角，将以穿我屋？"〔14〕两造：原告、被告。〔15〕葛藤悉断：将诉讼中纠葛难断之事判断清楚。葛藤，比喻纠缠不清的细小琐事。〔16〕溪壑：难以满足的贪欲。〔17〕厥罪维均：拖迁不办案跟滥施酷刑同罪。〔18〕睚眦开嫌：因为一些小过节而产生仇怨。〔19〕怀璧致罪：因为有钱或有才华而受到别人的嫉妒而获罪。〔20〕桁（háng）杨刀锯：刑具。

点评

一个戏言贾祸的小故事将昏官草菅人命、小民无处申冤的事实，血淋淋地写了出来。邑令既无能又暴虐，视人命如儿戏。倘若不是周仓显灵，朱生早就变成了冤鬼。而周仓的出现不过是作者的理想耳。千千万万被冤杀者冤沉海底。"异史氏曰"洋洋洒洒，作者站在普通百姓的立场，设身处地，论述"讼狱乃居官之首务"，深刻揭露为民父母者借刑狱对百姓敲骨吸髓，是投向黑暗吏治的匕首、投枪，有很高的认识价值和思想价值。

冤獄

一時諱語將相述，
攝作羔書駭聽聞。
太息臨民都
憤，沈冤何
處訴將軍。

鬼令[1]

教谕展先生[2]，洒脱有名士风。然酒狂，不持仪节，每醉归，辄驰马殿阶[3]。阶上多古柏。一日，纵马入，触树头裂，自言："子路怒我无礼[4]，击脑破矣！"中夜遂卒。

邑中某乙者，负贩其乡，夜宿古刹。更静人稀，忽见四五人携酒入饮，展亦在焉。酒数行，或以字为令曰："田字不透风，十字在当中；十字推上去，古字赢一盅。"一人曰："回字不透风，口字在当中；口字推上去，吕字赢一盅。"一人曰："囹字不透风，令字在当中；令字推上去，含字赢一盅。"又一人曰："困字不透风，木字在当中；木字推上去，杏字赢一盅。"末至展，凝思不得。众笑曰："既不能令，须当受命。"飞一觥来。①展云："我得之矣：曰字不透风，一字在当中；……"众又笑曰："推作何物？"展吸尽②曰："一字推上去，一口一大盅！"相与大笑③，未几，出门去。某不知展死，窃疑其罢官归也。及归问之，则展死已久，始悟所遇者鬼耳。

①正想这个耳。

②嗜酒如命的动作。

③视酒为命的狂言。有酒可喝，有文友可纵谈，鬼亦做得情趣盎然。

校勘

底本：康熙本。参校：异史、二十四卷本、铸雪斋本、青柯亭本。

注释

[1]鬼令：鬼的酒令。酒令是古人饮酒时的助兴游戏，推一人为令官，依令该饮者饮酒，违令者罚酒。酒令往往成为文人雅士大展才能的机会。白居易有语"闲征雅令穷经史"。[2]教谕：县学正教官。展先生：展玠，莱阳人。据《莱阳县志》记载，丁亥贡，授信阳训导，升淄川教谕。又《淄川县志·官师志·儒学教谕》记载："展玠，莱阳人，卒于官。"说明展玠确实是死在淄川教谕任上。

〔3〕殿阶：文庙的殿阶。此处不允许骑马。〔4〕子路：孔子弟子。姓仲名由字子路。

点评

　　展某有名士风，爱喝酒，爱撒酒疯，因此而死，死了照旧喝，照旧撒酒疯，真是死不改悔。作者把展某的狂放描绘得极有感染力。生前骑马文庙前，死后大喝特喝并以喝为令，两个细节活灵活现。作者写此文，又似乎是要将几个妙酒令嵌入文中，展某之令，则与其狂放个性相谐无间。鬼话连篇，鬼令有趣。

鬼令

古刹何人夜舉杯
不行射覆不諧談
精枝折字翻新令
風雅居然有捷才

甄后〔1〕

①当年的刘桢傲慢不羁，转世后的刘仲堪见甄夫人的后身马上下拜，故被调侃"何前倨而后恭"。前倨者刘桢，后恭者刘仲堪，一句联千年，用词准确，既表现甄氏之慧，又展示作者巧思。

②危坐磨砖乃曹操所见。

③历史美人在《聊斋》变博学雅士。

④非刘桢情痴乃甄氏情痴。

⑤对"贼父之庸子"但明伦评："一言定评，千古铁案。"甄氏重文士才情、骨气而薄皇家地位权势。形象出新。

⑥情痴也是传染的。刘为甄氏所染。

洛城刘仲堪〔2〕，少钝〔3〕，而淫于典籍〔4〕。恒杜门攻苦，不与世通。一日，方读，忽闻异香满室，少间，佩声甚繁〔5〕。惊顾之，有美人入，簪珥光采，从者皆宫妆。刘惊伏地下，美人扶之曰："子何前倨而后恭也？"①刘益惶恐，曰："何处天仙，未曾拜识。前此几时有忤？"美人笑曰："相别几何，遂尔懵懵！危坐磨砖者非子也耶〔6〕②？"乃展锦荐，设瑶浆，捉坐对饮，与论古今事，博洽非常③。刘茫茫不知所对。美人曰："我止赴瑶池一回宴耳，子历几生，聪明顿尽矣！"遂命侍者，以汤沃水晶膏进之。刘受饮讫，忽觉心神澄彻。既而曛暮，从者尽去，息烛解襦，曲尽欢好。

未曙，诸姬已复集。美人起，妆容如故，鬓发修整，不再理也。刘依依苦诘姓字，答曰："告即不妨，恐益君疑耳。妾，甄氏；君，公幹后身。当日以妾故罹罪，心实不忍，今日之会，亦聊以报痴情也。"④问："魏文安在〔7〕？"曰："丕，不过贼父之庸子耳。妾偶从富贵者游戏数载，过即不复置念。⑤彼曩以阿瞒故，久滞幽冥，今未闻知。反是陈思为帝典籍〔8〕，时一见之。"旋见龙舆止于庭中，乃以玉脂合赠刘，作别登车，云推雾覆而去。

刘自是文思大进。然追念美人，凝思若痴，⑥历数月，渐近羸殆。母不知其故，忧之。家一老妪，忽谓刘曰："郎君意颇有所思否？"刘以言微中，不能隐，应曰："唯唯。"妪言："郎试作尺一书，我能邮致之。"刘惊喜曰："子有异术，向日昧于物色。果能之，不敢忘也。"折束为函，付妪便去。半夜而返，曰："幸不误事。初至门，门者以我为妖，欲加縶系。我出郎君书，彼乃将去。少顷唤入，夫人亦欷歔，自言不能复会。便欲裁答。我言：'郎君羸惫，非一字所能瘳也。'夫人沉思久，乃释笔云：'烦先报刘郎，当即送一佳妇去。'临行，又嘱：'适所言，乃百年之计，但无妄传，便可永久。'"刘喜，伺之。

明日，果有老姥率一女郎诣母所，容色绝世，自言："陈氏；女其所出，名司香，愿求作妇。"母爱之，议聘，更不索资，坐待成礼而去。惟刘心知其异，阴问女："系夫人何人？"答云："妾铜雀故妓也⑦。"刘疑其为鬼，女曰："非也。妾与夫人俱隶仙籍，偶以罪过谪人间。夫人已复旧位；妾谪限未满，夫人请之天曹，暂使给役，去留皆在夫人。故得长侍床箦耳。"

一日，有瞽媪牵黄犬丐食其家，拍板俚歌。女出窥，立未定，犬断索咋女，女骇走，罗衿已断。刘急以杖击犬。犬犹怒，龁断幅，顷刻碎嚼如麻。瞽媪捉领毛，缚之去。刘入视女，惊颜未定，曰："卿仙人，何乃畏犬？"女曰："君自不知，犬乃老瞒所化，盖怒妾不守分香之戒也。"⑧刘欲买而杖毙之，女曰："不可，上帝所罚，何得擅诛？"⑨

居二年，见者皆惊其艳，而审所从来，殊涉恍惚，于是共疑为妖。母诘刘，刘亦微道其异。母大惧，戒使绝之，刘不听。母阴觅术士来，作法于庭。方规地为坛，女惨然曰："本期白首，今老母见疑，是分义绝矣。要我去亦复非难，但恐非禁咒所能遣耶！"乃束薪爇火，抛置阶下。瞬息烟蔽房屋，对面相失。忽有声震击如雷，既而烟灭，见术士七窍流血而死。入室，则女已渺。呼姬问，姬亦不知所之矣。刘始告母："姬盖狐也。"

异史氏曰："始于袁，终于曹，而后注意于公幹，仙人不应若是。然平心而论：奸瞒之篡子，何必有贞妇哉？⑩犬睹故妓，应大悟分香卖履之痴，固犹然妒之耶？呜呼！奸雄不暇自哀，而后人哀之已！"

---

⑦曹操之媳、之侍妾做鬼亦要背叛他。有趣。

⑧曹操临终令姬妾居铜雀台为他守节，其《遗令》云："余香可分与诸夫人，诸舍中无所为，学作履组卖也。"

⑨此话意思：上帝罚他做狗，不要替他解脱。

⑩始于袁终于曹是历史，钟情刘公幹是《聊斋》想象，借仙界、阴司、轮回观，大出曹氏父子洋相，是《聊斋》的主旨。蒲松龄受《三国演义》影响很深。

校勘

底本：康熙本。参校：异史、二十四卷本、铸雪斋本、青柯亭本。

注释

〔1〕甄后：即文昭甄皇后（182—221），三国中山无极人，汉太保甄邯后，先嫁袁绍次子袁熙，曹操破袁绍后，被曹丕纳为妇，生子曹叡，曹丕废汉称帝后，她因失宠有怨言，被赐死，其子继位后谥文昭皇后。《三国志·魏书·后妃传》有传。〔2〕洛城：洛阳。〔3〕少钝：年轻时很愚钝。〔4〕淫于典籍：专注地读"四书五经"。〔5〕佩声：女子身上的环佩声。〔6〕危坐磨砖：指东汉末刘桢因失敬甄氏受曹操处罚。《世说新语·言语》刘孝标注引《文士传》载，曹丕曾使夫人甄氏出拜众卿，坐上客多伏，只有刘桢"平视甄夫人"，被曹操罚做苦役磨石，曹操来看，他仍然"匡坐正色"磨石，曹操问"石何如？"刘借此比喻自己，说了一番石"外有五色之章，内含卞氏之珍""禀气坚贞，受之自然"。曹操大悦，马上赦免了他。〔7〕魏文：魏文帝曹丕。〔8〕陈思：陈思王曹植。

点评

一个别出心裁的爱情小说，一个典型的文人故事。作者异想天开让历史人物跟现实人物交往，通过曹门女子的"不贞"，表现强烈的"反曹"思想倾向。《聊斋》的甄后与前人所写的甄氏不同，历史人物及三国小说的甄氏一直是被动地受男人支配，《聊斋》中的甄氏却主动把握自己的命运，追求高洁的人格、真诚的爱情。老妪传书，铜雀妓登场，似乎是为了进一步拿"老瞒"出洋相，直到老瞒变狗，《聊斋》对曹操的厌恶登峰造极。由"异史氏曰"可以看出，作者本意是借曹门女子"不贞"及曹操身后的受难调侃奸贼，"情痴"的甄氏美丽形象实际上超越了作者意图。

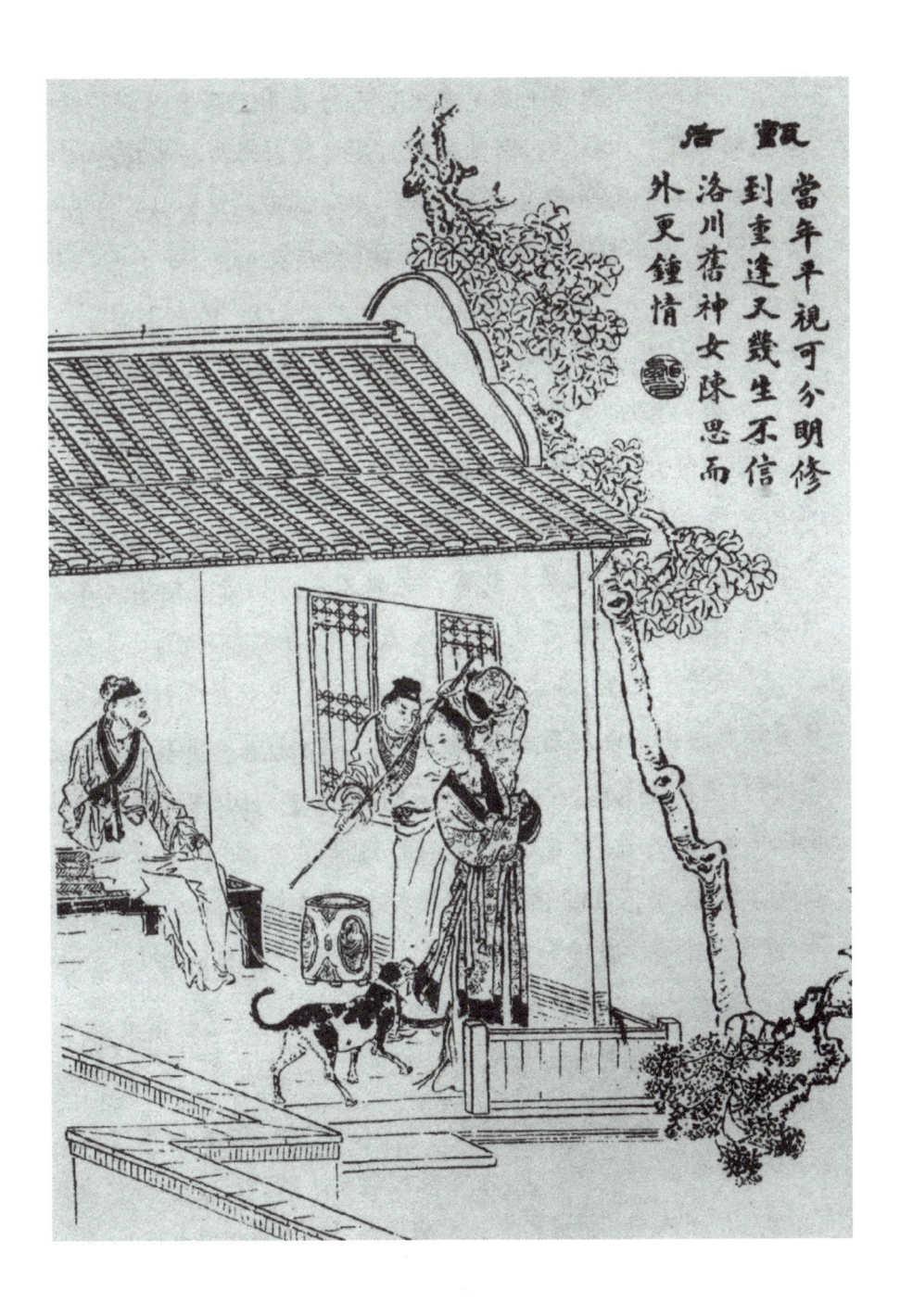

卷五

當年平視可分明　修到重逢更幾生　不信洛川舊神女　陳思而后外更鍾情

宦娘

温如春，秦之世家也。少癖嗜琴〔1〕，虽逆旅未尝暂舍。客晋，经由古寺，系马门外，将暂憩止。入则有布衲道人趺坐廊间〔2〕，筇杖倚壁〔3〕，花布囊琴。温触所好，因问："亦善此耶？"道人云："顾不能工〔4〕，愿就善者学之耳。"①遂脱囊授温。温视之，纹理佳妙〔5〕，略一勾拨〔6〕，清越异常，喜，为抚一短曲。道人微笑，似未许可〔7〕，温乃竭尽所长。道人哂曰："亦佳，亦佳，但未足为贫道师也。"温以其言夸，转请之。道人接置膝上，裁拨动，觉和风自来；又顷之，百鸟群集，庭树为满②。温惊极，拜请受业。道人三复之〔8〕。温侧耳倾心，稍稍会其节奏。道人试使弹，点正疏节〔9〕，曰："此尘间已无对矣。"温由是精心刻画，遂称绝技。

后归秦，离家数十里，日已暮，暴雨，莫可投止。路傍有小村，趋之，不遑审择，见一门，匆匆遽入。登其堂，阒若无人〔10〕。俄一女郎出③，年十七八，貌类神仙，举首见客，惊而走入。温时未偶，系情殊深。俄一老妪出问客，温道姓名，兼求寄宿。妪言："宿当不妨，但少床榻；不嫌屈体，便可藉藁。"少选，以烛来，展草铺地，意良殷。问其姓氏，答云："赵姓。"又问："女郎何人？"曰："此宦娘。老身之犹子也。"温曰："不揣寒陋，欲求援系〔11〕，如何？"妪颦蹙曰〔12〕："此即不敢应命。"温诘其故，但云难言。怅然遂罢。妪既去，温视藉草腐湿〔13〕，不堪卧处，因危坐鼓琴，以消永夜。雨既歇，冒夜遂归。

邑有林下部郎葛公〔14〕，喜文士。温偶诣之，受命弹琴。帘内隐约有眷客窥听。忽风动帘开，见一及笄人，丽绝一世。盖公有女，小字良工，善词赋，有艳名。温

---

① 温如春问得好！一个"亦"字，说明自己擅长抚琴。道人回得更妙，高明者偏偏自谦。

② 化用《荀子·劝学》写音乐魅力名句"池鱼出渊，六马仰秣"，以百鸟群集形容琴声之美。

③ 温生与宦娘相识似无意中点出，实际为全篇草蛇灰线。温生的离奇故事，都源于此。

④ 温生和良工之间并没爱到为情而死的份上。他们没迈出反抗父母之命的步伐，凭他们的逆来顺受，只会劳燕分飞。是宦娘这神奇力量夸大了他们的感情，将葛公置于僵局。

⑤ 这首词如抽丝、如剥茧，丝丝入扣，如泣如诉，回环往复；一字一转，一字一波，风流蕴藉，像飘飘忽忽的静夜箫声。貌似写良工怀春，实际写宦娘幽恋，算得上爱情女主角内心世界的绝唱。这首词直接取自《聊斋词》。

⑥ 温生夺下词章给葛公做贼心虚印象。绿菊和词互相印证，葛公认定女儿和温生有私情。气急败坏的葛公未认真思考：女儿寸步不离香闺，她通过什么和温生私相授受？早被自己烧了的词如何会到温生案头？

⑦ 围绕温生和良工发生的三事，像兵不厌诈连环计，本质属于诬陷，但对两位互相爱慕却一筹莫展者来说，是善意的诬陷、爱意的诬陷、聪明机智的诬陷、及时雨般诬陷，这一环扣一环的"骗局"，正是鬼使神差。

心动，归与母言，媒通之。而葛以温势式微，不许。然女自闻琴后，心窃倾慕，每冀再聆雅奏；而温以姻事不谐，志乖意沮〔15〕，绝迹于葛氏之门矣④。

一日，女于园中拾得旧笺一折，上书《惜余春》词云："因恨成痴，转思作想，日日为情颠倒。海棠带醉，杨柳伤春，同是一般怀抱。甚得新愁旧愁，划尽还生〔16〕，便如青草。自别离，只在奈何天里〔17〕，度将昏晓〔18〕。今日个蹙损春山〔19〕，望穿秋水〔20〕，道弃已拼弃了〔21〕。芳衾妒梦〔22〕，玉漏惊魂〔23〕，要睡何能睡好？漫说长宵似年，侬视一年，比更犹少；过三更已是三年，更有何人不老？"⑤女吟咏数四，心好之，怀归，出锦笺，庄书一通置案间〔24〕。逾时索之，不可得，窃意为风飘去。适葛经闺门过，拾之，谓良工作，恶其词荡〔25〕，火之而未忍言，欲急醮之。临邑刘方伯之公子〔26〕，适来问名，心善之，而犹欲睹其人。公子盛服而至，仪容秀美。葛大悦，款延优渥。既而告别，坐下遗女舄一钩，心顿恶其儇薄〔27〕，因呼媒而告以故。公子亟辨其诬。葛弗听，卒绝之。

先是，葛有绿菊种，吝不传，良工以植闺中。温庭菊忽有一二株化为绿，同人闻之，辄造庐观赏。温亦宝之。凌晨趋视，于畦畔得笺写《惜余春》词。反复披读，不知其所自至。以"春"为己名，益惑之。即案头细加丹黄〔28〕，评语褒嫚〔29〕。适葛闻温菊变绿，讶之，躬诣其斋。见词，便取展读。温以其评亵，夺而挼莎之〔30〕⑥。葛仅睹一两句，盖即闺门所拾者也，大疑，并绿菊之种，亦猜为良工所赠。归告夫人，使逼诘良工，良工涕欲死，而事无验见，莫可取实。夫人恐其迹益彰，计不如以女归温。葛然之，遥致温⑦。温喜极，是日招客为绿菊之宴，焚香弹琴，良夜方罢。

既归寝，斋童闻琴自作声，初以为僚仆之戏也〔31〕；既知其非人，始白温。温自诣之，果不妄。其

1079

声梗涩〔32〕，似将效己而未能者。爇火暴入，杳无所见。温携琴去，则终夜寂然。因意为狐，固知其愿拜门墙也者，遂每夕为奏一曲，而设弦任操〔33〕，若为师；夜夜潜伏听之，至六七夜，居然成曲，雅足听闻〔34〕。

温既亲迎，各述曩词〔35〕，始知缔好之由，而终不知所由来。良工闻琴鸣之异，往听焉，曰："此非狐也，调凄楚，有鬼声。"温未深信。良工因言其家有古镜，可鉴魑魅。翼日〔36〕，遣人取至，伺琴声既作，握镜遽入；火之，果有女子在，仓皇室隅，莫能复隐。细审之，赵氏之宦娘也。大骇，穷诘之。泫然曰："代作蹇修，不为无德，何相逼之甚也？"温请去镜，约勿避，诺之，乃囊镜〔37〕。女遥坐曰："妾太守之女，死百年矣。少喜琴筝，筝已颇能谙之，独此技未有嫡传，重泉犹以为憾〔38〕。惠顾时，得聆雅奏，倾心向往；又恨以异物不能奉裳衣〔39〕，阴为君脃合佳偶〔40〕，以报眷顾之情。刘公子之女乌，《惜余春》之俚词，皆妾为之也。酬师者不可谓不劳矣。"⑧夫妻咸拜谢之。

宦娘曰："君之业，妾思过半矣，但未尽其神理。请为妾再鼓之。"温如其请，又曲陈其法〔41〕。宦娘大悦曰："妾已尽得之矣！"乃起辞欲去。良工故善筝，闻其所长，愿一披聆〔42〕。宦娘不辞，其调其谱，并非尘世所能。良工击节，转请受业。女命笔为绘谱十八章，又起告别。夫妻挽之良苦，宦娘凄然曰："君琴瑟之好，自相知音，薄命人乌有此福。如有缘，再世可相聚耳。"因以一卷授温曰："此妾小像，如不忘媒妁，当悬之卧室。快意时，焚香一炷，对鼓一曲，则儿身受之矣。"出门遂没。

⑧宦娘调他人之琴瑟，代薄命之裳衣。其无私忘我和与人为善的精神，令人心动神移。

校勘

底本：康熙本。参校：异史、二十四卷本、铸雪斋本、青柯亭本。

注释

〔1〕癖嗜：极其喜好。〔2〕布衲道人跌坐廊间：穿布缝衲衣的道人在廊间打坐。跌坐，修禅者的坐法，两足交叉置于左右股上或一足押在另一股上。〔3〕筇（qióng）杖：竹杖。〔4〕顾不能工：只是不能精通。〔5〕纹理：琴身髹漆日久产生的细密断纹。〔6〕勾拨：勾和拨，抚琴的两种指法。〔7〕许可：赞许认可。〔8〕三复：示范几次。〔9〕点正疏节：指点纠正节拍疏忽的地方。〔10〕阒（qù）：寂静。〔11〕援系：求婚的谦辞。〔12〕颦蹙：皱着眉头表示为难。〔13〕藉草：草垫。〔14〕林下部郎：退隐的六部郎官。〔15〕志乖意沮：心愿不能如意而灰心失望。〔16〕刬（chǎn）：铲除。〔17〕奈何天：无可奈何的时光。〔18〕昏晓：黑夜和白天。〔19〕蹙损春山：春山，指女子眉毛；蹙，皱眉。〔20〕秋水：眼睛。〔21〕道弃已拼弃了：料想对方已将我忘记。〔22〕芳衾妒梦：睡下了却因思念恋人好梦难成。〔23〕玉漏：古代计时用的漏壶。〔24〕庄书一通：端端正正地抄写一遍。〔25〕词荡：词意放荡。〔26〕方伯：古时指诸侯，此处指布政使。〔27〕儇薄：轻佻。〔28〕丹黄：古时批校书籍用的丹砂和雌黄，引申为评点文字。〔29〕亵嫚：不庄重。〔30〕挼（ruó）莎：用手揉搓成团。〔31〕僚仆：同主之仆。〔32〕梗涩：生硬，不流畅。〔33〕设弦任操：放置琴任其弹奏。〔34〕雅：颇。〔35〕曩词：过去事由。〔36〕翌日：翼日。〔37〕囊镜：把镜子收入囊中。〔38〕重（chóng）泉：九泉之下。〔39〕"又恨"一句：鬼魂不能做妻子。〔40〕胹（ér）合：撮合。〔41〕曲陈其法：认真讲解弹奏法。〔42〕披聆：虔诚聆听。

点评

亚里士多德认为音乐能创造人的灵魂，带给人纯洁快乐并发展道德；黑格尔认为音乐是罗曼蒂克意识冲动的形式之一。中国人向来将音乐看成天赐魔力，相友者可以生相慕之感，相爱者可沉醉于爱意中。文人间"高山流水相知音"早见于《列子·汤问》，冯梦龙编辑《警世通言》以《俞伯牙摔琴谢知音》为首篇。蒲松龄天才地将士大夫"知音"命题导入爱情描写，写出男女之间、人鬼之间纯洁的精神恋爱，写出中国小说史上前所未有的柏拉图式的爱，使人鬼之恋进入新境界，焕发出绚丽光彩。《宦娘》是抒情诗般爱情小说。它并非从男女一见钟情开始，而从音乐的魔力写起。操纵男女主角爱情的始终相伴以音乐。音乐是温生爱情的"玉镜台"。女鬼宦娘为音乐生情，进而替心上人做寒修，宦娘对温生之情，至深至笃，最后止于相约来生并出现一男二女共谈音律的情节。故事始于温生学琴，终于宦娘教筝，像酣畅淋漓的乐章，出神入化、迷离恍惚、余音袅袅、绕梁三日。

宣孃

願玲瓏推秦
拜门墻時
裏玉緣撥心
怡緒同拱香
樣煙偏弘似一
曲鳳求凰

阿绣

① 六朝小说《卖胡粉女子》写一富家男子爱上卖胡粉女子，每天借买粉往见，女子相许以私。二人约会，男子欢踊致死，女惧而逃。男子之母发现胡粉，告官追查。女临尸尽哀，男子复苏，二人结合。本文取材于此，但不像《幽明录》人物平面化、故事简单化，而是用曲折新奇的故事，写血肉丰满的人物。舌舐细节是若干杰出细节之一。

② 叙事章法，女主角名字此时才通过舅舅求婚时叙出。

③ 盼有相似者是刘子固的愿望，也是狐女出现的前提。刘子固痴念阿绣，因其超凡脱俗的美。狐女化阿绣形象出现，也因为艳美阿绣超逸绝伦之美，希望与之媲美。

④ 聪明的形体动作。对刘似乎相识，却又不好意思相认。这比直接宣布"我阿绣也"更符合少女心理。

海州刘子固〔1〕，十五岁时，至盖省其舅〔2〕。见杂货肆中一女子，姣丽无双，心爱好之。潜至其肆，托言买扇①。女子便呼其父。父出，刘意沮，故折阅之而退〔3〕。遥觑其父他往，又趋之。女将觅父，刘止之曰："无须。但言其价，我不靳直耳。"女如言，故昂之〔4〕。刘不忍争，脱贯径去〔5〕。明日复往，又如之。行数武，女追呼曰："返来！适伪言耳，价奢过当〔6〕。"因以半价返之。刘益感其诚，蹈隙辄往〔7〕，由是日熟。女问："郎居何所？"以实对。转诘之，自言"姚氏"。临行，所市物，女以纸代裹完好，已而以舌舐黏之。刘怀归，不敢复动，恐乱其舌痕也。积半月，为仆所窥，阴与舅力要之归。意惓惓不自得〔8〕，以所市香帕脂粉等类，密置一簏，无人时，辄阖户自捡一过，触类凝想〔9〕。次年，复至盖，囊装甫解，即趋女所。至则肆宇阒焉，失望而返。犹意暂出未复，早起又诣之，扃如故。问诸邻居，始知姚原广宁人〔10〕，以贸易无重息，故暂归去，又不审何时可以复来。神志乖丧，居数日，怏怏而归。为之卜婚，刘屡梗母议〔11〕，母怪怒之。仆私以囊情告母。母益防闲之〔12〕，盖之途由是遂绝。刘忽忽不乐，减食废学。母忧思无计，念不如从其志。于是刻日办装，使如盖，转寄语舅媒合之。舅承命诣姚，逾时而返，谓刘曰："事不谐矣！阿绣已字广宁人。"②刘低头丧气，心灰望绝。既归，捧簏啜泣，而徘徊痴念，冀天下有似之者③。

适媒来，艳称复州黄氏女〔13〕。刘恐不确，命驾至复。入西门，见北向一家，两扉半开，内一女郎，怪似阿绣；再属目之〔14〕，且行且盼而入④，真是无讹。刘大动〔15〕，因僦居其东邻〔16〕，细诘其家，为李氏。

反复疑念：天下宁有如此相似者耶？居之数日，莫可夤缘，惟日眈眈伺候于其门〔17〕，以冀女郎或复出。一日，日方夕，女果出，忽见刘，即返身掩扉，以手指其后，又叠掌及额，乃入。刘喜极，但不能解，凝想移时，信步诣舍后，见荒园寥廓〔18〕，西有短垣，略可及肩，豁然顿悟，遂蹲伏露草中。久之，有人自墙上露其首，小语曰："来乎？"刘诺而起，细视，真阿绣也。因而大恸〔19〕，涕堕如绠〔20〕。女隔堵探身，以巾拭其泪，所以慰藉之良殷⑤。刘曰："百计不遂，自谓今生已矣，何意复有今夕？顾卿何至此？"曰："李氏，妾表叔也。"刘请逾垣。女曰："君先归，遣从人他宿，妾当自至。"刘如其教，坐伺之。

少间，女悄然入，妆饰不甚炫丽，袍裤犹昔⑥。刘挽坐，备道艰苦，因问："闻卿已字，何未醮也？"女曰："言妾受聘者，妄也。家君以道里赊远〔21〕，不愿附公子为婚姻。此或舅氏托言，以绝君望耳。"既就枕席，宛转万态，款接之欢，不可言喻。四更遽起，过墙而去。刘自是如复之初念悉忘〔22〕，而旅居半月，绝不言归。

一夜，仆起饲马，见室中灯火犹明，窥之，望见阿绣，大骇。不敢诘主人，且访市肆，始返而诘刘曰："夜与还往者，何人也？"刘初讳之，仆曰："此第岑寂，鬼狐之薮〔23〕，公子亦宜自爱。彼姚家女郎，何为而至于此？"刘始觍然曰："西邻其表叔，有何疑沮〔24〕？"仆言："我已访之最审：东邻止一孤媪，西家一子尚幼，别无密戚。所遇当是鬼魅。不然，焉有数年之衣，尚未易者？且其面色过白，两颊少瘦，笑处无微涡〔25〕，不如阿绣美。"⑦刘反覆回思，乃大惧曰："且为奈何？"仆谋伺其来，操兵入击之⑧。至暮，女至，谓刘曰："知君见疑，然妾亦无他，不过了此夙分耳。"言未已，仆排阁骤入〔26〕。女呵之曰："可弃而兵〔27〕！速具酒，与主人言别。"仆自投其刃〔28〕，若或夺焉。刘益恐，强设酒馔。女谈笑如常，谓刘曰："悉

⑤一切都说明：她就是阿绣。但细琢磨却有疑点：其一，过去连自己卖货都不肯的阿绣如何独自出现在荒凉之处？其二，女郎对刘的态度与当年阿绣不同。昔日阿绣多些少女的娇憨，今日阿绣多些母性的温柔，处事过于老练成熟，不似杂货铺天真烂漫的阿绣。

⑥旧衣是识别阿绣的标志，但焉有数年不换之衣？

⑦智仆。先来一番细致调查，掌握"鬼狐之薮"确证，再和小主人摊牌。其眼光如炬，情人看不出的微妙差别，他看得出。而"不如阿绣美"是关键。

⑧刘子固实在寡情。刚刚还恩爱迹笃，难舍难分，转眼间无丝毫眷恋，只考虑个人得失。相比之下，狐女宽厚得多、善良得多。她在严阵以待的刘子固主仆面前，既不大惊小怪，也不自惭形秽，不卑不亢，坦坦荡荡，落落大方。

君心事，方且图效绵薄⑨，何劳伏戎〔29〕？妾虽非阿绣，颇自谓不亚之。君视之犹昔否耶？"刘身毛俱竖，默不得语。女听漏三催，把盏一呷，起曰："我且去，待花烛后〔30〕，再与君家美人较优劣也。"转身遂杳。

刘信狐言，径如盖。怨舅之诳己也，亦不舍于其家。寓近姚氏，托媒自通，啖以重赂〔31〕。姚妻言："小郎为觅婿于广宁〔32〕，若翁以是故去〔33〕，就否良不可知。须彼旋时方可做校计〔34〕。"刘闻之，徊徨无以自主，惟坚守以伺其归。逾十余日，忽闻兵警，犹以讹传自解；又久之，信益急，乃趣装行。中途遇乱，主仆相失，为侦者所掳〔35〕。以刘文弱，疏其防，盗马亡去。至海州界，见一女子，蓬髻垢耳，步履蹉跌〔36〕。刘驰过之，女遽呼曰："马上人非刘郎乎？"刘停鞭审顾〔37〕，盖阿绣也。心仍讶其为狐，曰："汝真阿绣耶？"女问："何出此言？"刘述所遇，女曰："妾真阿绣，非赝冒者。父携妾自广宁归，遭变被俘，授马屡堕。忽一女子，握腕趣遁〔38〕。荒窜军中，亦无诘者。女子健步若骋，苦不能从，百步而屦屡褪焉。久之，闻号嘶渐远，乃释手曰：'别矣！前皆坦途，可缓行，爱汝者将至，宜与同归。'"⑩刘知其狐，感之。因述其留盖之故。女言其叔为择婿于方氏，未委禽而乱适作。刘始知舅言非妄。携女马上，叠骑而归〔39〕。入门，则老母无恙，大喜。系马而入，述所自来。母亦喜，为之盥濯，妆竟，容光焕发，益喜，曰："无怪痴儿魂梦不忘也！"⑪遂设裀褥，使从己宿。又遣人赴盖，寓书于姚。不数日，姚夫妇俱至。卜吉成礼乃去〔40〕。刘出藏箧，旧封俨然〔41〕。有粉一函，启之，化为赤土，异之。女掩口曰："数年之盗，今始发觉矣。尔日见郎任妾包裹，更不审及真伪，故以此相戏耳。"⑫方嬉笑间，一人搴帘入曰："快意如此，当谢蹇修矣！"刘视之，又一阿绣也⑬。急呼母，母及家人悉集，无有能辨识者。刘回首亦迷，注目移时，始揖而谢之。女子索镜自照，

⑨狐女的话有两层含义：其一，她并无鸠占鹊巢之意；其二，阿绣是美的，狐女自认不比她差，她要继续和阿绣比美。刘子固结婚后，"比美"成为主要内容。

⑩狐女有神力却不报复薄情郎刘子固，而是帮助刘和阿绣建立幸福家庭。当阿绣陷入危难时，狐女即使不特意加害，阿绣也性命难保，至少清白难保，狐女却将其救出，送她与刘团聚。狐女这位爱情失意者，没有悲哀，没有懊丧，没有嫉妒，没有怨天尤人，只有宽容和体谅。

⑪阿绣之美借母亲之口从旁确证。

⑫少女的恶作剧，刻画人物精彩之笔。

⑬刘子固几乎分不清真假阿绣。仔细瞧后，可能根据仆人说的面颊、酒窝特点分出。

赧然趋出⑭,寻之已渺矣。夫妻感其义,为位于室而祀之。

一夕,刘醉归,室暗无人,方自挑灯,而阿绣至。刘挽问:"何之?"笑曰:"酒臭熏人,使人不耐!如此盘诘,谁作桑中逃耶〔42〕?"刘笑捧其颊,女曰:"郎视妾与狐姊孰胜?"刘曰:"卿过之,然皮相者不能辨也〔43〕。"已而合扉相狎。俄有叩关者,女起笑曰:"君亦皮相者也。"刘不解,趋启门,则阿绣入,大愕。始悟适与语者狐也⑮。暗中犹闻笑声。夫妻望空而祷,祈求现像。狐曰:"我不愿见阿绣。"问:"何不另化一貌?"曰:"我不能。"问:"何故不能?"曰:"阿绣,吾妹也,前世不幸夭殂。生时,与余从母至天宫,见西王母,心窃爱慕,归即刻意效之。妹子较我慧,一月神似;我学三月而后成,然终不及妹。今已隔世,自谓过之,不意犹昔耳⑯。我感汝两人诚意,故时一相过,今且去矣。"遂不复言。自此三五日辄一来,一切疑难悉决之。值阿绣归宁,来常数日不去,家人皆惧避之。每有亡失,则华妆端坐,插玳瑁簪数寸长,朝家人而庄语之:"所窃物,夜当送至某所;不然,头痛大作,勿悔!"天明,果于某所得之。三年后,绝不复来。偶失金帛,阿绣效其装束,以吓家人,亦屡效焉⑰。

⑭ 第一次当面比美,狐女自认比不上阿绣,惭然而退。

⑮ 第二次比美,连丈夫都认不出妻子真假,说明狐女之美和人间阿绣已没区别。孜孜追求如许岁月,终于如愿以偿,狐女发出欣慰的笑声。狐女对美的执着追求和对爱的无私奉献,像毫无瑕疵的宝石,发出璀璨而圣洁的光芒。

⑯ 交代从希望"媲美"到一再"比美"的缘由。

⑰ 以假阿绣模仿真阿绣始,以真阿绣模仿假阿绣终。妙思巧想。

校勘

底本:康熙本。参校:异史、二十四卷本、铸雪斋本、青柯亭本。

注释

〔1〕海州:今辽宁省海城市。〔2〕盖:今辽宁省盖县。〔3〕折阅:压价。〔4〕故昂之:故意提价。〔5〕脱贯:从钱串上取钱的动作。〔6〕价奢过当:价钱太高,超过实际价值。〔7〕蹈隙:趁其父亲不在的空隙。〔8〕悁(juàn)悁:烦闷、失意。〔9〕触类凝想:从那些杂货想到卖货的阿绣。〔10〕广宁:今辽宁北镇市。〔11〕梗:拒绝。〔12〕防闲:防范禁止。〔13〕复州:今辽宁瓦房店市。〔14〕属目:注目。〔15〕大动:大为触动。〔16〕僦(jiù)居:租赁。

〔17〕眈眈：注目察看之状。〔18〕寥廓：广阔，冷清。〔19〕大恸：非常悲痛。〔20〕涕堕如绠：泪下如雨。绠，井绳。〔21〕赊远：遥远。〔22〕如复之初念：最初想到复州探访黄氏女的想法。〔23〕鬼狐之薮：鬼狐聚集的地方。〔24〕疑沮：疑惑。〔25〕涡：酒涡。〔26〕排阁：推门。阁，小门。〔27〕兵：武器。〔28〕自投其刃：自动放下刀。〔29〕伏戎：武装埋伏。〔30〕花烛：洞房花烛，结婚。〔31〕啖以重赂：送丰厚的礼物。〔32〕小郎：小叔子。〔33〕若翁：她父亲。〔34〕校计：计较。〔35〕侦者：侦查前哨。〔36〕步履蹉跌：步履艰难。〔37〕停鞭：止住马。〔38〕趣（cù）遁：催促逃跑。〔39〕叠骑：两人骑一匹马。〔40〕卜吉成礼：挑选良辰吉日举行婚礼。〔41〕旧封俨然：包装还是原样。〔42〕桑中逃：男女幽会。〔43〕皮相：表面现象。

点评

　　真假阿绣故事跟"二美共一夫"故事有本质不同。狐女不是爱情的多余者，而是爱情的缔造者；不是家庭的第三者，而是家庭的保护神。真假阿绣不是共侍一男的泛泛二女，而是从不同角度体现美的姚黄魏紫。狐女在追求阿绣形态美的同时，获得了内心美；在修炼形体美的同时，精神得到升华，获得道德美。在这个奇特的爱情故事中，"真假"二字虽是小说文眼，"美"却在小说情节中起重要的杠杆作用。围绕着"真假"和"美"，作者创造了两位相貌相同、个性有异的女性形象——真假阿绣。真阿绣纯情聪慧，是民间少女；假阿绣情痴机智，是狐仙临凡。一真一假，相得益彰。有论者认为，《聊斋》最美狐仙是阿绣。

阿绣

知君自有意
中人间鼎如
何况不真他
日重来较俊
者高挺幻术
狐健身

杨疤眼

一猎人夜伏山中，见一小人，长二尺已来，踽踽行涧底[1]。少间又一人来，高亦如之[2]。适相值，交问何之[3]。前者曰："我将往望杨疤眼。前见其气色晦黯，多罹不吉。"后人曰："我亦为此，汝言不谬。"猎者知其非人，厉声大叱，二人并无有矣。夜获一狐，左目上有瘢痕，大如钱。

校勘

底本：康熙本。参校：异史、二十四卷本、铸雪斋本、青柯亭本。

注释

[1]踽（jǔ）踽：孤独行走之状。[2]高亦如之：像前一个一样高。[3]交问何之：互相问要到什么地方去。

点评

狐可测吉凶，诡异之谈。狐之间还以外号相称，有趣。

楊疤眼
晦纹现豪猾兮
機偶語山阿人
远稀可笑世多
風鑑客不扣異
類早知然

小翠

王太常〔1〕，越人〔2〕。总角时昼卧榻上，忽阴晦，巨霆暴作。一物大于猫，来伏身下，辗转不离。移时晴霁，物即径出。视之非猫，始怖，隔房呼兄，兄闻，喜曰："弟必大贵，此狐来避雷霆劫也。"后果少年登进士，以县令入为侍御〔3〕。生一子元丰，绝痴，十六岁不能知牝牡〔4〕，因而乡党无与为婚，王忧之。适有妇人率少女登门，自请为妇。视其女，嫣然展笑，真仙品也①。喜问姓名，自言："虞氏，女小翠，年二八矣。"与议聘金，曰："是从我糠覈不得饱，一旦置身广厦，役婢仆，厌膏粱，彼意适，我愿慰矣，岂卖菜也而索直乎！"②夫人悦，优厚之。妇即命女拜王及夫人，嘱曰："此尔翁姑，奉事宜谨。我大忙，且去，三数日当复来。"王即命仆马送之，妇言："里巷不远，无烦多事。"遂出门去。

小翠殊不悲恋，便即奁中翻取花样〔5〕。夫人亦爱乐之。数日，妇不至。以居里问女，女亦憨然不能言其道路。遂治别院，使夫妇成礼。诸戚闻拾得贫贱家儿作新妇，共笑姗之〔6〕；见女皆惊，群议始息。女又甚慧，能窥翁姑喜怒。王公夫妇，宠惜过于常情，然惕惕焉唯恐其憎子痴〔7〕；而女殊欢笑，不为嫌。第善谑③，剌布作圆，蹴蹋为笑，着小皮靴，蹴去数十步，给公子奔拾之。公子及婢恒流汗相属。一日，王偶过，圆訇然来，直中面目④。女与婢俱敛迹去，公子犹踊跃奔逐之。王怒，投之以石，始伏而啼。王以状告夫人，夫人往责女。女惟俯首微笑，以手刓床〔8〕⑤；既退，憨跳如故，以脂粉涂公子作花面如鬼。⑥夫人见之，怒甚，呼女诟骂。女倚几弄带，不惧，亦不言。夫人无奈之，因杖其子。元丰大号，女始色变，屈膝乞宥。⑦夫人怒顿解，释杖

① "仙品"是其外貌，也是其性格特点。

② 诚恳实在，宛如日常生活中老实百姓口吻。

③ 善谑，个性基调。

④ 踢得好。

⑤ 憨态如画。

⑥ 小翠式闺房嬉戏是前人小说中很少出现的。

⑦ 善良无过此倩女。

卷五

去。女笑拉公子入室，代扑衣上尘，拭眼泪，摩挲杖痕，饵以枣栗。公子乃收涕以忻。⑧女阖庭户，复装公子作霸王，作沙漠人〔9〕；已乃艳服，束细腰，扮虞美人，婆娑作帐下舞；或髻插雉尾，拨琵琶，丁丁缕缕然，喧笑一室，日以为常。⑨王公以子痴，不忍过责妇；即微闻焉，亦若置之。

同巷有王给谏者〔10〕，相隔十余户，然素不相能〔11〕；时值三年大计吏〔12〕，忌公握河南道篆〔13〕，思中伤之。公知其谋，忧虑无所为计。一夕，早寝，女冠带，饰冢宰状〔14〕，剪素丝作浓髭，又以青衣饰两婢为虞候〔15〕，窃跨厩马而出，戏云："将谒王先生。"驰至给谏之门，即又以鞭挝从人，大言曰："我谒侍御王，宁谒给谏王耶！"回辔而归。比至家门，门者误以为真，奔白王公。公急起承迎，方知为子妇之戏，怒甚，谓夫人曰："人方蹈我之瑕〔16〕，反以闺阁之丑登门而告之，余祸不远矣！"夫人怒，奔女室，诟让之。女惟笑听，并不一置词。挞之，不忍；出之，则无家。夫妻懊怨，终夜不寝。时冢宰某公赫甚，其仪采服从，与女伪装无少殊别，王给谏亦误为真；屡侦公门，中夜而客未出，疑冢宰与公有阴谋。次日早朝，见而问曰："夜相公至君家耶？"公疑其相讥，惭颜唯唯，不甚响答。给谏愈疑，谋遂寝，由此益交欢公。⑩公探知其情，窃喜，而阴嘱夫人劝女改行。女笑应之。

逾岁，首相免。适有以私函致公者，误投给谏。给谏大喜，先托善公者往假万金，公拒之。给谏自诣公所，公觅巾袍，并不可得。给谏伺候久，怒公慢，愤将行。忽见公子衮衣旒冕〔17〕，有女子自门内推之以出，大骇。已而笑抚之，脱其服冕，襆之而去。公急出，则客去已远。闻其故，惊颜如土，大哭曰："此祸水也！指日赤吾族矣〔18〕！"与夫人操杖往，女已知之，阖扉任其诟厉。公怒，斧其门。⑪女在内含笑⑫而告："翁无怒，有新妇在，刀锯斧钺，妇自受之，必不令贻害双亲。翁若此，

⑧居然如此温柔体贴。

⑨小翠的善谑是她嬉不知愁性格的表现。

⑩两个政坛巨公积年的恩怨竟因为一小女子的小伎俩改变，奇迹。

⑪没风度。

⑫好气派。

1093

是欲杀妇以灭口耶？"⑬公乃止。

给谏归，果抗疏揭王不轨〔19〕，衮冕作据。上惊验之，其旒冕乃梁秸心所制，袍则败布黄袱也。上怒其诬，又召元丰至，见其憨态可掬，笑曰："此可以作天子耶？"乃下之法司〔20〕。给谏又讼公家有妖人，法司严诘臧获〔21〕，并言无他，惟颠妇痴儿，日事戏笑，邻里亦无异词。案乃定，以给谏充云南军。王由是奇女，又以母久不至，意其非人；使夫人探诘之，女但笑不言。再复穷问，则掩口曰："儿玉皇女，母不知耶？"

无何，公擢京卿〔22〕。五十余，每患无孙。女居三年，夜夜与公子异寝，似未尝有所私。夫人舁榻去，嘱公子与妇同寝。过数日，公子告母曰："借榻去，悍不还！小翠夜夜以足股加腹上，喘气不得，又惯掐人股里。"婢姬无不粲然。夫人呵拍令去。一日，女浴于室，公子见之，欲与偕，女笑止之，谕使姑待。既出，乃更泻热汤于瓮，解其袍裤，与婢扶入之。公子觉蒸闷，大呼欲出。女不听，以衾蒙之。少时，无声，启视，已绝。女坦笑不惊，曳置床上，拭体干洁，加复被焉。夫人闻之，哭而入，骂曰："狂婢何杀吾儿！"女辗然曰："如此痴儿，不如勿有。"夫人益恚，以首触女。婢辈争曳劝之。方纷嚣间，一婢告曰："公子呻矣！"夫人辍涕抚之，则气息休休，而大汗浸淫，沾浃裯褥。食顷，汗已，忽开目四顾，遍视家人，似不相识，曰："我今回忆往昔，都如梦寐，何也？"夫人以其言不痴，大异之。携参其父，屡试之，果不痴。大喜，如获至宝。至晚，还榻故处，更设衾枕以觇之。公子入室，尽遣婢去。早窥之，则榻虚设。自此痴颠皆不复作，而琴瑟静好，如形影焉。

年余，公为给谏之党奏劾免官，小有罣误。旧有广西中丞所赠玉瓶〔23〕，价累千金，将出以贿当路。女爱而把玩之，失手堕碎，惭而自投。公夫妇方以免官不快，闻之，怒，交口诃骂⑭。女忿而出，谓公子曰："我在汝家，所保全者不止一瓶，何遂不少存面目？实

⑬ 灵牙俐齿，话在理上。

⑭ 地狱里都是不知感恩的人。王家夫妇居然如此对待小翠，无怪她最后要离开。

与君言：我非人也。以母遭雷霆之劫，深受而翁庇翼，又以我两人有五年夙分，故以我来报曩恩、了宿愿耳。身受唾骂，擢发不足以数，所以不即行者，五年之爱未盈，今何可以暂止乎！"盛气而出，追之已杳。公爽然自失〔24〕，而悔无及矣。公子入室，睹其剩粉遗钩〔25〕，恸哭欲死；寝食不甘，日就羸悴。公大忧，急为胶续以解之〔26〕，而公子不乐，惟求良工画翠小像，日夜浇祷其下。几二年，偶以故自他里归，明月已皎，村外有公家亭园，骑马经墙外过，闻笑语声，停辔，使厮卒捉鞚〔27〕，登鞍以望，则二女郎遨戏其中。云月昏蒙，不甚可辨。但闻一翠衣者曰："婢子当逐出门！"一红衣者曰："汝在吾家园亭，反逐阿谁？"翠衣人曰："婢子不羞！不能作妇，被人驱遣，犹冒认物产耶？"红衣者曰："索胜老大婢无主顾者！"听其音，酷类小翠，疾呼之。翠衣人曰："姑不与若争，汝汉子来矣！"既而红衣人来，果翠，喜极。女令登垣，承接而下之，曰："二年不见，瘦骨一把矣！"公子握手泣下，具道相思。女言："妾亦知之，但无颜复见家门。⑮今与大姊游戏，又相邂逅，足知前因不可逃也。"请与同归，不可；请止园中，许之。遣仆奔白夫人，夫人惊起，驾肩而往，启钥入亭。女趋下迎拜，夫人捉臂流涕，力白前过，几不自容，曰："若不少记榛梗〔28〕，请偕归，慰我迟暮。"女峻辞不可。夫人虑野亭荒寂，谋以多人服役，女曰："我诸人悉不愿见，惟前两婢朝夕相从，不能无眷注耳，外惟一老仆应门，余都无所复须。"夫人悉如其言。托公子养疴园中，日供食用而已。

女每劝公子别婚，公子不从。后年余，女眉目音声，渐与曩异。出像质之，迥若两人，大怪之。女曰："视妾今日，何如畴昔美？"公子曰："今日美则美，然较畴昔则似不如。"女曰："意妾老矣。"公子曰："二十余岁人，何得速老！"女笑而焚图，救之已烬。一日，谓公子曰："昔在家时，阿姑谓妾抵死不做茧〔29〕，

⑮ 小翠忽然变得如此说话，性格与前有割裂。

今亲老君孤，妾实不能产育，恐误君宗嗣。请娶妇于家，旦晚奉翁姑，君往来于两间，亦无所不便。"公子然之，纳币于钟太史之家。吉期将近，女为新人制衣履，赍送母所。及新人入门，则言貌举止，与小翠无毫发之异，大奇之。往至园亭，则女已不知所在；问婢，婢出红巾曰："娘子暂归宁，留此贻公子。"展巾，则结玉玦一枚〔30〕，心已知其不返，遂携婢俱归。虽顷刻不忘小翠，幸而对新人如觌故好焉。始悟钟氏之姻，女预知之，故先化其貌，以慰他日之思云。

异史氏曰："一狐也，以无心之德，而犹思所报；而身受再造之福者，顾失声于破甑〔31〕，何其鄙哉！月缺重圆，从容而去，始知仙人之情，亦更深于流俗也！"

校勘

底本：康熙本。参校：异史、二十四卷本、铸雪斋本、青柯亭本。

注释

〔1〕太常：汉为九卿之一，历代掌管朝廷祭祀、选试博士的官员。明清太常寺卿为正三品。〔2〕越：春秋诸侯国名，后指浙江绍兴周围。〔3〕侍御：御史。〔4〕牝牡（pìn mǔ）：鸟兽的雌性和雄性，此处指男女。〔5〕奁：针线盒。〔6〕笑姗：嘲笑。〔7〕惕惕：时时担心的样子。〔8〕刓（wán）：原意是削，此处是抚摸。〔9〕作霸王，作沙漠人：这是小翠扮演的两出传统杂戏，一出是霸王别姬，一出是昭君出塞。〔10〕给谏：明清六部给事中的别称，朝廷言官，正七品。〔11〕素不相能：一向不和。〔12〕三年大计吏：按照清代的官吏制度，三年对官吏进行一次考核，称为"大计"，考核不合格者要降级。〔13〕河南道篆：河南道监察御史。〔14〕冢宰：明清以此称吏部尚书，吏部负责考察官吏，是六部中地位最尊贵的。〔15〕虞候：侍卫。〔16〕蹈我之瑕：俗话曰"踩我的脚后跟"，意思是找我的茬儿。〔17〕衮衣旒冕：穿龙袍戴皇冠。〔18〕指日赤吾族：我们的灭族之祸为期不远了。〔19〕抗疏揭王不轨：给皇帝上表揭露王侍御想造反。〔20〕下之法司：交付法司审理。〔21〕臧获：管家、仆人、丫鬟。〔22〕京卿：三、四品以上的京官称京卿。〔23〕广西中丞：广西巡抚。〔24〕爽然自失：茫然若失。〔25〕剩粉遗钩：遗留的化妆品、首饰。〔26〕胶续：续娶。〔27〕厩卒捉鞚：马夫拉住马的笼头。〔28〕榛梗：本意为丛生的杂草，引申为引小翠不快的琐屑小事。〔29〕抵死不做茧：到死也不生孩子。〔30〕玉玦：寓永远分

别的意思。"玦"与"诀"同音。〔31〕失声于破甑（zèng）：王太常因为一件财物的损坏就不由自主地对小翠破口大骂。东汉时孟敏荷甑而行，失手坠地，不顾而去。他认为，已经破了的东西没必要回头看。此处反其意而用之，意思是王侍御夫妇为已经破了的玉瓶大呼小叫、责骂恩人，太有失身份，又不念恩情。

点评

  小翠是蒲松龄笔下可以和婴宁媲美的狐女形象。婴宁的性格主调是爱花爱笑，小翠人性格主调是善戏谑。蒲松龄似乎是从古语"善戏谑兮，不为虐兮"出发，构思这个形象。小翠跟傻丈夫戏耍，无奇不有，恣意快活，非但一点儿不嫌弃王元丰，还千方百计维护他，关爱他，最终还将他变成一个彬彬男儿；她跟官场恶人斗法，扮演大官，令其误认为王侍御跟主管官吏的吏部尚书交好而不得不放弃陷害；她运筹帷幄，决胜千里，巧弄机谋，引王给谏上钩，一举除掉了公爹的死敌。与善良聪慧的小翠相比，王侍御就显得自私而愚蠢。不拘常法的小翠最后变成了一个为王家后嗣着想的贤妇，性格有些割裂，是蒲松龄的思想局限所致。故事装在"报恩"传统模式中，情节曲曲折折，虽写家庭琐事，却一波未起，一波再生，令人观之不厌。最难得的是，几个人物的个性都随着事件的发展在变化，小翠从俏皮变得深沉，元丰从极痴变得极慧，王侍御夫妇亦从势利可恶变得通情达理。小说幽默生动，令人解颐。

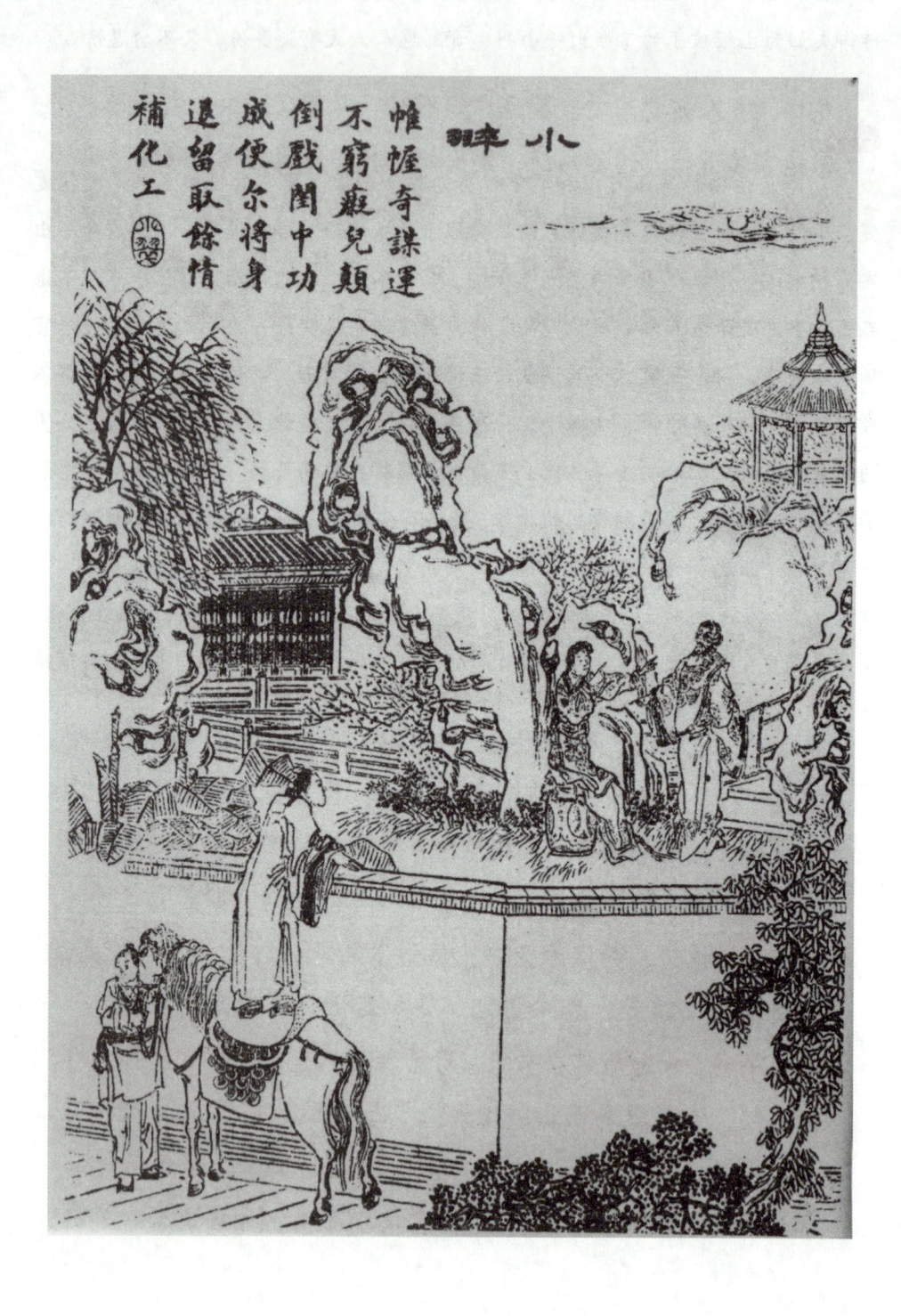

小翠

惟幄奇謀運
不窮癡兒顙
倒戲閣中功
成便爾將身
退留取餘情
補化工

金和尚

卷五

金和尚，诸城人〔1〕，父无赖，以数百钱鬻于五莲山寺〔2〕。少顽钝，不能肄清业〔3〕，牧猪赴市，若为佣。后本师死，稍有所遗金；卷怀离寺〔4〕，作杂负贩。饮羊登垄〔5〕，计最工。数年暴富，买田宅于水坡里〔6〕。弟子繁有徒，食指日千计。绕里田千百亩，皆良沃，悉金抚有之。里中甲第数十，皆僧，无人；即有人，亦贫无业，携妻子，僦屋佃田者也。类凡数百家，每一门内，四缭连屋〔7〕，皆此辈列而居。僧舍其中，前有厅事，梁楹节棁〔8〕，绘金碧，射人眼。堂上几屏，其光可鉴。又其后为内寝，朱帘绣幕，兰麝充溢喷人。螺钿雕檀为床〔9〕，床上锦茵褥，褶叠大尺有咫〔10〕。壁上美人、山水诸名迹，悬粘几无隙处①。一声长呼，门外数十人轰应如雷，细缨革靴者皆乌而集，鹄而立〔11〕。当事者掩口语，侧耳以听。客仓卒至，十余筵咄嗟可办〔12〕，肥醴蒸薰，纷纷狼藉如雾霈。但不敢公然蓄歌妓，而狡童十数辈，皆慧黠，能媚人，皂纱缠头，唱艳曲，听睹亦颇不恶。②金一出，前后数十骑，腰弓矢相摩戛。奴辈呼之皆以"爷"；即邑人之若民，或"祖"之，"伯、叔"之，不以"师"，不以"上人"，不以禅号也。其徒出，稍稍杀于金，而风鬃云辔，亦略于贵公子等。金又广结纳，即千里外呼吸亦可通，以此挟方面短长〔13〕③，偶气触之，辄惕自惧。而其为人鄙不文，顶趾无雅骨〔14〕。生平不奉一经、持一咒，亦不履寺院，室中亦未尝蓄铙鼓，此等物，门人辈弗及见，并弗及闻。④凡僦屋者，妇女浮丽如京都，脂泽金粉，皆取给于僧；僧亦不之靳，以故里中不田而农者以百数。时而佃户决僧首瘗床下，亦不甚穷诘，但逐去之，其积习然也。⑤

①种种富贵现象，仅此一贴画，即将富而无文描写殆尽。名画贴得满墙都是，无异于壁纸矣。

②详写金和尚作为地方豪富的表现。住房的讲究，卧室的豪华，使唤奴仆，颐指气使，豢养娈童，气焰薰天。

③注意此点。结纳官府，控制官员，威势之重，超过贪官污吏。

④和尚的徒弟从来没听说过念经，妙。

⑤杀人之事亦轻描淡写出之。由此可以想见和尚们的横行令百姓忍无可忍。

金又买异姓儿子之。延儒师，教帖括业〔15〕。儿慧能文，因令入邑庠；旋援例作太学生〔16〕；未几赴北闱，领乡荐〔17〕。由是金之名以"太公"噪〔18〕。向之"爷"之者"太"之，膝席者皆垂手执儿孙礼〔19〕。

无何，太公僧薨。⑥孝廉缞绖卧苦块〔20〕，北面称孤〔21〕；诸门人释杖满床榻〔22〕；而灵帏后嘤嘤细泣，惟孝廉夫人一人而已。士大夫妇咸华妆来，搴帏吊唁，冠盖舆马塞道路。殡日，棚阁云连〔23〕，旛幢翳天日〔24〕。殉葬刍灵，束草粘五彩金纸作冥物；舆盖仪仗数十事，马千蹄，美人百袂，皆如生；方弼、方相以纸壳制巨人〔25〕，皂帕金铠，空中而横以木架，纳活人入，负之行。设机转动，须眉飞舞，目光铄闪，如将叱咤。观者惊怪，或小儿女遥望之，辄啼走。冥宅壮丽如宫阙，楼阁房廊连垣数十亩，千门万户，入者迷不可出。祭品象物，多难指名。会葬者盖相摩〔26〕，上自方面，皆伛偻入，起拜如朝仪⑦；下至贡监簿史〔27〕，则手据地以叩，不敢劳公子，劳诸师叔也。

当是时，倾国瞻仰，男女喘汗属于道，携妇襁儿，呼兄觅妹者声鼎沸。杂以鼓乐喧阗〔28〕，百戏鞺鞳〔29〕，人语都不可闻。观者自肩以下皆隐不见，惟万头攒动而已。⑧有孕妇痛急欲产，诸女伴张裙为幄罗守之；但闻儿啼，不暇问雌雄，断幅绷怀中，或扶之，或曳之，蹩躠以去。⑨奇观哉！

葬后，以所遗资产，瓜分而二之：子一，门人一也。孝廉得半，而居第之南、之北、之东西，尽缁党；然皆兄弟叙，痛痒犹相关云。

异史氏曰："此一派也，两宗未有〔30〕，六祖无传〔31〕，可谓独辟法门者矣。抑闻之：五蕴皆空〔32〕，六尘不染〔33〕，是谓'和尚'；口中说法，座上参禅，是谓'和样'；鞋香楚地，笠重吴天〔34〕，是谓'和撞'；鼓钲锽聒，笙管聱曹〔35〕，是谓'和唱'；

⑥"薨"字用得好，俗人曰死，高僧曰"圆寂"，皇室和大贵族曰"薨"。用此字，皮里阳秋。

⑦用拜皇帝的礼数拜和尚，绝妙讽刺。

⑧场面描写杰出。

⑨产妇偏偏到和尚出殡的地方生产，血光之灾也。这个小小的细节乃有意为之。

狗苟钻缘，蝇营淫赌〔36〕，是谓'和幛'。金也者，'尚'耶？'样'耶？'唱'耶？'撞'耶？抑地狱之'幛'耶？"

校勘

底本：二十四卷本。参校：康熙本、异史、铸雪斋本、青柯亭本。

注释

〔1〕金和尚：历史上确有其人。据《五莲县志》记载，辽阳人，明代末年在山东诸城五莲山出家。积腴田千亩，建甲第，有数百徒弟和一个举人干儿子。以势力横行乡里三十年。〔2〕五莲山：山东诸城的一座山。五莲山寺是明代皇帝敕命修建的。〔3〕清业：念佛经，打坐。〔4〕卷怀：将本师的收藏全部卷包带走。〔5〕饮羊登垄：商业用语。饮羊，羊贩卖羊前饮水以增加分量。登垄，垄断。〔6〕水坡里：诸城地名。蒲松龄三十几岁随高珩、唐梦赉游崂山时曾路经此地。〔7〕四缭连屋：房屋围墙连接成列。〔8〕梁楹节棳（zhuō）：房梁楹柱。梁，房梁；楹，厅堂的前柱；节，楹，屋柱上端顶住横梁的木结构，又叫斗拱；棳，梁上短柱。〔9〕螺钿：把螺壳、玳瑁磨薄后绘上花鸟人物，镶在雕镂的器物上。〔10〕褶叠大尺有咫：尺有咫为一尺多高，前边加"大"字，则是床上锦被折叠有数尺之高。〔11〕细缨革靴者：戴着帽子、穿着皮靴的仆人。细缨，帽子系带。乌而集，鹄而立：像百鸟朝凤一样聚集着。乌集，乌鸦群集；鹄立，像天鹅伸着长脖子等着。〔12〕咄嗟可办：喘一口气的功夫可以办成。咄嗟，呼吸之意。〔13〕挟方面短长：抓住地方军政要员的把柄要挟之。方面，古代谓一个地方的长官、要员。短长，短处或弊端、把柄。〔14〕顶趾无雅骨：从头到脚没有一块雅骨头。〔15〕教帖括业：教科举考试的课程。帖括，唐代以来，考生应付考试时将经书中的疑难编成歌谣记诵，明清时代亦称八股文为"帖括"。〔16〕援例作太学生：捐钱做太学生。〔17〕赴北闱：参加直隶顺天府的乡试。领乡荐：考中举人。〔18〕太公：世人习惯称举人的父亲为"太公"。〔19〕膝席者皆垂手执儿孙礼：前来拜访的人都跪在地上执晚辈礼。膝席，跪在地上。此处的膝席者，应该是前来拜访举人的人。〔20〕缞经卧苫块：披麻戴孝，如丧父母。卧苫块，铺草席，枕土块。〔21〕北面称孤：跪在灵前，自称"孤子"。按古代礼法，父亲死后，孝子要面北而跪，自称是孤儿。〔22〕杖：哭丧棒。〔23〕棚阁云连：吊丧的棚子连成一片，像云彩一样。〔24〕旛幢：丧仪的旗子。〔25〕方弼、方

1101

相：方相原为古代驱瘟疫的神。《封神演义》加方弼，成兄弟二人。其形象高大狰狞，丧礼上用做开路神。〔26〕盖相摩：车盖相互碰撞。〔27〕邑贡监簿史：县里的贡生、监生，县令治下的主簿、小吏。〔28〕鼓乐喧豗（huī）：鼓乐嘈杂。〔29〕百戏鞺鞳（tāng tà）：演杂技的锣鼓声。〔30〕两宗：佛教禅宗自菩提达摩五传后，衍变为南北两宗，即主渐悟说的北方神秀和主顿悟说的南方慧能两宗。〔31〕六祖：即禅宗六祖：达摩、慧可、僧璨、道信、弘忍、慧能。〔32〕五蕴：也称"五阴"，指色、受、想、行、识。〔33〕六尘：指色、声、香、味、触、法。佛教认为六尘跟六根（眼、耳、鼻、舌、身、意）相接，产生种种欲念。〔34〕鞋香楚地，笠重吴天：僧人云游四方，穿鞋戴笠走吴楚之地。〔35〕鼓钲锽（huáng）聒，笙管敖曹：钟鼓之声响彻耳边。〔36〕狗苟钻缘，蝇营淫赌：到处钻营，从事各种无法无天的"事业"，做许多无耻的事情。

点评

　　康熙十一年（1672）蒲松龄一行有劳山之行，经过诸城，发现个奇特"景点"：水坡里。上千亩肥沃良田，都属一个和尚。经过对这一奇特现象的深入思考，绝妙讽刺小品《金和尚》横空出世。作者对金和尚生前的极度奢侈做全方位多角度细致描写，横行不法的和尚成了地方上最有钱有势也最有地位的人，交通官府，骄奢淫逸，还做了举人的爹，极具讽刺意味。金和尚出丧更上层楼，跟《红楼梦》中秦可卿出丧、《歧路灯》中谭孝移出丧并列，成为中国古代小说最杰出的丧葬场面。名曰和尚，而在出丧时都似王公贵族，丧葬场面既铺张豪华、气派非凡，又不伦不类、暗含讥讽。短短一千字，社会现象描写之广阔，思想寓意之深刻，达到了散文小品之极限。既有很高的思想认识和社会价值，又显示出非同寻常的写作技巧。

金和尚
富貴叢中結
善緣不持戒不參禪粉迎無
語閻黎笑衣鉢
而今有別傳

龙戏蛛

徐公为齐东令〔1〕。署中有楼，用藏肴饵，往往被物窃食，狼藉于地。家人屡受谯责，因伏伺之。见一蜘蛛，大如斗，骇走，白公。公以为异，日遣婢辈投饵焉。蛛益驯，饥辄出依人，饱而后去。积年余，公偶阅案牍，蛛忽来伏几上。疑其饥，方呼家人取饵，旋见两蛇夹蛛卧，细裁如箸，蛛爪蜷腹缩，若不胜惧。转瞬间，蛇暴长，粗于卵。大骇，欲走。巨霆大作，合家震毙。移时，公苏，夫人及婢仆击死者七人。公病月余，寻卒。公为人廉正爱民，柩发之日，民敛钱以送，哭声满野。

异史氏曰："龙戏蛛，每意是里巷之讹言耳，乃真有之乎？闻雷霆之击，必于凶人，奈何以循良之吏，罹此惨毒？天公之愦愦，不已多乎！"

校勘

底本：康熙本。参校：异史、二十四卷本、铸雪斋本、青柯亭本。

注释

〔1〕齐东：明清时县名。在今山东省滨州市邹平西北。徐公：徐国珍，贵阳人，康熙十年（1671）任齐东县令，卒于任。康熙二十四年（1685）《新修齐东县志》卷四有记载。

点评

一个廉政爱民的官居然为雷霆所害，作者百思不得其解，因而对"天公"的公正性产生了怀疑，表达了作者对清官的珍惜之情。龙戏蛛，是极其怪异之事，却写得一步一步，逐步变来，并伴随着徐公的心理描写。事怪而文不怪。

龍戲珠

惨闘楚哭萬民哀循
吏山罹冤妄定蒙浮
蜘蛛如秦兔一家斷
送一夢雷

商妇

天津商人某,将贾远方,往从富人贷资数百。为偷儿所窥,及夕,预匿室中以俟其归。而商以是日良,负资竟发。偷儿伏久,但闻商人妇转侧床上,似不成眠。既而壁上一小门开,一室尽亮。门内有女子出,容齿少好,手引长带一条,近榻授妇,妇以手却之。女固授之;妇乃受带,起悬梁上,引颈自缢。女遂去,壁扉亦阖。偷儿大惊,拔关遁去。既明,家人见妇死,质诸官。官拘邻人而锻炼之〔1〕,诬服成狱,不日就决。偷儿愤其冤,自首于堂,告以是夜所见。鞫之情真,邻人遂免。问其里人,言宅之故主曾有少妇经死,年齿容貌,与盗言悉符,因知是其鬼也。欲传暴死者必求代替〔2〕,其然欤?

校勘

底本:康熙本。参校:异史、铸雪斋本。

注释

〔1〕锻炼:拷打折磨,严刑逼供。 〔2〕暴死者:非正常死亡,冤死。

点评

吊死鬼寻替身的传说不足为奇。奇怪的是偷盗者居然在"邻人"被冤情况下挺身而出,说出实情,不管这实情会不会损害到自己。偷盗当然是罪,难得的是小偷舍己救人的正义感,仅此一点,就比草菅人命的审案官强出百倍。

阎罗宴

卷五

静海邵生〔1〕，家贫。值母初度，备牲酒祀于庭〔2〕，拜已而起，则案上肴馔皆空。甚骇，以情告母。母疑其困乏不能为寿，故诡言之，邵默然无以自白。①

无何，学使案临，苦无资斧，薄贷而往。途遇一人，伏候道左②，邀请甚殷。从去，见殿阁楼台，弥亘街路〔3〕。既入，一王者坐殿上，邵伏拜。王者霁颜③命坐〔4〕，即赐宴饮，因曰："前过华居〔5〕，厮仆辈道路饥渴〔6〕，有叨盛馔。"邵愕然不解。王者曰："我忤官王也〔7〕。不记尊堂设帨之辰乎〔8〕？"筵终，出白镪一裹〔9〕，曰："豚蹄之扰④〔10〕，聊以相报。"受之而出，则宫殿人物一时都渺，惟有大树数章〔11〕，萧然道侧。视所赠则真金，秤之得五两。考终，止耗其半，犹怀归以奉母焉。

上二则，袁宣四云〔12〕。

① 慈母怎会如此？

② 小鬼礼貌周全。

③ 阎王和蔼可亲。

④ 邵生所设祭祀，不过是猪蹄。

校勘

底本：康熙本。参校：异史、铸雪斋本、青柯亭本。

注释

〔1〕静海：明清县名，今属天津市。〔2〕备牲酒祀于庭：在庭院里准备下祭祀用的食品。〔3〕殿阁楼台，弥亘街路：街上都是亭阁楼台。〔4〕霁颜：和颜悦色。〔5〕华居：敬辞，如同称"您的居室"，而不是"华丽的居室"。〔6〕厮仆：奴仆。〔7〕忤官王：十殿阎罗之一。〔8〕尊堂：对他人母亲的敬称。设帨：旧时对女子生辰的说法。女子出生，挂佩巾于门右。《礼记·内则》："子生，男子设弧于门左，女子设帨于门右。"〔9〕白镪（qiǎng）：银锭。〔10〕豚蹄：猪蹄。〔11〕大树数章：几株大树。〔12〕袁宣四：蒲松龄的好朋友袁藩，"宣四"为其字。《商妇》和《阎罗宴》都是他讲给蒲松龄的故事。

点评

阎罗随从偶然食用凡人食品,一饭必报,百倍归还,还要礼貌周全地表示感谢,一个少见的可爱阎罗。慈爱的母亲反而怀疑爱子,岂非昏愦?幸好阎罗开眼,好人好报,也可能这是为了小说构思的需要。小说对阎罗及其随从的描写充满了人情味和人性美。小鬼迎客、阎罗待客的细节动人。

閻羅宴

一飯曾叨念不忘
鄉情誰似伴官王
幽明亮爾通酬酢
特拜嘉賓為閉觴

役鬼

山西杨医，善针灸之术，又能役鬼。一出门，则捉骖操鞭者皆鬼物也。尝夜自他归，与友人同行。途中见二人来，修伟异常。友人大骇，杨便问："何人？"答云："长脚王，大头李，敬迓主人〔1〕。"杨曰："为我前驱。"二人旋踵而行〔2〕，蹇缓则立候之〔3〕，若奴隶然。

校勘

底本：康熙本。参校：异史、二十四卷本、铸雪斋本、青柯亭本。

注释

〔1〕敬迓（yà）：恭敬地迎接。〔2〕旋踵：扭转身子。〔3〕蹇缓则立候之：杨医走得慢时，两鬼站在道边等待。

点评

杨医役鬼的名气竟然使得临时遇到的鬼也会对他以"主人"相称，而且态度极其恭敬，活像是他的奴隶。杨不仅不怕鬼，还能使唤鬼，真是开拓了不怕鬼故事的新领域，文字俏皮，好玩儿。

役鬼

黎邱能佣主人爲冤典
尋常僕役同今日尚
傳搬運片可知兒
六易宇龍

细柳

① 《聊斋》常用"细柳"写大自然美色，如"细柳摇青"；写女性柔弱美，如"细柳生姿"。但"细柳"在古代还有专门意义：铁腕人物。事见汉代周亚夫细柳营典故。以人胜天是细柳个性主要方面。

②细柳想提前当家是为夫亡未雨绸缪。

③细柳之哭不是哭出软弱，而是哭出智慧，哭出擅长从生活挫折总结经验的心计。

细柳娘①，中都之士人女也〔1〕。或以其腰袅可爱〔2〕，戏呼之"细柳"云。柳少慧，解文字，喜读相人书，而生平简默〔3〕，未尝言人臧否〔4〕。但有问名者〔5〕，必求一亲窥其人。阅人甚多，俱言未可，而年十九矣。父母怒之曰："天下迄无良匹，汝将以丫角老耶〔6〕？"女曰："我实欲以人胜天，顾久而不就，亦吾命也。今而后，请惟父母之命是听。"

时有高生者，世家名士，闻细柳之名，委禽焉。既醮，夫妻甚得。生前室有遗孤，小字长福，时五岁，女抚养周至。女或归宁，福辄号啼从之，呵遣所不能止。年余，女产一子，名之长怙。生问命名之义，答言："无他，但望其长依膝下耳。"女于女红疏略〔7〕，常不留意；而于亩之南东〔8〕，税之多寡，按籍而问，惟恐不详。久之，谓生曰："家中事请置勿顾，待妾自为之，不知可当家否？"②生如言，半载而家无废事，生亦贤之。

一日，生赴邻村饮，适有追逋赋者〔9〕，打门而诟〔10〕。遣奴慰之，弗去。乃趣僮召生归。隶既去，生笑曰："细柳，今始知慧女不若痴男耶？"女闻之，俯首而哭③。生惊，挽而劝之，女终不乐。生不忍以家政累之，仍欲自任。女又不肯，晨兴夜寐，经纪弥勤。每先一年，即储来岁之赋，以故终岁未尝见催租者一至其门。又以此法计衣食，由此用度益纾〔11〕。于是生乃大喜。尝戏之曰："细柳何细哉？眉细、腰细、凌波细，且喜心思更细。"女对曰："高郎诚高矣：品高、志高、文字高，但愿寿数尤高。"

村中有货美材者〔12〕，女不惜重直致之〔13〕；价不能足，又多方乞贷于戚里。生以其不急之物，固止之，卒弗听。蓄之年余，富室有丧者，以倍资赎诸其门。生利而谋诸女,女不可。问其故,不语;再问之,莹莹欲涕。心异之,然不忍重拂焉,乃罢。又逾岁,生年二十有五,女禁不令远游。归稍晚,僮仆招请者,相属于道。于是同人咸戏谤之。一日,生如友人饮,觉体不快而归,至中途堕马,遂卒。时方溽暑,幸衣衾皆所夙备。里中始共服细娘智④。

福年十岁,始学为文。父既殁,娇惰不肯读,辄亡去从牧儿遨[14]。谯呵不改[15],继以夏楚,而顽冥如故。母无奈之,因呼而谕之曰:"既不愿读,亦复何能相强!但贫家无冗人[16],可更若衣,便与僮仆共操作,不然,鞭挞勿悔!"于是衣以败絮,使牧豕;归则自掇陶器,与诸奴呏饘粥。数日,苦之,泣跪庭下,愿仍读。母返身向壁,置不闻。不得已,执鞭啜泣而出。残秋向尽,胫无衣[17],足无履,冷雨沾濡,缩头如丐。里人见而怜之。纳继室者,皆引细娘为戒,啧有烦言[18]⑤。

女亦稍稍闻之,而漠不为意。福不堪其苦,弃豕逃去,女亦任之,殊不追问。积数月,乞食无所,憔悴自归;不敢遽入,哀邻妪往白母。女曰:"若能受百杖,可来见;不然,早复去。"福闻之,骤入,痛哭,愿受杖。母问:"今知悔乎?"曰:"悔矣。"曰:"既知悔,无须挞楚,可安分牧豕,再犯不宥!"福大哭曰:"愿受百杖,请复读。"女不听。邻妪怂恿之,始纳焉。濯肤授衣,令与弟怙同师。勤身锐虑[19],大异往昔,三年游泮。中丞杨公[20],见其文而器之[21],月给常廪[22],以助灯火。

怙最钝,读数年不能记姓名,母令弃卷而农。怙游闲惮于作苦[23]。母怒曰:"四民各有本业[24],既不能读,又不欲耕,宁不沟瘠死耶[25]?"立杖之。由是率奴辈耕作,一朝晏起,则诟骂从之;而衣服饮食,母辄以美者归兄。怙虽不敢言,而心窃不能平。农工既毕,母出资使学负贩[26]。怙淫赌,入手丧败,诡托盗贼

④细柳走完人生第一阶段,是善良、细心、刚强、有心计、有预见性的贤妻。但明伦评:"以上言细柳之智,以下言细柳之德。"

⑤教育前房之子主要是不避嫌疑。唐代有《黑心符》记载后母恶行,后母名声不好,有的后母为避嫌,矫枉过正,放任前房之子,结果孩子不成才,比虐待孩子的结果还坏。

运数〔27〕，以欺其母。母觉之，杖责濒死。福长跪哀乞，愿以身代，怒始解。自是，一出门，母辄探察之。怙行稍敛，而非其心之所得已也。

一日，请诸母，将从诸贾入洛〔28〕，实借远游以快所欲。而中心惕惕，惟恐不遂所请。母闻之，殊无疑虑，即出碎金三十两，为之具装；末又以铤金一枚付之〔29〕，曰："此乃祖宦囊之遗〔30〕，不可用去。聊以压装〔31〕，备急可耳。且汝初学跋涉，亦不敢望重息，只此三十金得无亏负足矣。"临行又嘱之。怙诺而出，欣欣意自得。至洛，谢绝客侣，宿名娼李姬之家。凡十余夕，散金渐尽。自以巨金在橐，初不以空匮在虑。及取而斫之，则伪金耳⑥。大骇，失色。李媪见其状，冷语侵客。怙心不自安，然囊空无所向往，犹冀姬念夙好，不即绝之。俄有二人握索入，骤縶项领。惊惧不知所为，哀问其故，则姬已窃伪金去首公庭矣〔32〕。至官，不容置词，梏掠几死〔33〕。收狱中，又无资斧，大为狱吏所虐，乞食于囚，苟延余息⑦。

初，怙之行也，母谓福曰："记取廿日后，当遣汝至洛。我事烦，恐忽忘之。"福请所谓，黯然欲悲，不敢复请而退。过二十日而问之，叹曰："汝弟今日之浮荡，犹汝昔日之废学也。我不冒恶名，汝何以有今日？人皆谓我忍，但泪浮枕簟〔34〕，而人不知耳！"因泣下，福侍立敬听，不敢研诘。泣已，乃曰："汝弟荡心不死，故授之伪金以挫折之，今度已在缧绁矣〔35〕⑧。中丞待汝厚，汝往求焉，可以脱其死难，而生其愧悔也。"

福立刻而发，比入洛，则弟被逮已三日矣。即狱中而望之。怙奄然，面目如鬼，见兄，涕不可仰。福亦哭。时福为中丞所宠异，故遐迩皆知其名。邑宰知为怙兄，急释怙。至家，犹恐母怒，膝行而前。母顾曰："汝愿遂耶？"怙零涕不敢复作声，福亦同跪。母始叱之起。由是痛自悔，家中诸务，经理维勤。即偶惰，母亦不呵问之。凡数月，并不与言商贾，意欲自请而不

⑥细柳对长怙心思洞若观火，设伪金案。母亲故意将亲生儿子送进监狱挨打受刑，是何心情？

⑦送子进监狱是不得已而为之。长怙已堕落很深，一般手段教育不了。母亲教育不了，通过官府，让他尝尝牢狱之灾。何等胸襟和气概！

⑧细柳设计教训次子不让长子知道，哥哥知道肯定不忍心让弟弟进监狱，伪金案就演不成了。细柳是有大胆量、大肚量、大心怀，所有包袱一肩扛的女强人。

敢，以意告兄。母闻而喜，并力质贷而付之〔36〕，半载而息倍焉。是年，福秋捷〔37〕，又三年，登第〔38〕。弟货殖累巨万矣〔39〕。邑有客洛者，窥见太夫人〔40〕，年四旬，犹若三十许人，而衣妆朴素，类常家云。

异史氏曰："《黑心符》出〔41〕，芦花变生，古与今如一丘之貉，良可哀也！或有避其谤者，又每矫枉过正，至坐视儿女之放纵而不一置问，其视虐遇者几何哉？独是日挞所生，而人不以为暴；施之异腹儿，则指摘丛之矣。夫细柳独非忍于前子也，然使所出而贤，亦何能出此心以自白于天下？而乃不引嫌，不辞谤，卒使二子一贵一富，表表于世。此无论闺闼〔42〕，当亦丈夫之铮铮者矣〔43〕！"

校勘

底本：康熙本。参校：异史、二十四卷本、铸雪斋本、青柯亭本。

注释

〔1〕中都：此处指今河南沁阳。〔2〕腰褭：轻巧婀娜。〔3〕简默：沉默寡言。〔4〕臧否（pǐ）：善恶，好坏。〔5〕问名：议婚。男方通过媒人问女子的名字和出生年月日。〔6〕以丫角老：做姑娘做到老。丫角，女孩发式丫髻。〔7〕疏略：粗疏简略。〔8〕亩之南东：田亩的耕种处理。此处的"南东"非方向之意，而是按照朱熹解释《诗经·小雅·信南山》"我疆我理，南东其亩"所说："于是为之疆理，而顺其地势水势之所宜，或南其亩，或东其亩也。"意思是根据地形安排田亩的用处。〔9〕逋（bū）赋：未交的赋税。〔10〕谇（suì）：责骂。〔11〕益纾：更加宽裕。〔12〕美材：好棺木。〔13〕重直：高价。〔14〕遨：游玩。〔15〕谯呵（qiáo hē）：申斥，喝骂。〔16〕冗人：吃闲饭者。〔17〕胻（héng）无衣：这里意思是秋天仍穿短裤。胻，小腿骨。〔18〕啧有烦言：纷杂的指责，众多的非议。〔19〕勤身锐虑：刻苦攻读，专心思考。〔20〕中丞：即汉代的御史中丞，明清人以此称副都御史。当时巡抚往往加此衔，故又成巡抚的代称。〔21〕器：器重。〔22〕月给常廪：让长福成为廪生，按月领取朝廷的生活补助。〔23〕作苦：辛苦耕作。〔24〕四民：士、农、工、商。〔25〕沟瘠死：因贫困饥饿死于沟壑。〔26〕负贩：肩挑贸易。〔27〕运数：不可操纵的命运。〔28〕洛：洛阳。〔29〕铤金：元宝。〔30〕乃祖宦囊之遗：你祖父做官留下的银子。〔31〕压装：充实行装。〔32〕首公庭：向官府告发。〔33〕梏（gù）

掠：刑讯拷打。〔34〕泪浮枕簟（diàn）：泪水浸湿枕席。〔35〕度：估计。缧绁：本指捆绑犯人的绳索，借指监狱。〔36〕并力：多方努力。质贷：典当借贷。〔37〕秋捷：乡试中举。明清乡试在农历八月举行。〔38〕登第：进士及第。〔39〕货殖：经商盈利。〔40〕太夫人：对官员母亲的称呼。〔41〕"《黑心符》出"二句：唐代莱州长史于义方写《黑心符》，论述娶继室的害处。芦花变生：孔子七十二弟子之一的闵子骞受后母虐待，以芦花为之絮绵衣。〔42〕闺阃：原指内眷居处，代指妇女。〔43〕铮铮：刚强、杰出。

点评

蒲松龄喜欢写花妖狐魅，细柳却一点怪异色彩没有，是普通的家庭主妇。寡妇和后母的角色在封建社会令一般女人望而生畏，细柳却一身二任。封建社会男人是女人的天，男人死了，天就塌了。如何把家庭支撑下去？如何教育儿子成才？是很大难题。细柳以柔弱双肩支撑家庭，教育儿子成才。细柳是古代小说的"新人"形象和治家女强人形象，也是王熙凤形象的先声。细柳杀伐决断，拒绝"妇人之仁"。她制造伪金案，以达到教育儿子目的。这些后来在王熙凤身上得到进一步体现。蒲松龄认为把细柳放到男子行列，也是响当当的人物。他对细柳的命名大有深意。"细柳"取自《史记·绛侯周勃世家》，汉代大将周亚夫军令严明，屯军细柳营，蒲松龄借用"细柳"为《聊斋》女强人命名，实际上将她提高到男人也没法比的高度。

細柳

太息高郎壽
不高苦碎心
力為兒曹恩
感並用無殷
視富貴重
必成芳

画马

①因为穷而围墙不修，别人的马才"跑"来，岂不知乃从画上飞来，与围墙无关，障眼法。

②似不经意的描绘，实乃重要伏笔。

③来了个顺手牵"马"。

④神马。

⑤与开头对马的描绘严丝合缝。

　　临清崔生家窭贫[1]，围垣不修[2]①。每晨起，辄见一马卧露草间，黑质白章[3]；惟尾毛不整，似火燎断者。②逐去，夜又复来，不知其自至。崔有善友，官于晋，每欲往就之，而苦无健步[4]，遂捉马施勒[5]③，乘之而去，嘱家人曰："倘有寻马者，当如晋以告。"既就途，马骛驶[6]，瞬息百里。夜不甚馀刍豆[7]④，意其病。次日紧衔不令驰[8]，而马蹄嘶喷沫，健怒如昨。复纵之，午已达晋。时骑入市廛，观者无不称叹。晋王闻之[9]，以重直购之。崔恐为失者所寻，以故不敢售。

　　居半年，家中无耗，遂以八百金货于晋邸，乃自市健骡以归。后王以急务，遣校尉骑赴临清[10]。马逸，追至崔之东邻，入门，不可复见。索诸主人，主曾姓，实莫之睹。及入其室，见壁间挂子昂画马一帧[11]，内一匹毛色浑似，尾处为香炷所烧⑤，始悟马画妖也。校尉难复王命，因讼曾。时崔得马资，居积盈万，自愿以直贷曾，付校尉去。曾甚德之，不知其即当年之售主也。

校勘

底本：康熙本。参校：异史、二十四卷本、铸雪斋本、青柯亭本。

注释

　　[1]临清：明清州名，属东昌府，今山东省临清市。[2]围垣：围墙。[3]黑质白章：有白色花纹的黑马。黑质，皮毛是黑色。白章，白色的花纹。[4]健步：行走快的脚力，如马、骡。[5]施勒：戴上马络头。[6]骛驶：跑得很快。[7]馀：同"啖"。刍豆：马的饲料，草和豆。[8]紧衔：勒紧马嚼子。[9]晋王：朱元璋第三子朱棡得封晋王，此文的晋王可能是末代晋王朱求桂。[10]尉骑：晋王的扈从卫士。[11]子昂：赵子昂，即赵孟頫，字子昂，湖州人，元代著名

画家，画马最有名。蒲松龄曾在文章里写过"子昂画马，身栩栩然马"。

点评

  画家画马，马成真马，奔驰如飞，不食草料。这是化用"画龙点睛"典故创造的奇异故事。活生生的神奇之马和画纸上的马如何联系到一起？靠燎了毛的尾巴！画家鬼斧神工，作家亦神工鬼斧，小说极短，却想象丰富，构思绵密，有很强的艺术感染力。

畫馬

千金不惜購驊騮
妙畫通靈何
霧求漫道點睛
龍破壁子昂直
可繼僧繇

局诈

某御史家人，偶立市间，有一人衣冠华好，近与攀谈。渐问主人姓字、官阀，家人并告之。其人自言："王姓，贵主家之内使也〔1〕。"语渐款洽，因曰："宦途险恶，显者皆附贵戚之门，尊主人所托何人也？"①答曰："无之。"王曰："此所谓惜小费而忘大祸者也。"家人曰："何托而可？"王曰："公主待人以礼，能覆翼人〔2〕。某侍郎亦仆阶进〔3〕。倘不惜千金赀，引见公主当亦非难。"②家人喜，问其居止。便指其门户曰："日同巷，不知耶？"家人归告侍御。侍御喜，即张盛筵，使家人往邀王。王欣然来。筵间道公主情性及起居琐事甚悉，且言："非同巷之谊，即赐百金赏，不肯效牛马。"御史益佩戴之。临别订约，王曰："公但备物，仆乘间言之，旦晚当有以报尊命。"

越数日始至③，骑骏马甚都，谓侍御曰："可速治装行。公主事大烦④，投谒者踵日相接，自晨及夕，常不得一间。今得少隙，宜急往，误则相见无期矣。"侍御乃出兼金重币〔4〕，从之去。曲折十余里，始至公主第，下骑祗候。王先持贽入。久之，出，宣言："公主召某御史。"即有数人接递传呼。侍御伛偻而入，见高堂上坐丽人，姿貌如仙，服饰炳耀；侍姬皆着锦绣，罗列成行。侍御伏谒尽礼，传命赐坐檐下，金碗进茗。主略致温旨，侍御肃而退。自内传赐缎靴、貂帽。

既归，深德王，持刺谒谢，则门阖无人，疑其侍主未复。三日三诣，终不复见。使人询诸贵主之门，则高扉扃锢。访之居人，并言："此间曾无贵主。前有数人僦屋而居，今去已三日矣。"使反命，主仆丧气而已。

又：

副将军某，负赀入都，将图握篆〔5〕，苦无阶。

①投合世俗心理。

②看来真正的公主亦做此事。

③不马上办，说明周旋之难。

④堂堂御史难道对有几个公主都不知道？伛偻入，伏谒礼，肃而退，不仅被骗，还被当活猴儿耍。皆因利欲熏心。

⑤此骗更高明。投合"不见兔子不撒鹰"的常人心理。

⑥装得像。

⑦骗子倒"担心"被骗者。

一日有裘马者谒之，自言："内兄为天子近侍。"茶已，请间云："目下有某处将军缺，倘不吝重金，仆嘱内兄游扬圣主之前，此任可致，大力者不能夺也。"某疑其唐突涉妄。其人曰："此无须踟蹰。某不过欲抽小数于内兄，于将军锱铢无所望。言定如干数，署券为信。待召见后，方求实给，不效，则汝金尚在，谁从怀中而攫之耶？"⑤某乃喜，诺之。次日复来，引某去，见其内兄云："姓田。"煊赫如侯家。某参谒，殊傲睨不甚为礼。⑥其人持券向某曰："适与内兄议，率非万金不可，请即署尾〔6〕。"某从之。田曰："人心叵测，事后虑有反复。"⑦其人笑曰："兄虑之过矣。既能予之，宁不能夺之耶？且朝中将相，有愿纳交而不可得者。将军前程方远，应不丧心至此。"某亦力矢而去。其人送之，曰："三日即复公命。"

逾两日，日方夕，数人吼奔而入〔7〕，曰："圣上坐待矣！"某惊甚，疾趋入朝。见天子坐殿上，爪牙森立〔8〕。某拜舞已。上命赐坐，慰问殷勤，顾左右曰："闻某武烈非常，今见之，真将军才也！"因曰："某处险要地，今以委卿，勿负朕意，侯封有日耳。"某拜恩出。即有前日裘马者从至客邸，依券兑付而去。于是高枕待绶，日夸荣于亲友。过数日，探访之，则前缺已有人矣。大怒，忿争于兵部之堂，曰："某承帝简〔9〕，何得授之他人？"司马怪之〔10〕。及述宠遇，半如梦境。司马怒，执下廷尉〔11〕。始供其引见者之姓名，则朝中并无此人。又耗万金，始得革职而去。

异哉！武弁虽骏，岂朝门亦可假耶？疑其中有幻术存焉，所谓"大盗不操矛弧"者也。

又：

李生，嘉祥人〔12〕，善琴。偶适东郊，见工人掘土得古琴，遂以贱直得之。拭之有异光，安弦而操，清烈非常。喜极，若获拱璧，贮以锦囊，藏之密室，虽至戚不以示也。

⑧天才演员。

⑨演得好。

⑩程某真爱琴。琴归他得其所哉。

⑪迁延数年，周旋多时，终于水到渠成。

　　邑丞程氏，新荏任，投刺谒李。李故寡交游，而以其先施故报之。过数日又招饮，固请乃往。程为人风雅绝伦，议论潇洒，李悦焉。越日，折柬酬之，欢笑益洽。由是月夕花晨，未尝不相共也。年余，偶于丞廨中，见绣囊裹琴置几上，李便展玩。程问："亦谙此否？"⑧李曰："非所长，而生平好之。"程讶曰⑨："知交非一日，绝技胡不一闻？"拨炉爇沉香，请为小奏。李敬如教。程曰："大高手！愿献薄技，勿笑小巫也。"遂鼓《御风曲》，其声泠泠，有绝世出尘之意。李更倾倒，愿师事之。自此二人以琴交，情分益笃。年余，尽传其技。然程每诣李，李亦以常琴供之，未肯泄所藏也。

　　一夕，薄醉，丞曰："某新肄一曲，亦愿闻之乎？"为奏《湘妃》，幽怨若泣。李亟赞之。丞曰："所恨无良琴；若得良琴，音调益胜。"李欣然曰："仆蓄一琴，颇异凡品。今遇锺期，何敢终密？"乃启椟负囊而出。程以袍袂拂尘⑩，凭几再鼓，刚柔应节，工妙入神。李闻之，击节不置。丞曰："区区拙技，负此良琴。若得荆人一奏，当有一两声可听者。"李惊曰："公闺中亦精之耶？"丞笑曰："适此操乃传自细君者〔13〕。"李曰："恨在闺阁，小生不及闻耳。"丞曰："我辈通家，原不以形迹相限。明日，请携琴去，当使隔帘为君奏之。"李悦，次日，抱琴而往。程即治具欢饮。少间，将琴入，旋出即坐。俄见帘内隐隐有丽妆，顷之，香流户外。又少时弦声细作，听之，不知何曲；但觉荡心媚骨，令人魂魄飞越。曲终便来窥帘，竟廿余绝代之姝也。丞以巨白劝醻，内复改弦为《闲情之赋》，李神形并惑，倾饮过醉，离席兴辞，索琴。丞曰："醉后防有磋跌。明日复临，当令闺人尽其所长。"⑪李乃归。

　　次日诣之，则廨舍寂然，惟一老隶应门。问之，云："五更携眷去，不知何作，言往复可三日耳。"如期往伺之，日既暮，并无音耗。吏皂皆疑，以白令，破扃而窥其室，室尽空，惟几榻犹存耳。达之上台，并不测其何故。

1123

李丧琴，寝食俱废。不远数千里访诸其家。丞故楚产，三年前以捐资所授嘉祥丞。执其姓名，询其居里，楚中并无其人。或云："有道士程姓者善鼓琴，又传其有点金之术。三年前忽去，不复见。"疑即其人。又细审其年甲、容貌，吻合不谬。乃知道士之纳官，皆为琴也。知交年余，并不言及音律；渐而出琴，渐而献技，又渐而惑以佳丽；浸渍三年，得琴而去。道士之癖，更甚于李生也。天下之骗机多端，若道士，骗中之风雅者矣。

校勘

底本：康熙本。参校：异史、二十四卷本、铸雪斋本、青柯亭本。

注释

〔1〕贵主：公主。内使：内监。〔2〕覆翼：保护、遮蔽。〔3〕某侍郎亦仆阶进：某侍郎就是通过我结交到公主然后得到提拔的。〔4〕兼金：本意为价值高于普通金子的好金子。可理解为很多黄金。重币：重礼。〔5〕握篆：升任掌印的主将。〔6〕署尾：在合约上签名画押。〔7〕吼奔而入：大声叫喊着跑进来。〔8〕爪牙森立：侍卫们密密麻麻地站在周围。〔9〕承帝简：是皇帝选派的。〔10〕司马：兵部尚书。〔11〕廷尉：官名，也是官署名。秦汉时设置廷尉为九卿之一，掌刑狱。〔12〕嘉祥：明清县名，属兖州府，今山东省济宁市嘉祥县。〔13〕细君：妻子的别称。

点评

三个故事都是设局诈骗。前两个故事中的骗子是俗骗，骗取钱财。投合的是官员的利欲熏心，骗取的是不义之财。上当受骗者活该倒霉。尤其第二个受骗者，花了上万银子，得了被免官的结局，这样的局诈是对不择手段"跑官要官"者的教训。第三个故事中的骗子是雅骗，道士爱琴，为琴而捐官，为琴而处心积虑交朋友，终于将心爱的琴搞到手，飘然而去，到深山老林专心抚琴去了。故事曲折生动，骗子因为爱琴而极有耐心，煞有介事，受骗者因为善良天真，如坐雾中。人情世态描绘真切形象如画。

厮诮

狗苟蝇营暮夜金矣
他巧宦繫拨心鸟云
空自通闗节墨敕
斜封何家尋

放蝶

长山王进士岜生为令时〔1〕，每听讼，按罪之轻重，罚令纳蝶自赎；堂上千百齐放，如风飘碎锦，王乃拍案大笑。

一夜梦一女子，衣裳华好，从容而入，曰："遭君虐政，姊妹多物故〔2〕。当使君先受风流之小谴耳。"言已化为蝶，回翔而去。

明日，方独酌署中，忽报直指使至〔3〕，遑遽而出，闺中戏以素花簪冠上，忘除之。直指见之，以为不恭，大受诟骂而返。由是罚蝶之令遂止。①

青城于重寅〔4〕，性放诞。为司理时，元夕以火花爆竹缚驴上，首尾并满，牵登太守之门，击柝而请〔5〕，自白："某献火驴，幸出一览。"②时太守有爱子患痘〔6〕，心绪方恶，辞之。于固请之。太守不得已，使阍人启钥。门甫辟，于以火发机〔7〕，推驴入。爆震驴惊，踶跌狂奔；又飞火射人，人莫敢近。驴穿堂入室，破瓯毁甑〔8〕，火触承尘〔9〕，窗纱都烬。家人大哗。痘儿惊陷〔10〕，终夜而死。太守痛恨，将揭劾〔11〕。于浼诸司道〔12〕，登堂负荆，乃免。

①根据蒲松龄同时代《觚剩》一书记载，王进士任县令时，先酷爱养鹤并令黎民纳蛇喂之；后喜欢观猫，并令百姓纳蝶供猫扑玩。因此被免职。

②于某放诞，也认为他人亦爱玩，故以玩悦上司。"献"字说明其态度之恭敬；"幸"字说明他对上司极巴结。太守对此等巴结上司且有上司说情的角色，如哑巴吃黄连，有苦说不出。

校勘

底本：康熙本。参校：异史、二十四卷本、青柯亭本。

注释

〔1〕长山：明清县名，属济南府，今山东邹平县。王岜生：明末进士，授如皋县令。康熙五十五年（1716）《长山县志》有传。〔2〕物故：死亡。〔3〕直指使：朝廷派来巡视地方的官员，即"巡按"。〔4〕青城：明清县名。现为山东省淄博市高青县。〔5〕击柝（tuò）：敲梆子。〔6〕患痘：出天花。旧时常

见的烈性传染病,死亡率很高。〔7〕以火发机:点燃了驴身上的烟花爆竹。〔8〕破瓯毁甑:打碎了盘盘碗碗、坛坛罐罐。〔9〕承尘:天花板。〔10〕痘儿惊陷:幼儿受到惊吓导致痘毒内陷,不能发表,属危症。〔11〕揭劾:揭露其劣行弹劾之。〔12〕浼(měi):央求。司道:布政司、按察司及道员。

点评

　　理想主义者的苦恼,莫过于看到自己追求的龙种变成跳蚤。"进士我所自有,所缺者一乡科耳。"蒲松龄终生未冲开"举人"关,他向同时代蟾宫折桂的进士投射一道冷静的、哲人的、揶揄的目光。他们不为民做主,反而成为令人掩鼻的丑脸人物。王某把政事变成儿戏,在公堂上放蝶玩儿;于某变着法儿讨好上级,结果拍马屁拍到马蹄子上。在"放蝶"中,蒲松龄将同时代真实人物的真实事件幻化成怪异小说,让荒唐县令受到蝴蝶仙子的惩罚,一百三十余字,成为《聊斋》中思想艺术并佳的代表作之一。

蝶

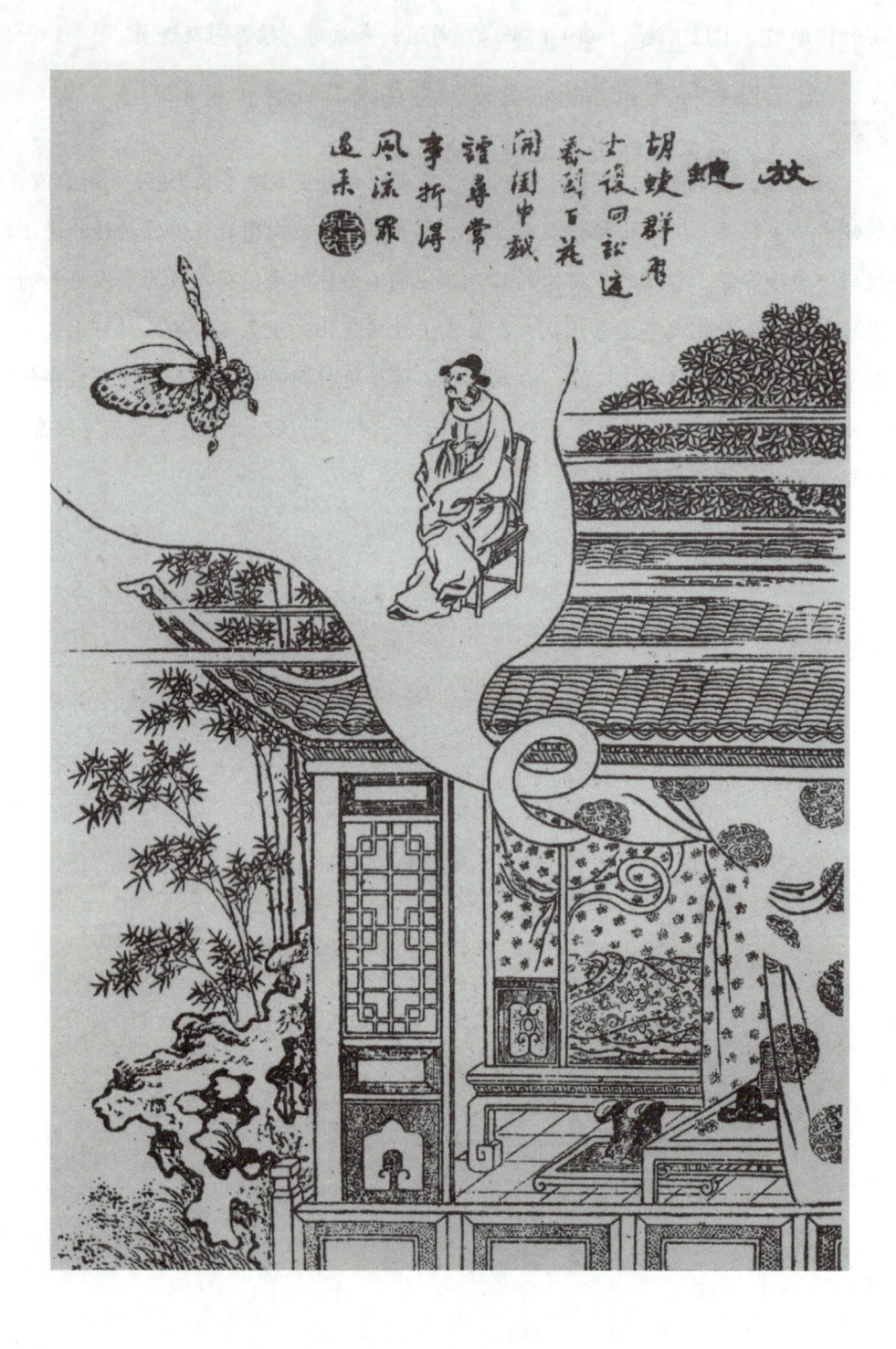

胡蜨群展
士後回訟逾
叢鬥百花
鬧闐中載
謹壽常
事折得
風流罪
逸禾

男生子

①王士禛《池北偶谈》亦记此事,但没有神人剖腹之情节。

②好看的独幕丑剧。

福建总兵杨辅有娈童〔1〕,腹震动。十月既满,梦神人剖其两胁去之。及醒,两男夹左右啼。起视胁下,剖痕俨然。儿名之天舍、地舍云。①

按此吴藩未叛前事也〔2〕。吴既叛,闽抚蔡公疑杨〔3〕,欲图之,而恐其为乱,以他故召之。杨妻夙智勇,疑之,沮杨行,杨不听。妻涕而送之。归则传矢诸将,披坚执锐,以待消息。少间,闻夫被诛,遂反攻蔡。蔡仓皇不知所为,幸标卒固守〔4〕,不克乃去。去既远,蔡始戎装突出,率众大噪。②人传为笑焉。后数年,盗乃就抚。未几蔡暴亡〔5〕;临卒,见杨操兵入,左右亦皆见之。呜呼!其鬼虽雄,而头不可复续矣!生子之妖,其兆于此耶?

校勘

底本:康熙本。参校:异史。

注释

〔1〕总兵:清代绿营兵之高级武官,位仅次于提督,秩正二品。杨辅:应为杨富(?—1674),事见《清史列传·逆臣传·杨富》,官至江西提督。吴三桂起兵后,杨做内应,被巡抚董卫国擒斩。〔2〕吴藩:吴三桂。曾受封平西王守云南,故称"藩",因清廷撤藩而发动叛乱,史称"三藩之乱",是清初重要历史事件。〔3〕闽抚蔡公:应为江西巡抚董卫国之误。〔4〕标:清督抚所辖绿营兵编制名称,一标辖三营。标卒,绿营士兵。〔5〕蔡暴亡:应为董暴亡。

点评

男生子是奇闻,梦神人剖腹而生子,更是奇闻,但杨某却是真实的历史人物,作者将真实历史人物的败亡事跟玩弄娈童联系起来,表现出正人君子对"男风"

的鄙视态度。与杨某相联系的福建巡抚蔡某（史实记载是江西巡抚董卫国），种种表现更是丑恶之至。这是对清初官场怪异性的写实。

钟生

钟庆余，辽东名士也〔1〕，应济南乡举。闻藩邸有道士知人休咎〔2〕，心向往之。二场后至趵突泉〔3〕，适相值。年六十余，须长过胸，一皤然道人也〔4〕。集问灾祥者如堵〔5〕，道士悉以微词授之〔6〕。于众中见生，忻然握手，曰："君心术德行，可敬也！"①挽登阁上，屏人语，因问："莫欲知将来否？"曰："唯唯。"曰："子福命至薄，然今科乡举可望。但荣归后，恐不复见尊堂矣。"钟性至孝，闻之涕下，遂欲不试而归。道士曰："若过此已往，一榜亦不可得矣。"生云："母死不见，且不可复为人，贵为卿相，何加焉？"②道士曰："某夙世与君有缘，今日必合尽力。"乃以一丸授之曰："可遣人昼夜将去，服之可延七日。场毕而行，母子犹及见也。"

生藏之，匆匆而出，神志丧失。因计终天有期〔7〕，早归一日，则多得一日之奉养，携仆贳驴〔8〕，即刻东迈。驰里许，驴忽返奔，鞭之不驯，控之则蹶。生无计，躁汗如雨。仆劝止之，生不听。又贳他驴，亦如之。日已衔山，莫知为计。仆又劝曰："明日即完场矣，何争此一朝夕乎？请即先主而行，计亦良得。"不得已，从之。次日草草竣事，立时遂发，不遑啜息，星驰而归。则母病绵惙〔9〕，下丹药，渐就痊可。入视之，就榻泫泣。母摇首止之，执手喜曰："适梦之阴司，见王者颜色和霁。谓稽尔生平，无大罪恶；今念汝子纯孝，赐寿一纪〔10〕。"生亦喜。历数日，果平健如故。

未几，闻捷，辞母如济。因赂内监，致意道士。道士欣然出，生便伏谒。道士曰："君既高捷，太夫人又增寿数，此皆盛德所致。道人何力焉！"生又讶其预知，因而拜问终身。道士云："君无大贵，但得耄耋足矣。

①冯镇峦评："神仙重忠孝。"

②语言恳切感人，在名利社会中将母爱置于功名之上，难得。

君前身与我为僧侣，以石投犬，误毙一蛙，今已投生为驴。论前定数，君当横折；今孝德感神，已有解星入命，固当无恙。但夫人前世为妇不贞，数应少寡。今君以德延寿，非其所偶，恐岁后瑶台倾也〔11〕。"生恻然良久，问继室所在③。曰："在中州，今十四岁矣。"临别嘱曰："倘遇危急，宜奔东南。"

后年余，妻病果死。钟舅令于江西，母遣往省，即以便途过中州，将应继室之谶。偶适一村。值临河优戏，士女甚杂。方欲整辔趋过，有一失勒牡驴〔12〕，随之而行，致骡蹄跌〔13〕。生回首以鞭击驴耳，驴惊，大奔。时有王世子方六七岁〔14〕，乳媪抱坐堤上；驴冲过，扈从皆不及防，挤堕河中。众大哗，欲执之。生纵骡绝驰，顿忆道士言，极力趋东南。约三十余里，入一山村，有叟在门，下骑揖之。叟邀入，自言"方姓"，便诘所来。生叩伏在地，具以情告，叟言："不妨。请即寄居此间，当使徼者去〔15〕。"至晚得耗，始知为世子，叟大骇曰："他家可以为力。此真爱莫能助之矣！"生哀不已。叟筹思曰："不可为也。请过一宵，听其缓急，倘可再谋。"生愁怖，终夜不枕。次日侦听，则已行牒讥察〔16〕，收藏者弃市〔17〕。叟有难色，无言而入。生疑惧，无以自安。中夜，叟来，少坐，便问："夫人年几何矣？"生以鳏对。叟喜曰："吾谋济矣。"问之，答云："姊夫慕道，挂锡南山〔18〕；姊又谢世。遗有孤女，从仆鞠养，亦颇慧。以奉箕帚何如？"生喜符道士之言，而又冀亲戚密迩，可以得其周谋，曰："小生诚幸矣。但远方罪人，深恐贻累丈人。"叟曰："此为君谋也。姊夫道术颇神，但久不与人事矣。合卺后，自与甥女筹之，必合有计。"生益喜，赘焉。

女十六岁，艳绝无双。生每对之欷歔。女云："妾即陋，何遽遽见嫌恶？"生谢曰："娘子仙人，相耦为幸。但有祸患，恐致乖违〔19〕。"因以实告。女怨曰："舅乃非人！此弥天之祸，不可为谋，乃不明言，而陷

③典型的男子中心，对妻子远不像对母亲。

我于坎窞[20]！"生长跪曰："是小生以死命哀舅，舅慈悲而穷于术，知卿能生死人而肉白骨也。某诚不足称好逑，然家门幸不辱寞，倘得再生，香花供养有日耳。"④女叹曰："事已至此，复何辞？然父自削发招提[21]，儿女之爱已绝。无已，同往哀之，恐担挫辱不浅也。"乃一夜不寐，以毡绵厚作蔽膝[22]，各以隐着衣底。然后唤肩舆，入南山，十余里。山径拗折绝险[23]，不复可乘。下舆，女跬步甚艰[24]，生挽臂拽扶，竭蹶始得上达[25]，不远，即见山门，共坐少憩。女喘汗淫淫，粉黛交下。生见之，情不可忍，曰："为某事，遂使卿罹此苦。"女愀然曰："恐此尚未是苦。"困少苏，相将入兰若，礼佛而进；曲折入禅堂，见老僧跌坐，目若瞑，一僮执拂侍之。方丈中，扫除光洁；而坐前悉布沙砾，密如星宿。⑤女不敢择，入跪其上；生亦从诸其后。僧开眸一瞻，即复合去。女参曰："久不定省[26]，今女已嫁，故偕婿来。"僧久之，启视曰："妮子大累人！"⑥即不复言。夫妻跪良久，筋力俱殆，沙石将压入骨，痛不可支。又移时，乃言曰："将骡来未？"⑦女答曰："未。"曰："夫妻即去，可速将来。"二人拜而起，狼狈而行。

既归，谨如其命，不解其意，但伏听之。过数日，相传罪人已得，伏诛讫。夫妻相庆。无何，山中遣僮来，以断杖付生，云："代死者，此君也。"便嘱瘗葬致祭，以解竹木之冤。生视之，断处有血痕焉。乃祝而葬之。夫妻不敢久居，星夜归辽阳。

④擅长词令。

⑤似有预测，故意刁难。父亲预先埋好沙砾"刁难"女儿女婿，女儿早已预料到并准备好蔽膝。

⑥做和尚亦做不安宁。

⑦夫妻二人可以雇轿子抬到山腰，但不能上了，只能步行，如何将一头骡子拉到山上？

校勘

底本：康熙本。参校：异史、二十四卷本、铸雪斋本、青柯亭本。

注释

［1］辽东：府名，指辽河以东地区，今吉林省辽阳市。［2］藩邸：藩王

1133

的府邸。明代德王在济南历城建府邸。休咎：命运好坏。〔3〕二场：乡试需要考三场。趵突泉：号称"天下第一泉"，在今济南市西门桥边趵突泉公园内。〔4〕皤（pó）然：须发皆白。〔5〕集问灾祥者如堵：聚集在道士那里向他问灾福的人像一堵墙一样围着。〔6〕以微词授之：隐隐约约地回答。〔7〕终天有期：母亲的寿限有期限。〔8〕贳（shì）驴：租驴。〔9〕绵惙：奄奄一息。〔10〕赐寿一纪：赏赐十二年的寿命。一纪为十二年。〔11〕瑶台倾：代指妻子死亡。刘禹锡《伤往赋》："宝瑟僵兮弦柱绝，瑶台倾兮镜奁空。"〔12〕失勒牡驴：失去控制的公驴。〔13〕蹄跌：用后蹄踢人。〔14〕世子：王爷的嫡子。〔15〕徼者：追捕者。〔16〕行牒讥察：下发搜查误杀世子的逃犯的命令。讥，查问。〔17〕弃市：杀头。〔18〕挂锡南山：在南山做和尚。〔19〕乖违：分离。〔20〕陷我于坎窞（dàn）：害我进入陷阱。〔21〕削发招提：削发为僧。招提，寺院的别称。〔22〕蔽膝：旧时围在衣服前边的大巾，用以蔽护膝盖。〔23〕拗折绝险：弯曲危险。〔24〕跬步：半步。〔25〕竭蹶：跌跌撞撞，颠仆倾跌。〔26〕定省：请安。

点评

　　一切都是命中注定，不可动摇，是这个曲折故事的中心，无辜被挤坠河中的王府嫡子，想来也是前世冤孽？小说充满封建迷信观念和说教气息，因而虽然故事曲折多变，一波未平一波又起，却并没有成为脍炙人口的《聊斋》名篇。其可取之处在于："孝"和"爱"可以改变人生灾祸，有相当的劝世意义。孝子可以替母亲求得增寿，已出家的老和尚为了救爱女而不得不施法术。真情和幻术结合，产生神奇的效果。

鍾北堂壽寓慶重開
桂子香分兩袖回
生鳳孿消除佳耦協
都從純孝性中來

鬼妻

① 多情女鬼。

② 《聊斋》中棒打鸳鸯的尚方剑。

③ 鬼情与人情。

泰安聂鹏云，与妻某，鱼水甚谐。妻遘疾卒〔1〕，聂坐卧悲思，忽忽若失。一夕，独坐，妻忽推扉入，聂惊问："何来？"笑云："妾已鬼矣。感君悼念，哀白地下主者，聊与作幽会。"① 聂喜，携就床寝，一切无异于常。从此星离月会〔2〕，积有年余。聂亦不复言娶。伯叔兄弟惧堕宗主〔3〕，② 私谋于族，劝聂鸾续。聂从之，聘于良家。然恐妻不乐，秘之。未几，吉期逼迩〔4〕，鬼知其情，责之曰："我以君义，故冒幽冥之谴；今乃质盟不卒，钟情者固如是乎？"聂述宗党之意，鬼终不悦，谢绝而去。聂虽怜之，而计亦得也。

迨合卺之夕，夫妇俱寝，鬼忽至，就床上挝新妇，大骂："何得占我床寝！"新妇起，方与撑拒。聂惕然赤蹲，并无敢左右袒。③ 无何，鸡鸣，鬼乃去。新妇疑聂妻故未死，谓其赚己，投缳欲自缢。聂为之缅述，新妇始知为鬼。日夕复来，新妇惧避之。鬼亦不与聂寝，但以指爪掐肤肉；已乃对烛，怒相视，默默不作一语。如是数夕，聂患之。近村有良于术者，削桃为杙〔5〕，钉墓四隅，其怪始绝。

> **校勘**
>
> 底本：康熙本。参校：异史、二十四卷本、铸雪斋本、青柯亭本。

> **注释**
>
> 〔1〕遘疾：染病。〔2〕星离月会：在夜间交往。星，星星；月，月亮。〔3〕惧堕宗主：怕绝后。〔4〕逼迩（ěr）：逼近。〔5〕杙（yì）：小木桩。

点评

鬼妻对丈夫至爱，丈夫却娶新人，鬼妻在其新婚夜大闹，像一幕好看的电影特写。鬼妻的笃情而忘死，丈夫的游移其情，新妇的莫名其妙，栩栩如生。此文应与《金生色》对比看。《金生色》中，已死的丈夫不容许妻子红杏出墙，在蒲松龄看来天经地义；《鬼妻》中，已死的妻子不容许丈夫再娶，且是为宗嗣再娶，就是需要驱除的"怪"了。这是蒲松龄的男子中心思想在起作用。

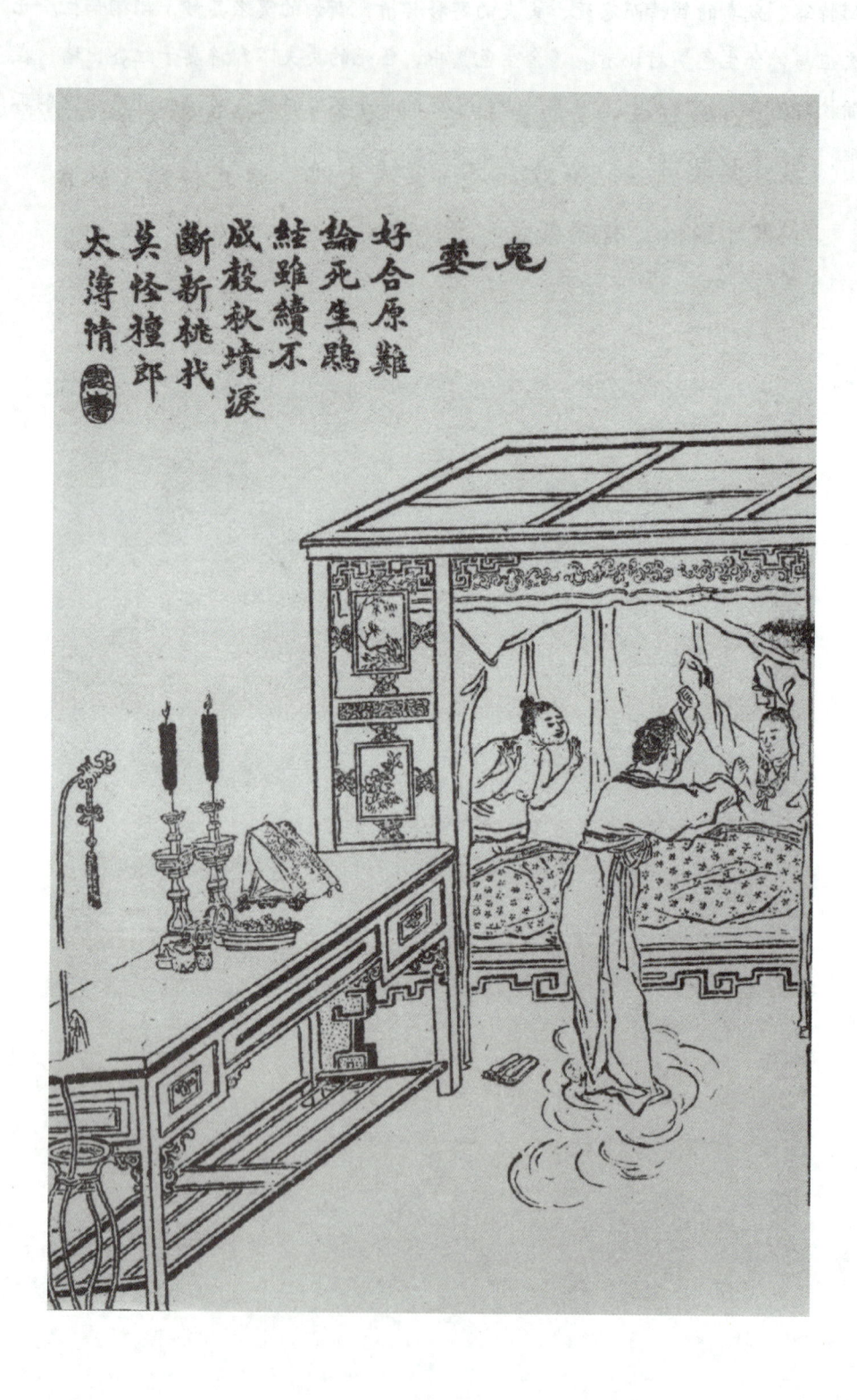

鬼妻

好合原難論死生鷓
鴣雖續不成殼秋墳
淚斷新桃我吳怪禮郎
太濤情

黄将军

黄靖南得功微时〔1〕，与二孝廉赴都，途遇响寇〔2〕。孝廉惧，长跪献资。黄怒甚，手无寸兵，即以两手握骡足，举而投之。贼不及防，马倒人堕。黄拳之臂断，搜囊而归。孝廉服其勇，资劝从军。后屡建奇功，遂腰蟒玉。

晋人某，有勇力，生平不屑格拒之术。而搏技家当之尽靡。过中州，有少林弟子受其辱，忿告其师，群谋设席相邀，将以困之。既至，先陈茗果，胡桃连壳，坚不可食，某取就案边，伸食指敲之，应手而碎。寺众大骇，优礼而散。

校勘

底本：康熙本。参校：异史。

注释

〔1〕黄靖南得功：黄得功（1594—1645），原姓王，字虎山，号黄闯子，合肥人，后徙辽宁，行伍出身至总兵。明代因镇压农民起义封靖南伯。勇猛善战，在跟清兵的战斗失利拒降，自尽。〔2〕响寇：强盗。旧时称"响马"。

点评

黄将军力大无穷且机智聪明，遇强盗时，就地取材，制服强盗，举人长跪献资跟黄形成鲜明对比。黄将军手握骡足和晋人一指拨千斤，是令人难忘的典型细节。

三朝元老〔1〕

某中堂〔2〕，故明相也。曾降流寇〔3〕，世论非之。老归林下〔4〕，享堂落成〔5〕，数人直宿其中，天明，见堂上一匾云："三朝元老。"一联云："一二三四五六七，孝弟忠信礼义廉。"不知何时所悬。怪之，不解其义。或测之云："首句隐'亡八'，次句隐'无耻'也。"似之。

洪经略南征〔6〕，凯旋，至金陵〔7〕，醮荐阵亡将士。有旧门人谒见，拜已，即呈文艺。洪久厌文事，辞以昏眊，其人云："但烦坐听，容某颂达上闻。"遂探袖出文，抗声朗读，乃故明思宗御制祭洪辽阳死难文也〔8〕。读毕，大哭而去。

校勘

底本：康熙本。参校：异史、二十四卷本、铸雪斋本、青柯亭本。

注释

〔1〕三朝元老：曾历事同一朝代三位君主的重臣。本文则讽刺在三个不同朝代任职的官员。〔2〕中堂：对宰相的称呼。〔3〕流寇：大约是李自成、张献忠等农民起义军。〔4〕林下：官员归隐后居山林田园。〔5〕享堂：供奉祖宗的祠堂。〔6〕洪经略：即洪承畴（1593—1665），字亨九，福建人，明代末年为兵部尚书，崇祯十四年（1641）率军保卫锦州，与清军会战于松山，兵败被俘，降清。后到南京总督军务，镇压江南人民的抗清斗争。顺治十年（1653），受命经略湖广等五省军务。经略，明清两代针对重要军事行动时特设的职位，高于总督。南征：指洪到湖广云南等地镇压农民起义。〔7〕金陵：南京。〔8〕故明思宗御制祭洪辽阳死难文：明代皇帝朱由检在崇祯十四年听说洪承畴辽阳兵败殉难后写的祭文。

点评

"三朝元老"素常被用来描写德高望重的老臣，此处"三朝"却并非同一朝代，其人的二三其德、毫无骨气昭然若揭。邓之诚《骨董琐记》认为此文取自真实历史人物李建泰、金之俊。李明代为相，后降李自成为相，再降清，为大学士。传说他告归时被赐"三朝元老"悬于门。金为明代吏部侍郎,后降李自成,清代官至大学士、太傅。《惕斋见闻录》记:"金之俊归吴中,营建太傅第,名其居之后街曰'后乐街',前巷为'承恩坊',吴人夜榜其门曰'后乐街前长乐老,承恩坊里负恩人',又赠对句曰'一二三四五六七忘八''孝弟忠义礼义廉无耻',又云'仕明仕闯仕清三朝之俊杰,纵子纵孙纵仆一代岂凡人'。"小说中的对联巧妙,留出想象空间。附则中的洪承畴是真实的历史人物,他在为"新朝"卖力时却听到前朝皇帝追思自己的祭文,其尴尬可以想象。这是篇表现了蒲松龄民族思想的杰出作品,构思巧妙机智。

三朝元老

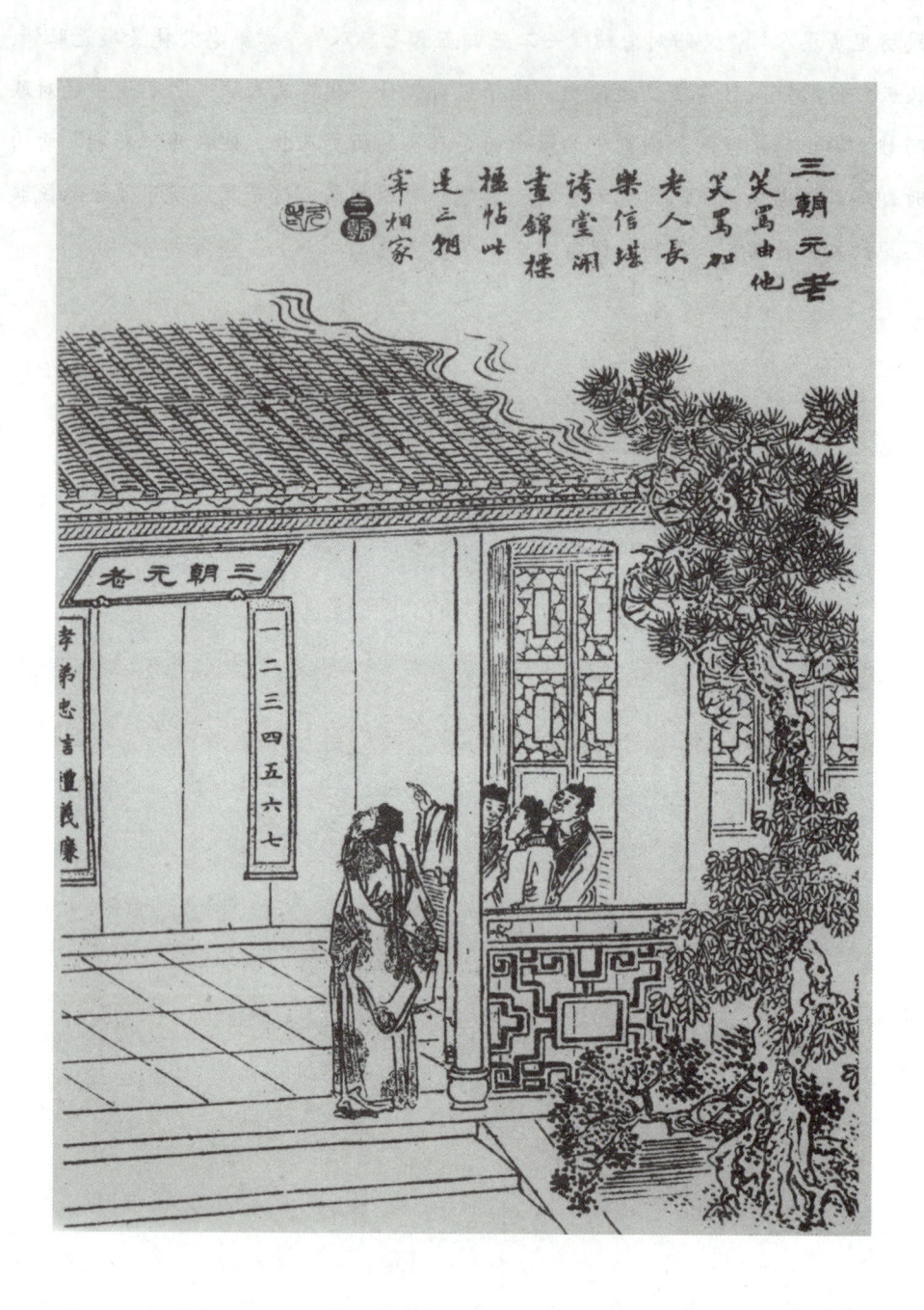

笑骂由他
笑骂,加
老人长
乐信堪
夸堂湖
画锦楼
楹帖此
是三朝
宰相家

医术

张氏者，沂之贫民。途中遇一道士，善风鉴[1]，相之曰："子当以术业富[2]。"张曰："宜何从？"又顾之，曰："医可也。"张曰："我仅识'之无'耳[3]，乌能是？"道士笑曰："迂哉！名医何必多识字乎？但行之耳。"既归，贫无业，乃撮拾海上方[4]，即市廛中除地作肆[5]，设鱼牙蜂房[6]，谋升斗于口舌之间，而人亦未之奇也。

会青州太守病嗽，牒檄所属征医。沂故山僻，少医工，而令惧无以塞责，又责里中使自报。于是共举张，令立召之。张方痰喘，不能自疗，闻命，大惧，固辞。令弗听，卒邮送去[7]。路经深山，渴极，咳愈甚。入村求水，而山中水价与玉液等，遍乞之，无与者。见一妇漉野菜[8]，菜多水寡①，盎中浓浊如涎。张燥急难堪，便乞余瀋饮之。少间，渴解，嗽亦顿止。阴念：此殆良方也。比至郡，诸邑医工，已先施治，并未痊减。张入，求密所，伪作药目，传示内外②；复遣人于民间索诸藜藿[9]，如法淘汰讫，以汁进太守。一服，病良已，太守大悦，赐赉甚厚，旌以金匾。

由此名大噪，门常如市，应手无不悉效。有病伤寒者，言症求方。张适醉，误以疟剂予之。醒而悟，不敢以告人。三日后，有盛仪造门而谢者，问之，则伤寒之人，大吐大下而愈矣。此类甚多。张由此称素封，益以声价自重，聘者非重资安舆[10]，不至焉。

益都韩翁，名医也。其未著时，货药于四方。暮无所宿，投止一家，则其子伤寒将死，因请施治。韩思不治则去此莫适，而治之诚无术。往复踅踱，以手搓体，因而汗泥成片，捻之如丸。顿思以此给之，当亦无所害。晓而不愈，已赚得寝食安饱矣。遂付之。中夜，主人挝

① 深山缺水，水少菜多，野菜的效力才出来。妙。

② 亦颇狡猾。

门甚急，意其子死，恐被侵辱，惊起，逾垣疾遁。主人追之数里，韩无所逃，始止。乃知病者汗出而愈矣。挽回，款宴丰隆；临行，厚赠之。

校勘

底本：康熙本。参校：异史、二十四卷本、青柯亭本。

注释

〔1〕善风鉴：善于看风水，相面。〔2〕以术业富：以技术致富。〔3〕仅识"之无"：只认识"之无"二字。《旧唐书·白居易传》，白居易出生后六七个月就能识别"之""无"二字。后世用此指识字不多。此贫民能知道这个典故，说明他识字也不少。〔4〕海上方：偏方。〔5〕市廛中除地作肆：在市场上设地摊。〔6〕鱼牙蜂房：像蜂房样的药柜。〔7〕邮送去：通过驿站将其送到青州。〔8〕滤野菜：淘洗野菜。〔9〕藜藿：野菜。〔10〕安舆：即"安车"，一匹马拉的车子。古代车子一般是立乘，此车为坐乘，供老人女子使用。

点评

瞎猫碰到死老鼠的趣闻。号称是"医术"，其实并未经过头悬梁锥刺股的刻苦攻读，也没经过长期的医疗实践，仅仅因为一个偶然的机遇，就成名医，殊可笑也。张某的机智应变，韩翁的患得患失，跃然纸上。青州知府生喘咳小病，竟然传令全州，有势力不可不使，作威作福。于此亦见官场一斑。

醫

野間童искать框窺垣摅
虎窺垣誰
澗十三科遺人
一語脉調侃者
箇名醫該字夕

藏虱

乡人某者,偶坐树下,扪得一虱,片纸裹之,塞树孔中而去。后二三年,复经其处,忽忆之,视孔中纸裹宛然。发而验之,虱薄如麸。置掌中审顾之。少顷,觉掌中奇痒,而虱腹渐盈矣。置之而归。痒处核起,肿痛数日,死焉。

校勘

底本:康熙本。参校:异史。

点评

虱,至为讨厌之虫,藏它作甚?无聊。除恶不尽,尝其恶果。

梦狼

白翁，直隶人〔1〕。长子甲筮仕南服二年〔2〕，道远，苦无耗。适有瓜葛丁姓造谒，翁以其久不至，款之。丁素走无常，谈次，翁辄问以冥事。丁对语涉幻。翁不深信，但微哂之。既别后数日，翁方卧，见丁复来，邀与同游。从之去，入一城阙。移时，丁指一门曰："此门君家甥也。"时翁有姊子为晋令，讶曰："乌在此？"丁曰："倘不为信，入便知之。"翁入，果见甥，蝉冠豸绣坐堂上〔3〕，戟幢行列〔4〕。无人可通。丁曳之出，曰："公子衙署，去此不远，得无亦愿见之否？"翁诺。

少间，至一第。丁曰："入之。"窥其门，见一巨狼当道，大惧，不敢进。丁又曰："入之。"又入一门，见堂上、堂下，坐者、卧者，皆狼也①。又视墀中，白骨如山，益惧。丁乃以身翼翁而进。公子甲方自内出，见父及丁，良喜。少坐，唤侍者治肴蔌〔5〕。忽一巨狼，衔死人入。翁战惕而起〔6〕，曰："此胡为者〔7〕？"甲曰："聊充庖厨〔8〕。"翁急止之。心怔忡不宁，辞欲出，而群狼阻道。进退方无所主，忽见诸狼纷然嗥避，或窜床下，或伏几底。错愕不解其故。俄有两金甲猛士努目入〔9〕，出黑索索甲。甲扑地化为虎，牙齿巉巉②。一人出利剑，欲枭其首〔10〕。一人曰："且勿，且勿，此明年四月间事，不如姑敲齿去。"乃出巨锤锤齿，齿零落堕地。虎大吼，声震山岳。翁大惧，忽醒，乃知其梦。心异之，遣人招丁，丁辞不至。翁乃志其梦，使次子诣甲，函戒哀切〔11〕。

既至，见兄门齿尽豁；骇而问之，则醉中堕马所折。考其时，则父梦之日也，益骇。出父书，甲读之变色，为间曰〔12〕："此幻梦之适符耳，何足怪！"时方赂当路者〔13〕，得首荐〔14〕，故不以妖梦为意。弟居

①官衙堂上堂下、坐着卧着都是狼，官衙中白骨如山，是《聊斋》最富有象征和哲理的描写之一。

②官吏化虎最早见于南朝祖冲之《述异记》。宣城太守封邵忽化为虎，吃治下之民，当时流传："无作封使君，生不治民死食民。"

1147

数日，见其蠹役满堂〔15〕，纳贿关说者〔16〕，中夜不绝，流涕谏止之。甲曰："弟日居衡茅〔17〕，故不知仕途之关窍耳〔18〕。黜陟之权〔19〕，在上台不在百姓〔20〕。上台喜，便是好官；爱百姓，何术复令上台喜也？"③弟知不可劝止，遂归。悉以告翁，翁闻之大哭，无可如何，惟捐家济贫，日祷于神，但求逆子之报，不累妻孥。

次年，报甲以荐举作吏部〔21〕，贺者盈门；翁惟欷歔，伏枕托疾，不见一客。未几，闻子归途遇寇，主仆殒命。翁乃起，谓人曰："鬼神之怒，止及其身，祐我家者不可谓不厚也。"因焚香而报谢之。慰藉翁者，咸以为道路之讹。而翁殊深信不疑，刻日为之营兆〔22〕。而甲固未死。先是，四月间，甲解任〔23〕，甫离境即遭寇。甲倾装以献之，诸寇曰："我等之来，为一邑之民泄冤愤耳，宁专为此哉！"遂决其首。又问家人："有司大成者，谁是？"司故甲之腹心，助桀为虐者也。家人共指之，贼亦决之。更有蠹役四人，甲聚敛臣也〔24〕，将携入都。并搜决讫，始分资入囊，骛驰而去。

甲魂伏道旁，见一宰官过，问："杀者何人？"前驱者报曰："某县白知县也。"宰官曰："此白某之子，不宜使老后见此凶惨，宜续其头。"即有一人掇头置腔上〔25〕④，曰："邪人不宜使正，以肩承领可也〔26〕。"遂去。移时复苏。妻子往收其尸，见有余息，载之以行；从容灌之，亦受饮。但寄旅邸，贫不能归。半年许，翁始得确耗，遣次子致之而归。甲虽复生，而目能自顾其背，不复齿人数矣。翁娣子有政声，是年行取为御史。悉符所梦。

异史氏曰："窃叹天下之官虎而吏狼者，比比也〔27〕。即官不为虎，而吏且将为狼，况有猛于虎者耶⑤！夫人患不能自顾其后耳⑥，苏而使之自顾，鬼神之教微矣哉〔28〕！"

邹平李进士匡九〔29〕，居官颇以廉明自许，尝有

③石破天惊。真实的、赤裸裸的官场经。这是贪官能往上爬的诀窍，讨好上司，向上司行贿，就能升官，你爱护老百姓，老百姓能让你升官吗？这段话反映了许多封建官吏——也可能不仅是封建官吏的真实心理。

④蒲松龄用的"掇"字，是淄川土话，意思是把脑袋"啪"一下子摁到脖子上，而且故意安歪。

⑤官虎吏狼，一针见血，痛快之极。小说用虚幻笔法写白甲变成虎。为什么小说题目不叫"梦虎"？估计蒲松龄更喜欢整个官衙堂上堂下，坐着卧着都是狼的场面和构思。蒲松龄最痛恨蠹役，"盖此辈无有不可杀者也"（《伍秋月》）。

⑥自顾其背乃寓言也。坏人都没长着前后眼。

富民为人罗织[30]，门役吓之曰："官索二百金，宜速办；不然，败矣。"富民惧，诺备半数，役摇手不可。富民苦哀之，役曰："我无不极力，但恐不允耳。待听鞫时，汝目睹我为若白之，其允与否，亦可明我意之无他也。"少间，公按是事。役知李戒烟，近问："饮烟否？"李摇其首。役即趋下曰："适言其数，官摇首不许，汝见之耶？"富民信之，益惧，诺如前数。役知李嗜茶，近问："饮茶否？"李颔之。役托烹茶，趋下曰："谐矣。适首肯，汝见之耶？"既而审结，富民获免，役即收其苞苴[31]，且索谢金[32]。⑦呜呼！官自以为廉，而骂其贪者载道矣。此又纵狼而不自知矣。世之如此类者更多，可为居官者备一鉴也。

⑦诡诈。

又：邑宰杨公性刚鲠[33]，撄其怒者必死[34]，尤恶隶皂[35]，小过不宥。每凛坐堂上，吏胥之属无敢咳者。此属间有所白，必反而用之。⑧适有邑人犯重罪，惧死，一吏索重贿，为之缓颊。邑人不信，且曰："果能之，我何靳报焉。"乃与要盟。少顷，公鞫是事，邑人不肯服，吏在侧呵语曰："不速实供，大人械梏死矣。"公怒，曰："何知我必械梏之耶？想其赂未到矣。"遂责吏释邑人，邑人乃以百金报吏。要知狼诈多端，少失觉察即为所用，正不止肆其爪牙，以食于乡而已也。此辈败我名，败我阴骘，甚至丧我身家，不知居官者何心肺，偏要以赤子饲麻胡也[36]。

⑧役摸透其逆反心理而用之。

校勘

底本：康熙本。参校：异史、二十四卷本、铸雪斋本、青柯亭本。

注释

〔1〕直隶：清代省名，相当于今北京、天津、河北大部和河南、山东小部分。
〔2〕筮仕（shì shì）南服：到南方做官。古人外出做官先要占卜，后称做官为"筮仕"。筮，以草占卜。南服，古时称王畿外围为五服，南方为南服。〔3〕

蝉冠豸(zhì)绣：御史服装。蝉冠，貂尾蝉纹为饰的帽子；豸绣，绣獬豸的官服。〔4〕戟幢(chuáng)行列：排列着门戟和饰以羽毛的旗帜，此处指御史的仪仗。〔5〕肴蔌(sù)：菜肴。〔6〕战惕：恐惧。〔7〕胡为：做什么。〔8〕庖厨：厨房。〔9〕努目：瞪大双目。〔10〕枭其首：砍掉他的脑袋。枭首，古代砍头号令示众的酷刑。〔11〕函戒哀切：写信语重心长劝戒、哀求。〔12〕为间：一会儿。〔13〕当路者：掌实权人物。〔14〕首荐：优先提升的资格。〔15〕蠹役：害民衙役。蠹，蛀虫。〔16〕关说：代人说情。〔17〕衡茅：衡门茅屋。普通百姓的房子。〔18〕关窍：诀窍。〔19〕黜陟(zhì)：罢黜和提升。〔20〕上台：上司。〔21〕荐举作吏部：由地方官提拔到吏部做官。可能是主事、员外郎之类。〔22〕营兆：准备墓地。〔23〕解任：卸任。〔24〕聚敛臣：横征暴敛的帮凶。〔25〕掇头置腔上：把脑袋搋在脖子上。〔26〕以肩承颔：歪着把脑袋安上，下巴对着肩膀。〔27〕比比：到处都是。〔28〕微：奥妙、精深。〔29〕李进士匡九：即李栋朝（1626—?），曾任宣城知县，康熙三十四年（1695）《邹平县志》有传。〔30〕罗织：罗织罪名，陷害。〔31〕苞苴：贿赂。〔32〕谢金：说情的酬金。〔33〕邑宰：县令。杨公：指明崇祯十年至十三年（1637—1640）担任淄川县令的杨蕙芳，山西蒲州人，乾隆四十一年（1776）《淄川县志》有传。刚鲠：刚强正直。〔34〕撄：触犯。〔35〕隶皂：衙役。皂，黑衣。〔36〕以赤子饲麻胡：拿婴儿喂吃人的魔王。麻胡，传说中残暴吃人的魔王。唐张文成《朝野佥载》："后赵石勒将麻秋者，太原胡人也，植性虓险鸩毒（为人恶毒凶狠），有儿啼，母辄恐之'麻胡来'，啼声绝。"另有传说，隋将军麻祜，多髯，性残暴，稚童望风而畏，互相恐吓"麻祜来"，因稚童语音不正，误为"麻胡来"。

点评

法国汉学家克罗德·罗阿说过："《聊斋志异》是世界上最美的寓言。"而"官虎吏狼"是《聊斋》寓言中最有哲理、最有战斗性、最有人民性者，也是《聊斋》代表性的名言。"苛政猛于虎"是孔子名言。《礼记·檀弓下》记孔子出游，见一妇人哭于墓，原来她的公爹、丈夫和儿子都丧于虎口，问她何以不离开此处，回答"无苛政"，孔子于是感叹"苛政猛于虎"。柳宗元《捕蛇者说》写一家数代宁可被毒蛇害死，也不愿搬到"安全"却苛捐杂税多的地方。蒲松龄写苛政的执行者就是虎狼，以百姓为食，敲骨吸髓，吃得白骨如山。本文构思巧妙、寓意深刻。贪官是虎，当然是幻想，白甲的"官经"却是实实在在的官场法宝，他正是按照这一思路掘地三尺，以媚上司，取得了他所追求的提升。让白甲复活并能自顾其背，更是巧妙的隐喻。正文是想象奔驰的幻想故事，两则附录，具体描写蠹役敲诈平民、愚弄官员的花招。"廉明""刚鲠"的官仍然不能给老百姓带来安宁，因为他们个性中的弱点被猾役掌握，"纵狼而不自知"。正文的奇特想象，正是以附则的生动现实为坚实基础。正文和附则相得益彰。

梦狼

夢回無計破愁顏賀
客盈門泪獨潸省識
官場眞面目虎
狼不必在深山

卷六

夜明

有贾客泛于南海。三更时舟中大亮似晓。起视，见一巨物，半身出水上，俨若山岳；目如两日初升，光四射，大地皆明。骇问舟人，并无知者。共伏瞻之。移时，渐缩入水，乃复晦。后至闽中[1]，俱言某夜明而复昏，相传为异。计其时，则舟中见怪之夜也。

校勘

底本：青柯亭本。参校：异史、二十四卷本。

注释

[1] 闽中：福建。

点评

简单记闻。半身即如山岳，确是巨物。而"目如两日初升"极其夸张。南海闽中互相印证，煞有介事。

夜明

一棹翩其海上
遇宵深怪物放
光乡倚達寰宇
昇平日士庶應
賫復旦歌

夏雪

①蒲松龄经历过两个丁亥年，一是清世祖（福临）顺治四年（1647），一是清圣祖（玄烨）康熙四十五年（1707），因下文提到"康熙四十余年"世风之变，此处的丁亥应为康熙四十五年，蒲松龄已六十八岁，可以说明《聊斋志异》创作的时间下限。

②"淫史"是蒲松龄对《金瓶梅》的特殊称呼，说明他对《金》书性描写的批判态度。《聊斋》性描写力求雅洁美好，正是接受了《金》书的教训。

丁亥年七月初六日〔1〕①，苏州大雪。百姓皇骇〔2〕，共祷诸大王之庙〔3〕。大王忽附人而言曰："如今称老爷者皆增一大字；其以我神为小，消不得一大耶？"众悚然，齐呼"大老爷"，雪立止。由此观之，神亦喜谄，宜乎治下部者之得车多矣〔4〕。

异史氏曰："世风之变也，下者益谄，上者益骄。即康熙四十余年中，称谓之不古，甚可笑也。举人称'爷'，二十年始；进士称'老爷'，三十年始；司、院称'大老爷'，二十五年始。昔者大令谒中丞，亦不过'老大人'而止；今则此称久废矣。即有君子，亦素谄媚行乎谄媚〔5〕，莫敢有异词也。若缙绅之妻呼'太太〔6〕'，裁数年耳。昔惟缙绅之母，始有此称；以妻而得此称者，惟淫史中有林、乔耳〔7〕②，他未之见也。唐时，上欲加张说大学士〔8〕，说辞曰：'学士从无大名，臣不敢称。'今之大，谁大之？初由于小人之谄，而因得贵倨者之悦，居之不疑，而纷纷者遂遍天下矣。窃意数年以后，称爷者必进而老，称老者必进而大，但不知大上造何尊称？匪夷所思已！"

丁亥年六月初三日，河南归德府大雪尺余〔9〕，禾皆冻死，惜乎其未知媚大王之术也。悲夫！

校勘

底本：异史。参校：二十四卷本。

注释

〔1〕丁亥年：康熙四十五年（1707）。〔2〕皇骇：惊惶、害怕。"皇"通"惶"。〔3〕大王之庙：苏州金龙四大王庙，明清民间信仰中的漕运之神，民

众认为神主管雨雪。〔4〕治下部者之得车多矣:舐痔者得到的待遇更丰厚。〔5〕亦素谄媚行乎谄媚:也是习惯了谄媚,做谄媚的事。〔6〕缙绅:又作"搢绅",旧时官员的装束是插笏于绅带间,故用"缙绅"代指官员。〔7〕淫史:指《金瓶梅》。林、乔:"林"指西门庆的情人、王招宣遗孀林太太;"乔"指西门庆亲家中的乔五太太。〔8〕张说(yuè):字道济,唐范阳(今河北涿州)人,唐代著名诗人,曾三度为相。〔9〕河南归德府:河南商丘。

点评

此文正文很短,却非常值得注意。它说明两个重要问题:其一,《聊斋志异》是蒲松龄毕生心血的结晶,他从二十几岁开始写,到康熙四十五年(1707)六十八岁时,还继续写作。真是终生磨一剑,为了一本小说呕心沥血,可敬可佩。其二,"异史氏曰"像编年史一样,将清初越来越庸俗、越来越趋炎附势的社会风气写了出来。蒲松龄将举人何时称"老爷",进士何时称"大老爷",县官何时对巡抚称"老大人",官员的妻子何时开始称"太太",一一细述。他还认为,下者谄缘于上者骄,并以盛唐时张说拒绝"大学士"称呼暗指"盛世无谄",而谄必然带来社会的衰败。聊斋先生对世风的痛心疾首,此文充分表现出来。蒲松龄对《金瓶梅》的"淫史"之称,也说明他对性描写的慎重态度。

夏雪

合向人間當大
名炎天風雪一
時晴懲奸史桿
患誠靈爽
驕矣何多
世佐情

化男

苏州木渎镇[1],有民女夜坐庭中,忽星陨中颅,仆地而死。其父母老而无子,止此女,哀呼急救。移时始苏,笑曰:"我今为男子矣!"验之果然。其家不以为妖,而窃喜其暴得丈夫子也。亦丁亥间事[2]。

校勘

底本:异史。参校:二十四卷本、铸雪斋本。

注释

[1]苏州木渎镇:苏州府治在吴县,木渎镇在吴县西南。[2]亦丁亥间事:也是康熙四十六年(1707)的事。

点评

此是对民间传说的简短记闻。这件事还是有历史依据。乾隆十三年(1748)《苏州府志》有对此事的记载。所谓女化男,大概是两性人的性别重新认定。

禽侠

①鹳鸟借巨鸟报仇之事，见宋代《夷坚志》卷五《义鹘》，写的是平阳智觉寺有鹳鸟巢于鸱尾，雏为蛇所噬，鹳鸟请健鹘报仇，健鹘直入蛇巢将其击毙。《聊斋》取材于此。

②大鸟神力写得惊心动魄，如挟风雨。翼蔽天日，写鸟形之大；殿角被摧，写其力之大。

③"次年"想不到仍会遭祸，第四年故意"惹祸上身"，智哉此鸟。

④对残酷者的报应。

　　天津某寺，鹳鸟巢于鸱尾〔1〕①。殿承尘上〔2〕，藏大蛇如盆，每至鹳雏团翼时辄出〔3〕，吞食净尽。鹳悲鸣数日乃去。如是三年，群料其必不复至，而次岁巢如故。约雏长成，即径去，三日始还；入巢哑哑，哺子如初。蛇又蜿蜒而上，甫近巢，两鹳惊，飞鸣哀急，直上青冥〔4〕。俄闻风声蓬蓬，一瞬间，天地似晦。众骇异，共视，乃一大鸟，翼蔽天日，从空疾下，骤如风雨；以爪击蛇，蛇首立堕；连摧殿角数尺许②，振翼而去。鹳从其后，若将送之。巢既倾，两雏俱堕，一生一死。僧取生者置钟楼上。少顷，鹳返，仍就哺之，翼成而去。

　　异史氏曰："次年复至，盖不料其祸之复也；三年而巢不移，则复仇之计已决；③三日不返，其去作秦庭之哭〔5〕，可知矣。大鸟必羽族之剑仙也，飘然而来，一击而去，妙手空空儿何以加此〔6〕？"

　　济南有营卒，见鹳鸟过，射之，应弦而落。喙中衔鱼，将哺子也。或劝拔矢放之，卒不听。少顷，带矢飞去。后往来近郭间两年余，贯矢如故。一日，卒坐辕门下，鹳过，矢坠地。卒拾视曰："此矢固无恙哉？"耳适痒，因以矢代搔。忽大风催门，门骤阖，触矢贯脑，寻死。④

校勘

底本：青柯亭本。参校：异史、二十四卷本。

注释

〔1〕鹳鸟巢于鸱尾：鹳鸟，形似鹤的鸟。鸱尾，古代建房时屋脊上的饰物，形似鸱尾；鸱尾是一种海中怪兽。〔2〕承尘：天花板。〔3〕团翼：羽翼未丰。

1161

羽毛刚长成还未能飞时。〔4〕青冥：蓝蓝的高空。〔5〕秦庭之哭：哀求帮助之意。《左传·定公四年》载：楚人伍员为报父仇，助吴攻陷楚都郢，楚王流亡。申包胥到秦呼救，哀求秦出兵助楚，秦哀公迟疑不决，申包胥在秦庭日夜啼哭七日，秦师乃出。此处借用《左传》的典故写鹳鸟求大鸟出击。〔6〕妙手空空儿：唐传奇裴铏《聂隐娘》中的剑客名字。

点评

鹳鸟具有多么深细的心机，多么周密的复仇打算！蛇连噬其幼雏，而巢如故，就是决定了以幼雏引蛇的复仇打算。第四年幼雏成时，雏鸟三日不返，求大鸟出击。返巢后哺子如初，意在引蛇出洞，大鸟报仇后鹳鸟又非常有礼貌地送之。真是有计谋有礼貌，蒲松龄把鸟儿写得如此有人情有意趣，无怪乎但明伦要说"人有自愧不如者矣"。

禽俠

託地應無計萬
全覆巢何後費
遷延俠禽縱使
能消恨誰子傷
殘又一年

鸿

天津弋人得一鸿[1]，其雄者随至其家，哀鸣翱翔，抵暮始去。次日弋人早出，则鸿已至，飞号从之；既而集其足下。弋人将并捉之。见其伸颈俯仰，吐出黄金半铤[2]。弋人悟其意，乃曰："是将以赎妇也。"遂释雌。两鸿徘徊，若有悲喜，遂双飞而去。弋人称金，得二两六钱强。噫！禽鸟何知，而钟情若此！悲莫悲于生别离，物亦然耶？

校勘

底本：青柯亭本。参校：异史、二十四卷本。

注释

[1]弋人：捕鸟的人。鸿：大雁。[2]铤（dìng）：锭。

点评

一只大雁，居然知道以金钱赎回爱侣，居然有办法叼来黄金，此鸟之灵，实难想象。而灵是为情服务的。大雁本为情鸟，终生只有一个伴侣，雁失配偶，或者殉情而死，或者终生不再成双。当雁群飞得困倦时，落在沙洲休息，丧偶的孤雁就终夜不睡，为雁群站岗。把对配偶的怀念变成对集体的尽责。中国古代婚姻程序的"六礼"之一"纳采"又叫"奠雁"，就是用一只活雁做定亲的礼物。希望婚事不失时，不失信，爱情专一。元好问名句"恨世间、情是何物，直教生死相许"，就是因为殉情的大雁写出来的。蒲松龄的短文将大雁重情写得非常感人。

鸿

墨石泳陰事可哀雙
飛無計羽同摧而今
幸有生全術衛得
黃金贖婦來

象①

①唐传奇《广异记·安南猎者》写象求助于猎人射杀残害它们的巨兽，然后以象牙报答。《聊斋》此文借鉴了唐传奇。

广中有猎兽者〔1〕，挟矢如山。偶卧憩息，不觉沉眠，被象来鼻摄而去。自分必遭残害。未几，释置树下，顿首一鸣，群象纷至，四面旋绕，若有所求。前象伏树下，仰视树而俯视人，似欲其登。猎者会意，即以足踏象背，攀援而升。虽至树巅，亦不知其意向所存。少间，有狻猊来〔2〕，众象皆伏。狻猊择一肥者，意将搏噬〔3〕，象战慄，无敢逃者，惟共仰树上，似求怜拯。猎者因望狻猊发一弩，狻猊立殪〔4〕。诸象瞻空，意若拜舞，猎者乃下，象复伏，以鼻牵衣，似欲其乘，猎者随跨身其上。象乃行至一处，以蹄穴地，得脱牙无算〔5〕。猎人下，束治置象背。象乃负送出山，始返。②

②此象分明是一不辱使命的外交使者也。

校勘

底本：青柯亭本。参校：异史、二十四卷本、铸雪斋本。

注释

〔1〕广中：广东中部。〔2〕狻猊（suān ní）：狮子。〔3〕搏噬：搏杀，吞噬。〔4〕立殪（yì）：马上死了。〔5〕无算：无数。

点评

大象受到狮子威胁而求助猎人，宛如战败国求助强国，一步一步排兵布阵，先邀请援兵，再布埋伏，像面临灭顶之灾的将士千方百计死地求生。一举歼灭仇敌后，先"拜舞"，礼貌的感谢；再牵衣，以蹄穴地，用"重金"（象牙）报答猎人。每个动作都是象的动作，每个动作又蕴含知恩图报的情谊，巨大的象，心细如发。

负尸

有樵夫赴市，荷杖而归，忽觉杖头如有重负。回顾见一无头人悬系其上，大惊。脱杖乱击之，遂不复见。骇奔至一村，时已昏暮，有数人爇火照地，似有所寻。近问讯，盖众适聚坐，忽空中堕一人头，须发蓬然，倏忽已渺。樵人亦言所见，合之适成一人，而究不解其何来。后有人荷篮而行，或见其中有人头焉，讶而诘之，反顾始惊，倾诸地上，宛转而没。

> **校勘**
>
> 底本：异史。参校：二十四卷本、铸雪斋本。

> **点评**
>
> 此文既无地点也无时间，完全是无稽之谈。或以为是战乱时代人民安全没有保障的曲折表现耳。

真尸
身首缘何分两处忽无忽
有费起猜疑
同路入围科
飞头是人哀感

紫花和尚

诸城丁生[1],野鹤公之孙也[2]。少年名士,沉病死,隔夜复苏,曰:"我悟道矣。"时有僧善参元[3],因遣人邀至,使就榻前讲《楞严》。生每听一节,都言非是,乃曰:"使吾病瘳,证道何难。惟某生可愈吾疾,宜虔请之。"盖邑有某生者,精岐黄而不以术行[4],三聘始至,疏方下药,病良已。既归,一女子自外入,曰:"我董尚书府中侍儿也。紫花和尚与妾有夙冤,今得追报,君又活之耶?再往,祸将及。"言已,遂没。某惧,辞丁。丁病复作,固要之,乃以实告。丁叹曰:"孽自前生,死吾分耳。"寻卒。后询诸人,果曾有紫花和尚,高僧也,青州董尚书夫人尝供养家中,亦无有知其冤之所自结者。

校勘

底本:青柯亭本。参校:异史、二十四卷本、铸雪斋本。

注释

[1]诸城:明清县名,属青州府,今山东省潍坊市诸城市。[2]野鹤公:即丁耀亢(1599—1671),字西生,号野鹤,诸城人,著有《野鹤诗钞》《续金瓶梅》。[3]参元:即"参玄"也即参禅。元,当作"玄",因避康熙皇帝的名讳"玄烨"而改。[4]精岐黄而不以术行:精通医术而不行医。

点评

一则因果报应故事。《聊斋》其他因果报应故事的前因后果都写得清清楚楚,唯此文隐隐约约,如雾中观花。一男一女结怨而至于再世还要追报,这"怨"必定不是一般的怨,是深仇大恨。一位尚书府请来的高僧跟一个小侍女能有什么怨仇?男女之情?作者并不点破,而且故意说"无有知其冤之所自结者",但其人物命名稍有蛛丝马迹可循,"紫花"用作和尚之名,耐人寻味。

紫花和尚
聽誦楞嚴
病榻前少
年慈業舍
生天前身已
瞠如未果
何事冥中
負夙愆

周克昌

淮上贡生周天仪，年五旬，止一子，名克昌，爱昵之。至十三四岁，丰姿益秀；而性不喜读，辄逃塾从群儿戏，恒终日不返。周亦听之。一日，既暮不归，始寻之，殊竟乌有。夫妻号啕，几不欲生。

年余，昌忽自至，言："为道士迷去，幸不见害。值其他出，得逃归。"周喜极，亦不追问。及教以读，慧悟倍于曩畴。逾年文思大进，既入郡庠试，遂知名。世族争婚，昌颇不愿。赵进士女有姿，周强为娶之。既入门，夫妻调笑甚欢；而昌恒独宿，若无所私。①逾年秋战而捷，周益慰。然年渐暮，日望抱孙，故尝隐讽昌，昌漠若不解。母不能忍，朝夕多絮语。昌变色出曰："我久欲亡去，所不遽舍者，顾复之情耳〔1〕。实不能探讨房帏〔2〕②，以慰所望。请仍去，彼顺志者且复来矣。"媪追曳之，已踣，衣冠如蜕。大骇，疑昌已死，是必其鬼也。悲叹而已。

次日，昌忽仆马而至，举家惶骇。近诘之，亦言：为恶人掠卖于富商之家〔3〕，商无子，子焉。得昌后，忽生一子。昌思家，遂送之归。问所学，则顽钝如昔。乃知此为昌；其入泮乡捷者，鬼之假也。然窃喜其事未泄，即使袭孝廉之名。入房，妇甚狎熟；而昌觍然有愧色，似新婚者。甫周年，生子矣。③

异史氏曰："古言庸福人〔4〕，必鼻口眉目间具有少庸〔5〕，而后福随之；其精光陆离者〔6〕，鬼所弃也。庸之所在，桂籍可以不入闱而通〔7〕，佳丽可以不亲迎而致〔8〕；而况少有凭借，益之以钻窥者乎〔9〕！"

① 倘若与妇有私情就不符合老夫子的构思特点了。

② 非不能也，不为也。

③ 蒲松龄喜欢的结局：洞房花烛＋金榜题名。

校勘

底本：异史。参校：二十四卷本、青柯亭本。

注释

〔1〕顾复之情：父母养育之恩。〔2〕房帷：夫妻情爱。〔3〕掠卖：抢掠出卖。〔4〕庸福人：平庸而有福气的人。所谓"傻人有傻福"也。〔5〕少庸：少许的平庸标志。〔6〕精光陆离者：才智超常，人物出众。〔7〕桂籍可以不入闱而通：可以不进考场就获得功名。〔8〕佳丽可以不亲迎而致：可以自己不出面迎亲就得到美妻。〔9〕"而况少有"二句：稍微有些学问，又擅长钻营者。

点评

傻人有傻福会到什么程度？不读书会有人替你取得功名；不在家会有人替你娶个好媳妇且保其"完璧"。这，就是《聊斋》"庸福人"周克昌的故事。这是个极圆转的荒诞小说。贡士一望儿子成名，二望得孙。不好好读书的儿子不可能成名，于是一个有才能、爱读书的鬼来李代桃僵，不仅代周家儿子成名，还娶了门第高贵的媳妇。而鬼偏偏一点儿不喜欢男女之情，跟"媳妇"丝毫无染，留着那个"庸福人"回来享用，特别是还留个"举人"名衔。好事都是周克昌的，鬼倒成了学雷锋的。聊斋先生编了个天大的谎话，而且编得很圆很妙。

周克昌

掌上明珠去復回幻
形真是費疑猜塲
科第閨悼福竟俠
庸奴坐高來

嫦娥〔1〕

①借媪之口写宗子美。

②一对老情人取笑之态如在眼前。

③振振有词。

④舌底生莲，活画出宗生之诚恳。

太原宗子美，从父游学，流寓广陵。父与红桥下林妪有素。一日父子过红桥，遇之，固请过诸其家，瀹茗共话。有女在旁，殊色也。翁亟赞之，妪顾宗曰："大郎温婉如处子，福相也。①若不鄙弃，便奉箕帚，如何？"翁笑，促子离席，使拜妪曰："一言千金矣！"②

先是，妪独居，女忽自至，告诉孤苦。问其小字，则名嫦娥。妪爱而留之，实将奇货居之也。时宗年十四，睨女窃喜，意翁必媒定之，而翁归若忘，心灼热，隐以白母。翁笑曰："曩与贪婆子戏耳。彼不知将卖黄金几何矣，此何可易言！"

逾年，翁媪并卒。子美不能忘情嫦娥，服将阕，托人示意林妪。妪初不承，宗忿曰："我生平不轻折腰，何媪视之不值一钱？若负前盟，须见还也〔2〕！"③妪乃云："曩或与而翁戏约，容有之。但无成言，即都忘却。今既云云，我岂留嫁天王耶？要日日装束〔3〕，实望易千金，今请半焉，可乎？"宗自度难办，亦遂置之。

适有寡媪僦居西邻，有女及笄，小名颠当。偶窥之，雅丽不减嫦娥。向慕之，每以馈遗阶进〔4〕；久而渐熟，往往送情以目，而欲语无间。一夕，逾垣乞火，宗喜挽之，遂相燕好，约为嫁娶，辞以兄负贩未归。由此蹈隙往来，形迹周密。

一日，偶经红桥，见嫦娥适在门内，疾趋过之。嫦娥望见，招之以手，宗驻足；女又招之，遂入。女以背约让宗，宗述其故。女便入室，取黄金一铤付之，宗不受，辞曰："自分永与卿绝，遂他有所约。受金而为卿谋，是负人也；受金而不为卿谋，是负卿也：诚不敢有所负。"④女默良久曰："君所约，妾颇知之。其事必无成；即令成之，妾不怨君之负心也。其速行，媪将至矣。"

宗仓卒无以自主，受之而归。心绪勃乱，进退罔知所从，隔夜，以告颠当，颠当深然其言，但劝宗专意嫦娥。宗不语。颠当愿下之，宗乃悦。即遣媒纳金林妪，妪无辞，以嫦娥归宗。入门后，悉述颠当言，嫦娥微笑，阳怂恿之。宗喜，急欲一白颠当，而颠当迹久绝。嫦娥知其为己，因暂归宁，故予之间，嘱宗窃其佩囊。已而颠当果至，与商所谋，但言勿急。及解衿狎笑，胁下有紫荷囊，将便摘取。女觉之，变色起曰："君与人一心，而与妾二！负心郎！请从此绝。"宗屈意挽解，不听，竟去。一日，过门探察之，已另有吴客僦居其中，盖颠当子母徙去已久，影灭迹绝，莫可问讯。怨叹而已。

宗自娶嫦娥，家暴富，连阁长廊，弥亘街路。嫦娥善谐谑，适见美人画卷，宗曰："吾自谓如卿天下无两，但不曾见飞燕、杨妃耳。"女笑曰："若欲见之，即亦不难。"乃执卷细审一过，便趋入室，对镜修妆，效飞燕舞风，既又学杨妃带醉。长短肥瘦，随时变更；风情意态，对卷逼真。方作态时，有婢自外至，不复能识，惊问其僚；既而审注，恍然始笑。宗喜曰："吾得一美人，而千古之美人，皆在床闼矣！"⑤

⑤《聊斋》乌托邦式的男性幻想。

一夜，方熟寝，数人撬扉而入，火光射壁。女急起，惊言："盗入！"宗初醒，即欲鸣呼。一人以白刃加颈，惧不敢喘。又一人掠嫦娥负背上，哄然而去。宗始号，家役毕集，室中珍玩，无少亡者，宗大悲，惘然失图，无复情地。告官追捕，殊无音息。

荏苒三四年，郁郁无聊，因假赴试入都。居半载，占验询察，靡计不施。偶过姚巷，值一女子，垢面敝衣，侲僳如丐。停趾相之，乃颠当也。骇曰："卿何憔悴至此？"答云："别后南迁，老母即世〔5〕，为恶人掠卖旗下，挞辱冻馁，所不忍言。"宗泣下，问："可赎否？"曰："难矣。耗费烦多，不能为力。"宗曰："实告卿：年来颇称小有，惜客中资斧有限，倾装货马，所不敢辞。如所需过奢，当归家营办之。"女约明日出西城，相会

1175

丛柳下，嘱独往，勿以人从。宗诺之。

次日，早往，则女先在，袿衣鲜明〔6〕，大非前状。惊问之，笑曰："曩试君心耳，幸绨袍之意犹存〔7〕。请至敝庐，宜必得当以报。"北行数武，即至其家，遂出肴酒，相与谈宴。宗约与俱归，女曰："妾多俗累，不能从。嫦娥消息，固颇闻之。"宗急询其何所，女曰："其行踪缥缈，妾亦不能深悉。西山有老尼，一目眇，问之，当自知。"遂止宿其家。天明，示以径。宗至其处，有古寺，周墉尽颓〔8〕，丛竹内有茅屋半间，老尼缀衲其中〔9〕。睹客至，漫不为礼。宗揖之，尼始举头致问。因告姓氏，即白所求。尼曰："八十老鬐，与世瞑绝，何处知佳人消息？"宗固求之，气益下。乃曰："我实不知。有二三戚属，来夕相过，或小女子辈识之，未可知。汝明夕可来。"宗乃出。

次日再至，则尼他出，败扉扃焉。伺之既久，更漏已催，明月高揭，夜鸟悲啼，悝惧无所复之〔10〕，方徘徊际，遥见二三女郎自外入，则嫦娥在焉。宗喜极，突起，急揽其袪〔11〕。嫦娥曰："莽郎君！吓煞妾矣！可恨颠当饶舌，乃教情欲缠人。"宗曳坐，执手款曲〔12〕，历诉艰难，不觉恻楚。女曰："实相告：妾实姮娥被谪，浮沉俗间，其限已满；托为寇劫，所以绝君望耳。尼亦王母守府者，妾初谴时，蒙其收恤，故暇时常一临存。君如释妾，当为代致颠当。"宗不听，垂首陨涕。女遥顾曰："姊妹辈来矣。"宗方四顾，而嫦娥已杳。宗大哭失声，不欲复活，因解带自缢。恍惚觉魂已出舍，怅怅靡适。俄见嫦娥来，捉而提之，足离于地；入寺，取树上尸推挤之，唤曰："痴郎，痴郎！嫦娥在此。"忽若梦醒。少定，女恚曰："颠当贱婢！害妾而杀郎君，我不能恕之也！"

下山赁舆而归。既命家人治装，乃返身出西城，诣谢颠当，至则舍宇全非，愕叹而返。窃幸嫦娥不知。入门，嫦娥迎笑曰："君见颠当耶？"宗愕然不能答。女曰："君背嫦娥，乌得颠当？请坐待之，当自至。"未几，颠当果至，仓皇伏榻下。嫦娥叠指弹之，曰："小鬼头陷人不浅！"颠当叩头，但求赎死。嫦娥曰："推人坑中，而欲脱身天外耶？广寒十一姑不日下嫁，须绣枕百幅、履百双，可从我去，相共操作。"颠当恭白："但求分工，按时赍送。"女不许，谓宗曰："君若缓颊，即便放却。"颠当目宗，宗笑不语，颠当目怒之。乃乞还告家人，许之，遂去。宗问其生平，乃知其西山狐也。买舆待之。次日果来，遂俱归。或有问者，宗诡对之。

然嫦娥重来，恒持重不轻谐笑。宗强使狎戏，惟密教颠当为之。颠当慧绝，工媚。嫦娥乐独宿，每辞不当夕。一夜，漏三下，犹闻颠当房中，吃吃不绝。使婢窃听之，婢还，不以告，但请夫人自往。伏窗一窥，则见颠当凝妆作己状，宗拥抱，呼以"嫦娥"。女哂而退。未几，颠当心暴痛，急披衣，曳宗诣嫦娥所，入门便伏。嫦娥曰："我岂医巫厌胜者也？汝欲自捧心效西子耳。"颠当顿首，但言知罪。女曰："愈矣。"遂起，失笑而去。

　　颠当私谓宗："吾能使娘子学观音。"宗不信，因戏相赌。嫦娥每趺坐，眸含若瞑。颠当悄以玉瓶插柳置几上；自乃垂发合掌，侍立其侧，樱唇半启，瓠犀微露〔13〕，睛不少瞬。宗笑之。嫦娥开眸诘问，颠当曰："我学龙女侍观音耳。"嫦娥笑骂之，罚使学童子拜〔14〕。颠当束发，遂四面朝参之，伏地翻转，逞诸变态，左右侧折，袜能磨乎耳。嫦娥解颐，坐而蹴之。颠当仰首，口衔凤钩，微触以齿。嫦娥方嬉笑间，忽觉媚情一缕，自足趾而上，直达心舍，意荡思淫，若不自主。⑥乃急敛神，呵曰："狐奴当死！不择人而惑之耶？"颠当惧，释口投地。嫦娥又厉责之，众都不解。嫦娥谓宗曰："颠当狐性不改，适间几为所愚。若非夙根深者，堕落何难矣！"自是见颠当，每严御之。颠当惭惧，告宗曰："妾于娘子一肢一体，无不亲爱之极，不觉媚之甚。谓妾有异心，不惟不敢，抑不忍。"宗因以告嫦娥，嫦娥遇之如初。然以狎戏无节，数戒宗，宗不能听；因而大小婢妇，竞相狎戏。

　　一日，二人扶一婢，效作杨妃。二人以目会意，赚婢懈骨作酣态〔15〕，两手遽释，婢暴颠墀下，声如倾堵。众方大哗；近抚之，而妃子已作马嵬骴矣〔16〕。众惧，急白主人。嫦娥惊曰："祸作矣！我言如何哉！"往验之，已不可救。使人告诸其父。父某甲，素无行，号奔而至，负尸入厅事，叫骂万端。宗闭户惴恐，莫知所措。嫦娥自出责之，曰："主即虐婢至死，律无偿法；且邂逅暴殂，焉知其不再苏？"甲噪言："四肢已冰，焉有生理！"嫦娥曰："勿哗。纵不活，自有官在。"乃入厅事抚尸，而婢已苏，曳之随手而起。嫦娥返身怒曰："婢幸不死，贼奴何得无状！可以草索絷送官府！"甲无词，长跪哀

⑥狐魅之具体描写。较之《恒娘》中的描写如何"睨之"如何笑，更深一层。

免。嫦娥言："汝既知罪，暂免究处。但小人无赖，反复何常，留汝女终为祸胎，宜即将去。原价若干，当速为措置。"⑦遣人押出，俾浼二三村老，券证署尾。已，乃唤婢至前，使甲自问之："无恙乎？"答云："无恙。"而后付之以去。已，乃召诸婢，数责遍扑。又呼颠当，为之厉禁。谓宗曰："今而知为人上者，一笑颦亦不可轻。谑端开之自妾，而流弊遂不可止。凡哀者属阴，乐者属阳；阳极阴生，此循环之定数。婢子之祸，是鬼神告之以渐也。荒迷不悟，则倾覆及之矣。"宗敬听之。颠当泣求拔脱。嫦娥乃掐其耳，逾刻释手，颠当怅然为间，忽若梦醒，据地自投，欢喜歌舞。由此闺阁清肃，无敢哗者。婢至其家，无疾暴死。甲以赎金莫偿，浼村老代求怜恕，许之；又以服役之情，施以材木而去。

宗常患无子。嫦娥腹中忽闻儿啼，遂以刃破左胁出之，果男；无何，复有身，又破右胁而出一女。男酷类父，女酷类母，皆论昏于世家。⑧

异史氏曰："阳极阴生，至言哉！然室有仙人，幸能极我之乐，消我之灾，长我之生，而不我之死。是乡乐，老焉可矣，⑨而仙人顾忧之耶？天运循环之数，理固宜然；而世之长困而不一亨者，又何以为解哉？昔宋人有求仙不得者，每曰：'作一日仙人，而死亦无憾。'我不复能笑之也。"⑩

側註：

⑦ 嫦娥的表现已不是飘然世外的仙女，而是大家族擅长处理棘手难题的理家主妇形象，是欺压穷人的精明主子，哪儿有一点儿"仙气"？

⑧ 与《荷花三娘子》的剖腹产类似。

⑨ 既能享乐无穷又能消灾弭祸，是蒲松龄的幻想，也是他创造仙人形象的原因。

⑩ 但明伦评："惟仙多情，亦惟仙能制情；惟仙真乐，而惟仙不极乐，此文之梗概也。"

校勘

底本：异史。参校：二十四卷本、铸雪斋本、青柯亭本。

注释

〔1〕嫦娥：神话传说中的月中女神，亦作"姮娥"。《淮南子》："羿请不死之药于西王母，姮娥窃以奔月。"汉代因避讳汉文帝刘恒，改称"嫦娥"。

〔2〕须见还也：宗子美的意思是：我因为你许婚拜了你，你悔婚就得拜我。

〔3〕要日日装束：我天天打扮（嫦娥）。〔4〕每以馈遗阶进：总是以送礼的借

口到她家。〔5〕即世：去世。〔6〕袿（guī）衣：华丽的衣服。〔7〕绨袍之意：故人之意。《史记·范雎蔡泽列传》：范雎在魏，事中大夫须贾，受到须贾欺凌，逃至秦国，改名张禄，做了秦相。后来须贾奉命使秦，范雎故意穿着破衣服去见他，须贾怜其衣单，赠绨袍一件。贾知范雎已贵为秦相，登门请罪，范因其送绨袍，有故人之意，释其回国。〔8〕周墉（yōng）：四周的高墙。〔9〕缀衲：缝补僧衣。〔10〕恇（kuāng）惧无所复之：恐惧、惊慌，焦急徘徊，想不出办法。〔11〕袪（qū）：衣袖。〔12〕款曲：诉衷情。〔13〕瓠（hù）犀：瓠的瓜子。比喻美女的牙齿。〔14〕童子拜：童子拜观音。〔15〕懈骨作酣态：模仿杨贵妃醉酒倦怠娇懒的样子。〔16〕妃子已作马嵬薨：像杨贵妃一样死了。

点评

宗子美情痴，嫦娥情痴，颠当仍是情痴，民间男子宗子美和一仙一狐悲欢离合，曲曲折折、离离奇奇，将聊斋先生关于爱情的男性乌托邦幻想发挥到极致。男性既享受端庄的仙女之爱又享受妖媚的狐仙之爱，床头一个美女可变成历朝历代所有美女，家庭仿佛终日开化妆舞会，宗子美可谓美到了家。聊斋先生亦借文字"做一日仙人"。一男二女如二龙戏珠，嫦娥引出颠当，颠当再引出嫦娥，双美并峙，两美相形，二美互评，俶诡之笔，炫人耳目，变化常如随风而至，文字串插之妙，正如冯镇峦评曰："东涧水流西涧水，南山云起北山云。"

嫦娥

雛雛合合事雛
奇再合何妨
永不離豈老
人間離別苦
神仙也多感
情癡

鞠乐如

鞠乐如，青州人。妻死，弃家而去。后数年，道服荷蒲团至。经宿欲去，戚族强留其衣杖。鞠托闲步至村外，室中服具皆冉冉飞出，随之而去。

校勘

底本：异史。参校：二十四卷本、铸雪斋本。

点评

凡人得道，鸡犬升天。冉冉飞出，煞是好看。但明伦评："服杖皆作冉冉飞，其人焉能留？"蒲松龄写青州之事颇多，缘于其有青州人做亲家矣。

鞠药如
鹃经断后童
家行道脉归
来衔已成衣
杖腾空留不
浮仙乡情重
故乡轻

褚生

顺天陈孝廉,十六七岁时,尝从塾师读于僧寺,寺徒侣甚繁,内有褚生,自言东山人,攻苦讲求,略不暇息;且寄宿斋中,未尝一见其归。陈与最善,因诘之,答曰:"仆家贫,办束金不易〔1〕,即不能惜寸阴,而加以夜半,则我之二日,可当人三日。"陈感其言,欲携榻来与共寝。褚止之曰:"且勿,且勿!我视先生,非吾师也。阜城门有吕先生,年虽耄,可师,请与俱迁之。"盖都中设帐者多以月计,月终束金完,任其留止。于是两生同诣吕。吕,越之宿儒〔2〕,落魄不能归,因授童蒙,实非其志也。得两生甚喜,而褚又甚慧,过目辄了,故尤器重之。两人情好款密〔3〕,昼同几,夜亦共榻。①

月既终,褚忽假归,十余日不复至。共疑之。一日,陈以故至天宁寺,遇褚廊下,劈尚淬硫〔4〕,作火具焉。见陈,忸怩不安,陈问:"何遽废读?"褚握手请间,戚然曰:"贫,无以遗先生,必半月贩,始能一月读。"陈感慨良久,曰:"但往读,自合极力代筹。"褚感其言,同归塾。戒陈勿泄,但托故以告先生。陈父固肆贾,居物致富,陈辄窃父金,代褚遗师。父以亡金责陈,陈实告之。父以为痴,遂使废学。褚大惭,别师欲去。吕知其故,让之曰:"子既贫,胡不早告?"乃悉以金返陈父,止褚读如故,与共饔飧,若子焉。②

陈虽不入馆,每邀褚过酒家饮。褚固以避嫌不往,而陈要之弥坚,往往泣下,褚不忍绝,遂与往来无间。逾二年,陈父死,复求受业。吕感其诚纳之,而废学既久,较褚悬绝矣。居半年,吕长子自越来,丐食寻父。门人辈敛金助装,褚唯洒涕依恋而已。吕临别,嘱陈师事褚。③陈从之,馆褚于家。未几,入邑庠,即以"遗才"应试。陈虑不能终幅〔5〕,褚请代之。④至期,褚偕一人来,

⑤隐写陈生躯体灵魂分离。其体已为褚生的灵魂所附代友参加考试。但明伦评："最难措词处，出之全无痕迹。"

⑥隐含新死悲情。但明伦评："可泣可歌，可诗可画。以死鬼而歌艳曲，亦是淡处求浓，枯处求荣。"

⑦陈生之魂记李姬之鬼的作品。

⑧衔接陈生之魂游玩和褚生附体代考的妙句。

⑨灵魂和躯体再次巧妙组合。天衣无缝。所谓是他非他，是己非己。他即是己。

⑩句句有着落。一丝不乱。此后掌中书字作为他日徒弟托生为儿子的证明，是必然的，又似有点儿多余的枝节。

云是表兄刘天若，嘱陈暂从去。陈方出，褚忽自后曳之，身欲踣，刘急挽之而去。⑤览眺一过，相携宿于其家。家无妇女，即馆客于内舍。

居数日，忽已中秋。刘曰："今日李皇亲园中，游人甚夥，当往一豁积闷，相便送君归。"使人荷茶鼎、酒具而往。但见水肆梅亭，喧啾不得入〔6〕。过水关〔7〕，则老柳之下，横一画桡〔8〕，相将登舟。酒数行，苦寂。刘顾僮曰："梅花馆近有新姬，不知在家否？"僮去少时，与姬俱至，盖勾栏李遏云也。李，都中名妓，工诗善歌，陈曾与友人饮其家，故识之。相见，略致温凉。姬戚戚有忧容。⑥刘命之歌，为歌《蒿里》。陈不悦，曰："主客即不当卿意，何至对生人歌死曲？"姬起，强颜为笑，乃歌艳曲。陈喜，捉腕曰："卿向日《浣溪纱》读之数过，今并忘之。"姬吟曰："泪眼盈盈对镜台，开帘忽见小姑来，低头转侧看弓鞋。强解绿蛾开笑靥〔9〕，频将红袖拭香腮，小心犹恐被人猜。"陈反复数四。已而泊舟，过长廊，见壁上题咏甚多，即命笔记词其上。⑦日已薄暮，刘曰："闱中人将出矣。"⑧遂送陈归，入门即别去。

陈见室暗无人，俄延间，褚生已入，细审之，却非褚生。方疑，客遽近身而仆。家人曰："公子惫矣！"共扶曳之。转觉仆者非他，即己也。⑨既起，见褚生在旁，惝恍若梦。屏人而研究之。褚曰："告之勿惊：我实鬼也。久当投生，所以因循于此者，高谊所不能忘，故附君体，以代捉刀；三场毕，此愿了矣。"陈复求赴春闱，曰："君先世福薄，悭吝之骨，诰赠所不堪也。"问："将何适？"曰："吕先生与仆有父子之分，系念常不能置。表兄为冥司典簿，求白地府主者，或当有说。"遂别而去。陈异之；天明，访李姬，将问以泛舟之事，则姬死数日矣。又至皇亲园，见题句犹存，而淡墨依稀，若将磨灭。始悟题者为魂，作者为鬼。⑩

至夕，褚喜而至，曰："所谋幸成，敬与君别。"遂伸两掌，命陈书"褚"字于上以志之。陈将置酒为饯，

1184

摇首曰："勿须。君如不忘旧好，放榜后，勿惮修阻。"陈挥涕送之。见一人伺候于门，褚方依依，其人以手按其顶，随手而匾，掬入囊，负之而去。过数日，陈果捷。于是治装如越。吕妻断育十年，五旬余，忽生一子，两手握固不可开。陈至，请见儿，便谓掌中当有文曰"褚"。吕不深信。儿见陈，十指自开，视之果然。惊问其故，具告之。共相叹异。陈厚贻之，乃返。后吕以岁贡，廷试入都，舍于陈；则儿十三岁，已入泮矣。

异史氏曰："吕老教门人，而不知自教其子。呜呼！作善于人，而降祥于己，一间也哉〔10〕！褚生者，未以身报师，而先以魂报友，其志其行，可贯日月，岂以其鬼故奇之与！"

校勘

底本：青柯亭本。参校：异史、二十四卷本、铸雪斋本。

注释

〔1〕束金：即"束脩"，学费。〔2〕越：春秋古国名，指浙江一带。宿儒：学养修养都高的儒生。〔3〕款密：亲密、友好。〔4〕劈苘（qǐng）淬硫：把青麻劈成细缕再浇上硫黄做引火用。〔5〕终幅：一篇完整的八股文。〔6〕喧啾：喧闹嘈杂。〔7〕水关：为调节水流设有水闸的关口。〔8〕画桡（ráo）：装饰华美的画船。〔9〕绿蛾：美丽的眉毛。旧时女子的眉毛以黛染，微微有点儿绿色，眉毛又称"蛾眉"，故曰"绿蛾"。〔10〕一间：是同一回事。

点评

一个贫困而好学的书生，纵然死了，还要刻苦读书，善良待友，恭敬待师，褚生代朋友参加考试并取得功名，再托生到恩师家里做儿子，追求功名之心世代不变，同袍之情、师生之情历两世不移，此文将书生的真诚友情写得如痴如醉，如美酒香醇。陈生的灵魂与鬼魂冶游，其躯体却载着褚生的灵魂参加考试，冶游写得具体实在，参加考试仅仅用刘生一句话带出，陈生灵魂出窍、灵魂回归，都写得极有层次，构思周密，细针密线，无懈可击。

褚生

师门风义
岁平生好学怜
方而用情自是
斯文图骨肉报
恩原不间幽明

盗户

①这些"盗户"当是参加抗清起义者。

②偏偏是县令之女。妙。

③将古代著名的人物、著名的传说，做成翻案文章，对现实做入骨三分的讽刺。巧妙。

　　顺治间〔1〕，滕、峄之区〔2〕，十人而七盗，官不敢捕。后受抚〔3〕，邑宰别之为"盗户"①。凡值与良民争，则曲意左袒之，盖恐其复叛也。后讼者辄冒称盗户，而怨家则力攻其伪。每两造具陈〔4〕，曲直且置不辨，而先以盗之真伪，反复相苦，烦有司稽籍焉〔5〕。适官署多狐，宰有女为所惑，②聘术士来，符捉入瓶，将炽以火。狐在瓶内大呼曰："我盗户也！"闻者无不匿笑。

　　异史氏曰："今有明火劫人者〔6〕，官不以为盗而以为奸；逾墙行淫者，每不自认奸而自认盗：世局又一变矣。设今日官署有狐，亦必大呼曰'吾盗'无疑也。"

　　章丘漕粮徭役〔7〕，以及征收火耗〔8〕，小民常数倍于绅衿〔9〕，故有田者争求托焉〔10〕。虽于国课无伤，而实于官橐有损〔11〕。邑令钟，牒请厘弊〔12〕，得可。初使自首。既而奸民以此要士〔13〕，数十年鬻去之产，皆诬托诡挂，以讼售主。令悉左袒之。故良懦者多丧其产。有李生亦为某甲所讼，同赴质审。甲呼之"秀才"，李厉声争辩，不居秀才之名。喧不已。令诘左右，共指为真秀才，令问："何故不承？"李曰："秀才且置高阁，待争地后再作之不晚也。"噫！以盗之名则争冒之，以秀才之名则争辞之，变异矣哉！

　　有人投匿名状云："告状人原壤〔14〕，为抗法吞产事：身以年老不能当差。有负郭田五十亩，于隐公元年〔15〕，暂挂恶衿颜渊名下〔16〕。今功令森严，理合自首。讵恶久假不归，霸为己有。身往理说，被伊师率恶党七十二人〔17〕，毒杖交加，伤残胫股；又将身锁置陋巷，给箪食瓢饮，囚饿几死。互乡约地证，叩乞革顶严究，俾血产归主，上告。"此可以继柳跖之告夷、齐矣〔18〕。③

校勘

底本：异史。参校：二十四卷本、铸雪斋本。

注释

〔1〕顺治：清世祖福临的年号（1644—1661）。〔2〕滕、峄之区：山东滕县、峄县一带。〔3〕受抚：被招安。〔4〕两造具陈：原告和被告申诉。〔5〕有司稽籍：官府查过去哪家是盗户的记录。〔6〕明火劫人：明火执仗抢劫。〔7〕漕粮：水道运送的粮食。徭役：百姓按照法定的数目为官府服役。〔8〕火耗：原意是银子铸造为锭时受到的损耗。后来成为正税之外的额外税收。〔9〕小民常数倍于绅衿：普通百姓交的税经常要相当于有地位的财主的数倍。〔10〕有田者争求托焉：把自己的田亩假托到缙绅名下以逃税。〔11〕官橐有损：损害到官员的收入。官员常靠"火耗"巧取豪夺。〔12〕牒请厘弊：发文件制止这一行为。〔13〕"奸民以此要士"四句：奸诈的小民以这个名义来要挟地位高的人，数十年前确实卖出的地也说是为逃税而"诡挂"到缙绅名下，要求归还土地。〔14〕原壤：春秋时鲁国人，孔子的旧相识。他的母亲死了，他不哭而歌。还被孔子评为"老而不死是为贼"，被孔子杖击股胫。〔15〕隐公元年：即公元前722年，是史书《春秋》开始纪年的年份。〔16〕恶衿颜渊：坏秀才颜渊。春秋时还不实行科举，是调侃。颜渊，孔子弟子。以安贫乐道著名，孔子称赞他一箪食，一瓢饮，身居陋巷，不改其乐。〔17〕伊师率恶党七十二人：即颜渊的老师孔子带领其七十二弟子。〔18〕柳跖：即盗跖，鲁国有名的强盗。夷、齐：即伯夷、叔齐，商末孤竹君之子，因为互相礼让继承权而逃，后以耻食周粟，饿死在首阳山上，是古代著名的贤人。

点评

这是一则极有特点的讽刺小品。"盗户"是不好的称呼，"秀才"是荣誉的称呼，但是因为官员的软弱，正经良民经常吃亏，横行者反而得益，因此以称"盗户"为荣而争，以称"秀才"为软弱可欺而推托。完全是颠倒黑白的笑话。而狐妖都知道了官员的"软肋"，以"盗户"来逃脱惩罚，更是笑话中的笑话。官员为何如此处理问题？原来都有他们自己的切身利益在内，贪官之无耻，成了不写之写。于是这样一则似乎很荒诞的轶闻，就带有着社会风俗画的作用。至于原壤告颜渊，《聊斋》别出心裁地让古代早有定评的恶人告古代著名的贤人，暗喻恶人得势、贤人失时，社会处于"世纪末"，喜剧笔墨产生了悲剧效果。

盜戶

養奸姑息多流弊
憤憤公庭自古今
卻諱良民稱盜戶
此叛有誤宰官心

某乙

邑西某乙，故梁上君子也〔1〕。其妻深以为惧，屡劝止之；乙遂翻然自改。居二三年，贫窭不能自堪，思欲一作冯妇而后已〔2〕。乃托贸易，就善卜者问何往之善。术者曰："东南吉，利小人，不利君子。"兆隐与心合，窃喜。遂南行，抵苏、松间〔3〕，日游村郭，凡数月。偶入一寺，见墙隅堆石子二三枚，心知其异，亦以一石投之，径趋龛后卧。日既暮，寺中聚语，似有十余人。忽一人数石，讶其多，因共搜龛后得乙，问："投石者汝耶？"乙诺。诘里居、姓名，乙诡对之。乃授以兵，率与共去。至一巨第，出软梯，争逾垣入。以乙远至，径不熟，俾伏墙外，司传递、守囊橐焉。少顷，掷一裹下，又少顷，缒一箧下。乙举箧知有物，乃破箧，以手揣取，凡沉重物，悉内一囊，负之疾走，竟取道归。由此建楼阁、买良田，为子纳粟〔4〕。邑令匾其门曰"善士"〔5〕。①后大案发，群寇悉获；惟乙无名籍，莫可查诘，得免。事寝既久，乙醉后时自述之。

曹有大寇某，得重资归，肆然安寝〔6〕。有二三小盗，逾垣入，捉之，索金。某不与；棰灼并施〔7〕，罄所有乃去。某向人曰："吾不知炮烙之苦如此！"遂深恨盗，投充马捕〔8〕，捕邑寇殆尽。获曩寇，亦以所施者施之。

①全篇文眼在此。既要做婊子，又要树牌坊，是社会风气。明明是小偷，反而成了"善士"，善在何处？善于伪装。

校勘

底本：异史。参校：二十四卷本、青柯亭本。

注释

〔1〕梁上君子：小偷。〔2〕一作冯妇而后已之：再做一次小偷就金盆洗手

不再偷了。一作冯妇，指重操旧业。〔3〕苏、松：明清苏州府和松江府。即今苏州和上海市松江区一带。〔4〕纳粟：交钱做监生。〔5〕匾其门：在他的门上挂匾。〔6〕肆然：毫无禁忌、放心大胆。〔7〕棰灼并施：用短棍拷打、用烙铁烧灼。〔8〕马捕：即捕快，官衙里专门从事捕捉罪犯的差役。

点评

庄子有语："彼窃钩者诛，窃国者为诸侯。"某乙早就是小偷，又借着"利小人"的机遇，参与偷窃并将群盗的"成果"据为己有，是小偷之中的小偷，真是达到了偷的极致，但他侥幸逃脱，"偷来的锣鼓打不得"，他居然靠着偷来的钱财过起好日子，还成了"善人"。真是滑天之大稽！此人因为醉酒讲出来了他的"偷迹"，其他俨然人上者、富贵体面者，有多少没有讲出自己的"偷迹"而实际上偷得比某乙还要厉害？本文的味外之味，令人深思。

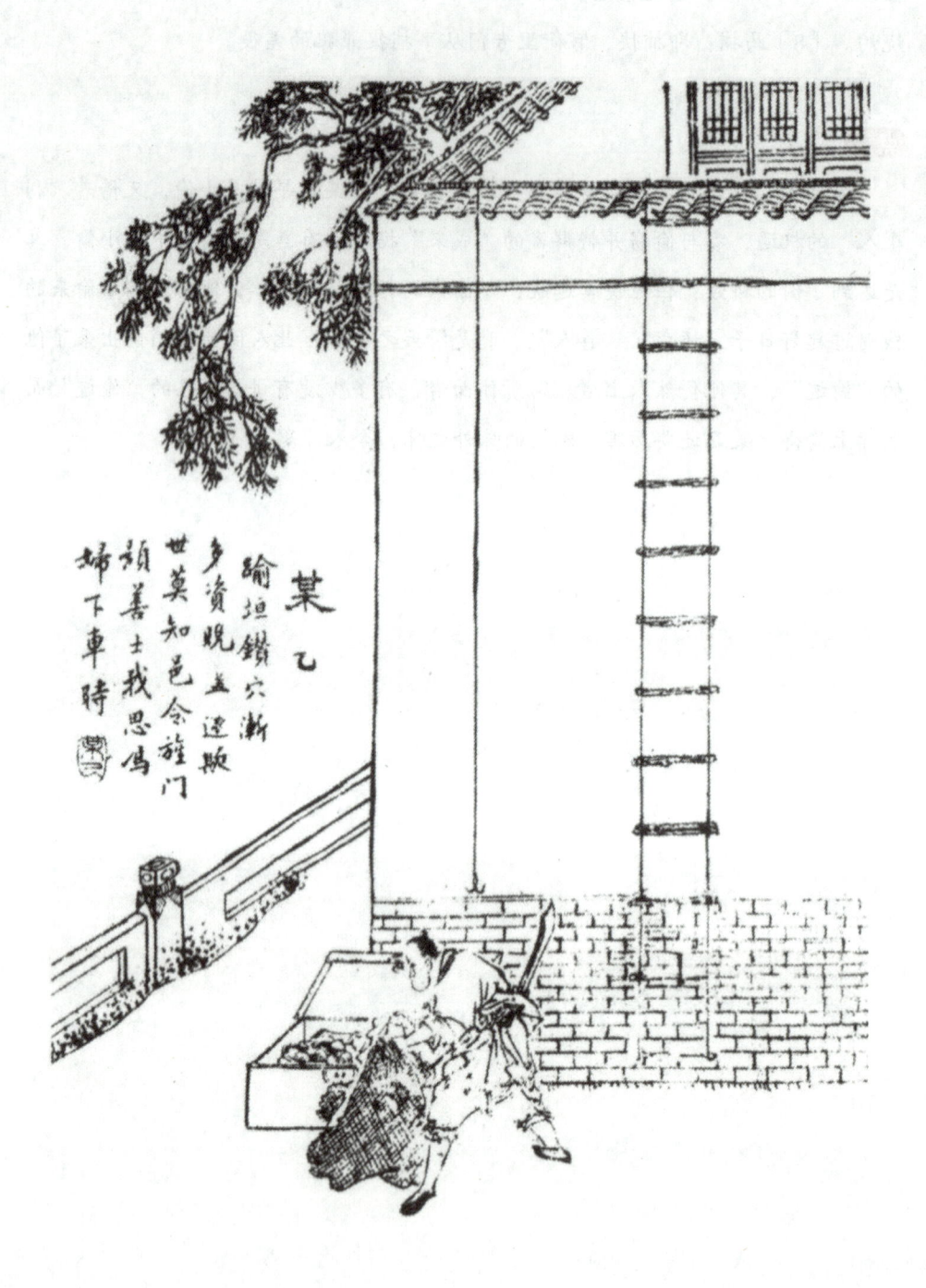

某乙
踰垣鑽穴漸
多資既益逞販
世莫知邑令雄門
頗善士我思焉
婦下車時

霍女

朱大兴，彰德人〔1〕。家富有而吝啬已甚，非儿女婚嫁，座无宾、厨无肉。然佻达喜渔色，色所在，冗费不惜。每夜，逾垣过村，从荡妇眠。一夜，遇少妇独行，知为亡者，强胁之，引与俱归。烛之，美绝。自言"霍氏"。细致研诘，女不悦，曰："既加收齿〔2〕，何必复盘察？如恐相累，不如早去。"朱不敢问，留与寝处。顾女不能安粗粝〔3〕，又厌见肉臊〔4〕，必燕窝、鸡心、鱼肚白作羹汤〔5〕，始能餍饱。①朱无奈，竭力奉之。又善病，自言日须参汤一碗。朱初不肯。女呻吟垂绝，不得已投之，病若失，遂以为常。女衣必锦绣，数日即厌其故。如是月余，计费不资，朱渐不供。女啜泣不食，欲复去；朱惧，又委曲承顺之。每苦闷，辄令十数日一招优伶为戏；戏时，朱设凳帘外，抱儿坐观之。女以无客，数相消骂②，朱亦不甚分解。居二年，家渐落，向女婉言，求少贬；女许之，用度皆损其半。久之，仍不给，女不得已，以肉糜相安；又渐而不珍亦御矣〔6〕。朱窃喜。忽一夜，启后阁亡去。朱怊怅若失，遍访之，乃知在邻村何氏家。

何大姓，世胄也，豪纵好客，灯火达旦。忽有丽人半夜入闺。诘之，则朱家之逃妾也。朱为人，何素藐之③；又悦女美，竟纳焉。绸缪数日，益惑之，穷极奢欲，供奉一如朱。朱得耗，坐索之，何殊不为意。朱质于官。官以其姓名来历都不分晓，置不理。朱货产行贿，乃准拘质。女谓何曰："妾在朱家，亦非采礼媒定者，胡畏之？"何喜，将与质成。座客顾生，独云不可，谓："收纳逋逃〔7〕，已干国纪〔8〕；况此女入门，日费无度，即千金之家，何能久也？"何大悟，罢讼，以女归朱。

过一二日，女又逃。有黄生者，故贫士，无偶。女

①破家法术无所不有。

②亦难伺候。

③即因其客而淫。

1193

叩扉人，自言所来。黄怀刑自爱[9]，艳丽忽投，惊惧不知所为，固却之，女不去。应对间，娇婉无那。黄心动，留之，而虑其不能安贫。女早起，躬操家苦，劬劳过旧室。黄为人蕴藉潇洒，工于内媚，因恨相得晚，止恐风声漏泄，为欢不久。而朱自讼后，家益贫；又度女终不能自安，遂置不究。女从黄数岁，亲爱甚笃。

一日，忽欲归宁，要黄御送之[10]。黄曰："向言无家，何前后之舛[11]？"曰："曩漫言之。妾镇江人。昔从荡子流落江湖，遂至于此。妾家亦颇裕，君竭资而往，必无相亏。"黄从其言，赁舆同去。至扬州境，泊舟江际。女适凭窗，有巨商子过，惊其艳，反舟缀之，而黄不知也。女忽曰："君家甚贫，今有一疗贫之方，不知能从否？"黄诘之，女曰："妾相从数年，未能为君育男女，亦一不了事。妾虽陋，幸未老耄，有能以千金相赠者，便鬻妾去，此中妻室、田庐皆备焉。此计何如也？"黄失色，不知何因。女笑曰："君勿急，天下固多佳人，谁肯以千金买妾者？其戏言于外，以觇其有无。卖不卖，固自在君耳。"女自与榜人妇言之，妇目黄，黄漫应焉。妇去无几，返言："邻舟有商人子，愿出八百。"黄故摇手以难之。未几，复来，便言如命，即请过船交兑。黄微哂，女曰："教渠姑待，我嘱黄郎，即令去。"女谓黄曰："妾日以千金之躯事君，今始知也？"黄问："以何词遣之？"女曰："请即往署券，去不去固自在我耳。"黄不可。女逼促之，黄不得已诣焉。立刻兑付。黄令封志之，曰："遂以贫故，遽相割舍。倘室人必不肯从，仍以原金璧赵。"④方运金至舟，则见女从榜人妇，从船尾登商舟，遥顾作别，并无凄恋。黄惊魂离舍，嗌不能言。俄商舟解缆，去如箭激。黄大号，欲追傍之，榜人不从，开舟南渡矣。

瞬息达镇江，运资上岸，榜人急解舟去。黄守装闷坐，无所适归，望江水之滔滔，如万镝之丛体。方掩泣间，忽闻娇声呼"黄郎"。愕然回顾，则女已在前途。喜极，

④黄真君子也。

负装从之,问:"卿何遽得来?"女笑曰:"再迟数刻,则君有疑心矣。"黄乃疑其非常,固诘其情。女笑曰:"妾生平于吝者则破之,于邪者则诳之也。⑤若实与君谋,君必不肯,何处可致千金者?错囊充牣〔12〕,而合浦珠还〔13〕,君幸足矣,穷问何为?"乃雇役荷囊,相将俱去。

⑤封建时代奇女子的宣言。

至水门内,一宅南向,径入。俄而翁媪男妇,纷出相迎,皆曰:"黄郎来也!"黄入参公姥。有两少年,揖坐与语,是女兄弟大郎、三郎也。筵间味无多品,玉柈四枚,方几已满。鸡蟹鹅鱼,皆脔切为胾。少年以巨碗行酒,谈吐豪放。已而导入别院,俾夫妇同处。衾枕滑软,而床则以熟革代棕藤焉。日有婢媪馈致三餐,女或时竟日不至。黄独居闷苦,屡言归,女固止之。一日,谓黄曰:"今为君谋:请买一人,为子嗣计。然买婢媵则价奢;当伪为妾也兄者,使父与论婚,良家子不难致。"⑥黄不可,女弗听。有张贡士之女新寡,议聘金百缗,女强为娶之。新妇小名阿美,颇婉妙。女嫂呼之;黄局蹐不自安〔14〕,而女殊坦坦〔15〕。他日,谓黄曰:"妾将与大姊至南海一省阿姨,月余可返,请夫妇安居。"遂去。

⑥为黄生计算无微不至。

夫妻独居一院,按时给饮食,亦甚隆备。然自入门后,曾无一人复至其室。每晨,阿美入觐媪,一两言辄退。娣姒在旁,惟相视一笑。既留连久坐,亦不款曲,黄见翁,亦如之。偶值诸郎聚语,黄至,即都寂然。黄疑闷莫可告语,阿美觉之,诘曰:"君既与诸郎伯仲,何以月来都如生客?"黄仓猝不能致对,吃吃而言曰:"我十年于外,今始归耳。"美又细审翁姑阀阅,及妯娌里居。黄大窘,不能复隐,底里尽露。女泣曰:"妾家虽贫,无作贼媵者,无怪诸宛若鄙不齿数矣〔16〕!"黄惶怖失守,莫知筹计,惟长跪而前,一一听命。美收涕挽之,转请所处。黄曰:"仆何敢他谋,计惟子身自去耳。"女曰:"既嫁复归,于情何忍?渠虽先从,私也;妾虽

1195

后至，公也。不如姑俟其归，问彼既出此谋，将何以置妾也？"

居数月，女竟不返。一夜，闻客舍喧饮，黄潜往窥之，见二客戎装上座：一人裹豹皮巾，凛若天神；东首一人，以虎头革作兜鍪，虎口衔额，鼻耳悉具焉。⑦惊异而返，以告阿美，竟莫测霍父子何人。夫妻疑惧，谋欲僦寓他所，又恐生其猜度。黄曰："实告卿：即南海人还，折证已定〔17〕，仆亦不能家此也。今欲携卿去，又恐尊大人别有异言。不如姑别，二年中当复至。卿能待，待之；如欲他适，亦自任也。"阿美欲告父母而从之，黄不可。阿美流涕，要以信誓，乃别而归。黄入辞翁姑。时诸郎皆他出，翁挽留以待其归，黄不听而行。登舟凄然，形神丧失。至瓜州，忽回首见片帆来，驶如飞；渐近，则船头按剑而坐者霍大郎也。遥谓曰："君欲遄返，胡再不谋？遗夫人去，二三年谁复能相待也？"言次，舟已逼近。阿美自舟中出，大郎挽登黄舟，跳身径去。

先是，阿美既归，方向父母泣诉，忽大郎将舆登门，按剑相胁，逼女风走。一家慑息〔18〕，莫敢遮问。女述其状，黄不解何意，而得美良喜，开舟遂发。至家，出资营业，颇称富有。阿美悬念父母，欲黄一往探之；又恐以霍女来，嫡庶复有参差。居无何，张翁访至，见屋宇修整，心颇慰，谓女曰："汝出门后，遂诣霍家探问，见门户已扃，第主亦不之知，半年竟无消息。汝母日夜零涕，谓被奸人赚去，不知流离何所。今幸无恙耶。"黄实告以情，因相猜为神。

后阿美生子，取名仙赐。至十余岁，母遣诣镇江，至扬州界，休于旅舍，从者皆出。有女子来，挽儿入他室，下帘，抱诸膝上，笑问何名。儿告之。问："取名何义？"答云："不知。"女言："归问汝父当自知。"乃为挽髻，自摘髻上花代簪之；出金钏束腕上。又以黄金内袖，曰："将去买书读。"儿问其谁，曰："儿不知更有一母耶？⑧归告汝父：朱大兴死无棺木，当助之，勿忘也。"老

⑦以霍家之客的特殊装束暗喻霍家之"神"。

⑧此段写出霍女的温柔善良母性，人物多一重风采，锦上添花。

卷六

⑨仙人身份终于明显。

仆归舍，失少主，寻至他室，闻与人语，窥之，则故主母。帘外微嗽，将有咨白。女推儿榻上，恍惚已杳。⑨问之舍主，并无知者。

数日，自镇江归，语黄，又出所赠。黄感叹不已。及询朱，则死裁三日，露尸未葬，厚恤之。

异史氏曰："女其仙耶？三易其主不为贞。然为吝者破其悭，为淫者速其荡，女非无心者也。然破之则不必其怜之矣，贪淫鄙吝之骨，沟壑何惜焉？"

校勘

底本：青柯亭本。参校：异史、二十四卷本、铸雪斋本。

注释

〔1〕彰德：明清府名，今河南省安阳市。〔2〕收齿：收留下来算家中的一个成员。〔3〕粗粝：粗茶淡饭。〔4〕肉臛（huò）：肉羹。〔5〕燕窝、鸡心、鱼肚白：皆是高级的山珍海味。〔6〕不珍亦御：不是山珍海味也可以吃了。〔7〕收纳逋逃：收留逃亡的人。〔8〕已干国纪：已经触犯了朝廷的律法。〔9〕怀刑自爱：遵纪守法，自珍自爱。〔10〕御送：驾车相送。〔11〕前后之舛：前后矛盾。〔12〕错囊充牣（rèn）：钱袋里装满了银子。〔13〕合浦珠还：霍女毫发无伤地回归。〔14〕局蹐：局促、惊惶。〔15〕坦坦：坦然无事。〔16〕宛若：妯娌。〔17〕折证：辩白，对证。〔18〕愲息：因恐惧而呼吸紧迫。

点评

《聊斋》笔下的仙女形象多半带有贤妻良母色彩，霍女却特立独行、我行我素，更多地带有"侠""智"特点。封建社会女性不能掌握自己命运，霍女是仙人，却可以。她一再自择男性为伴，吝者破之，邪者诳之，情投意合者百计维护之。小说写她如何破朱某吝且淫，如何骗取巨商子巨银，写得细致精彩，面面生风。而她对黄生的真挚爱情，虽未在其宣言之中，却是小说描写中心，写得温情脉脉。她在黄家甘受辛苦，像贫妇一样劳作；她像杀富济贫的英雄一样，让巨商子为黄生提供未来生活的保障；她自称亲妹妹为"兄"黄生安排一切；她像慈爱的母亲一样疼爱黄生的儿子。这一切都配合其迷雾一样的"仙人"身份展开，

1197

层层递进，节节相连，在曲折多变、云里雾里的故事框架内，将一个多情多智，既有女性的美丽温柔又有运筹帷幄的大将风度的特殊形象写活了。

靈女

來去無端三易主
慳慳修畫
費仙才自歸南
海无消息來脫
金釧何處來

司文郎〔1〕

①王平子既是个有个性的人物，又承担部分叙事之责。从他的眼中看余杭生是狂悖无理的。

②余杭生连表面礼让都不讲，公然以老子天下第一自居。居高临下，以长辈对晚辈的口气，蔑称对方"尔"。王平子是老实人，一直对余杭生的骄纵隐忍不言。宋生却顷刻不能忍，拍案而起，针锋相对。

③宋生和余杭生较文的场面精彩之至。宋生妙思妙舌、才思敏捷，处处先声夺人。余杭生挑战写文章，两个题目未曾作得一字。

平阳王平子〔2〕①，赴试北闱，赁居报国寺〔3〕。寺中有余杭生先在。王以比屋居〔4〕，投刺焉。生不之答。朝夕遇之，多无状。王怒其狂悖〔5〕，交往遂绝。一日，有少年游寺中，白服裙帽〔6〕，望之傀然〔7〕。近与接谈，言语谐妙，心爱敬之。展问邦族〔8〕，云："登州宋姓〔9〕。"因命苍头设座，相对嚾谈。余杭生适过，共起逊坐；生居然上坐，更不拚挹〔10〕，卒然问宋："尔亦入闱者耶？"②答云："非也。驽骀之才〔11〕，无志腾骧久矣〔12〕。"又问："何省？"宋告之。生曰："竟不进取，足知高明。山左、右并无一字通者〔13〕。"宋曰："北人固少通者，然不通者未必是小生；南人固多通者，然通者亦未必是足下。"言已，鼓掌，王和之，因而哄堂。

生惭忿，轩眉攘腕而大言曰〔14〕："敢当前命题，一校文艺乎？"宋他顾而哂曰："有何不敢！"便趣寓所，出经授王〔15〕。王随手一翻，指曰："'阙党童子将命〔16〕。'"生起，求笔札，宋曳之曰："口占可也。我破已成〔17〕：'于宾客往来之地，而见一无所知之人焉。'"王捧腹大笑。生怒曰："全不能文，徒事嫚骂，何以为人！"王力为排难，请另命佳题。又翻曰："'殷有三仁焉〔18〕。'"宋立应曰："三子者不同道，其趋一也。夫一者何也？曰：仁也。君子亦仁而已矣，何必同？"生遂不作，起曰："其为人也小有才。"遂去③。

王以此益重宋，邀入寓室，款言移晷〔19〕，尽出所作质宋〔20〕。宋流览绝疾，逾刻已尽百首，曰："君亦沉深于此道者，然命笔时，无求必得之念，而尚有冀幸得之心，即此，已落下乘〔21〕。"遂取阅过者一一诠说〔22〕。王大悦，师事之；使庖人以蔗糖作水角

〔23〕。宋啖而甘之，曰："生平未解此味，烦异日更一作也。"由此相得甚欢。宋三五日辄一至，王必为之设水角焉。

余杭生时一遇之，虽不甚倾谈，而傲睨之气顿减。一日，以窗艺示宋〔24〕。宋见诸友圈赞已浓，目一过，推置案头，不作一语。生疑其未阅，复请之，答以览竟。生又疑其不解，宋曰："有何难解？但不佳耳！"生曰："一览丹黄〔25〕，何知不佳？"宋便诵其文，如夙读者，且诵且訾〔26〕。生踧踖汗流〔27〕，不言而去。移时，宋去，生入，坚请王作。王拒之。生强搜得，见文多圈点，笑云："此大似水角子！" ④王故朴讷〔28〕，觍然而已。次日，宋至，王具以告。宋怒曰："我谓'南人不复反矣〔29〕'，伧楚何敢乃尔〔30〕！必当有以报之！"王力陈轻薄之戒以规之，宋深感佩。

既而场后〔31〕，以文示宋，宋颇相许。偶与涉历殿阁，见一瞽僧坐廊下，设药卖医。宋讶曰："此奇人也！最能知文，不可不一请教。"因命归寓取文；遇余杭生，遂与俱来。王呼师而参之〔32〕。僧疑其问医者，便诘症候。王具白请教之意。僧笑曰："是谁多口？无目何以论文？"王请以耳代目。僧曰："三作两千余言，谁耐久听！不如焚之，我视以鼻可也。" ⑤王从之。每焚一作，僧嗅而颔之曰："君初法大家〔33〕，虽未逼真，亦近似矣。我适受之以脾。"问："可中否？"曰："亦中得。"余杭生未深信，先以古大家文烧试之。僧再嗅曰："妙哉此文！我心受之矣，非归、胡何解办此〔34〕！"生大骇，始焚己作。僧曰："适领一艺，未窥全豹〔35〕，何忽另易一人来也？"生托言："朋友之作，止彼一首；此乃小生之作也。"僧嗅其余灰，咳逆数声，曰："勿再投矣！格格而不能下〔36〕，强受之以鬲〔37〕；再焚，则作恶矣。"生惭而退。

数日榜放，生竟领荐〔38〕，王下第〔39〕。宋与王走告僧，僧叹曰："仆虽盲于目，而不盲于鼻，帘中

④余杭生挖苦王平子请宋生吃水饺换来其好评。

⑤鼻嗅文章是脍炙人口的情节。聊斋先生异想天开，以脏腑接受食物，吸收精华，排出渣滓先后过程，形容文章好坏。心为上，脾次之，横膈再次之，然后次第是：腹、膀胱、肛门。

人并鼻盲矣〔40〕。" ⑥俄余杭生至，意气发舒〔41〕，曰："盲和尚，汝亦唻人水角耶？今竟何如？"僧笑曰："我所论者文耳，不谋与君论命。君试寻诸试官之文，各取一首焚之，我便知孰为尔师。"生与王并搜之，止得八九人。生曰："如有舛错〔42〕，以何为罚？"僧愤曰："剜我盲瞳去！"生焚之。每一首，都言非是；至第六篇，忽向壁大呕，下气如雷。众皆粲然。僧拭目向生曰："此真汝师也！初不知而骤嗅之，刺于鼻，棘于腹，膀胱所不能容，直自下部出矣！" ⑦生大怒，去，曰："明日自见，勿悔，勿悔！"越二三日，竟不至，视之，已移去矣。乃知即某门生也。

宋慰王曰："凡吾辈读书人，不当尤人〔43〕，但当克己〔44〕。不尤人，则德益弘；能克己，则学益进。当前蹎落〔45〕，固是数之不偶〔46〕；平心而论，文亦未便登峰，其由此砥砺，天下自有不盲之人。"王肃然起敬。又闻次年再行乡试，遂不归，止而受教。宋曰："都中薪桂米珠〔47〕，勿忧资斧。舍后有窖镪〔48〕，可以发用。"即示之处。王谢曰："昔窦、范贫而能廉〔49〕，今某幸能自给，敢自污乎？"王一日醉眠，仆及庖人窃发之。王忽觉，闻舍后有声；窃出，则金堆地上。情见事露，并相慴伏〔50〕。方诃责间，见有金爵，类多镌款〔51〕，审视，皆大父字讳。盖王祖曾为南部郎〔52〕，入都寓此，暴病而卒，金其所遗也。王乃喜，秤得金八百余两。明日告宋，且示之爵，欲与瓜分，固辞乃已。以百金往赠瞽僧，僧已去。积数月，敦习益苦〔53〕。

及试，宋曰："此战不捷，始真是命矣！"俄以犯规被黜。王尚无言；宋大哭，不能自止。王反慰解之。宋曰："仆为造物所忌，困顿至于终身，今又累及良友。其命也夫？其命也夫！"王曰："万事固有数在。如先生乃无志进取，非命也。"宋拭泪曰："久欲有言，恐相惊怪：某非生人，乃飘泊之游魂也。少负才名，不得

⑥宋生和余杭生两次交手有更深刻的命意：反复证明余杭生文章恶劣，低劣文章得考官青睐，说明"帘内人"瞎眼冬烘。作者安排和尚为瞎眼，原来就是为了这句挖苦试官连鼻子都瞎的极其幽默、深刻的巧话。

⑦坏文章只能变臭屁。奇思妙想，奇情奇趣，奇绝妙绝。

志于场屋，徉狂至都〔54〕，冀得知我者，传诸著作。甲申之年〔55〕，竟罹于难〔56〕。岁岁飘蓬，幸相知爱。故极力为'他山'之攻〔57〕，生平未酬之愿，实欲借良朋一快之耳。今文字之厄若此，谁复能漠然哉！"王亦感泣，问："何淹滞〔58〕？"曰："去年上帝有命，委宣圣及阎罗王核查劫鬼〔59〕，上者备诸曹任用，余者即俾转轮〔60〕。贱名已录，所未投到者，欲一见飞黄之快耳〔61〕，今请别矣。"王问："所考何职？"曰："梓橦府中缺一司文郎〔62〕，暂令聋僮署篆〔63〕⑧，文运所以颠倒。万一侥得此秩〔64〕，当使圣教昌明。"

明日，忻忻而至〔65〕，曰："愿遂矣！宣圣命作《性道论》，视之色喜，谓可司文。阎罗稽簿〔66〕，欲以'口孽'见弃〔67〕，宣圣争之，乃得就。某伏谢已，又呼近案下，嘱云：'今以怜才，拔充清要；宜洗心供职，勿蹈前愆〔68〕。'此可知冥中重德行，更甚于文学也。君必修行未至⑨，但积善勿懈可耳。"王曰："果尔，余杭其德行何在？"曰："此即不知。要冥司赏罚，皆无少爽。即前日瞽僧亦一鬼也，是前朝名家。生前抛弃字纸过多，罚作瞽。彼自欲医人疾苦，以赎前愆，故托游廛肆耳。"王命置酒，宋曰："无须。终岁之扰，尽此一刻，再为我设水角足矣。"王悲怆不食，坐令自啖。顷刻，已过三盛〔69〕，捧腹曰："此餐可饱三日，吾以志君德耳。向所食，都在舍后，已生菌矣。藏作药饵，可益儿慧。"王问后会。曰："既有官责，当引嫌也。"又问："梓橦祠中，一相酹祝〔70〕，可能达否？"曰："此都无益。九天甚远，但洁身力行，自有地司牒报〔71〕，则某必与知之。"言已，作别而没。王视舍后，果生紫菌，采而藏之。旁有新土坟起，则水角宛然在焉。

王归，弥自刻厉〔72〕。一夜，梦宋舆盖而至〔73〕，曰："君向以小忿误杀一婢，削去禄籍；今笃行，已折除矣〔74〕。然命薄不足任仕进也。"是年，

⑧由聋子掌握文运，有昏愦不明之意。奇思妙想，令人啼笑皆非的构思。

⑨对科举制度，蒲松龄没有彻底觉醒，更没有与之决裂。他意识到科举制度的弊病，又千方百计迎合它、适应它。因为这是那个时代的读书人通向富贵的独木桥。

1203

⑩淡淡一笔，其实意味很深。余杭生不再狂妄，并非因为他头发白了，老了懂事了，而是因为王平子是进士。狂生在功名面前低下了头。

捷于乡；明年，春闱又胜。遂不复仕。生二子，其一绝钝，啖以菌，遂大慧。后以故诣金陵，遇余杭生于旅次，极道契阔〔75〕，深自降抑〔76〕⑩，然鬓毛斑矣。

异史氏曰："余杭生公然自诩，意其为文，未必尽无可观；而骄诈之意态颜色，遂使人顷刻不可复忍。天人之厌弃已久，故鬼神皆玩弄之。脱能增修厥德，则帘内之'刺鼻棘心'者〔77〕，遇之正易，何所遭之仅也。"

校勘

底本：异史。参校：二十四卷本、铸雪斋本、青柯亭本。

注释

〔1〕司文郎：唐代设司文局，司文郎为司文局佐郎，主管功名。在后世传说中，司文郎是主管文运的神。〔2〕平阳：今山西省临汾市。〔3〕报国寺：在今北京市西城区。〔4〕比屋：邻居。〔5〕狂悖：狂妄傲慢。〔6〕白服裙帽：不合时宜的服装。白服，为孝服；裙帽，六朝时流行的帽子，帽檐周围有下垂的薄纱细网。〔7〕傀（guī）然：高大、俊美。〔8〕邦族：籍贯姓氏。〔9〕登州：明清府名，治所在蓬莱。〔10〕扔挹（huī yì）：谦让。〔11〕驽骀：劣等的马，自谦之词。〔12〕腾骧（xiāng）：马昂首奔腾，喻人极力上进。〔13〕山左、右并无一字通者：山东、山西没有一个人通文墨。山东在太行山之左，山西在太行山之右，故当时以"山左"称山东，以"山右"称山西。这句话是挖苦王平子和宋生。王平子是山西人，宋生是山东人。〔14〕轩眉攘（rǎng）腕而大言：扬眉捋袖发大话。〔15〕经：即"四书""五经"，科举考试从"四书""五经"出题。〔16〕阙党童子将命：语出《论语·宪问》。阙党，即阙里，孔子住处。这句话的意思是：孔子住处阙党来个童子，孔子认为他不求上进，是想走捷径的人。宋生借题发挥，教训余杭生。〔17〕破：即破题，八股文开头要用两句话说明题目的意义，称为"破题"。〔18〕殷有三仁：语出《论语·微子》。意思是说纣王残暴，其同母兄微子离开他，叔父箕子披发佯狂降为奴隶，叔父比干被剖心而死。微子、箕子、比干是三位仁人，共同本质是仁。〔19〕款言移晷：恳切地谈了很长时间。移晷，日影移动。〔20〕质宋：向宋生请教。〔21〕下乘：下等的马，引申为文章下品。〔22〕诠说：解释说明。〔23〕庖人：厨师。水角：

水饺。〔24〕窗艺：为应付科举考试写的文章。〔25〕一览丹黄：看看其他人写的评语。丹黄，文章好的地方用红笔圈点，错讹用雌黄涂抹。〔26〕且诵且訾：一边背诵一边批评。〔27〕跼蹐：窘迫。〔28〕朴讷：质朴不善言词。〔29〕南人不复反矣：据《三国志》裴注引《汉晋春秋》，诸葛亮七擒孟获，孟获向诸葛亮表示"南人不复反"。宋生借此语说"南人"余杭生不再狂妄。〔30〕伧楚：粗俗的家伙。〔31〕场后：乡试结束。〔32〕呼师而参之：口称"老师"参拜。〔33〕初法大家：初次学习大师巨匠的作品。〔34〕非归、胡何解办此：不是归有光、胡友信这样的大手笔哪儿写得出来。归有光、胡友信是明代嘉靖、隆庆年间精于八股文写作的名家。〔35〕全豹：文章的整体，全文。〔36〕格格：互相抵触。〔37〕鬲：胸腔与腹腔之间的膈膜。〔38〕领荐：应试进士由州县荐举，故中举为"领荐"。〔39〕下第：落榜。〔40〕帘中人：指乡试、会试阅卷官。科举考试中，贡院到公堂后内外门有人把守，门外挂帘，帘内为阅卷官员，俗称"帘官"，须科甲出身。〔41〕意气发舒：意气高昂。〔42〕舛错：错乱。〔43〕尤人：怪罪他人。〔44〕克己：严格要求自己。〔45〕踧（cù）落：失意，不得志。〔46〕数之不偶：命运不好。〔47〕薪桂米珠：生活费用高，柴价如桂，米价如珠。〔48〕窖镪：埋藏地窖的银子。〔49〕窦、范贫而能廉：窦、范均是贫穷却清廉的古人。窦禹钧未得志时拾金不昧；范仲淹少年时贫困。两人事迹见于宋李元纲《厚德录》。〔50〕慴伏：因畏惧而屈服。〔51〕镌款：镌刻的落款。〔52〕南部郎：明代南京的部属官员。〔53〕敦习：勤勉学习。〔54〕佯狂：心神不宁、放浪不羁的形态。〔55〕甲申：崇祯十七年（1644），当年三月十九日，李自成攻陷北京。〔56〕罹于难：遇难。〔57〕他山之攻：即"他山之石，可以攻玉"，借朋友取得功名安慰自己。〔58〕淹滞：拖延，此指没有及时转世投胎。〔59〕宣圣：孔子。汉平帝元始元年（公元1年）谥孔子为褒成宣公。后世尊孔子为"至圣文宣王"。劫鬼：遭难而死的冤鬼。〔60〕转轮：轮回转生。〔61〕飞黄：飞黄腾达。〔62〕梓橦（tóng）府：道教认为主宰功名的地方，梓橦帝君为主宰功名之神。〔63〕聋僮署簿：传说梓橦帝君有两个随从，天聋和地哑。让天聋替梓橦君主持文运，有才能的人就不能录取。〔64〕此秩：这个官位。〔65〕忻忻：欣喜得意的状态。〔66〕稽簿：查阅簿籍。〔67〕口孽：口业，恶口恶舌。〔68〕前愆：以前的过失。〔69〕三盛：三盘。〔70〕酹祝：祭奠祝祷。〔71〕地司牒报：阴曹地府行文通报。〔72〕刻厉：刻苦自励。〔73〕舆盖：官员的车舆与车盖。〔74〕笃行：切实执行。折除：减损、免除。〔75〕契阔：久别重逢的情怀。〔76〕深自降抑：非常谦卑、收敛。〔77〕帘内之"刺鼻棘心"

者：那些只会写臭屁样酸腐文章的考官。

点评

  读书人为功名而魂游，是蒲松龄的重要创造。这一刻画知识分子灵魂的独特模式，在几十年创作中反复使用，出现《叶生》《于去恶》等一大批名作，而就意蕴深刻及艺术成熟性而言，《司文郎》无愧聊斋先生描绘科举制度小说的顶峰。司文郎约定俗成是掌管文教之神。人世间的司文郎是否公平，决定世间读书人的利禄。梓橦府司文郎是否睿智，冥冥中决定人间书生的功名。以"司文郎"为小说篇名和主角，顾名思义，是描写文运主管者。作者以鬼魂应试、"鼻嗅文章"、聋僮署篆等天才艺术构思，巧妙描写黑白颠倒、美丑倒置的现实社会。小说中书生魂游与试官瞎眼相辅相成，构成别出心裁、妙趣横生的鬼僧"向壁大呕"等小说的经典场面。小说以生动翔实的笔墨描写了三个书生的日常交往，在宋生身上寄寓了作者对读书人命运的深沉思考。通过宋生（司文郎前身）和余杭生炫才斗法，唇枪舌剑，表露出贤佞不同的个性和高低相异的才能。成功创造出特殊风采的人物是小说的重要成就。

司文郎
水南訂交談藝日
半生淪落舊誤儒
冠軍佳播縈愁思
文運盲目何須
怨試官

丑狐

穆生，长沙人，家清贫，冬无絮衣。一夕枯坐[1]，有女子入，衣服炫丽而颜色黑丑，笑曰："得毋寒乎？"生惊问之，曰："我狐仙也。怜君枯寂，聊与共温冷榻耳。"生惧其狐，而又厌其丑，大号。女以元宝置几上，曰："若相谐好，以此相赠。"①生悦而从之。床无裀褥，女代以袍。将晓，起而嘱曰："所赠，可急市软帛作卧具，余者絮衣、作馔足矣。倘得永好，勿忧贫也。"遂去。

生告妻，妻亦喜，即市帛为之缝纫。女夜至，见卧具一新，喜曰："君家娘子劬劳哉！"遂留金以酬之。从此至无虚夕。每去，必有所遗。年余，屋庐修洁，内外皆衣文绣，居然素封。女赂贻渐少，生由此心厌之，聘术士至，画符于门②。女来，啮折而弃之，入指生曰："背德负心，至君已极！然此奈何我！若相厌薄，我自去耳。但情义既绝，受于我者须要偿也！"③忿然而去。

生惧，以告术士。术士作坛，陈设未已，忽颠地下，血流满颊；视之，则割去一耳。众大惧，奔散，术士亦掩耳窜去。室中掷石如盆，门窗釜甑，无复全者。生伏床下，蓄缩汗耸[2]。俄见女抱一物入，猫首獦尾[3]，置床前，嗾之曰："嘻嘻！可嚼奸人足。"物即龁履，齿利于刃。生大惧，将屈藏之，四肢不能少动。物嚼指，爽脆有声。生痛极，哀祝，女曰："所有金珠，尽出勿隐。"生应之。女曰："呵呵！"物乃止。生不能起，但告以处。女自往搜，珠钿衣服之外，止得二百余金。女少之，又曰："嘻嘻！"物复嚼。④生哀鸣求恕。女限十日，偿金六百，生诺之，女乃抱物去。久之，家人渐聚，从床下曳生出，足血淋漓，丧其二指。视室中，财物尽空，惟当年破被存焉，遂以覆生，令卧。又惧十日复来，乃货婢鬻产，以盈其数。至期，女果至，急付之，无言而去。

①丑狐以钱买相好，与男子以钱追欢买笑有什么区别？

②穆生做得过头了。

③话语有理。

④呵呵嘻嘻，恐怖的场面增添几分喜剧色彩。

自此遂绝。生足创，医药半年始愈，而家清贫如初矣。

狐适近村于氏。于业农，家不中资，三年间，援例纳粟，夏屋连蔓〔4〕，所衣华服，半生家物。生见之，亦不敢问。偶适野，遇女于途，长跪道左。女无言，但以素巾裹五六金，遥掷生，反身径去。后于氏早卒，女犹时至其家，家中金帛辄亡去。于子睹其来，拜参之，遥祝："父即去世，儿辈皆若子，纵不抚恤，何忍坐令贫也？"⑤女去，遂不复至。

异史氏曰："邪物之来，杀之亦壮；而既受其德，即鬼物不可负也。既贵而杀赵孟〔5〕，则贤豪非之矣。夫人非其心之所好，即万钟何动焉。观其见金色喜，其亦利之所在，丧身辱行而不惜者欤？伤哉贪人，卒取残败！"⑥

⑤ "儿辈皆若子"，打动丑狐之心也。

⑥ 但明伦评："明知其狐，而又厌其丑；乃见金而悦从之。鄙矣！卑矣！借以赡其身家，复因其略遗不继而遂驱之，毋乃愚而诈乎！嚼指有声，此等奸人，只合付之猫猡耳。"

校勘

底本：异史。参校：二十四卷本、铸雪斋本、青柯亭本。

注释

〔1〕枯坐：寂寞地坐着。〔2〕蓄缩汗竿：身体收缩着，满身大汗。〔3〕猫首猧（wō）尾：长着长尾巴的狸猫。猧，小狗。〔4〕夏屋连蔓：高大的房屋连成一片。〔5〕既贵而杀赵孟：赵孟，即春秋时晋国正卿赵盾，为赵氏一族之长，故时人称其为赵孟。他帮助晋灵公取得了继承权，灵公无道，对经常进谏的赵盾不满，派刺客杀他。

点评

丑狐不仅面目丑，心灵也丑，她以为金钱可以买来"爱情"，对方变心后，她报复得心狠手辣。穆生是小人，见钱眼开，钱少变脸。倘若一般人间女子遇到此种人，只能认命，只能以泪洗面，偏偏遇到有妖力的丑狐，用青州俗话说，叫"弯刀对着瓢切菜"。在这个怪异故事中蕴藏着深刻的哲理。

鬼狐

双南从古重黄金，移得人间好色春。
一场馀梦我分明，怨莫沉吟。

吕无病

洛阳孙公子名麒，娶蒋太守女，甚相得。二十夭殂，悲不自胜。离家，居山中别业。适阴雨，昼卧，室无人，忽见复室帘下，露妇人足，疑而问之。有女子褰帘出，年约十八九，衣服朴洁，而微黑多麻，类贫家女。意必村中僦屋者，呵曰："所须宜白家人，何得轻入！"女微笑曰："妾非村中人，祖籍山东，吕姓。父文学士[1]。妾小字无病。从父客迁，早离顾复[2]。慕公子世家名士，愿为康成文婢[3]。" ①孙笑曰："卿意良佳。但仆辈杂居，实所不便，容旋里后，当舆聘之。"女次且曰[4]："自揣陋劣，何敢遂望敌体[5]？聊备案前驱使，当不至倒捧册卷。"孙曰："纳婢亦须吉日。"乃指架上，使取通书第四卷[6]——盖试之也。女翻检得之。先自涉览，而后进之，笑曰："今日河魁不曾在房[7]。"孙意少动，留匿室中。女闲居无事，为之拂几整书，焚香拭鼎，满室光洁。孙悦之。

至夕，遣仆他宿。女俯眉承睫，殷勤臻至。命之寝，始持烛去。中夜睡醒，则床头似有卧人；以手探之，知为女，捉而撼焉。女惊寤，起立榻下，孙曰："何不别寝，床头岂汝卧处也？"女曰："妾善惧。"孙怜之，俾施枕床内。忽闻气息之来，清如莲蕊，异之；呼与共枕，不觉心荡；渐于同衾，大悦之。念避匿非策，又恐同归招议。孙有母姨，近隔十余门，谋令遁诸其家，而后再致之。女称善，便言："阿姨，妾熟识之，无容先达，请即去。"孙送之，逾垣而去。孙母姨，寡媪也。凌晨起户，女掩入。媪诘之，答云："若甥遣问阿姨。公子欲归，路赊乏骑，留奴暂寄此耳。"媪信之，遂止焉。孙归，矫谓姨家有婢，欲相赠，遣人舁之而还，坐卧皆以从。久益嬖之，纳为小妻。世家论婚，皆勿许，殆有

①二人相识，两个人物形象都写得很出色，孙公子诚恳多情，纯洁高雅。吕无病善解人意，一举一动，一言一笑，处处合"文婢"身份。

终焉之志。女知之，苦劝令娶；乃娶于许，而终嬖爱无病。许甚贤，略不争夕，而无病事许益恭，以此嫡庶偕好。许举一子阿坚，无病爱抱如己出。儿甫三岁，辄离乳媪，从无病宿，许唤之，不去也。无何，许病，寻卒，临诀，嘱孙曰："无病最爱儿，即令子之可也，即正位焉亦可也。"既葬，孙将践其言，告诸宗党，佥谓不可；女亦固辞，遂止。

邑有王天官女新寡〔8〕，来求姻。孙雅不欲娶，王再请之。媒道其美，宗族仰其势，共怂恿之。孙惑焉，又娶之。色果艳，而骄已甚，衣服器用，多厌嫌，辄加毁弃。孙以爱敬故，不忍有所拂。入门数月，擅宠专房，而无病至前，笑啼皆罪。时怒迁夫婿，数相斗阋〔9〕。孙患苦之，以故多独宿。妇又怒。孙不能堪，托故之都，逃妇难也。妇以远游咎无病。无病鞠躬屏气〔10〕，承望颜色，而妇终不快。夜使直宿床下，儿奔与俱。每唤起给使，儿辄啼，妇厌骂之。无病急呼乳媪来抱之，不去，强之，益号。妇怒起，毒挞无算，始从乳媪去。儿以是病悸，不食。妇禁无病，不令见之。儿终日啼，妇叱媪，使弃诸地。②儿气竭声嘶，呼而求饮，妇戒勿与。日既暮，无病窥妇不在，潜饮儿。儿见之，弃水捉衿，嗷啕不止。妇闻之，意气汹汹而出。儿闻声辍涕，一跃遂绝。无病大哭。妇怒曰："贱婢丑态！岂以儿胁我耶！无论孙家褓褓物，即杀王府世子〔11〕，王天官女亦能任之！"③无病乃屏息忍涕，请为葬具。妇不许，立命弃之。

妇既去，窃抚儿，四体犹温，隐语媪曰："可速将去，少待于野，我当继至。其死也，共弃之；活也，共抚之。"媪曰："诺。"无病入室，携簪珥出，追及之。共视儿，已苏。二人喜，谋趋别业，往依姨。媪虑其纤步为累，无病乃先趋以示之，疾若飘风，媪力奔始能及。约二更许，儿病危，不复可前。遂斜行入村，至田叟家，倚门待晓，叩扉借室，出簪珥易资，巫医并至，病卒不瘳。女掩泣曰："媪好视儿，我往寻其父也。"媪方惊其谬妄，

② 与《马介甫》《江城》不同，此文悍妇的虐待重点是前房之子。

③ 恶极。这是一个有"背景"的悍妇，娘家有势力，她就有脾气。

而女已杳矣，骇诧不已。

是日孙在都，方憩息床上，女悄然入。孙惊起曰："才眠，已入梦耶！"女握手哽咽，顿足不能出声。久之久之，方失声而言曰："妾历千辛万苦，与儿逃于杨——"句未终，纵声大哭，倒地而灭。孙骇绝，犹疑为梦；唤从人共视之，衣履宛然，大异不解。即刻趣装，星驰而归。既闻儿死妾遁，抚膺大悲。语侵妇，妇反唇相稽。孙忿，出白刃；婢妪遮救，不得近，遥掷之。刀脊中颊，颊破血流，披发嗥叫而出④，将以奔告其家。孙捉还，杖挞无数，衣皆若缕，伤痛不可转侧。孙命异诸房中，护养之，将待其瘥而后出之。

④ 孙麒算得上是男子汉大丈夫。比《马介甫》《江城》《邵九娘》中的窝囊废们强得多。

妇兄弟闻之，怒，率多骑登门，孙亦集健仆械御之。两相叫骂，竟日始散。王未快意，讼之。孙捍卫入城〔12〕，自诣质审，诉妇恶状。宰不能屈，送广文惩戒以悦王〔13〕。广文朱先生，世家子，刚正不阿，廉得情。怒曰："堂上公以我为天下之龌龊教官，勒索伤天害理之钱，以吮人痛痔者耶！此等乞丐相，我所不能！"⑤竟不受命。孙公然归。

⑤ 铁骨铮铮一教官。少有的科举人物。

王无奈之，乃示意朋好，为之调停，欲生一谢过其家。孙不肯，十反不能决。妇创渐平，欲出之，又恐王氏不受，因循而安之。妾亡子死，夙夜伤心，思得乳媪，一悉其情。因忆无病言"逃于杨"，近村有杨家疃，疑其在是；往问之，并无知者。或言五十里外有杨谷，遣骑诣讯，果得之。儿渐平复，相见各喜，载与俱归。儿望见父，嗷然大啼，孙亦泪下。妇闻儿尚存，盛气奔出，将致诮骂。儿方啼，开目见妇，惊投父怀，若求藏匿。抱而视之，气已绝矣。⑥急呼之，移时方苏。孙恚曰："不知如何酷虐，遂使吾儿至此！"乃立离婚书，送妇归。王果不受，又舁还孙。孙不得已，父子别居一院，不与妇通。乳媪乃备述无病情状，孙始悟其为鬼。感其义，葬其衣履，题碑曰"鬼妻吕无病之墓"。

⑥ 酷虐之极。

无何，妇产一男，交手于项而死之。孙益忿，复出

1213

⑦简单几句记述，隐藏着很深的社会心理在内。天官在，其女有恃无恐；天官不在，其女没了保护伞。

⑧在身处劣势时聪明地取得地位逆转。

妇；王又昇还之。孙无所为计，乃具状控诸上台，皆以天官故置不理。后天官卒，孙控不已，乃判令大归。⑦孙由此不复娶，纳婢焉。

妇既归，悍名噪甚，居三四年，无问名者。妇顿悔，而已不可复挽。有孙家旧媪，适至其家。妇优待之，对之流涕；揣其情，似念故夫。媪归告孙，孙笑置之。又年余，妇母又卒，孤无所依，诸娣姒颇厌嫉之，妇益失所，日辄涕零。一贫士丧偶，兄议厚其奁妆而遣之，妇不肯。每阴托往来者致意孙，泣告以悔，孙不听，终置之。一日，妇率一婢，窃驴跨之，竟奔孙。孙方自内出，迎跪阶下，泣不可止。孙欲去之，妇牵衣复跪之。孙固辞曰："如复相聚，常无间言则已耳；一朝有他，汝兄弟如虎狼，再求离逖，岂可复得！"妇曰："妾窃奔而来，万无还理。留则留之，否则死之！且妾自二十一岁从君，二十三岁被出，诚有十分恶，宁无一分情？"乃脱一腕钏，并两足而束之，袖覆其上，曰："此时香火之誓，君宁不忆之耶？"⑧孙乃荥眦欲泪，使人挽扶入室；而犹疑王氏诈谖〔14〕，欲得其兄弟一言为证据。妇曰："妾私出，何颜复求兄弟？如不相信，妾藏有死具在此，请断指以自明。"遂于腰间出利刃，就床边伸左手一指断之，血溢如涌。孙大骇，急为束裹。妇容色痛变，而更不呻吟，笑曰："妾今日黄粱之梦已醒，特借斗室为出家计，何用相猜？"孙乃使子及妾另居一所，而已朝夕往来于两间。又日求良药医指创，月余寻愈。

妇由此不茹荤酒，闭户诵佛而已。居久，见家政废弛，谓孙曰："妾此来，本欲置他事于不问，今见如此用度，恐子孙有饿莩者矣。无已，再觍颜一经纪之。"乃集婢媪，按日责其绩织。家人以其自投也，慢之，无人时窃相诮讪，而妇若不闻知。既而课工，惰者鞭挞不贷，众始惧之。又垂帘课主计仆，综理微密〔15〕。孙乃大喜，使儿及妾皆朝见之。阿坚已九岁，妇每加意温恤，朝入塾，常留甘饵以待其归，儿亦渐亲爱之。一日，儿以石投雀，妇适过，中颅而仆，逾刻不语。孙大怒，挞儿；妇苏，力止之，且喜曰："妾昔虐儿，中心每不自释，今幸销一罪案矣。"孙益嬖爱之，妇每拒，使就妾宿。居数年，屡产屡殇，曰："此昔日杀儿之报也。"阿坚既娶，遂以外事委儿，内事委媳。一日曰："妾某日当死。"孙不信。妇自理葬具，至日更衣入棺而卒。颜色如生，异香满室；既殓，香始渐灭。⑨

异史氏曰："心之所好，原不在妍媸也。毛嫱、西施，焉知非自爱之者美之乎？然不遭悍妒，其贤不彰，几令人与嗜痂者并笑矣。至锦屏之人〔16〕，其凤根原厚，故豁然一悟，立证菩提；若地狱道中，皆富贵而不经艰难者矣。"

⑨忽然变得如此贤惠，令人莫解，至于丧时异香满室，更不可思议。作者是否想以此奖励悍妇改邪归正？

校勘

底本：异史。参校：二十四卷本、铸雪斋本、青柯亭本。

注释

〔1〕文学士：读书人。〔2〕早离顾复：父母早死。顾复，父母的养育之恩。〔3〕康成文婢：东汉大学者郑玄，字康成。据《世说新语》记载，他家的丫鬟都读书，能灵活地运用《诗经》语句问答。此处用"康成"比孙麒。〔4〕次且：(zī jū) 犹豫不决，欲前不前。〔5〕敌体：地位相等的夫妻。〔6〕通书：黄历。〔7〕今日河魁不曾在房：《荆湖近事》记载，李戴仁性格迂腐，跟年轻的妻子分居两屋并约定"有兴则见"，有一晚，其妻要见他，他马上查黄历，说："今日河魁在房，不宜行事。"传为笑谈。河魁，月中凶神。〔8〕天官：吏部尚书。〔9〕斗阋（xì）：争斗。〔10〕鞠躬屏气：恭敬小心。〔11〕王府世子：亲王的嫡子。〔12〕捍卫：家人持械保护。〔13〕广文：儒学教官。县令因不能治孙麒罪，就把孙送到儒学教官那里，想让他按照违犯学规处罚，取悦王家。〔14〕诈谖：欺诈。〔15〕综理微密：管理精微周密。〔16〕锦屏之人：富贵人家的娇小姐。

点评

蒲松龄笔下的悍妇，《马介甫》中的尹氏和《邵九娘》中的金氏、江城，都极有神采，本文悍妇王天官女靠娘家势力施横施暴，公然仗势凌人，毫不避讳地说即使杀了王府世子，自己也不怕。对这样的悍妇，连县令都不敢制裁，只有在其娘家势力消弭时，她才改邪归正。写这样的悍妇，就和社会有了更深刻的联系。美丽悍酷的正妻和微黑多麻的小妾形成鲜明对比，一个外美内丑，一个外丑内美。吕无病是作者穷形尽相描绘的贤妾，打不不手，骂不还手，甘居人下，低调守分，温柔、文雅、善良。男主角孙麒将这两个绝对对立的人物有机联系起来，本身形象也得到生动刻画。

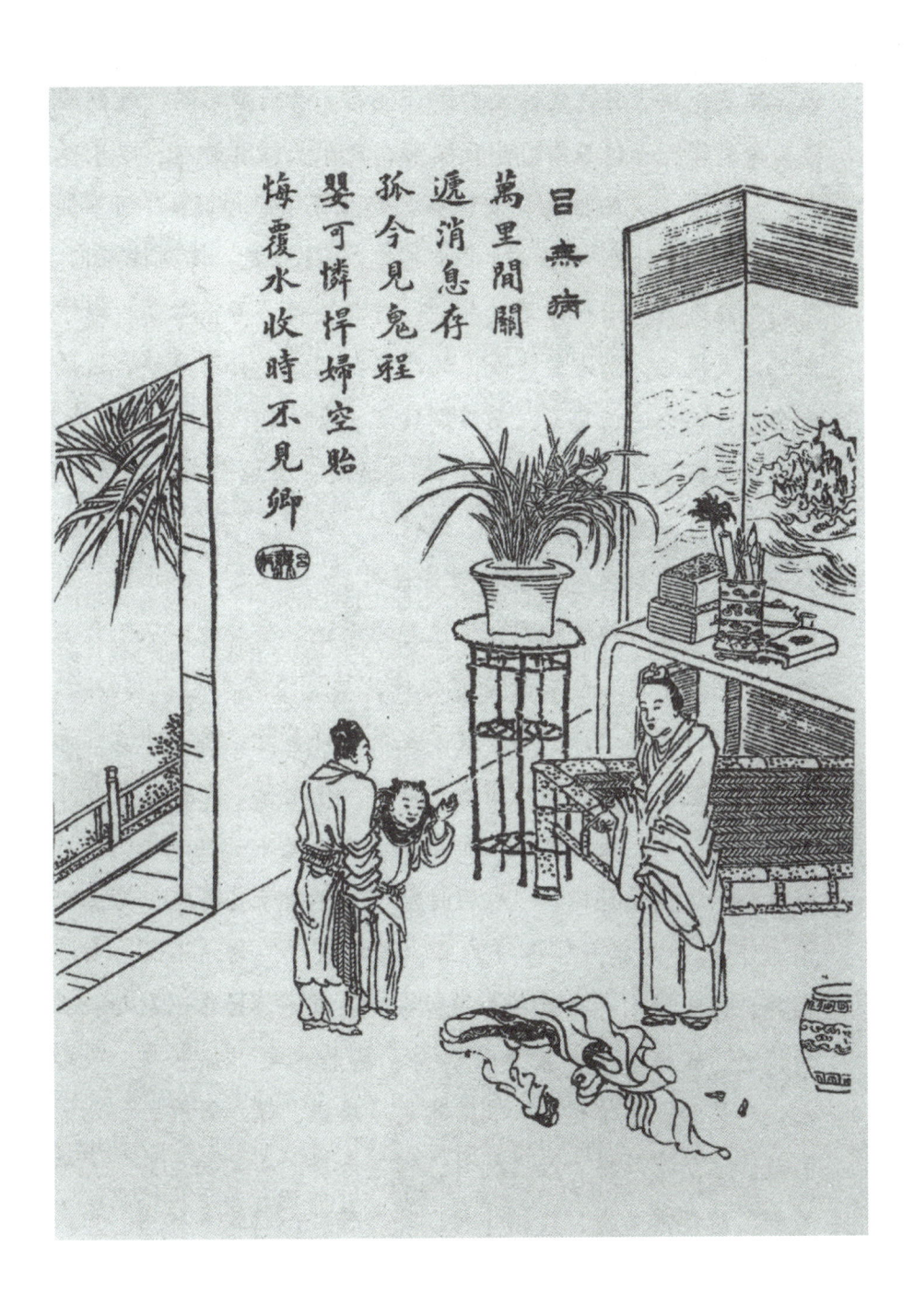

曰無病
萬里間關
遞消息存
孤今見鬼程
嬰可憐悍婦空貽
悔覆水收時不見卿

钱卜巫

①绰号起得好。

②形容得妙。

③细节写夏商诚朴。

夏商,河间人。其父东陵,豪富侈汰〔1〕,每食包子,辄弃其角,狼藉满地。人以其肥重,呼之"丢角太尉"①。暮年家綦贫,日不给餐,两肱瘦,垂革如囊,人又呼"募庄僧〔2〕",谓其挂袋②也。临终谓商曰:"余生平暴殄天物〔3〕,上干天怒,遂至冻饿以死。汝当惜福力行,以盖父愆〔4〕。"

商恪遵治命〔5〕,诚朴无二,躬耕自给。乡人咸爱敬之。富人某翁哀其贫,假以资,使学负贩,辄亏其母。愧无以偿,请为佣,翁不肯。商瞿然不自安〔6〕,尽货其田宅,往酬翁。翁诘得情,益怜之,强为赎还旧业;又益贷以重金,俾作贾。商辞曰:"十数金尚不能偿,奈何结来生驴马债耶〔7〕?"翁乃招他贾与偕。数月而返,仅能不亏;翁不收其息,使复之。年余,贷资盈橐,归至江,遭飓,舟几覆,物半丧失。归计所有,略可偿主,遂语贾曰:"天之所贫,谁能救之?此皆我累君也!"乃稽簿付贾〔8〕,奉身而退〔9〕。翁再强之,必不可,躬耕如故。每自叹曰:"人生世上,皆有数年之享,何遂落魄如此?"③

会有外来巫,以钱卜,悉知人运数。敬诣之。巫,老妪也。寓室精洁,中设神座,香气常熏。商入朝拜讫,巫便索资。商授百钱,巫尽纳木筒中,执跪座下,摇响如祈签状。已而起,倾钱入手,而后于案上次第摆之。其法以"字"为否,"幕"为亨〔10〕;数至五十八皆"字",以后则尽"幕"矣。遂问:"庚甲几何?"答:"二十八岁。"巫摇首曰:"早矣!官人现行者先人运,非本身运。五十八岁方交本身运,始无盘错也〔11〕。"问:"何谓先人运?"曰:"先人有善,其福未尽,则后人享之;先人有不善,其祸未尽,则后人亦受之。"商屈指曰:"再三十年，齿已老耆，行就木矣。"巫曰："五十八以前，便有五年回润，略可营谋；然仅免饥寒耳。五十八之年，当有巨金自来，不须力求。官人生无过行，再世享之不尽也。"

别巫而返，疑信半焉。然安贫自守，不敢妄求。后至五十三岁，留意验之。时方东作〔12〕，病疷不能耕〔13〕。既瘥，天大旱，早禾尽枯。近秋方雨，家无别种，田数亩悉以种谷。既而又旱，荞菽半死，惟谷无恙；后得雨勃发，其丰倍焉。来春大饥，得以无馁。商以此信巫，从翁贷资，小权子母〔14〕，辄小获；或劝作大贾，商不肯。迨五十七岁，偶葺墙垣，掘地得铁釜；揭之，白气如絮，惧不敢发。移时气尽，白镪满瓮。夫妻共运之，称计一千三百二十五两。窃议巫术小舛。邻人妻入商家，窥见之，归告夫。夫忌焉，潜告邑宰。宰最贪，拘商索金。妻欲隐其半，商曰："非所宜得，留之贾祸。"尽献之。宰得金，恐其漏匿，又追贮器，以金实之，满焉，乃释商。④居无何，宰迁南昌同知〔15〕。逾岁，商以讼迁至南昌〔16〕，则宰已死。妻子将归，货其粗重；有桐油如干篓，商以直贱，买之以归。既抵家，器有渗漏，泻注他器，则内有白金二铤；遍探皆然。兑之，适得前掘镪之数。

商由此暴富，益赡贫穷，慷慨不吝。妻劝积遗子孙，商曰："此即所以遗子孙也。"邻人赤贫至为丐，欲有所求，而心自愧。商闻而告之曰："昔日事，乃我时数未至，故鬼神假子手以败之，于汝何尤？"遂周给之。邻人感泣。后商寿八十，子孙承继，数世不衰。

异史氏曰："汏侈已甚，王侯不免，况庶人乎！生暴天物，死无饭含〔17〕，可哀矣哉！幸而鸟死鸣哀，子能干蛊〔18〕，穷败七十年，卒以中兴；不然，父孽累子，子复累孙，不至乞丐相传不止矣。何物老巫，遂宣天之秘？呜呼！怪哉！"

④邑令索财已是过分，还要贮器以检查是否全部交出，贪财的形象写得入木三分。

校勘

底本：青柯亭本。参校：异史、二十四卷本。

注释

〔1〕侈汰：奢侈浪费。〔2〕募庄僧：沿着各个村庄化缘的和尚。〔3〕暴殄天物：糟蹋上天赐的食物。〔4〕盖：遮盖、覆盖。〔5〕治命：临终遗命。〔6〕瞿然：吃惊的样子。〔7〕结来生驴马债：因为欠债太多，今生还不清，来生做牛做马还债。〔8〕稽簿：查考账簿。〔9〕奉身而退：没索取任何报酬就走了。〔10〕其法以"字"为否，"幕"为亨：以钱占卜的文法，以钱的反正面说明运气的好坏。字是正面，幕是反面。〔11〕始无盘错：先人的命运才不再盘根错节地影响到本人。〔12〕东作：春耕。〔13〕痁（shān）：疟疾。〔14〕权子母：做生意。〔15〕同知：通常指知府副手，清代知府也可称同知。〔16〕懋迁：贸易。〔17〕饭含：古代丧礼以珠、玉、贝、米等纳于死者口中。〔18〕干蛊：即"干父之蛊"，匡正父亲的邪恶作为，完成父亲没有完成的事业。《易·蛊》："干父之蛊，有子，考无咎，厉终吉。"

点评

神秘的迷信故事蕴含不少生活哲理。父辈骄奢淫逸会给后辈带来冻饿之馁。而子孙淳朴勤劳不仅可减轻父辈的罪孽，还可给自己带来富足生活。小说开头写夏东陵仅用两个极小的细节：生前骄纵因吃包子丢角得"丢角太尉"外号；晚年瘦得皮肉松弛像挂袋，形容至妙。夏商诚朴而"认命"使其在贫困中保持着平和的心态并逃脱了贪官加罪，而贪官诈取的钱冥冥中又全部回到夏商手中，一切都是巧，一切都是命。本篇情节生动曲折，人物互相映衬，语言简练明快，是思想价值不算太高艺术价值却不低的小说。

錢卜巫

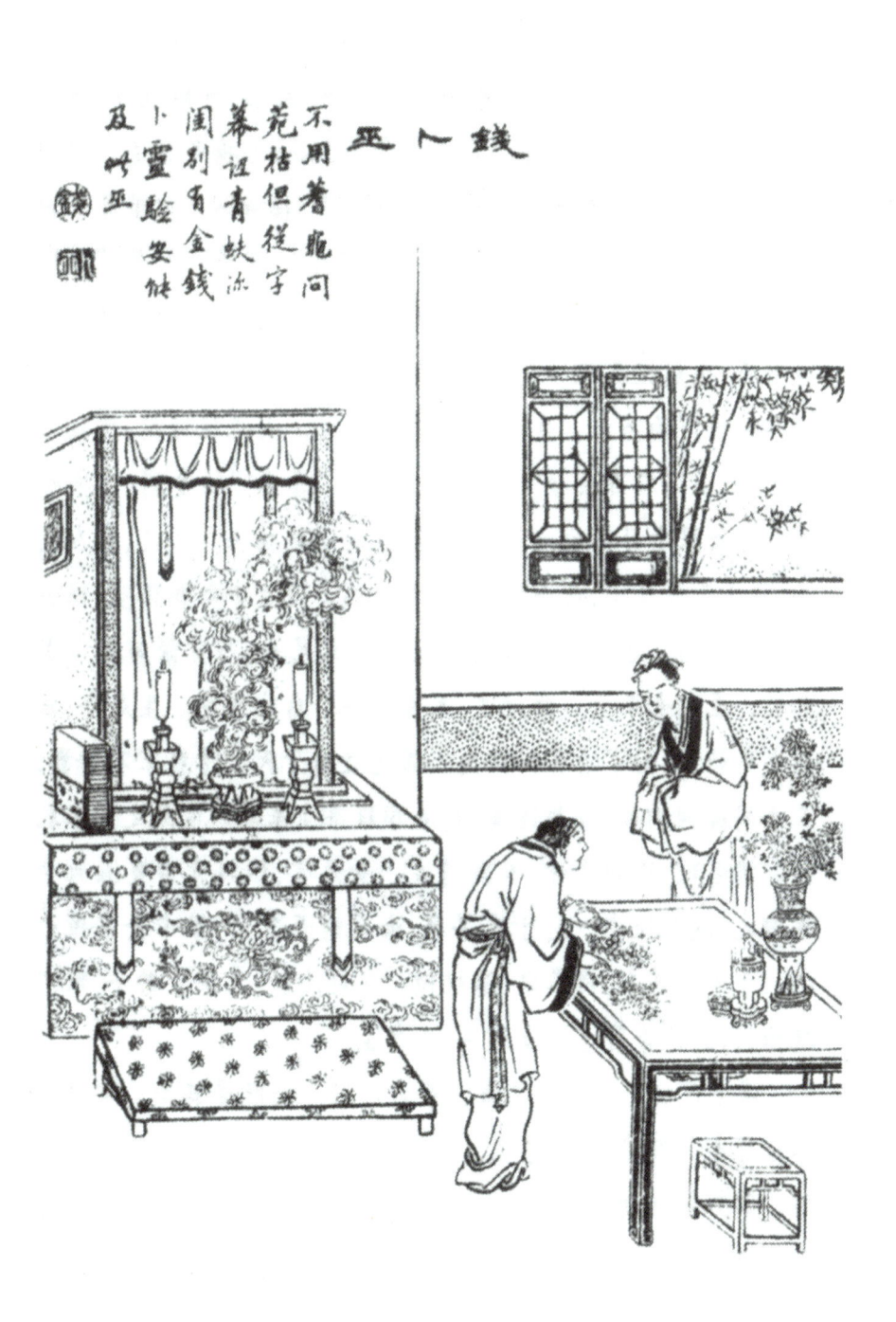

不用蓍龜問
苑枯但從字
幕證青蚨冰
閨別有金錢
卜靈驗姿媒
及此巫

姚安

① 杀人犯宜处死。

② 活见鬼。如果画出，当是一幅精妙图画。

③ 杀妻细节一步一步生动细致传神。先"悄然入"，然后见男子冠而忿，"奔入"写其气急败坏之状，"力斩"写其愤怒程度。

④ 两次杀妻不同，前边全是实际情况，后边全是幻觉。

　　姚安，临洮人〔1〕，美丰标〔2〕。同里宫姓，有女子字绿娥，艳而知书，择偶不嫁。母语人曰："门族风采，必如姚某始字之。"姚闻，绐妻窥井，挤堕之①，遂娶绿娥。雅甚亲爱。然以其美也，故疑之。闭户相守，步輒缀焉；女欲归宁，则以两肘支袍，覆翼以出，入舆封志〔3〕②，而后驰随其后，越宿，促与俱归。女心不能善，忿曰："若有桑中约，岂琐琐所能止耶！"姚以故他往，则扃女室中，女益厌之，俟其去，故以他钥置门外以疑之。姚见大怒，问所自来。女愤言："不知！"姚愈疑，伺察弥严。一日，自外至，潜听久之，乃开锁启扉，惟恐其响，悄然掩入。见一男子貂冠卧床上，忿怒，取刀奔入，力斩之。③近视，则女昼眠畏寒，以貂覆面上。大骇，顿足自悔④。

　　宫翁忿质于官。官收姚，褫衿苦械〔4〕。姚破产，以巨金赂上下，得不死。由此精神迷惘，若有所失。适独坐，见女与髯丈夫狎亵榻上，恶之，操刀而往，则没矣；反坐，又见之。怒甚，以刀击榻，席褥断裂。愤然执刃，近榻以伺之，见女立面前，视之而笑。遽砍之，立断其首；既坐，女不移处，而笑如故。夜间灭烛，则闻淫溺之声，亵不可言。日日如是，不复可忍，于是鬻其田宅，将卜居他所。至夜，偷儿穴壁入，劫金而去。自此贫无立锥，忿恚而死。里人藁葬之。

　　异史氏曰："爱新而杀其旧，忍乎哉！人止知新鬼为厉，而不知故鬼之夺其魄也。呜呼！截指而适其履〔5〕，不亡何待！"

校勘

底本：青柯亭本。参校：异史、二十四卷本。

注释

〔1〕临洮：甘肃地名，今甘肃省定西市临洮县。〔2〕美丰标：人物秀美，风度翩翩。〔3〕入舆封志：等绿娥坐到轿中加上封条。〔4〕褫（chǐ）衿苦械：剥去衣巾，酷刑对待。褫衿，去掉学子的服装。〔5〕截指而适其履：此句指姚安害死妻子娶绿娥。本来跟绿娥不是姻缘而杀妻强求之。

点评

绿娥"艳而知书"，她的母亲却不正当地以有妇之夫做择偶标准，埋下悲剧根源。姚安喜新厌旧，恶毒杀妻，本已该杀，自己二三其德，却怀疑他人朝三暮四。绿娥的美成了他的思想负担，先是神经质，后是精神病。道德沦丧者死不足惜，可叹的是他的两任妻子。小说以惩恶扬善为目的，极尽夸张渲染之能事。姚安在妻子归宁时"两肘支袍"的形态，写尽妒夫形状。写绿娥死后姚安的幻觉更是穷形尽相。

姚安
鸾胶方喜续
新婚画意黏冠
起祸根不
是将心生暗
鬼可知井
底有冤魂

采薇翁

　　明鼎革，干戈蜂起。於陵刘芝生先生聚众数万[1]，将南渡。忽一肥男子诣栅门[2]，敞衣露腹，请见兵主。先生延入与语，大悦之。问其姓名，自号采薇翁。刘留参帷幄，赠以刃。翁言："我自有利兵，无须矛戟。"问："兵所在？"翁乃捋衣露腹，脐大可容鸡子；忍气鼓之，忽脐中塞肤，嗤然突出剑跗[3]；握而抽之，白刃如霜。刘大惊，问："止此乎？"笑指腹曰："此武库也，何所不有。"命取弓矢，又如前状，出雕弓一具；略一闭息，则一矢飞堕，其出不穷。已而剑插脐中，既都不见。刘神之，与同寝处，敬礼甚备。

　　时营中号令虽严，而乌合之群，时出剽掠[4]。翁曰："兵贵纪律；今统数万之众，而不能镇慑人心，此败亡之道。"刘喜之，于是纠察卒伍，有掠取妇女财物者，枭以示众。军中稍肃，而终不能绝。翁不时乘马出，遨游部伍之间，而军中悍将骄卒，辄首自堕地，不知其何因。因共疑翁。前进严饬之策，兵士已畏恶之；至此益相憾怨。诸部领潜于刘曰："采薇翁，妖术也。自古名将，止闻以智，不闻以术。浮云、白雀之徒[5]，终致灭亡。今无辜将士，往往自失其首，人情汹惧；将军与处，亦危道也，不如图之。"刘从其言，谋俟其寝而诛之。使觇翁，翁坦腹方卧，息如雷。众大喜，以兵绕舍，两人持刀入断其头；及举刀，头已复合，息如故，大惊。又斫其腹；腹裂无血，其中戈矛森聚，尽露其颖。众益骇，不敢近；遥拨以矟[6]，而铁弩大发，射中数人。众惊散，白刘。刘急诣之，已杳矣。

校勘

底本：青柯亭本。参校：异史、二十四卷本。

注释

[1]於（yú）陵：今山东邹平市。[2]栅门：军营之门。[3]剑跗（fū）：剑柄。[4]剽掠：抢劫。[5]浮云、白雀之徒：指剑侠之类。唐代剑侠妙手空空儿能隐身浮云，渔阳人张坚得一白雀，借其力登天。[6]矟（shuò）：长矛。

点评

一则构思奇异的怪异谈闻。古人云"胸中自有百万兵",此文则写采薇翁腹中有百万兵(兵器)。众人纪律不明受惩罚,反而讦告采薇翁,自古能人多受庸人干扰不能成事,此篇亦暗寓此理。采薇翁之腹,是前人从未写过的怪腹之最。

采薇翁

绕袖利剑又雕弓
武库启戎去不穷
腹裹藏刀兼盡语
年那知其有采薇翁

崔猛

崔猛字勿猛,建昌世家子[1]。性刚毅,幼在塾中,诸童稍有所犯,辄奋拳殴击,师屡戒不悛,名、字皆先生所赐也。至十六七,强武绝伦。又能持长竿跃登夏屋。喜雪不平,以是乡人共服之,求诉禀白者盈阶满室[2]。崔抑强扶弱,不避怨嫌;稍逆之,石杖交加,支体为残。每盛怒,无敢劝者。惟事母孝,母至则解。母谴责备至,崔唯唯听命,①出门辄忘。

比邻有悍妇,日虐其姑。姑饿濒死,子窃啖之;妇知,诟厉万端,声闻四院。崔怒,逾垣而过,鼻耳唇舌尽割之,立毙。母闻之大骇,呼邻子,极意温恤,配以少婢,事乃寝。母愤泣不食。崔惧,跪请受杖,且告以悔,母泣不顾。崔妻周,亦与并跪。母乃杖子,而又针刺其臂,作十字纹,朱涂之,俾勿灭。崔并受之,母乃食。

母喜饭僧道,往往餍饱之。适一道士在门。崔过之。道士目之曰:"郎君多凶横之气,恐难保其令终[3]。积善之家,不宜有此。"崔新受母戒,闻之,起敬曰:"某亦自知;但一见不平,苦不自禁。力改之,或可免否?"道士笑曰:"姑勿问可免不可免,请先自问能改不能改。但当痛自抑;如有万分之一,我告君一解死之术。"崔生平不信厌禳,但笑不言。道士曰:"我固知君不信。但我所言,不类巫觋[4],行之亦盛德;即或不效,亦不至有所妨。"崔请之,乃曰:"适门外一后生,宜厚结之,即犯死罪,彼亦能活之也。"呼崔出,指示其人。盖赵氏儿,名僧哥。赵,南昌人,以岁祲饥,侨寓建昌。崔由是深相结,请赵馆于其家,供给优厚。僧哥年十二,登堂拜母,约为昆弟。逾岁东作,赵携家去,音问遂绝。

崔母自邻妇死,戒子益切,有赴诉者,辄摈斥之。

① 崔猛的性格刚猛和对母之孝形成小说前半部分的主要矛盾,衍化出一系列生动情节。

卷六

一日，崔母弟卒，从母往吊。途遇数人絷一男子，呵骂促步，加以捶扑。观者塞途，舆不得进。崔问之，识崔者竞相拥告。先是，有巨绅子某甲者，豪横一乡，窥李申妻有色，欲夺之，道无由。因命家人诱与博赌，贷以资而重其息，要使署妻于券，资尽复给。终夜负债数千，积半年，计子母三十余千。申不能偿，强以多人篡取其妻。申哭诸其门，某怒，拉系树上，榜笞刺劙，逼立"无悔状"②。崔闻之，气涌如山，鞭马前向，意将用武。母搴帘而呼曰："嘻〔5〕！又欲尔耶！"崔乃止。既吊而归，不语亦不食，兀坐直视，若有所嗔。妻诘之，不答。至夜，和衣卧榻上，辗转达旦，次夜复然。忽启户出，辄又还卧。如此三四，妻不敢诘，惟愍息以听之。既而迟久乃返，掩扉熟寝矣。③

是夜，有人杀某甲于床上，刳腹流肠；申妻亦裸尸床下。官疑申，捕治之。横被残梏，踝骨皆见，卒无词。积年余，不能堪，诬服〔6〕，论辟〔7〕。会崔母死，既殡，告妻曰："杀甲者，实我也，徒以有老母，故不敢泄。今大事已了，奈何以一身之罪殃他人？我将赴有司死耳！"④妻惊挽之，绝裾而去〔8〕，自首于庭。官愕然，械送狱，释申。申不可，坚以自承。官不能决，两收之。戚属皆诮让申，申曰："公子所为，是我欲为而不能者也。彼代我为之，而忍坐视其死乎？今日即谓公子未出也可。"⑤执不异词，固与崔争。久之，衙门皆知其故，强出之，以崔抵罪，濒就决矣。会恤刑官赵部郎〔9〕，案临阅囚，至崔名，屏人而唤之。崔入，仰视堂上，僧哥也。悲喜实诉。赵徘徊良久，仍令下狱，嘱狱卒善视之。寻以自首减等，充云南军，申为服役而去，未期年，援赦而归。皆赵力也。

既归，申终从不去，代为纪理生业。予之资，不受。缘橦技击之术〔10〕，颇以关怀。崔厚遇之，买妇授田焉。崔由此力改前行，每抚臂上刺痕，泫然流涕，以故乡邻有事，申辄矫命排解，不相承禀。⑥

1229

有王监生者，家豪富，四方无赖不仁之辈，出入其门。邑中殷实者，多被劫掠；或迕之，辄遣盗杀诸途。子亦淫暴。王有寡婶，父子俱烝之〔11〕。妻仇氏屡沮王，王缢杀之。仇兄弟质诸官，王赇嘱，以告者坐诬〔12〕。兄弟冤愤莫伸，诣崔求诉。申绝之使去。过数日，客至，适无仆，使申瀹茗。申默然出，告人曰："我与崔猛朋友耳，从徙万里，不可谓不至矣；曾无廪给，而役同厮养，所不甘也！"遂忿而去。或以告崔，崔讶其改节，而亦未之奇也。申忽讼于官，谓崔三年不给佣值。崔大异之，亲与对状，申忿相争。官不直之，责逐而去。又数日，申忽夜入王家，将其父子娣妇并杀之，粘纸于壁，自书姓名，及追捕之，则亡命无迹。王家疑崔主使，官不信。崔始悟前此之讼，盖恐杀人之累己也。关行附近州邑，追捕甚急。会闯贼犯顺〔13〕，其事遂寝。及明鼎革，申携家归，仍与崔善如初。

时土寇啸聚，王有从子得仁⑦，集叔所招无赖，据山为盗，焚掠村疃。一夜，倾巢而至，以复仇为名。崔适他出，申破扉始觉，越墙伏暗中。贼搜崔、李不得，携崔妻，括财物而去。申归，止有一仆，忿极，乃断绳数十段，以短者付仆，长者自怀之。嘱仆越贼巢，登半山，以火爇绳，散挂荆棘，即反勿顾。仆诺而去。申窥贼皆腰束红带，帽系红绢，遂效其装。有老牝马初生驹，贼弃诸门外。申乃缚驹跨马⑧，衔枚而出〔14〕，直至贼穴。贼据一大村，申絷马村外，逾垣入。见贼众纷纭，操戈未释。申窃问诸贼，知崔妻在王某所。俄闻传令，俾各休息，轰然噭应。忽一人报"东山有火"，众贼共望之；初犹一二点，既而多类星宿。申矻息急呼"东山有警"。王大惊，束装率众而出。申乘间漏出其右，返身入内。见两贼守帐，绐之曰："王将军遗佩刀。"两贼竞觅。申自后砍之，一贼踣；其一回顾，申又斩之。竟负崔妻越垣而出。解马授辔，曰："娘子不知途，纵马可也。"马恋驹奔驶，申从之。出一隘口，申灼火于绳，遍悬之，

⑦以从子关系与监生联系起来。"王得仁"实是"忘得仁"，疑《红楼梦》中的"王仁"名字由此借鉴。

⑧一匹马身上也可以把文章做得如此细密。老牝马生驹被弃，申利用之，缚驹跨马，马恋驹，将自动带崔妻返回。

乃归。

次日，崔还，以为大辱，形神跳躁〔15〕，欲单骑往平贼。申谏止之。集村人共谋，众恇怯莫敢应。解谕再四，得敢往二十余人，又苦无兵。适于得仁族姓家获奸细二，崔欲杀之，申不可；命二十人各持白梃，具列于前，乃割其耳而纵之。众怨曰："此等兵旅，方惧贼知，而反示之。脱其倾队而来，阖村不保矣！"申曰："吾正欲其来也。"执匿盗者诛之。遣人四出，各假弓矢火铳，又诣邑借巨炮二。日暮，率壮士至隘口，置炮当其冲；使二人匿火而伏，嘱见贼乃发。又至谷东口，伐树置崖上。已而与崔各率十余人，分岸伏之。一更向尽，遥闻马嘶，暗觇之，贼果大至，缰属不绝〔16〕。俟尽入谷，乃推堕树木，断其归路。俄而炮发，喧腾号叫之声震动山谷。贼骤退，自相践踏；至东口，不得出，集无隙地。两岸铳矢夹攻，势如风雨，断头折足者枕藉沟中。遗二十余人，长跪乞命。乃遣人縶送以归。乘胜直抵其巢。守巢者闻风奔窜，搜其辎重而还。崔大喜，问其设火之谋。曰："设火于东，恐其西追也；短，欲其速尽，恐侦知其无人也；既而设于谷口，口甚隘，一夫可以断之，彼即追来，见火必惧：皆一时犯险之下策也。"⑨取贼鞫之，果追入谷，见火惊退。二十余贼，尽劓刖而放之〔17〕。由此威声大震，远近避乱者从之如市，得土团三百余人。各处强寇无敢犯，一方赖之以安。

异史氏曰："快牛必能破车〔18〕，崔之谓哉！志意慷慨，盖鲜俪矣〔19〕。然欲天下无不平之事，宁非意过其通者与？李申，一介细民，遂能济美。缘橦飞入，剪禽兽于深闺；断路夹攻，荡幺魔于隘谷。使得假五丈之旗〔20〕，为国效命，乌在不南面而王哉！"

⑨言简意赅。李申宛如大将，不知其本事从何而来？

校勘

底本：青柯亭本。参校：异史、二十四卷本、铸雪斋本。

注释

〔1〕建昌：明清府名，今江西省抚州市南城县。〔2〕求诉禀白者盈阶满室：来向崔倾诉不幸遭遇的人坐满家里的屋子和屋外的台阶。〔3〕难保其令终：难以保证善终。〔4〕巫：女巫。觋（xí）：男巫。〔5〕嗟（jiē）：感叹。〔6〕诬服：屈打成招。〔7〕论辟：判死刑。〔8〕绝裾：断绝襟袖。〔9〕恤刑官：刑部派往各地巡查的官员。〔10〕缘橦技击之术：爬杆、武术等技艺。〔11〕烝（zhēng）：下与上通奸。〔12〕坐诬：反诬对方。〔13〕闯贼犯顺：李自成起义反抗明朝统治。〔14〕衔枚：古代行军时，士兵口衔的类似筷子状的物品，用以防止喧哗。这里指静悄悄，没有动静。〔15〕形神跳躁：暴跳如雷。〔16〕繦（qiǎng）属不绝：队伍连绵不绝。〔17〕劓刖（yì yuè）：割鼻断足。〔18〕快牛必能破车：《晋书·石季龙载记》："快牛为犊子时，多能破车。"此处说刚强勇猛、爱打抱不平的人在成长过程中容易惹来灾祸。〔19〕鲜俪：很少有对手。〔20〕五丈之旗：杆高五丈的旗，指帅旗或大将旗帜。

点评

这是个曲折生动的故事。时间跨度大，人物众多，情节往复回环、盘根错节。"崔猛"既是篇名，自应是故事主角，其猛、孝、义奕奕生辉。次要人物李申不仅篇幅远远超过崔猛，人物风采亦青出于蓝而胜于蓝。李申本寻常市井之人，因崔猛路见不平拔刀相助且不惜以命拯救，李申的良知顿醒，性格骤转，义、侠、智种种杰出品格大放光彩。小说前后写两个不同人物，却有机地勾连在一起，前部是崔猛为李申报仇，崔为主，李为辅；后部是李申为崔猛救妻、灭寇，李为主，崔为辅。前部为后部之因，后部是前部之果。因果分明，细细密密。情节错综，一丝不乱。除两个主要人物外，崔母的严格教子，崔妻的贤惠懂事，王监生的奸诈毒辣，人各一面，各有神采。

崔猛

排難解紛郭解
派運籌帷幄
出奇謀兩人倘
早登壇命良
信勳名可匹儔

诗谳〔1〕

青州居民范小山，贩笔为业，行贾未归。四月间，妻贺氏独宿，为盗所杀。是夜微雨，泥中遗诗扇一握，乃王晟之赠吴蜚卿者。晟，不知何人；吴，益都之素封，与范同里，平日颇有佻达之行，故里党共信之。郡县拘质，坚不伏，而惨被械梏，诬以成案；驳解往复〔2〕，历十余官，更无异议。

吴亦自分必死，嘱其妻罄竭所有，以济茕独〔3〕。有向其门诵佛千者，给以絮裤；至万者絮袄。于是乞丐如市，佛号声闻十余里。因而家骤贫，惟日货田产以给资斧。阴赂监者使市鸩〔4〕，夜梦神人告之曰："子勿死，曩日'外边凶'，目下'里边吉'矣。"〔5〕再睡又言，以是不果死。

未几，周元亮先生分守是道〔6〕，录囚至吴〔7〕，若有所思。因问："吴某杀人，有何确据？"范以扇对。先生熟视扇，便问："王晟何人？"并云不知。又将爰书细阅一过〔8〕，立命脱其死械，自监移之仓〔9〕。范力争之，怒曰："尔欲妄杀一人便了却耶？抑将得仇人而甘心耶？"①众疑先生私吴，即莫敢言。②

先生标朱签〔10〕，立拘南郭某肆主人。主人惧，罔知所以。至则问曰："肆壁有东莞李秀诗〔11〕，何时题耶？"答云："旧岁提学案临，有日照二三秀才〔12〕，饮醉留题，不知所居何里。"遂遣役至日照，坐拘李秀〔13〕。数日秀至，怒曰："既作秀才，奈何谋杀人？"③秀顿首错愕④，但言："无之！"先生掷扇下，令其自视，曰："明系尔作，何诡托王晟？"秀审视，曰："诗真某作，字实非某书。"曰："既知汝诗，当即汝友。谁书者？"秀曰："迹似沂州王佐。"乃遣役赍拘王佐。佐至，呵之如秀状。佐供："此益都

①话如利剑。

②以众人猜疑反衬。

③问得突兀。

④其表情说明非罪犯。

⑤回环往复，水落石出。

⑥叙述合理。

⑦有心人也。

铁商张成索某书者，云晟其表兄也。"⑤先生曰："盗在此矣。"执成至，一讯遂伏。

先是，成窥贺氏美，欲挑之，恐不谐。念托于吴，必人所共信，故伪为吴扇，执而往。谐则自认，不谐则嫁名于吴，而实不期至于杀也。⑥逾垣入逼妇；妇以独居，常以刃自卫。既觉，捉成衣，操刀而起。成惧，夺其刀。妇力挽。令不得脱，且号。成益窘，遂杀之，委扇而去。

三年冤狱，一朝而雪，无不诵神明者。吴始悟"里边吉"乃"周"字也。然终莫解其故。后邑绅乘间请之〔14〕，笑曰："此甚易知。细阅爱书，贺被杀在四月上旬，是夜阴雨⑦，天气犹寒，扇乃不急之物，岂有忙迫之时，反携此以增累者，其嫁害可知。向避雨南郭，见题壁诗与箧头之作，口角相类〔15〕，故妄度李生，果因是而得真盗。幸中矣。"闻者叹服。

异史氏曰："天下事，入之深者，当无事常为有事之用〔16〕。诗词歌赋文章，华国之具也〔17〕，而先生以相天下士〔18〕，称孙阳焉〔19〕。岂非入其中深乎？而不谓相士之道，移于折狱〔20〕。《易》曰：'知几其神〔21〕。'先生有之矣。"

校勘

底本：青柯亭本。参校：异史、二十四卷本、铸雪斋本。

注释

〔1〕诗谳（yàn）：因诗歌审判定罪的案件。〔2〕驳解往复：在上下级衙门里反复审理。〔3〕茕独：孤独无依的人。〔4〕市鸩：买毒酒。〔5〕"外边凶"和"里边吉"：字意和字形的隐字，"外边凶"指现在的处境；"里边吉"隐"周"。〔6〕周元亮：即周亮工（1612—1672），字元亮，河南开封人。明末官至浙江道监察御史，清初官至吏部左侍郎。康熙元年（1662）任青州海防道，治所在青州市。〔7〕录囚：检阅囚犯案件。〔8〕爰（yuán）书：记录囚犯供词的文书。〔9〕自监移之仓：从死囚牢房转移到一般犯人的牢房。据《清会典》，

1235

监狱分内外监，内监关押死囚；外监关押犯一般罪过的犯人。周元亮将吴蜚卿自内监转移到外监，即说明他认为吴没有杀人。〔10〕标朱签：写红色的竹签。朱签，官府交给衙役拘捕犯人的凭证。〔11〕东莞：明清县名，属青州府，今山东省莒县。〔12〕日照：明清县名，今山东省日照市。〔13〕坐拘：坐等拘捕。〔14〕乘间：找机会。〔15〕口角相类：语气相似。〔16〕"天下事"三句：天下的事情，能够深入事理的人，就能从一些看似无用的事中发现它的作用。〔17〕华国之具：给国家增添光彩的事。〔18〕相天下士：根据读书人的诗词判断他的行为。〔19〕孙阳：伯乐，善相马。〔20〕相士之道，移于折狱：将判断读书人的文法用来分析案情。〔21〕知几其神：神妙地知道事物发生变化的隐微因素。见《易·系辞下》。

点评

一个素性佻达者因有其名字的扇子出现在杀人现场，被判杀人，似乎顺理成章。十几个官员都没想到是常识性误判。周元亮一接触案情马上断定杀人者另有其人，是出于两个别人不会注意的因素：一是他知道杀人夜阴雨天凉，扇子明显是栽赃嫁祸；二是他看到过同样笔迹写的类似诗句。这两个因素都带偶然性，有心者却加以思考，创造了翻案的必然。周元亮是心理学大师。写他断案几乎全用对话。语言精彩生动，活画出周的聪慧、善思、果断。对苦主，劝解之中带温情；对嫌疑犯，威慑之中带诱导。同是嫌疑犯也因人而宜。对最可能杀人的李秀，先声夺人地以"杀人"诈问，再细细追查隐情。对王佐则一笔带过，避免重复。篇末像英国侦探小说女王阿加莎·克里斯蒂创造的大侦探波洛一样，对如何断案和盘托出。"异史氏曰"再对其断案之神做理论分析。构思紧凑，引人入胜。小说的命题很有意义，"谳"是审判定案的意思，"诗谳"是通过诗歌审案。故事与"异史氏曰"的议论相辅相成。

詩曰

獄氣已具執
平反巨眼
何期遇樣
圖將本當年遺
扇在一
詩竟
當復
盆冤

鹿衔草

关外山中多鹿[1]。土人戴鹿首伏草中,卷叶作声,鹿即群至。然牡少而牝多。牡交群牝,千百必遍,既遍遂死。众牝嗅之,知其死,分走谷中,衔异草置吻旁以熏之,顷刻复苏。急鸣金施铳[2],群鹿惊走。因取其草,可以回生。

校勘

底本:异史。参校:二十四卷本、铸雪斋本。

注释

[1]关外:山海关之外。[2]铳:火器。

点评

简短记闻。关外,泛指山海关之外,此处的描写似在长白山。可以回生的草,需要经过确实能回生的"鉴定",而公鹿的复活证明草的奇效。猎人诱鹿,鹿衔异草,猎人取异草,一步一步,描绘简捷,场面生动,层次分明。

小棺

天津有舟人某，夜梦一人教之曰："明日有载竹笥赁舟者，索之千金；不然，勿渡也。"某醒，不以为信。既寐，复梦，且书"顾鬷鬷"三字于壁，嘱云："倘渠吝价，当即书此示之。"某异之。但不识其字，亦不解何意。

次日，留心行旅；日向西，果有一人驱骡载笥来，问舟。某如梦索价，其人笑之。反复良久，某牵其手，以指书前字。其人大愕，即刻而灭。搜其装载，则小棺数万余，每具仅长指许，各贮滴血而已。某以三字传示遐迩，并无知者。未几，吴逆叛谋既露，党羽尽诛，陈尸几如棺数焉。徐白山说〔1〕。

校勘

底本：异史。参校：二十四卷本、铸雪斋本。

注释

〔1〕徐白山：蒲松龄同乡，见卷四《潞令》。

点评

将吴三桂叛清之事衍化成怪异谈闻，以数万小棺蓄滴血隐写清廷平叛的杀人如麻。惊险奇特而意在言外。

邢子仪

①既会邪术，又生邪心。

②摄取过程轻巧。

③事态急转，宜用爆竹。

④耿直是个性，因此得好报。

⑤躲开是非地乃人生经验也。

⑥相者的出现有两个作用，一是以其狡黠衬托邢子仪憨厚；二是预言后文情节，引逗读者。

⑦憨厚。

　　滕有杨某〔1〕，从白莲教党，得左道之术〔2〕。徐鸿儒诛后，杨幸漏脱，遂挟术以遨。家中田园楼阁，颇称富有。至泗上某绅家〔3〕，幻法为戏，妇女出窥。杨睨其女美，既归，谋摄取之。①其继室朱氏，亦风韵，饰以华妆，伪作仙姬；又授木鸟，教之作用；乃自楼头推堕之。朱觉身轻如叶，飘飘然凌云而行。无何，至一处，云止不前，知已至矣。是夜，月明清洁，俯视甚了。取木鸟投之，鸟振翼飞去，直达女室。女见彩禽翔入，唤婢扑之，鸟已冲帘出。女追之，鸟堕地，作鼓翼声；近逼之，扑入裙底；展转间，负女飞腾，直冲霄汉。婢大号。朱在云中言曰："下界人勿须惊怖，我月府姮娥也。渠是王母第九女，偶谪尘世。王母日切怀念，暂招去一相会聚，即送还耳。"遂与结襟而行。②

　　方及泗水之界，适有放飞爆者③，斜触鸟翼；鸟惊堕，牵朱亦堕，落一秀才家。秀才邢子仪，家赤贫而性方鲠〔4〕④。曾有邻妇夜奔，拒不纳。妇衔愤去，谮诸其夫，诬以挑引。夫固无赖，晨夕登门诟辱之。邢因货产僦居别村⑤。闻相者顾某善决人福寿，邢踵门叩之。顾望见笑曰："君富足千钟，何着败絮见人？岂谓某无瞳耶？"邢嗤妄之。顾细审曰："是矣。固虽萧索乎，然金穴不远矣。"邢又妄之。顾曰："不惟暴富，且得丽人。"邢终不以为信。顾推之出，曰："且去且去，验后方索谢耳。"⑥

　　是夜，独坐月下，忽二女自天降，视之，皆丽姝。诧为妖，因致诘问，初不肯言。邢将号召乡里，朱惧，始以实告，且嘱勿泄，愿终从焉。邢思世家女不与妖人妇等，遂遣人告诸其家⑦。其父母自女飞升，零涕惶惑；忽得报书，惊喜过望，立刻命舆马星驰而去。报邢百金，

卷六

携女归。邢得艳妻，方忧四壁，得金甚慰。往谢顾，顾又审曰："尚未尚未。泰运已交，百金何足言！"⑧遂不受谢。

> ⑧二人对话推动情节发展，充满喜剧氛围。

先是，绅归，请于上官捕杨。杨预遁，不知所之，遂籍其家，发牒追朱。朱惧，牵邢饮泣。邢亦计窘，始赂承牒者，赁车骑携朱诣绅，哀求解脱。绅感其义，为竭力营谋，得赎免；留夫妻于别馆，欢如戚好。绅女幼受刘聘；刘一时显秩也[5]，闻女寄邢家信宿，以为辱，反姻书，与女绝婚。绅将议姻他族，女告父母，誓从邢。邢闻之喜；朱亦喜，自愿下之。绅忧邢无家，时杨居宅从官货，因购之。夫妻遂归，出橐金，粗治器具，蓄婢仆，旬日耗费已尽。但冀女来，当复得其资助。一夕，朱谓邢曰："孽夫杨某，曾以千金埋楼下，惟妾知之。适视其处，砖石依然，或窖藏无恙，未可知。"往共发之，果得金。因信顾术之神，厚报之。后女于归，妆资丰盈，不数年，富甲一郡矣。

异史氏曰："白莲歼灭而杨独不死，又附益之[6]，几疑恢恢者疏而且漏矣[7]。孰知天留之，盖为邢也。不然，邢即否极而泰[8]，亦乌能仓卒起楼阁、累巨金哉？不爱一色，而天辄报之以两。⑨呜呼！造物无言，而意可知矣。"

> ⑨蒲松龄式对好男儿的报答。

校勘

底本：青柯亭本。参校：异史、二十四卷本、铸雪斋本。

注释

[1]滕：明清县名，属兖州府，今山东省滕州市。[2]左道：歪门邪道。[3]泗上：泗水北岸。一般指明清兖州府北部汶上、宁阳一带。泗水也叫泗河，发源于山东泗水陪尾山，流经山东曲阜，由江苏徐州入淮河。[4]性方鲠：为人方正耿直。[5]显秩：官位显赫。[6]附益之：指增加他（杨某）的财富。[7]几疑恢恢者疏而且漏：几乎要怀疑"天网恢恢，疏而不漏"这句话了。[8]

1241

否（pǐ）极而泰：倒霉到头，来了好运。

点评

　　杨某擅长邪术且心术不正，赔了夫人又折兵，非但未能篡取富绅之女，还赔上自己妻子。邢子仪安贫乐道，天降美女还带来巨财。小说是蒲松龄"善有善报，恶有恶报"思想的艺术表现。整个故事建筑在"偶然性"上，前一个偶然性带来后一个偶然性，人物经常处于"逆转"状态。杨某想取美女却丢了艳妻；邢子仪不近女色而双美从天而降。相面者的穿插使情节更加跌宕更加好看。从朱氏自称"姮娥"到相者一再神秘预言，造成小说轻快好看的喜剧效果。

邢子儀

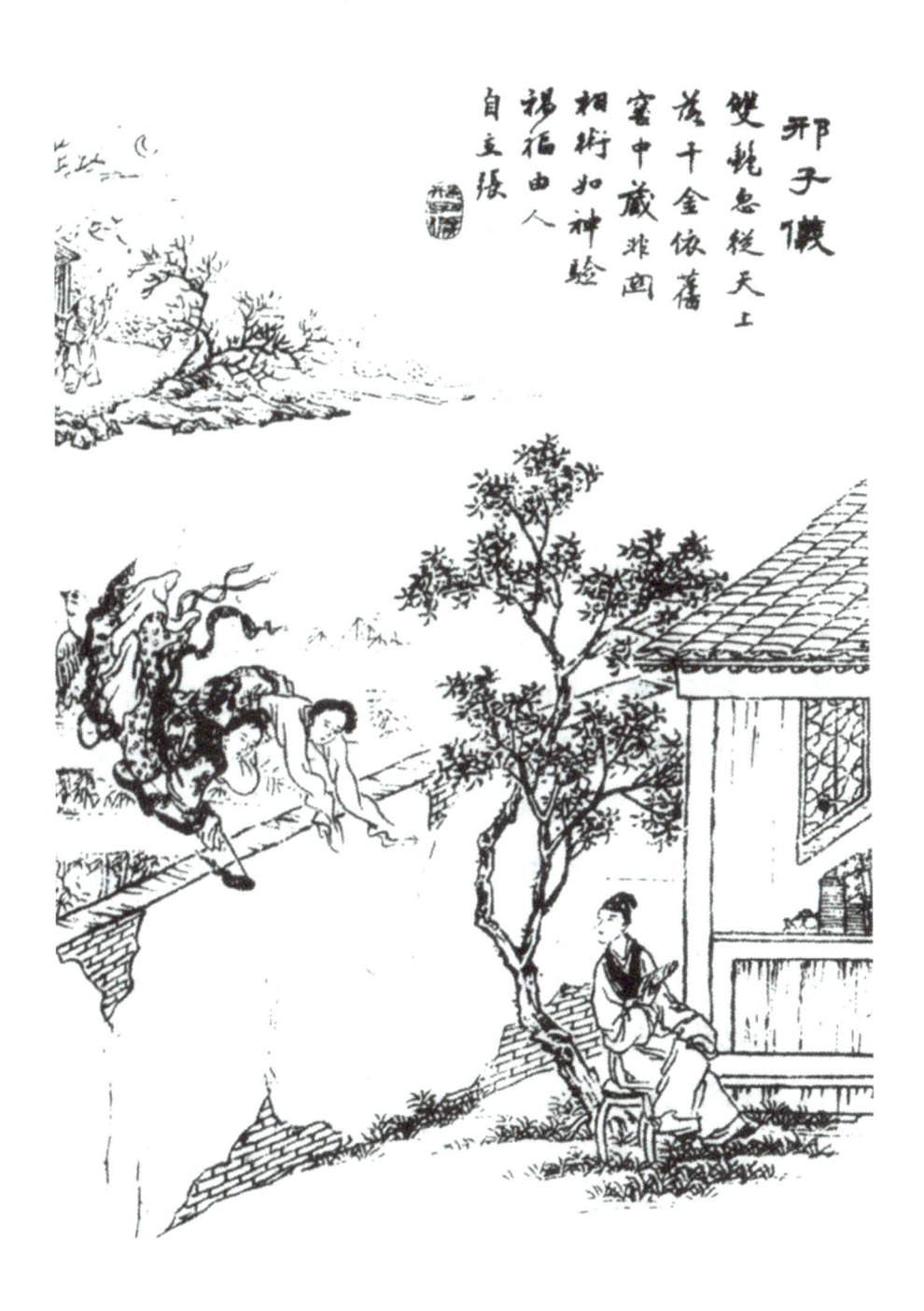

雙鴟忽從天上落
千金依舊窖中藏非迴
相術如神驗
禍福由人自主張

李生

商河李生〔1〕，好道。村外里余有兰若，筑精舍三楹〔2〕，趺坐其中。游食缁黄往来寄宿〔3〕，辄与倾谈，供给不厌。一日，大雪严寒，有老僧担囊借榻①，其词玄妙。信宿将行，固挽之，留数日。适生以他故归，僧嘱早至，意将别。鸡鸣而往，叩关不应。逾垣入，见室中灯火荧荧，疑其有作，潜窥之。僧趣装矣，一瘦驴縶灯檠上〔4〕②，细审不类真驴，颇似殉葬物；然耳尾时动，气咻咻然。③俄而装成，启户牵出。生潜尾之。山门外原有大池，僧系驴池树，裸入水中，遍体掬濯已；着衣牵驴入，亦濯之。既而加装超乘，行绝驶〔5〕。生始呼之。僧但遥拱致谢，语不及闻，去已远矣。此王梅屋言之④：李其友人。曾至其家，见堂上一匾书"待死堂"，亦达士也。

① 注意：老僧来时担囊，没有驴。

② 突然冒出一头驴，而且拴的不是地方。

③ 似驴非驴。神秘诡异。

④ 王梅屋生平无考，可能与王士禛有关。

校勘

底本：青柯亭本。参校：异史、二十四卷本、铸雪斋本。

注释

〔1〕商河：明清县名，今山东省德州市商河县。〔2〕精舍三楹：三间精致的房屋。〔3〕游食缁黄：到处云游的和尚道士。缁，和尚的黑色衣服，代指和尚；黄，道士的黄色帽子，代指道士。〔4〕灯檠：灯架。〔5〕绝驶：跑得飞快。

点评

怪异小品，写得道高僧的畸行。关键在似驴非驴者和僧人沐浴。突然冒出来、很像殉葬品的驴子，老僧凌晨入浴而且连驴子一起洗，几件异乎寻常的怪事形成神秘诡异的特点。

李生

精舍三椽聊
借榻一肩新笠雪
中行牽驢浴罷
郵亭去不作尋常
離別情

陆押官

赵公，湖广武陵人〔1〕，官宫詹〔2〕，致仕归〔3〕。有少年伺门下，求司笔札〔4〕。公召入，见其人秀雅如书生，诘其姓名，自言陆押官，不索佣价。公留之，慧过凡仆。①往来笺奏〔5〕，辄任意裁答，无不工妙。又主人与客弈，陆睨之，指点辄胜。赵由是益优宠之。

诸僚仆见其得主人青顾，咸相戏索，俾作筵。押官诺，因问："僚属几何？"会别业主计者皆至，约三十余人，众悉告之数以难之。押官曰："此大易。但客多，仓卒不能遽办，肆中可也。"遂遍邀诸侣，赴临街店。即坐，酒甫行，有按壶起者曰："诸君姑勿酌，请问今日东道谁主？宜先出资为质，始可放情饮啖；不然，一举数千，哄然都散，于何取偿也？"②众悉目押官。押官笑曰："得无谓我无钱耶？我固有钱。"乃起，向盆中捻湿面如拳，碎掐置几上，随掷随遂化为鼠，窜动满案。③押官任捉一头裂之，啾然腹破④，得小金；再捉，亦如之。顷刻鼠尽，碎金满前，乃告众曰："是不足供饮耶？"众异之，乃共恣饮。既毕，会直三两余，众秤金，适符其数。

众思白其异于主人，遂索一枚怀之。既归，告赵，赵命取金，搜之已亡。反质肆主，则偿资悉化蒺藜。⑤仆还白赵，赵诘之。押官曰："朋辈逼索酒食，囊空实无资。少年学作小剧〔6〕，故试之耳。"众复责偿。押官曰："我非赚酒食者，某村麦穰中，再一簸扬，可得麦二石，足偿酒价有余也。"因浼一人同去。某村主计者将归，遂与偕往。至则净麦数斛，已堆场中矣。⑥众以此益奇押官。

一日，赵赴友筵，堂中有盆兰甚茂，爱之。既归，犹赞叹之。押官曰："诚爱此兰，无难致者。"赵犹未信。凌晨至斋，忽闻异香蓬勃，则有兰花一盆，箭叶多寡，

---

① "慧"为文眼。

② 此人所述，是世间常有的现象。

③ 好看。

④ 腹破而啾然，宛然真鼠，妙。

⑤ 金化蒺藜，一大反跌。

⑥ 曲折好玩，如仅仅是鼠腹出金，则无趣矣。

宛如所见。因疑其窃，故审之。押官曰："臣家所蓄，不下千百，何须窃为？"赵妄之，适某友至，见兰惊曰："何酷肖寒家物也！"赵曰："余适购之，亦不识所自来。但君出门时，见兰花尚在否？"某曰："我实不曾至斋，有无固不可知。然何以至此？"赵视押官，押官曰："此无难辨：公家盆破，有补缀处，此盆无也。"验之始信。夜告主人曰："向言某家花卉颇多，都疑妄谬，今屈玉趾，乘月往观。但诸人皆不可从，惟阿鸭无害。"鸭，宫詹僮仆也。遂如所请。既出，已有四人荷肩舆，伏候道左。赵乘之，疾于奔马。俄顷入山，但闻奇香沁骨。至一洞府，见舍宇华耀，迥异人间，随处皆设花石，精盆佳卉，流光散馥，即兰一种，约有数十余盆，无不茂美。观已，如前命驾归。押官从赵十余年，后赵无疾终，遂与阿鸭俱出，不知所往。

校勘

底本：青柯亭本。参校：异史、二十四卷本、铸雪斋本。

注释

〔1〕湖广武陵：明清武陵县，属常德府，今湖南省常德市。〔2〕官宫詹：明清詹事府詹事，掌太子事，正三品。〔3〕致仕：退休。〔4〕司笔札：管理文书。〔5〕笺奏：信件和奏疏。〔6〕小剧：小戏法。

点评

《聊斋》男仙如雷曹、电神常到人间惊鸿一闪，像陆押官这样，到人世间待如此长的时间，却无惊心动魄事迹，较罕见。其捏面而为鼠、腹破成金、金化蒺藜，令人眼花缭乱，从一株兰花到一洞兰花，使人心旷神怡。陆押官淡雅潇洒，聪慧有趣，作者似乎想通过他体现神仙的逸乐生涯和清洁精神，《聊斋》点评家何垠认为此篇乃"神仙游戏"，颇有道理。

陆押官

仙人犹自作书塾年少
偶胜挥立
径十载依刘
作五梁度将
阿鸣十无眠

蒋太史

　　蒋太史超〔1〕，记前世为峨嵋僧〔2〕，数梦至故居庵前潭边濯足。为人笃嗜内典〔3〕，一意台宗〔4〕，虽早登禁林〔5〕，尝有出世之想。假归江南，抵秦邮，不欲归。子哭挽之，弗听。遂入蜀，居成都金沙寺；久之，又之峨嵋，居伏虎寺，示疾怛化〔6〕。自书偈云："翛然猿鹤自来亲〔7〕，老衲无端堕业尘〔8〕。妄向镬汤求避热〔9〕，那从大海去翻身〔10〕。功名傀儡场中物〔11〕，妻子骷髅队里人〔12〕。只有君亲无报答，生生常自祝能仁〔13〕。"

　　王阮亭云："蒋，金坛人。金坛原名金沙；其字又名虎臣，卒殁于峨嵋伏虎寺。名皆巧合，亦奇。予壬子典试蜀中，蒋在峨嵋，寄予书云：'身是峨嵋老僧，故万里归骨于此。'寻化去。予有挽诗曰：'西风三十载，九病一迁官。忽忆峨嵋好，真忘蜀道难。法雾晴浩荡，春雪气高寒。万里堪埋骨，天成白玉棺。'盖用书中语也。"

> **校勘**
>
> 　　底本：青柯亭本。参校：异史、二十四卷本、铸雪斋本。

> **注释**
>
> 　　〔1〕蒋太史超：蒋超（1624—1672），今江苏常州金坛人，曾任翰林院修撰。俗称在翰林院任职者为"太史"。王士禛《池北偶谈》对蒋超事亦有记载。〔2〕峨嵋：峨眉山。〔3〕内典：佛经。〔4〕台宗：佛教宗派天台宗，以《法华经》为教义基础，以反省观心为主。〔5〕禁林：翰林院的别称。〔6〕示疾怛（dá）化：指高僧患病而死。〔7〕"翛（xiāo）然"句：我本是超然世外、与猿鹤相亲的人。〔8〕"老衲"句：老和尚没来由地坠入尘世。〔9〕"妄向"句：进入尘世就像到热锅里寻找清凉。〔10〕"那从"句：如何能脱离尘世的苦海？〔11〕"功名"句：功名利禄不过是戏台上的傀儡。〔12〕"妻子"句：娇妻爱子终究不过是一堆枯骨。〔13〕"只有"二句：不能报答君亲的恩情，只能求佛祖生生世世保佑他们。君，君主；亲，父母；生生，生生世世；能仁，释迦牟尼佛。

> **点评**
>
> 蒋超是真实历史人物，顺治年间探花，入翰林二十多年，对官场有深刻了解。他对人生的理解，尤其"功名傀儡场中物，妻子骷髅队里人"两句，用《红楼梦》里的话来说，是摔过大筋斗的人才能有这样体会。但是人不可能真的脱离他生活过的环境，其偈语最后两句希望佛祖保佑君亲，就是如此。王士禛阅读《聊斋志异》时，对蒋的事迹做了补充，《池北偶谈》亦载其故事。

蒋太史

原是蘇坡侍從班
卻從初地訪香岩
峨眉山寺金沙寺
苗得金剛不壞身

邵士梅

①王士禛《池北偶谈》记载，济宁进士邵士梅，自记前世为栖霞人高东海，其妻朱氏死时自言：将三世为夫妻。朱氏二世为董氏，三世为王氏，均做邵士梅之妻，邵曾亲口向王士禛等述说。陆次山《邵士梅传》也写到此事，情节与《池北偶谈》稍有出入，录有邵士梅感叹身世的诗："两世顿开生死路，一身曾作古今人。"

邵进士，名士梅[1]①，济宁人。初授登州教授[2]，有二老秀才投刺，睹其名，似甚熟识；凝思良久，忽悟前身。便问斋夫[3]："某生居某村否？"又言其丰范[4]，一一吻合。俄两生入，执手倾语，欢若平生。谈次，问高东海况。二生曰："狱死二十余年矣，今一子尚存。此乡中细民[5]，何以见知？"邵笑云："我旧戚也。"

先是，高东海素无赖，然性豪爽，轻财好义。有负租而鬻女者[6]，倾囊代赎之。私一娼，娼坐隐盗[7]，官捕甚急，逃匿高家。官知之，收高，备极榜掠，终不服，寻死狱中。其死之日，即邵生辰。后邵至某村，恤其妻子，远近皆知其异。

此高少宰言之[8]，即高公子冀良同年也[9]。

王阮亭云："邵前生为栖霞人，与其妻三世为夫妇，事更奇也。高东海以病死，非瘐死，邵自述甚详。"

校勘

底本：青柯亭本。参校：异史、二十四卷本、铸雪斋本。

注释

〔1〕邵士梅：字峄辉，山东济宁人，生卒年不详。顺治十六年（1659）进士，由登州府学教授升吴江知县。乾隆五十年（1785）《济宁直隶州志》有传。王士禛《池北偶谈》载邵氏生平及他和妻子三世为夫妻的传闻。〔2〕登州：明清府名，今山东省蓬莱市。教授：明清府学的教官。〔3〕斋夫：府学杂役。〔4〕丰范：同"风范"，风度、气派。〔5〕细民：小老百姓。〔6〕负租而鬻女：亏欠田租而卖女儿。〔7〕坐隐盗：犯隐匿强盗赃物罪。根据《大清律》，犯窝赃罪者斩。〔8〕高少宰：高珩，字念东，蒲松龄的长辈朋友，曾任吏部侍郎。古人以《周礼》

中的天官冢宰类比吏部，尚书称太宰，侍郎称少宰。〔9〕高公子冀良：高珩长子，曾任贵州越县知县。同年，指高冀良与邵士梅同于顺治十六年（1659）礼部会试中成贡士。

点评

邵士梅再世为人，仍记得前世情况，甚至和前世亲人交往，在清初文人圈内流传很广。蒲松龄以身边真实人物高珩及其长子作怪异传闻的见证。邵士梅的故事可能有本人大加渲染、到处宣传的成分在内，王士禛《池北偶谈》与陆次山《邵士梅传》中有更详尽和离奇的记载。

转世轮回仍记得前世身世的事，是现代科学研究的话题。著名精神病学专家伊恩·史蒂文森博士（1918—2007）研究了近三千名四岁到十岁有前世记忆的儿童案例，论证轮回及灵魂有关论题。

邵士梅

生前不遇难竽赦
身后偏题雁塔名
向释迎奉果报是真
是幻不分明

顾生

卷六

江南顾生客稷下，眼暴肿，昼夜呻吟，罔所医药。十余日，痛少减。而合眼时辄睹巨宅，凡四五进，门皆洞辟〔1〕；最深处有人往来，但遥睹不可细认。

一日，方凝神注之，忽觉身入宅中，三历门户，绝无人迹。①有南北厅事，内以红毡贴地。略窥之，见满屋婴儿②，坐者、卧者、膝行者，不可数计。愕疑间，一人自舍后出，见之曰："小王子谓有远客在门，果然。"便邀之。顾不敢入，强之乃入。问："此何所？"曰："九王世子居。世子疟疾新瘥，今日亲宾作贺，先生有缘也。"

言未已，有奔至者，督促速行。俄至一处，雕榭朱栏，一殿北向，凡有九楹。历阶而升，则客满座，见一少年北面坐③，知是王子，便伏堂下。满堂尽起。王子曳顾东向坐。酒既行，鼓乐暴作，诸妓升堂，演《华封祝》〔2〕④。

才过三折，逆旅主人及仆唤进午餐，就床头频呼之。耳闻甚真，心恐王子知，然并无闻者，遂托更衣而出。仰视，日之中夕，则见仆立床前，始悟未离旅邸。⑤心怅怅，犹欲急返，因遣仆阖扉去。甫交睫，见宫舍依然，急循故道而入。路经前婴儿处并无婴儿，有数十蓬首鲐背⑥，坐卧其中。望见顾，出恶声曰："谁家无赖子，来此窥伺！"顾惊惧，不敢置辩，疾趋后庭，升殿即坐。见王子颔下添髭尺余矣⑦。见顾，笑问："何往？剧本过七折矣。"因以巨觥示罚。移时曲终，又呈龀目。顾点《彭祖娶妇》〔3〕⑧。妓即以椰瓢行酒，可容五斗许。顾离席辞曰："臣目疾，不敢过醉。"王子曰："君患目，有太医在此，便合诊视。"东座一客，即离席来，两指启双眦，以玉簪点白膏如脂，嘱合目少睡。王子命侍儿导入复室，令卧；卧片时，觉床帐香软，因而熟眠。

①此何寓意？

②婴儿至小，后文至老。旦暮即百年。

③点出年龄。

④人生的永恒愿望：多寿多金多子。

⑤隔断得好。

⑥极老之态与前婴儿形成对比。

⑦按婴儿变老妪的速度，此人变得还慢了些，可能因为"华封三祝"起作用？

⑧仍在"寿"上做文章。

1255

⑨妙哉妙哉。梦境仙寿，全然一梦，梦中仙乐其实是狗舐油铛。
⑩眼光穿透一切，心明眼亮。

居无何，忽闻鸣钲锽聒〔4〕，即复惊醒。疑是优戏未毕，开目视之，则旅舍中狗舐油铛也。⑨然目疾若失⑩。再闭眼，一无所睹矣。

校勘

底本：青柯亭本。参校：异史、二十四卷本、铸雪斋本。

注释

〔1〕洞辟：大门敞开。〔2〕华封祝：即华封三祝。华封人祝帝尧多寿多子多金。〔3〕彭祖娶妇：彭祖，尧的属下，传说活到八百多岁。〔4〕鸣钲（zhēng）锽（huáng）聒：锣鼓乱响。

点评

这是个荒诞而蕴含着深刻哲理的故事。古人经常感叹人生之短暂，时间流逝如白驹过隙，而人总是千方百计追求多寿多金多子。其实在宇宙长河里，长寿如彭祖者，也不过是匆匆过客。小说写的是梦境，寄寓的是哲理。前一梦境被尘世打断，再继续梦下去，梦得更深刻，更发人深省。顾生入梦时患有目疾，出梦后目疾痊愈，这也是寓意，是梦境开启了顾生思考人生的心窍：一转眼间婴儿已变老妪，百年犹旦暮，钲锽俱响的仙乐不过是狗舐油铛。顾生心明，则眼必亮。

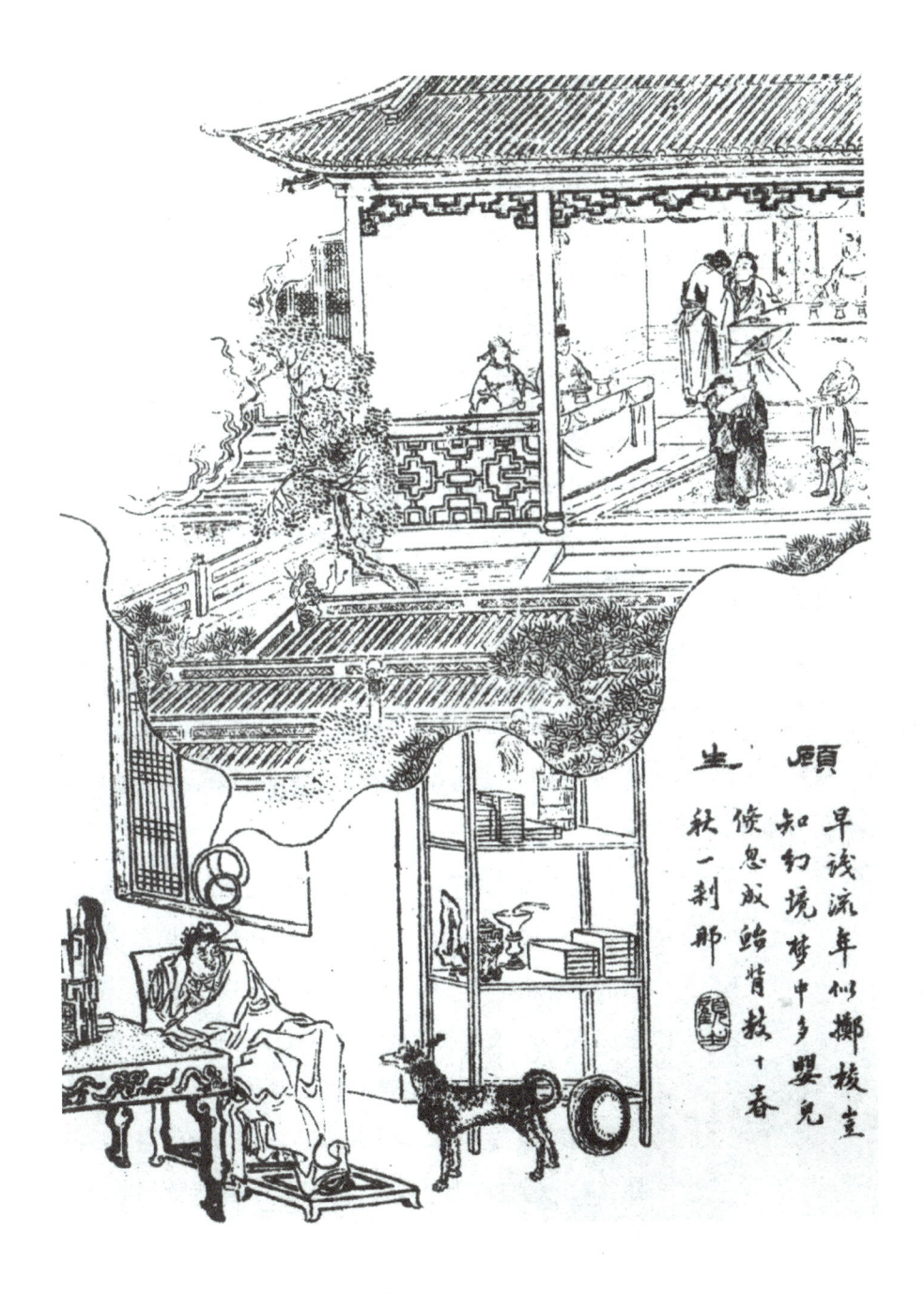

顾生

早岁流年似掷梭，
知幻境梦中多婴兄。
倏忽成蛤蚧救十春，
秋一刹那

陈锡九

陈锡九，邳人[1]。父子言，为邑名士。富室周某，仰其声望，订为婚姻。陈累举不第，家业萧条，游学于秦，数年无耗，阴有悔心。以少女适王孝廉为继室，王聘仪丰盛，仆马甚都。以此益憎锡九贫，坚意绝婚；问女，女不从。怒，以恶服饰遣归锡九。日不举火，周亦不顾恤。①

一日使佣媪以馎饷女[2]，入门向母曰："主人使某视小姑姑饿死否。"女恐母惭，强笑以乱其词。因出椟中肴饵，列母前。媪止之曰："无须尔！自小姑入人家，何曾交换出一杯温凉水？吾家物，料姥姥亦无颜啗啖得。"②母大恚，声色俱变。媪不服，恶语相侵。纷纭间锡九自外入，讯知，大怒，撮毛批颊，赶逐出门而去。次日，周来逆女，女不肯归；明日复来，增其人数，众口哎哎，如将寻斗。母强劝女去。女潸然拜母，登车而去。过数日，又使人来，逼索离婚书，母强锡九与之。惟望子言归，以图别处。③

周家有人自西安来，久知子言已死，陈母哀愤成疾，寻卒。哀迫中，尚冀妻临；久之渺然，悲愤益切。薄田数亩，鬻治葬具。葬毕，乞食赴秦，以求父骨。至西安，遍访居人，或言数年前有书生死于逆旅，葬之东郊，今家已没。锡九无策，惟朝丐市廛，暮宿野寺，冀有知者。④

会晚经丛葬处，有数人遮道，逼索饭价。锡九曰："我异乡人，乞食城郭，何处少人饭价？"共怒，捽之仆地，以埋儿败絮塞其口。力尽声微，渐就危殆。忽共惊曰："何处官府至矣！"释手寂然。俄有车马至，便问："卧者何人？"即有数人扶至车下。车中人曰："是吾儿也。孽鬼何敢尔！可缚来，勿致漏脱。"锡九觉有人去其塞，少定，细认，真其父也。大哭曰："儿为父骨良苦。今

①周某择婿标准：有钱有地位。两女配两家，最后结果恰恰与其愿望相反。贫成富，富成贫。

②此媪两段话成为经常被《聊斋》研究者引用的经典话语。盛气凌人，生动之极。媪之所以如此，自然是发其主人之私意。故写媪就是写周某。

③陈锡九夫妇被迫分离。

④陈锡九倘若不孝，就没有后边的神助。此小说着眼点。

⑤有势力的鬼。妙。

⑥夫妇两条线索合一，妙。

⑦陈最感人的语言。孝父母而宁可留在阴世。

固尚在人间耶！"父曰："我非人，太行总管也〔3〕⑤。此来亦为吾儿。"锡九哭益哀。父稍稍慰谕之。锡九泣述岳家离婚，父曰："无忧，今新妇亦在母所。⑥母念儿甚，可暂一往。"遂与同车，驰如风雨。

移时，至一官署，下车入重门，则母在焉。锡九痛欲绝，父止之。锡九啜泣听命。见妻在母侧，问母曰："儿妇在此，得毋亦泉下物耶？"母曰："非也，是汝父接来，待汝归后，当便送去。"锡九曰："儿侍父母，不愿归矣。"⑦母曰："辛苦跋涉而来，为父骨耳。汝不归，初志云何也？况汝孝行已达天帝，赐汝金万斤，夫妻享受正远，何言不归？"锡九垂泣。父数数促行，锡九哭失声。父怒曰："汝不行耶！"锡九惧，收声，始询葬所。父挽之曰："子行，我告之：去丛葬处百余步，有子母白榆是也。"挽之甚急，竟不遑别母。门外有健仆，捉马待之。既超乘，父嘱曰："日所宿处，有少资斧，可速办装归，向岳索妇；不得妇，勿休也。"锡九诺而行。马绝驶，鸡鸣至西安。仆扶下，方将拜致父母，而人马已杳。寻至旧宿处，倚壁假寐，以待天明。坐处有拳石硌股，晓而视之，白金也。市棺赁舆，寻双榆下，得父骨而归。

合厝既毕，家仍四壁。幸里中怜其孝，共饭之。将往索妇，自度不能用武，与族兄十九往。及门，门者绝之。十九素无赖，出语秽亵。周使人劝锡九归，愿即送女去，锡九乃还。

初，女之归也，周对之骂婿及母，女不语，但向壁零涕。陈母死，亦不使闻。得离书，掷向女曰："陈家出汝矣！"女曰："我不曾悍逆，出我何为也？"欲归质其故，又禁闭之。后锡九如西安，遂造凶讣，以绝女志。此事一播，遂有杜中翰来议姻〔4〕，竟许之。亲迎有日，女始知，遂泣不食，以被韬面，气如游丝⑧。周正无所方计，忽闻锡九至，发语不逊，意料女必死，遂舁归锡九，意将待女死以泄其愤。锡九归，而送女者已至；犹恐锡九见其病而不内，甫入门，委之而去。邻里代忧，共谋

⑧处于生死之间，此时被引到陈父母身边。章法细。

昇还；锡九不听，扶置榻上，而气已绝，始大恐。正遑迫间，周子率数人持械入，门窗尽毁。锡九逃匿，苦搜之。乡人尽为不平；十九纠十余人锐身急难，周子兄弟皆被夷伤，始鼠窜而去。周益怒，讼于官，捕锡九、十九等。锡九将行，以女尸嘱邻媪，忽闻榻上若息，近视之，秋波微动矣，少时已能转侧。大喜，诣官自陈。宰怒周讼诬。周惧，啖以重赂，始得免。锡九归，夫妻相见，悲喜交并。

先是，女绝食奄卧，自矢必死。忽有人捉起曰："我陈家人也，速从余去，夫妻可以相见；不然，无及矣！"不觉身已出门，两人扶登肩舆。顷刻至官廨，见公姑俱在，问："此何所？"母曰："不必问，容当送汝归。"一日，见锡九至，窃喜。一见遽别，心颇疑怪。公不知何事，恒数日不归。昨夕忽归，曰："我在武夷，迟归二日，难为保儿矣，可速送儿归去。"遂以舆马送女。忽见家门，遂如梦醒。

女与锡九共述曩事，相与惊喜。⑨从此夫妻相聚，但朝夕无以自给。锡九于村中设童蒙帐，兼自攻苦，每私语曰："父言天赐黄金，今四堵空空，岂训读所能发迹耶？"

一日自塾中归，遇二人问之曰："君陈某耶？"锡九曰："然。"二人即出铁索縶之，锡九不解其故。少间，村人毕集，共诘之，始知郡盗所牵。众怜其冤，醵钱赂役〔5〕，途中得无苦。至郡见太守，历述家世。太守愕然曰："此名士之子，温文尔雅，乌能作贼！"命脱缧绁，取盗严梏之，始供为周某贿嘱，锡九又诉翁婿反面之由，太守益怒，立刻拘提。即延锡九至署，与论世好，盖太守旧邳宰韩公之子，即子言受业门人也⑩。赠灯火之费以百金；又以二骡代步，使不时趋郡，以课文艺。转于各上官游扬其孝，自总制而下，皆有馈遗。锡九裘马而归，夫妻慰甚。

一日，妻母哭至，见女伏地不起。女骇，问之，始知周已被械在狱矣。女哀哭自咎，但欲觅死。锡九不得已，

⑨总括一句，以结上文两条线索。

⑩得道者天助，困难时候，父亲的门人来也。

诣郡为之缓颊。太守释令自赎,罚谷一百石,批赐孝子陈锡九。既归,出仓粟,杂糠秕而辇运之⑪。锡九谓女曰:"而翁以小人之心度君子矣。乌知我必受之,而琐琐杂糠覈耶?"因笑却之。锡九家虽小有,而垣墙陋蔽。一夜,群盗入,仆觉,大号,止窃两骡⑫而去。

后半年余,锡九夜读,闻挝门声,问之寂然。呼仆起,共视之,则门一启,两骡跃入,乃向所亡也。直奔枥下,咻咻汗喘。烛之,各负革囊,解视,则白镪满中。大异,不知所自来。后闻是夜大寇劫周,盈装出,适防兵追急,委其捆载而去。骡志故主,径奔至家。⑬

周自狱中归,刑创犹剧;又遭盗劫,大病,寻卒。女夜梦父囚系而至,曰:"吾生平所为,悔已不及。今受冥谴,非若翁莫能解脱⑭,为我代求婿,致一函焉。"醒而呜泣。诘之,具以告。锡九久欲一诣太行,即日遂发。既至,备牲物酹祝之,即露宿其处,冀有所见,终夜无异,遂归。周死,母子益贫,仰给于次婿。王孝廉考补县尹,以墨败[6]⑮,举家徙沈阳,益无所归。锡九时顾恤之。

异史氏曰:"善莫大于孝,鬼神通之,理固宜然。使尚德之达人也者,即终贫,犹将取之,乌论后此之必昌哉?或以膝下之娇女,付诸颁白之叟[7],而扬扬曰:'某贵官,吾东床也。'呜呼!宛宛婴婴者如故,而金龟婿以谕葬归[8],其惨已甚矣;而况以少妇从军者乎?"

⑪ 周翁似乎太过分了。

⑫ 派去运载工具。一笑。

⑬ 孝子的钱财从不义的岳父处来,如何来?这样"操作",合理合法。

⑭ 周翁因慕陈家名气结亲,做了鬼又求有地位的亲家说情,此人做人做鬼永不脱"势利"。

⑮ 势利人找贪官婿。对头!

校勘

底本:青柯亭本。参校:异史、二十四卷本、铸雪斋本。

注释

〔1〕邳:邳州,明至清初属淮安府。邻近山东,今江苏邳州。〔2〕馇(yè):食盒。〔3〕太行总管:冥世的官,管辖太行山地区。〔4〕中翰:内阁中书。〔5〕醵(jù)钱:凑钱。〔6〕墨败:因贪污而败落。墨,贪墨,贪污。〔7〕颁白之叟:头发斑白的老头。〔8〕"宛宛"二句:女儿依然娇小俊美,做贵官

的女婿已经老死奉旨埋葬，女儿年轻守寡。宛宛，柔弱貌。陈羽《小苑春望宫池柳色》："宛宛如丝柳，含黄一望新。"嘤嘤，同"嘤嘤"，鸟鸣声，形容少女声音像小鸟啼鸣。金龟婿，做高官的女婿。金龟为黄金铸的龟纽官印。谕葬，皇帝下旨埋葬祭奠臣下。

点评

  孝子贤妇必得好报，势利小人必定遭殃，是小说寓意中心。女婿和岳父本是最亲的关系，却水火不相容，只为一个"钱"字。陈锡九受岳父逼迫，与妻子分分合合，他贫而至孝，冥冥中得亡父、亡父之徒的鼎力帮助，否极泰来。周某多行不义必自毙，家破人亡。小说以翁婿矛盾为中心展开，矛盾冲突一浪高过一浪，一浪猛过一浪。紧张刺激，又有条不紊。善人和恶人轮番登场演出，有钱人和贫困者互相换位，人世与冥间交替出现，互相交叉，不管是主要人物还是过场人物，均写得栩栩如生。按照作者"异史氏曰"的思路，似乎作者想给世人提供"择婿之道"，而小说本身丰富多样的生活场景、活跃多姿的人物，却浓墨重彩地描绘了一幅势利社会的水墨画。

陳錫九

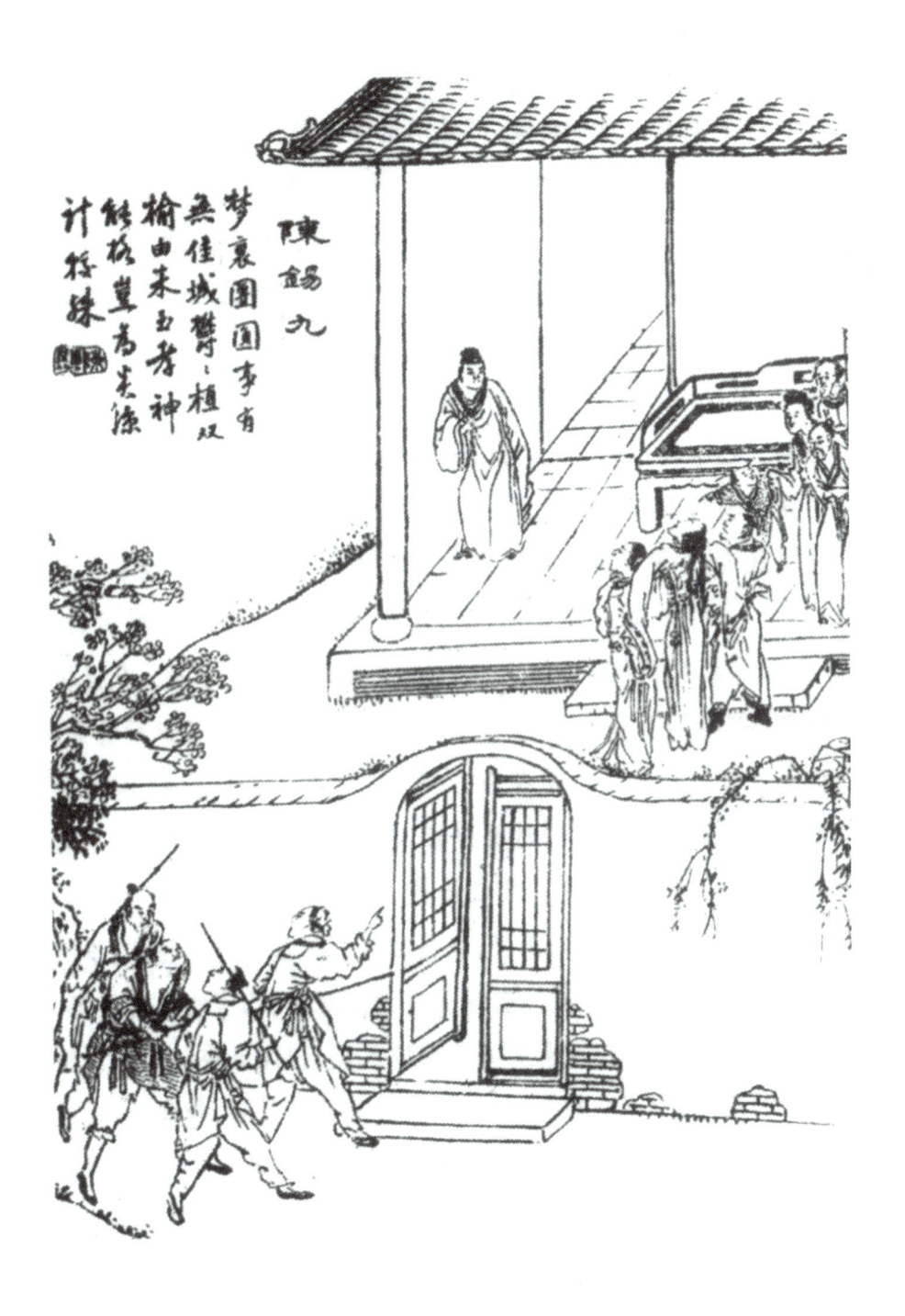

梦裏團圓事有
無佳城聳聳植双
榆由未玉孝神
鮮枋豐為表塚
計稼殊

邵临淄

①始而怒，继而笑，写出层次。

②哪想到偏偏是监生告？

③忍无可忍。

④又念夫妻情分。

⑤振振有词。

⑥岂不知"清官难断家务事"？

临淄某翁之女，太学李生妻也。未嫁时，有术士推其造〔1〕，决其必受官刑。翁怒之，既而笑曰①："妄言一至于此！无论世家女必不至公庭，岂一监生不能庇一妇乎？"②既嫁，悍甚，捶骂夫婿以为常。李不堪其虐，忿鸣于官③。邑宰邵公准其词，签役立勾〔2〕。翁闻之，大骇，率子弟登堂，哀求寝息〔3〕，弗许。李亦自悔，求罢④。公怒曰："公门内岂作辍由尔耶〔4〕？必拘质审！"⑤既到，略诘一二言，便曰："真悍妇！"杖责三十，臀肉尽脱。

异史氏曰："公岂有伤心于闺阃耶？何怒之暴也！然邑有贤宰，里无悍妇矣⑥。志之，以补循吏传之所不及者。"

校勘

底本：青柯亭本。参校：异史、二十四卷本。

注释

〔1〕推其造：按照其生辰八字推算命运。〔2〕签役立勾：发签牌给衙役命令马上将悍妇拘捕到案。〔3〕寝息：平息。〔4〕作辍：官府拘捕或不拘捕。

点评

蒲松龄认为悍妇是"附骨之疽"，想出种种办法治悍，或狐仙斗法（《马介甫》），或化解前世冤孽（《江城》），或用贤妾感化（《邵九娘》），此文则通过官府惩治。故事虽装在"推造"的迷信框架内，却写出作者深恶痛绝"悍妇"这一畸形社会现象。文字虽短，却将人物之间的关系写得真实入微。

邵臨淄

歸妹偶占脫輻爻琴
堂辰膝淚雙拋鴉
筮鳳皆前定我為
星家作細婆

于去恶

北平陶圣俞〔1〕，名下士〔2〕。顺治间赴乡试，寓居郊郭。偶出户，见一人负笈倨傺〔3〕，似卜居未就者〔4〕。略诘之，遂释负于道，相与倾语〔5〕，言论有名士风。陶大说之，请与同居。客喜，携囊入，遂同栖止。客自言："顺天人，姓于，字去恶。"以陶差长〔6〕，兄之。①于性不喜游瞩，常独坐一室，而案头无书卷。陶不与谈，则默卧而已。陶疑之，搜其囊箧，则笔研之外更无长物。怪而问之，笑曰："吾辈读书，岂临渴始掘井耶？"一日，就陶借书去，闭户抄甚疾，终日五十余纸，亦不见其折迭成卷。窃窥之，则每一稿脱，则烧灰吞之。②愈益怪焉，诘其故，曰："我以此代读耳。"便诵所抄书，顷刻数篇，一字无讹。陶悦，欲传其术，于以为不可。陶疑其吝，词涉诮让〔7〕，于曰："兄诚不谅我之深矣。欲不言，则此心无以自剖；骤言之，又恐惊为异物。奈何？"陶固谓："不妨。"于曰："我非人，实鬼耳。今冥中以科目授官〔8〕，七月十四日奉诏考帘官〔9〕，十五日士子入闱，月尽榜放矣。"陶问："考帘官为何？"曰："此上帝慎重之意，无论乌吏鳖官〔10〕，皆考之。能文者以内帘用〔11〕，不通者不得与焉。盖阴之有诸神，犹阳之有守令也〔12〕。得志诸公，目不睹坟典〔13〕，不过少年持敲门砖〔14〕，猎取功名，门既开，则弃去，再司簿书十数年〔15〕，即文学士，胸中尚有字耶！③阳世所以陋劣幸进，而英雄失志者，惟少此一考耳。"陶深然之，由是益加敬畏。

一日自外来，有忧色，叹曰："仆生而贫贱，自谓死后可免；不谓迍遭先生〔16〕相从地下。"陶请其故，曰："文昌奉命都罗国封王〔17〕，帘官之考遂罢。数

① 寻常书生交往情境。

② 鬼的读书方式，宋代人创造，蒲松龄反复运用，并增益之。

③ 这段话表面上是鬼魂的议论，实际上是蒲松龄自己对科举制度的总结性认识。

十年游神耗鬼〔18〕，杂入衡文，吾辈宁有望耶？"陶问："此辈皆谁何人？"曰："即言之，君亦不识。略举一二人，大概可知：乐正师旷、司库和峤是也〔19〕④。仆自念命不可凭，文不可恃，不如休耳。"言已怏怏，遂将治任〔20〕。陶挽而慰之，乃止。

④ 天才构想！考官瞎眼，只认识钱。

至中元之夕〔21〕，谓陶曰："我将入闱。烦于昧爽时，持香炷于东野。三呼去恶，我便至。"乃出门去。

陶沽酒烹鲜以待之。东方既白，敬如所嘱。无何，于偕一少年来。问其姓字，于曰："此方子晋，是我良友，适于场中相邂逅。闻兄盛名，深欲拜识。"同至寓，秉烛为礼。少年亭亭似玉，意度谦婉。陶甚爱之，便问："子晋佳作，当大快意。"于曰："言之可笑！闱中七题〔22〕，作过半矣，细审主司姓名〔23〕，裹具径出。奇人也！"⑤

⑤ 宁可不要"前程"也不与乌吏鳖官同流合污。子晋一露面就给人以不同寻常的印象。他爱惜羽毛，又对黑暗时世有深刻认识。

陶煽炉进酒，因问："闱中何题？去恶魁解〔24〕？"于曰："书艺、经论各一〔25〕，夫人而能之。策问〔26〕：'自古邪僻固多，而世风至今日，奸情丑态，愈不可名，不惟十八狱所不得尽，抑非十八狱所能容。是果何术而可？或谓宜量加一二狱，然殊失上帝好生之心。其宜增与、否与？或别有道以清其源，尔多士其悉言勿隐。'弟策虽不佳，颇为痛快。表〔27〕：'拟天魔殄灭，赐群臣龙马天衣有差〔28〕。'次则瑶台应制诗、西池桃花赋〔29〕。此三种，自谓场中无两矣！"言已鼓掌。方笑曰："此时快心，放兄独步矣〔30〕；数辰后，不痛哭始为男子也。"⑥

⑥ 子晋看透考场，深知有才能的于去恶肯定得不到瞎眼考官的赏识。

天明，方欲辞去。陶留与同寓，方不可，但期暮至。三日竟不复来，陶使于往寻之。于曰："无须。子晋拳拳，非无意者。"日既西，方果至。出一卷授陶，曰："三日失约。敬录旧艺百余作，求一品题。"陶捧读大喜，一句一赞，略尽一二首，遂藏诸笥。⑦谈至更深，方遂留，与于共榻寝。自此为常。方无夕不至，陶亦无方不欢也。

⑦ 方子晋文章将被带回，再交给其后身小晋。

一夕，仓皇而入，向陶曰："地榜已揭，于五兄落

1267

第矣!"于方卧,闻言惊起,泫然流涕。二人极意慰藉,涕始止。然相对默默,殊不可堪。方曰:"适闻大巡环张桓侯将至〔31〕,恐失志者之造言也〔32〕;不然,文场尚有翻覆。"于闻之色喜。陶询其故,曰:"桓侯翼德,三十年一巡阴曹,三十五年一巡阳世,两间之不平,待此老而一消也。"乃起,拉方俱去。两夜始返,方谓陶曰:"君不贺五兄耶?桓侯前夕至,裂碎地榜,榜上名字,止存三之一。遍阅遗卷,得五兄,甚喜,荐作交南巡海使〔33〕,旦晚舆马可到。"陶大喜,置酒称贺。

酒数行,于问陶曰:"君家有闲舍否?"问:"将何为?"曰:"子晋孤无乡土,又不忍恝然于兄〔34〕。弟意欲假馆相依。"陶喜曰:"如此,为幸多矣。即无多屋宇,同榻何碍。但有严君,须先关白。"于曰:"审知尊大人慈厚可依。兄场闱有日,子晋如不能待,先归何如?"陶留伴逆旅,以待同归。

次日方暮,有车马至门,接于莅任。于起,握手曰:"从此别矣。一言欲告,又恐阻锐进之志。"问:"何言?"曰:"君命淹蹇,生非其时。此科亦十分之一;后科桓侯临世,公道初彰,十之三;三科始可望也。"陶闻,欲中止。于曰:"不然,此皆天数。即明知不可,而注定之艰苦,亦要历尽耳。"又顾方曰:"勿淹滞,今朝年、月、日、时皆良,即以舆盖送君归。仆驰马自去。"方忻然拜别。陶中心迷乱,不知所嘱,但挥涕送之。见舆马分途,顷刻都散。始悔子晋北旋,未致一字,而已无及矣。

三场毕,不甚满志,奔波而归。入门问子晋,家中并无知者。因为父述之,父喜曰:"若然,则客至久矣。"

先是,陶翁昼卧,梦舆盖止于其门,一美少年自车中出,登堂展拜。讶问所来,答云:"大哥许假一舍,以入闱不得偕来。我先至矣。"言已,请入拜母。翁方谦却,适家媪入曰:"夫人产公子矣。"恍然而醒,大奇之。是日陶言,适与梦符,乃知儿即子晋后身也。父子各喜,名之小晋。⑧

⑧两位书生的友情转化为亲情。再世为人情节写得既有趣又感人。

儿初生，善夜啼，母苦之。陶曰："倘是子晋，我见之，啼当止。"俗忌客忤〔35〕，故不令陶见。母患啼不可耐，乃呼陶入。陶呼之曰："子晋勿尔！我来矣！"儿啼正急，闻声辄止，停睇不瞬，如审顾状。陶摩顶而去。自是竟不复啼。数月后，陶不敢见之，一见则折腰索抱，走去，则啼不可止。陶亦狎爱之。四岁离母，辄就兄眠；兄他出，则假寐以俟其归。兄于枕上教《毛诗》，诵声呢喃，夜尽四十余行。以子晋遗文授之，欣然乐读，过口成诵；试之他文，不能也。八九岁，眉目朗彻，宛然一子晋矣。

陶两入闱，皆不第。丁酉，文场事发〔36〕，帘官多遭诛遣，贡举之途一肃，乃张巡环力也。陶下科中副车〔37〕，寻贡〔38〕。遂灰志前途，隐居教弟。尝语人曰："吾有此乐，翰苑不易也。"

异史氏曰："余每至张夫子庙堂，瞻其须眉，凛凛有生气。又其生平喑哑如霹雳声〔39〕，矛马所至，无不大快，出人意表。世以将军好武，遂置与绛、灌伍〔40〕，宁知文昌事繁，须侯固多哉！呜呼！三十五年，来何暮也！"

> **校勘**

底本：青柯亭本。参校：异史、二十四卷本、铸雪斋本。

> **注释**

〔1〕北平：明初旧府名，明永乐元年（1403）改称顺天府。今北京市。〔2〕名下士：有盛名之士。〔3〕负笈：背着书箱。恇儴（kuāng ráng）：犹豫不决，惶急不安。〔4〕卜居：找住处。〔5〕倾语：尽情交谈。〔6〕差长：年龄大一点儿。〔7〕词涉诮让：话说得不客气。〔8〕以科目授官：按科目考试授予相关的官职。〔9〕帘官：乡试、会试贡院内的官员。外帘官管事务，内帘官管阅卷。〔10〕鸟吏鳖官：鸟吏，传说古代帝王少暭氏登位时有凤鸟来临，遂用"鸟"名百官；鳖官原指大大小小的官员。此处是骂人。即"鳖人"，周朝掌管国家有关鱼鳖蛤蚌等事务的官吏。〔11〕以内帘用：用为阅卷的官员。〔12〕守令：太守、县令。〔13〕坟典：三坟五典，泛指经典。〔14〕敲门砖：指八股文。〔15〕司簿书：管理官场文书。〔16〕迍邅（zhūn zhān）先生：倒霉鬼。迍邅，本意是行步迟缓，此处将行为拟人化。〔17〕文昌：梓潼帝君，主管文运之神。都罗国：国名，传说其国之人体轻而善缘，此处是讽刺主管文运者擅长攀龙附凤。〔18〕游神耗（mào）鬼：游走混饭的神，昏愦不明的神。耗，不明。

〔19〕乐正：周时的乐官。师旷：春秋时晋国著名的乐官，眼盲。司库：主管钱库的官。和峤：晋人，家极富而吝啬。《晋书》有传。〔20〕治任：整理行装离开。〔21〕中元：七月十五日。〔22〕闱中七题：七篇考试文章。按清代科举规定，乡试第一场考试，"四书"三题，"五经"四题，构成"七艺"。〔23〕主司：主考官。〔24〕魁解：乡试中的经魁和解元。〔25〕书艺、经论：从"四书"出的题为书艺，从"五经"出的题为经论。〔26〕策问：科举考试科目之一，以简策发问，提出有关历史、时事问题。〔27〕表：科举考试的科目之一，拟表，虚拟某事模仿给皇帝写奏章。〔28〕天魔：又作天子魔，佛教所说的欲界第六天之主，常阻碍修行者，此处指十八层地狱也盛不下的人世邪僻、坏事。殄灭：消灭。龙马：古代传说龙头马身的神兽。天衣：佛教谓天人所穿之衣。〔29〕瑶台应制诗、西池桃花赋：应制诗、赋，皆科举考试课目。瑶台、西池都是传说中神仙居住的地方。〔30〕放兄独步：显示您无与伦比、任您领先。〔31〕大巡环：作者虚构的官名，负责巡察阴司的徇私舞弊。张桓侯：即张飞（？—221），字翼德，东汉涿郡人，官蜀汉车骑将军，谥桓侯。《三国志》有传。大巡环张桓侯，就是负责巡查冥世的张飞。〔32〕造言：造谣。〔33〕交南：交州之南，交州在今广东、广西一带。巡海使：储生造的官名。〔34〕恝（jiá）然：漠不关心。〔35〕俗忌客忤：旧时风俗认为婴儿见生客容易生病，故包括兄长在内，都不能在满月之前相见。〔36〕丁酉文场事发：指清顺治十四年（1657）的科举案。江南、顺天、山东、山西、河南发生科场舞弊案，成为清代著名的大案。〔37〕中副车：取中举人副榜。〔38〕寻贡：不久成为贡生。〔39〕喑（yīn）哑：发怒喝叫。〔40〕置与绛、灌伍：认为张飞勇武无文，把他放在与汉代周勃、灌婴同等的位置。绛、灌，西汉绛侯周勃与颍阴侯灌婴的并称。二人皆出身贫寒，朴野无文，曾协助汉高祖定天下。

点评

　　《聊斋》中男鬼多是为功名抑郁而死者，他们成为《聊斋》故事中最有神采的男性人物。读书人阳世得不到功名，继之以阴世；今世得不到功名，继之以来世；哥哥得不到功名，继之以弟弟。求功名如愚公移山，生生不息，可怜、可悲，亦复可笑。《于去恶》写的阴世考试，其实是阳世考试的倒影，是现实科举考试的夸张性变形。主管文运者钻营去了，瞎眼的、只认钱者主持考试，有才能的落榜，最后不得不让张飞来裂碎地榜。故事奇异而寓意很深，将现实社会中科举考试中考官瞎眼、只认钱讽刺得入骨三分。小说里的三个人物，于去恶愤世嫉俗，方子晋洁身自好，陶圣俞善良仁厚，人各一面，栩栩如生。三人友谊感人至深，交往过程充满着书卷气和温情，于去恶升官，却匹马驰任，将"舆盖"送给方子晋投生用，方子晋托生为陶圣俞之弟，陶爱护有加，小晋继续复习前世方子晋写的文章，又一轮功名拼搏从幼年开始，读书人的功名之求，前仆后继，周而复始，无休无止。怪异情节和熙熙人情交融，曲曲折折，真幻相生，是《聊斋》最著名的佳作之一。

题本子

文场翻覆仗巡相
璨旅邸相
逢往复遂无限牢骚歌
当哭简中滋味问孙山

狂生

卷六

刘学师言[1]：济宁有狂生某，善饮；家无儋石[2]，而得钱辄沽，殊不以穷厄为意。值新刺史莅任，善饮无对。闻生名，招与饮而悦之，时共谈宴。生恃其狎，凡有小讼求直者，辄受薄贿为之缓颊①；刺史每可其请[3]。生习为常，刺史心厌之。②一日早衙，持刺登堂，刺史览之微笑，③生厉声曰："公如所请，可之；不如所请否之，何笑也！闻之：士可杀而不可辱。他固不能相报，岂一笑不能报耶？"言已大笑，④声震堂壁。刺史怒曰："何敢无礼！宁不闻灭门令尹耶[4]！"生掉臂竟下[5]，大声曰："生员无门之可灭！"刺史益怒，执之。访其家居，则并无田宅，惟携妻在城堞上住[6]。刺史闻而释之，但逐不令居城垣。朋友怜其狂，为买数尺地，购斗室焉。入而居之，叹曰："今而后畏令尹矣！"

异史氏曰："士君子奉法守礼，不敢劫人于市，南面者奈我何哉[7]！然仇之犹得而加者，徒以有门在耳；夫至无门可灭，则怒者更无以加之矣。噫嘻！此所谓'贫贱骄人'者耶。独是君子虽贫，不轻干人，乃以口腹之累[8]，喋喋公堂，亦品斯下矣。虽然，其狂不可及。"

①用词讲究，是"薄贿"，小意思，并未包揽词讼。

②其实是人情之常。

③意味深长的笑。

④以大笑报微笑。狂态。

校勘

底本：异史。参校：二十四卷本。

注释

〔1〕刘学师：即刘友裔（？—1696），字赤生，济宁人，举人，康熙二十二年（1683）任淄川县儒学教谕，卒于任。故蒲松龄称其为"师"。〔2〕儋石（dàn shí）：百斤粮。〔3〕可其请：答应他的请求。〔4〕灭门令尹：古人俗话说"灭门知县"，刺史官比知县高，自然也可灭门。〔5〕掉臂：甩动着两条臂膀，

大摇大摆状。〔6〕城堞：城墙上的垛口。〔7〕南面者：当官的人。〔8〕口腹之累：因为生活所迫不得不陪令尹饮酒。

点评

几个特殊细节写活一个特殊人物。公堂之上，哈哈大笑，声震屋瓦，听到"灭门"威胁，大摇大摆，一走了之，狂生狂态，活灵活现。做人只要摆不正自己在生活中的位置，必定碰壁。狂生因为善饮，成为知府的酒友，却并不知道，自己实非达官贵人的朋友，仅能帮他解闷，仅能察颜观色取悦。知府虽然没有真的灭门，却终于使得狂生惧怕，当官的威风可见一斑。

狂生

縱情詩酒不
嫌狂干謁如
何屢上堂縣
令有權門可
誠付之一笑
亦何妨

澂俗

澂人多化物类〔1〕，出院求食。有客寓旅邸，见群鼠入米盎，驱之即遁。客伺其入，骤覆之，瓢水灌注其中，顷之，尽毙。主人全家暴卒，惟一子在。讼官，官原而宥之。

> **校勘**
>
> 底本：异史。参校：二十四卷本、铸雪斋本。

> **注释**
>
> 〔1〕澂人："澂"为"澄"古写法。广东有澄江县，云南有澂江府，疑为此地。

> **点评**
>
> 简短记闻。人为何要变物？为了节省粮食？为了取乐？都没有涉及。但既然是"俗"，则不是一人一事一时，可以当作游戏看待、容忍。此客亦多管闲事。群鼠吃的是自己的东西，干汝何事？

凤仙

卷六

①性格是命运的基础。刘赤水是带花花公子特点的帅哥。

②经典妙用谐用、离经叛道地用。将被视为经书的《诗经》用作男女之间调情之语。

刘赤水，平乐人[1]，少颖秀[2]，十五入县庠；父母早亡，遂以游荡自废[3]①。家不中资，而性好修饰，衾榻皆精美。一夕，被人招饮，忘灭烛而去。酒数行，始忆之，急返。闻室中小语，伏窥之，见少年拥丽者眠榻上。宅临贵家废第，恒多怪异，心知其狐，即亦不恐，入而叱曰："卧榻岂容鼾睡！"二人遑遽，抱衣赤身遁去。遗紫纨袴一，带上系针囊。大悦，恐其窃去，藏衾中而抱之。俄，一蓬头婢自门罅入[4]，向刘索取。刘笑，要偿。婢请遗以酒，不应；赠以金，又不应。婢笑而去。旋返曰："大姑言：如赐还，当以佳偶为报。"刘问："伊谁？"曰："吾家皮姓，大姑小字八仙，共卧者胡郎也；二姑水仙，适富川丁官人；三姑凤仙，较两姑尤美，自无不当意者。"刘恐失信，请坐待好音。婢去久之，复返曰："大姑寄语官人：好事岂能猝合？适与之言，反遭诟厉；但缓时日以待之，吾家非轻诺寡信者。"刘付之。

过数日，渺无信息。薄暮，自外归，闭门甫坐，忽双扉自启，两人以被承女郎，手捉四角而入，曰："送新人至矣！"笑置榻上而去。近视之，酣睡未醒，酒气犹芳，赪颜醉态，倾绝人寰。喜极，为之捉足解袜，抱体缓裳。而女已微醒，开目见刘，四肢不能自主，但恨曰："八仙淫婢卖我矣！"刘狎抱之。女嫌肤冰，微笑曰："今夕何夕，见此凉人[5]！"刘曰："子兮子兮，如此凉人何！"②遂相欢爱。既而曰："婢子无耻，玷人床寝，而以妾换袴耶！必小报之！"从此靡夕不至，绸缪甚殷。袖中出金钏一枚，曰："此八仙物也。"又数日，怀绣履一双来，珠嵌金绣，工巧殊绝，且嘱刘暴扬之[6]。刘出夸示亲宾，求观者皆以贳酒为贽，由此奇货居之。女夜来，忽作别语。怪问之，答云："姊以履故恨妾，

1277

欲携家远去，隔绝我好。"刘惧，愿还之。女云："不必，彼方以此挟妾，如还之，中其机矣。"刘问："何不独留？"曰："父母远去，一家十余口，俱托胡郎经纪，若不从去，恐长舌妇造黑白也。"从此不复至。

　　逾二年，思念綦切。偶在途，遇女郎骑款段马〔7〕，老仆鞚之，摩肩过；反启障纱相窥，丰姿艳绝。顷，一少年后至。曰："女子何人？似颇佳丽。"刘亟赞之。少年拱手笑曰："太过奖矣！此即山荆也。"刘惶愧谢过。少年曰："此何妨。但南阳三葛，君得其龙〔8〕，区区者又何足道！"刘疑其言。少年曰："君不认窃眠卧榻者耶？"③刘始悟为胡。叙僚婿之谊〔9〕，嘲谑甚欢。少年曰："岳新归，将以省觐，可同行否？"刘喜，从入紫山〔10〕。山上故有邑人避难之宅，女下马入。少间，数人出望，曰："刘官人亦来矣。"入门谒见翁媪。又一少年先在，靴袍炫美。翁曰："此富川丁婿。"并揖即坐。少时，酒炙纷纶，谈笑颇洽。翁曰："今日三婿并临，可称佳集。又无他人，可唤儿辈来，作一团圆之会。"俄，姊妹俱出。翁命设坐，各傍其婿。八仙见刘，惟掩口而笑；凤仙辄与嘲弄；水仙貌少亚，而沉重温克，满座倾谈，惟把酒含笑而已。④于是履舃交错，兰麝熏人，饮酒乐甚。刘视床头乐具毕备，遂取玉笛，请为翁寿。翁喜，命善者各执一艺，因而合座争取，惟丁与凤仙不取。八仙曰："丁郎不谙可也，汝宁指屈不伸者？"因以拍板掷凤仙怀中，便串繁响〔11〕。翁悦曰："家人之乐极矣！儿辈俱能歌舞，何不各尽所长？"八仙起，捉水仙曰："凤仙从来金玉其音，不敢相劳；我两人可歌《洛妃》一曲〔12〕。"二人歌舞方已，适婢以金盘进果，都不知其何名。翁曰："此自真腊携来〔13〕，所谓'田婆罗'也〔14〕。"因掬数枚送丁前。凤仙不悦曰："婿岂以贫富为爱憎耶？"翁微哂未言。八仙曰："阿爹以丁郎异县，故是客耳。若论长幼，岂独凤妹妹有拳大酸婿耶？"⑤凤仙终不快，解华妆，以鼓拍授婢，唱《破窑》

③一句话联起前后故事。

④八仙、水仙、凤仙三姐妹，个性迥异，个个鲜活，如立纸上。

⑤婿而"酸"而"拳大"，极写其不以为然。

一折〔15〕，声泪俱下；既阕，拂袖迳出，一座为之不欢。八仙曰："婢子乔性犹昔。"乃追之，不知所往。刘无颜，亦辞而归。至半途，见凤仙坐路旁，呼与并坐，曰："君一丈夫，不能为床头人吐气耶？黄金屋自在书中，愿好为之！"举足云："出门匆遽，棘刺破复履矣〔16〕，所赠物，在身边否？"刘出之，女取而易之。刘乞其敝者，靦然曰："君亦大无赖矣！几见自己衾枕之物，亦要怀藏者？如相见爱，一物可以相赠。"出一镜付之曰："欲见妾，当于书卷中觅之；不然，相见无期矣。"言已，不见。怊怅自归。视镜，则凤仙背立其中，如望去人于百步之外者。因念所嘱〔17〕，谢客下帷〔18〕。一日，见镜中人忽现正面，盈盈欲笑，益爱重之。无人时，辄以共对。月余锐志渐衰，游恒忘返。归见镜影，惨然若涕；隔日再视，则背立如初矣：始悟为己之废学也。乃闭户研读，昼夜不辍；月余，则影复向外。自此验之：每有事荒废，则其容戚；数日攻苦，则其容笑。于是朝夕悬之，如对师保〔19〕❻。如此二年，一举而捷，喜曰："今可以对我凤仙矣！"揽镜视之，见画黛弯长，瓠犀微露，喜容可掬，宛然在目前。爱极，停睇不已。忽镜中人笑曰："'影里情郎，画中爱宠〔20〕'，今之谓矣。"惊喜四顾，则凤仙已在座后。握手问翁媪起居，曰："妾别后，不曾归家，伏处岩穴，聊与君分苦耳。"

刘赴宴郡中，女请与俱；共乘而往，人对面不相窥。既而将归，阴与刘谋，伪为娶于郡也者。女既归，始出见客，经理家政。人皆惊其美，而不知其狐也。刘属富川令门人，往谒之。遇丁，殷殷邀至其家，款礼优渥，言："岳父母近又他徙，内人归宁，将复。当寄信往，并诣申贺。"刘初疑丁亦狐，及细审邦族，始知富川大贾子也。初，丁自别业暮归，遇水仙独步，见其美，微睨之。女请附骥以行。丁喜，载至斋，与同寝处，楗隙可入，始知为狐。女言："郎勿见疑。妾以君诚笃，故愿托之。"丁嬖之。竟不复娶。

❻凤仙在镜中督促，刘赤水在镜下苦读。人和影的对话，乃《聊斋》创造的怪异的新形式。

刘归，假贵家广宅，备客燕寝，洒扫光洁，而苦无供帐；隔夜视之，则陈设焕然矣。过数日，果有三十余人，赍旗采酒礼而至，舆马缤纷，填溢街巷。刘揖翁及丁、胡入客舍，凤仙逆妪及两姨入内寝。八仙曰："婢子今贵，不怨冰人矣。⑦钏履犹存否？"女搜付之，曰："履则犹是也，而被千人看破矣。"八仙以履击背，曰："挞汝寄于刘郎。"乃投诸火，祝曰："新时如花开，旧时如花谢；珍重不曾着〔21〕，姮娥来相借。"水仙亦代祝曰："曾经笼玉笋〔22〕，着出万人称；若使姮娥见，应怜太瘦生〔23〕。"凤仙拨灰曰："夜夜上青天，一朝去所欢；留得纤纤影，遍与世人看。"遂以灰捻桦中，堆作十余分；望见刘来，托以赠之。但见绣履满桦，悉如故款。八仙急出，推桦堕地；地上犹有一二只存者，又伏吹之，其踪始灭。

次日，丁以道远，夫妇先归；八仙贪与妹戏，翁及胡屡督促之，亭午始出，与众俱去。初来，仪从过盛，观者如市。有两寇窥见丽人，魂魄丧失，因谋劫诸途。侦其离村，尾之而去。相隔不盈一矢，马极奔，不能及。至一处，两崖夹道，舆行稍缓，追及之，持刀吼咤，人众都奔。下马启帘，则老妪坐焉，方疑误掠其母；才他顾，而兵伤右臂，顷已被缚。凝视之，崖并非崖，乃平乐城门也；舆中人则李进士母，自乡中归耳。一寇后至，亦断马足而縶之门。李执送太守，一讯而伏。时有大盗未获，诘之，即其人也。⑧明春，刘及第，凤仙亦恐招祸，故悉辞内戚之贺。刘亦更不他娶。及为郎官〔24〕，纳妾，生二子。

异史氏曰："嗟乎！冷暖之态，仙凡固无殊哉！'少不努力，老大徒伤。'惜无好胜佳人，作镜影悲笑耳。吾愿恒河沙数仙人，并遣娇女婚嫁人间，则贫穷海中，少苦众生矣。"⑨

⑦八仙总是嘴不饶人。

⑧狐仙特异通过此事巧妙写出。

⑨神奇的故事，透露出作者执着的功名愿望。

校勘

底本：异史。参校：二十四卷本、铸雪斋本、青柯亭本。

注释

〔1〕平乐：明清府名，今广西桂林市平乐县。〔2〕少颖秀：年轻时聪明秀丽。〔3〕游荡自废：不好好读书，自暴自弃，不上进。〔4〕门罅（xià）：门缝。〔5〕"今夕何夕，见此凉人"：《诗经·唐风·绸缪》："今夕何夕，见此良人。子兮子兮，如此良人何！"描写恋人幽会的喜悦，"良人"是古代女子对所爱男子的称呼。此处用"凉"的谐音代替"良"，以取笑。〔6〕暴（pù）扬：公开展示、宣扬。〔7〕款段：马行迟缓状。〔8〕南阳三葛，君得其龙：三国时，琅琊诸葛氏一族有三人分别在蜀、吴、魏做官，《世说新语》说，在蜀做官的诸葛亮为龙，在吴做官的诸葛瑾是虎，在魏做官的诸葛诞是狗。其中诸葛亮名气最大，又曾隐居南阳，故以"南阳三葛"称之。此处是形容凤仙在三姐妹中最美。〔9〕僚婿：连襟。〔10〕蒙山：在今广西桂林市平乐县南。〔11〕串繁响：乐器合奏。〔12〕《洛妃》：戏曲名，即明代汪道昆的杂剧《洛神记》。〔13〕真腊：位置大约相当于今柬埔寨。〔14〕田婆罗：即波罗蜜。〔15〕《破窑》：即《吕蒙正风雪破窑记》，富家女刘月娥选吕蒙正为婿，被父亲赶出家门，后吕蒙正中了状元。〔16〕复履：旧时女子袜之外鞋之内的软底鞋。〔17〕属：嘱托。〔18〕下帷：放下室内悬挂的帷幕，闭门读书。〔19〕师保：古时教导贵族子弟的官员，有师有保，统称"师保"。〔20〕影里情郎，画中爱宠：语出《西厢记》："他做了个影儿里的情郎，我做了画儿里的爱宠。"〔21〕珍重不曾着：借用李商隐"好借嫦娥着，清秋踏月轮"诗意。〔22〕曾经笼玉笋：被小小的尖脚穿过。笋，女子的小脚。〔23〕太瘦生：太瘦小。生，语助词。〔24〕郎官：六部的郎中、员外郎之类的官职。

点评

一条裤子换来一个绝代佳人，床头美妻变成镜中师保，凤仙是《聊斋》中最脍炙人口的故事之一。狐女凤仙用一面镜子鼓励丈夫刻苦读书，一举成名，可从消极方面解读为科举制度将功名利禄之想腐蚀到闺阁，也可从积极方面解读为妻子巧妙激励丈夫，此文成为西方人读《聊斋》特别注意的一篇，可能缘于后一原因。此文美、韵、思三者兼备，既特别能够体现中国古代的人情世态，又对各时代各种社会制度的人有启发：少年不努力，老大徒伤悲。小说人物活泼伶俐，场面生动雅谑，新颖别致，妙趣横生。

鳳僊

僚婿身家自富贍
先鞭宜著莫因循
郎君及第歸來日
先酬鏡裏人

佟客

董生，徐州人〔1〕，好击剑，每慷慨自负。偶在途中遇一客，跨蹇同行，与之语，谈吐豪迈，诘其姓字，云："辽阳佟姓。"问："何往？"曰："余出门二十年，适自海外归耳。"董曰："君遨游四海，阅人綦多，曾见异人否？"佟问："异人何等？"董乃自述所好，恨不得异人所传。佟曰："异人何地无之，要必忠臣孝子①，始得传其术也。"董又奋然自许，即出佩剑，弹之而歌；又斩路侧小树，以矜其利。佟掀髯微笑，因便借观。董授之，展玩一过，曰："此甲铁所铸〔2〕，为汗臭所蒸，最为下品。仆虽未闻剑术，然有一剑，颇可用。"遂于衣底出短刃，尺许，以削董剑，脆如瓜瓠，应手斜断如马蹄。董骇极，亦请过手，再三拂拭而后返之，邀佟过诸其家，坚留信宿。叩以剑法，谢不知；董按膝雄谈，惟敬听而已。②

更既深，忽闻隔院纷拏〔3〕。隔院为生父居，心惊疑，近壁凝听，但闻人作怒声曰："教汝子速出即刑，便赦汝！"少顷，似加搒掠，呻吟不绝者，真其父也。生提戈欲往，佟止之曰："此去恐无生理〔4〕，宜审万全。"生皇然请教，佟曰："盗坐名相索，必将甘心焉〔5〕。君无他骨肉，宜嘱后事于妻子；我启户，为君警厮仆。"生诺，入告其妻，妻牵衣泣。生壮念顿消，遂共登楼上，寻弓觅矢，以备盗攻。③仓皇未已，闻佟在楼檐上笑曰："贼幸去矣。"烛之，已杳。逡巡出④，则见翁赴邻饮，笼烛始归；惟庭前多编菅遗灰焉〔6〕。乃知佟异人也。

异史氏曰："忠孝，人之血性。古来臣子而不能死君父者，其初岂遂无提戈壮往时哉〔7〕？要皆一转念误之耳。昔解大绅与方孝孺相约以死〔8〕，而卒食其言；安知矢约归家后，不听床头人呜泣哉？邑有快役某，每

①忠臣孝子可传异术，并非会异术者定忠臣孝子。忠臣孝子皆从热血中来，非异人传授来。

②高谈阔论，豪言壮语。佟客对井底蛙只能做敬听状。

③银样镴枪头，连爹也不要了。

④惊弓之鸟。

数日不归，妻遂与里中无赖通。一日归，适值少年自房中出。疑，苦诘其妻，妻坚不服。既于床头得少年遗物，妻窘无词，惟长跪哀乞。某怒甚，掷以绳，逼令自经。妻请妆服而死，许之。妻乃入室理妆，某自酌以待之。呵叱频催。俄，妻炫服出，含涕拜曰：'君果忍心令奴死耶？'某盛气咄之。妻返走入房，方将结带，某掷盏铿然，呼曰：'咍！返矣！一顶绿头巾，或不能压人死耳⑤。'遂为夫妇如初。此大绅者类也，一笑。"

⑤因爱妻而忍气，古时少有。

校勘

底本：青柯亭本。参校：异史、二十四卷本、铸雪斋本。

注释

〔1〕徐州：明至雍正十一年（1733）府名，今江苏省徐州市。〔2〕甲铁：废旧铠甲之铁。〔3〕纷拏：争吵。〔4〕恐无生理：恐怕没有活着回来的可能。〔5〕甘心：快意杀戮以适其心意。〔6〕编菅（jiān）遗灰：盖屋茅苫的灰烬。〔7〕提戈壮往：手持戈矛毅然迎敌。〔8〕解大绅：即解缙（1369—1415），明建文帝时翰林院待诏。据史书记载，燕王朱棣攻南京时，他与王艮、吴溥、胡靖在吴家慷慨陈词，约定为建文帝而死。燕王入京后，他升任翰林院侍读，主持修《永乐大典》，后卷入储位之争被杀。方孝孺（1357—1402）：浙江宁海人，明建文帝翰林院侍讲，燕王入京后，拒绝为燕王写即位诏书，被灭十族。

点评

赵瓯北诗："平时每作千秋思，临事方知一死难。"无事时妄谈忠孝，临危时丧尽廉耻。任何历史时期都会有这种夸夸其谈的银样镴枪头。佟客是异人，小施法术，就让吹嘘者当场出丑，把牛皮大王的牛皮立马洞穿，想做异人、想学异术的董生，遇到危急时，连生身父亲都不管。蒲松龄认为这是受到妻子牵累，其实是其性格深处的自私、软弱所致。《聊斋》故事中常有佟客这样的异人对庸常人当头棒喝。

佟客

惊悚襟怀负半生
如何家室顿萦情
異人別有知人
術忠孝關頭
稱得清

辽阳军

①不甚死，用词妙。

②写千里之间一瞬还的生动感觉。

沂水某，明季充辽阳军。会辽城陷，为乱兵所杀；头虽断，犹不甚死①。至夜，一人执簿来，按点诸鬼。至某，谓其不宜死，使左右续其头而送之。遂共取头按项上，群扶之，风声簌簌②，行移时，置之而去。视其地则故里也。沂令闻之，疑其窃逃。拘讯而得其情，颇不信；又审其颈无少断痕，将刑之。某曰："言无可凭信，但请寄狱中。断头可假，陷城不可假。设辽城无恙，然后受刑未晚也。"令从之。数日，辽信至，时日一如所言，遂释之。

> 校勘

底本：异史。参校：二十四卷本、铸雪斋本。

> 点评

　　一则充满诡异色彩的传闻。辽阳陷于清兵是真实的历史事实，头断了不仅不死还被阴司执法者送回家乡，是根本不可能出现的怪事，而怪事偏偏由真事证明。迷离恍惚的描写中，隐含着历史。

张贡士［1］

① 但明伦评："人之一生，不过一戏耳。只要问心，自己是何脚色，生平是何节末。要做须眉毕现，毋为巾帼贻羞；要认本来面目，毋作粉脸逢迎；要求百世流芳，毋致当场出丑。能令人共看，方有好下场。"

安丘张贡士，寝疾，仰卧床头。忽见心头有小人出，长仅半尺；儒冠儒服，作俳优状。唱昆山曲［2］，音调清彻，说白、自道名贯，一与己同；所唱节末，皆其生平所遭。四折既毕［3］，吟诗而没。张犹记其梗概，为人述之。①

阮亭云："岂杞园耶［4］？大奇。"

附记：

高西园云："向读渔洋先生《池北偶谈》，见有记心头小人者，为安丘张某事。余素善安丘张卯君，意必其宗属也。一日，晤间问及，始知即卯君事。询其本末，云：当病起时，所记昆山曲者，无一字遗，皆手录成册。后其嫂夫人以为不祥语，焚弃之。每从酒边茶余，犹能记其尾声，常举以诵客。今并识之，以广异闻。其词云：'诗云子曰都休讲，不过是都都平丈（相传一村塾师训童子读论语，字多讹谬。其尤堪笑者，读"郁郁乎文哉"为"都都平丈我"）。全凭着佛留一百二十行（村塾中有训蒙要书，名《庄农杂字》。其开章云："佛留一百二十行，惟有庄农打头强。"最为鄙俚）。'玩其语意，似自道其生平寥落，晚为农家作塾师，主人慢之，而为是曲。意者夙世老儒，其卯君前身乎？卯君名在辛，善汉隶篆印。"

校勘

底本：青柯亭本。参校：异史、二十四卷本、铸雪斋本。

注释

［1］张贡士：即张在辛（1651—1738），字卯君，安丘人，康熙二十五年（1686）

拔贡。是著名官员、学者周亮工的学生。〔2〕昆山曲：昆曲。〔3〕四折：元杂剧的体制是四折，昆曲的折数则不受限制。南杂剧也有一至五折不等。〔4〕杞园：张贞，安丘人，字起元，康熙十一年（1672）拔贡，举博学宏词，授翰林院待诏。此处王士禛误记，张贞乃张在辛之父。父子皆为拔贡，都可称"张贡士"。

点评

此怪异见闻，亦见诸王士禛《池北偶谈》，是当时传说很广的异事，估计是张本人的病中幻觉，"小人"演戏，很像一个人临终回忆往事。附记中高凤翰（西园）的记载更详细，可参考。

張貴士

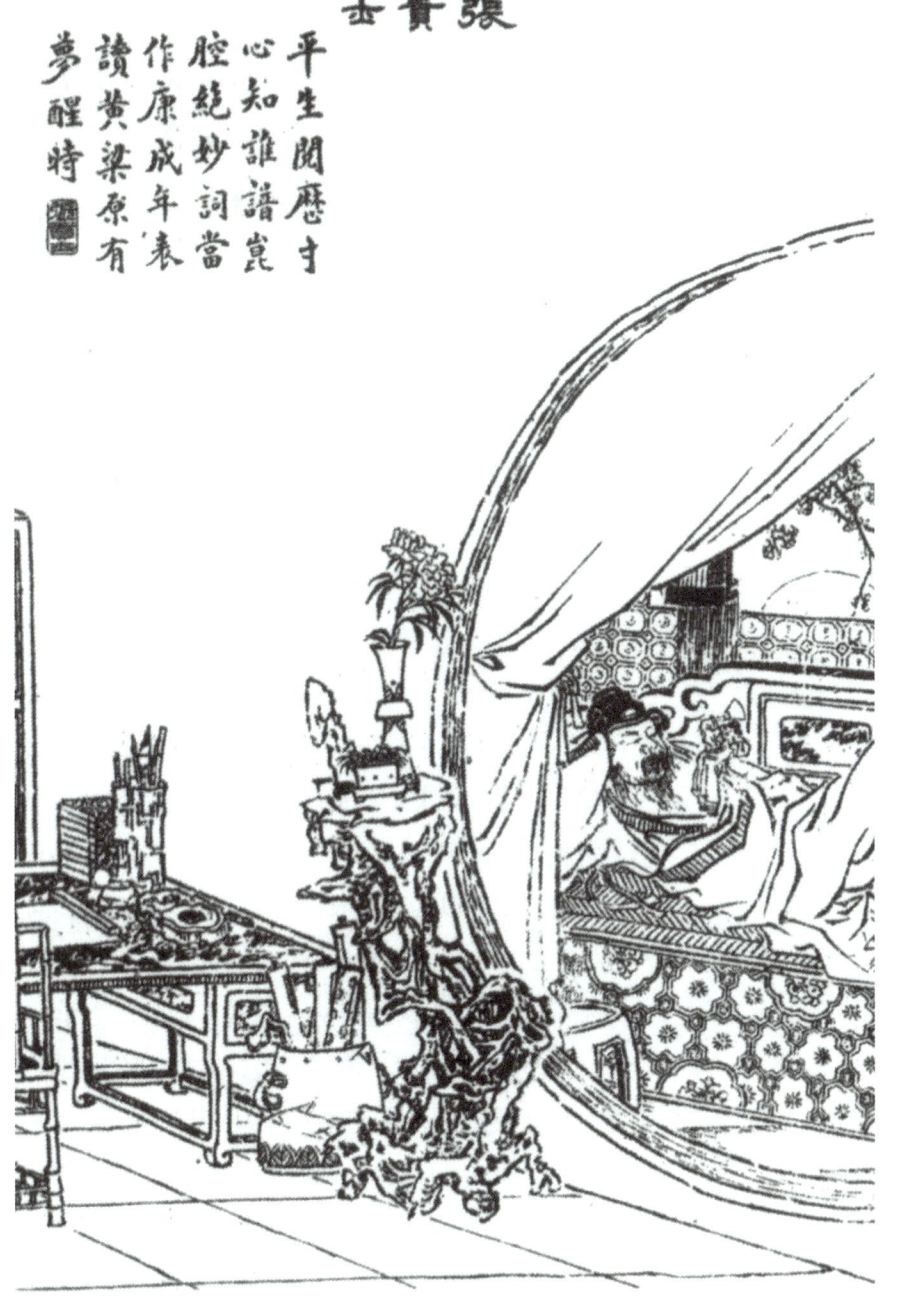

平生閱歷寸
心知誰譜崑
腔絕妙詞當
作康成年表
讀黃粱原有
夢醒時

丐仙

①高玉成善良仁厚，救治脓血流离的乞丐，是仙人对他秉性做考验。

②仙相渐露。

高玉成，故家子，居金城之广里〔1〕。善针灸，不择贫富辄医之。里中来一丐者，胫有废疮，卧于道。脓血狼藉，臭不可近。居人恐其死，日一饴之。高见而怜焉，遣人扶归，置于耳舍。家人恶其臭，掩鼻遥立。高出艾亲为之灸，日饷以蔬食。①数日，丐者索汤饼，仆怒诃之。高闻，即命仆赐以汤饼。未几，又乞酒肉，仆走告曰："乞人可笑之甚，其卧于道也，日求一餐不可得，今三饭犹嫌粗粝，既与汤饼，又乞酒肉。此等贪饕，只宜仍弃之道上耳。"高问其疮，曰："痂渐脱落，似能步履，故假呻嗳作呻楚状。"高曰："所费几何，即以酒肉馈之，待其健，或不吾仇也。"仆伪诺之而竟不与。且与诸曹偶语，共笑主人痴。

次日，高亲诣视丐，丐跛而起，谢曰："蒙君高义，生死人而肉白骨，惠深覆载。但新瘥未健，妄思馋嚼耳。"高知前命不行，呼仆，痛笞之，立命持酒炙饵丐者。仆衔之，夜分纵火焚耳舍，乃故呼号。高起视，舍已烬。叹曰："丐者休矣！"督众救灭。见丐者酣卧火中，鼾声雷动。唤之起，故惊曰："屋何往？"群始惊其异。高弥重之，卧以客舍，衣以新衣，日与同坐处。问其姓名，自言："陈九。"居数日，容益光泽。言论多风格②，又善手谈〔2〕。高与对局，辄败。乃日从之学，颇得其奥秘。如此半年，丐者不言去，高亦一时少之不乐也。即有贵客来，亦必偕之同饮。或掷骰为令，陈每代高呼采〔3〕，雉卢无不如意〔4〕。高大奇之。每求作剧〔5〕，辄辞不知。

一日，语高曰："我欲告别，向受君惠且深，今薄设相邀，勿以人从也。"高曰："相得甚欢，何遽决绝？且君杖头空虚〔6〕，亦不敢烦作东道主。"陈固邀之曰：

"杯酒耳，亦无所费。"高曰："何处？"答云："园中。"时方严冬，高虑园亭苦寒，陈固言："不妨。"

乃从至园中，觉气候顿暖，似三月初旬。又至亭中，益暖，见异鸟成群，乱哢清咮〔7〕，仿佛暮春景象。亭中几案，皆镶以瑙玉。有一水晶屏，莹澈可鉴，中有花树摇曳，开落不一，又有白禽似雪，往来勾辀于其上〔8〕，以手抚之，殊无一物。③高愕然良久。坐，见鹦鹉栖架上〔9〕，呼曰："茶来！"俄见朝阳丹凤，衔一赤玉盘，上有玻璃盏二，盛香茗，伸颈屹立。饮已，置盏其中，凤衔之，振翼而去。④鹦鹉又呼曰："酒来！"即有青鸾黄鹤，翩翩自日中来，衔壶衔杯，纷置案上。⑤顷之，则诸鸟进馔，往来无停翅⑥，珍错杂陈，瞬息满案，肴香酒洌，都非常品。陈见高饮甚豪，乃曰："君宏量，是得大爵。"鹦鹉又呼曰："取大爵来！"忽见日边炯炯，有巨蝶嫛鹦鹉杯，受斗许，翔集案间。高视蝶大于雁，两翼绰约，文采灿丽，亟加赞叹。陈唤曰："蝶子劝酒！"蝶展然一飞，化为丽人，绣衣翩跹，前席进酒。陈曰："不可无以佐觞。"女乃仙仙而舞，舞到酣际，足离于地者尺余，辄仰折其首，直与足齐，倒翻身而起立，身未尝着于尘埃。⑦且歌曰："连翩笑语踏芳丛，低亚花枝拂面红。曲折不知金钿落，更随蝴蝶过篱东。"余音袅袅，不啻绕梁。高大喜，拉与同饮。陈命之坐，亦饮之酒。高酒后心摇意动，遽起狎抱，视之，则变为夜叉：睛突于眦，牙出于喙，黑肉凹凸，怪恶不可言状。⑧高惊释手，伏几战慄。陈以箸击其喙，诃曰："速去！"随击而化，又为蝴蝶，飘然飏去。

高惊定，辞出。见月色如洗，漫语陈曰："君旨酒佳肴，来自空中，君家当在天上，盍携故人一游〔10〕？"陈曰："可。"即与携手跃起，遂觉身在空冥，渐与天近。见有高门，口圆如井，入，则光明似昼，阶路皆苍石砌成，滑洁无纤翳。有大树一株，高数丈，上开赤花，大如莲，纷纭满树。下一女子，捣绛红之衣于砧上，艳丽无双。

1291

高木立睛停，竟忘行步。女子见之，怒曰："何处狂郎，妄来此处！"辄以杵投之，中其背。陈急曳于虚所，切责之。高被杵，酒亦顿醒，殊觉汗愧，乃从陈出，有白云接于足下。陈曰："从此别矣，有所嘱，慎志勿忘：君寿不永，明日速避西山中，当可免。"高欲挽之，返身竟去。高觉云渐低，身落园中，则景物大非。⑨归与妻子言，共相骇异。视衣上着杵处，异红如锦，有奇香。早起，从陈言，裹粮入山。大雾障天，茫茫然不辨径路。蹑荒急奔，忽失足，堕云窟中，觉深不可测，而身幸不损。定醒良久，仰见云气如笼。乃自叹曰："仙人令我逃避，大数终不能免。何时出此窟耶？"又坐移时，见深处隐隐有光，遂起而渐入，则别有天地。有三老方对弈，见高至，亦不顾问，棋不辍。高蹲而观焉。局终，敛子入盒。方问："客何得至此？"高言："迷堕失路。"老者曰："此非人间，不宜久淹，我送君归。"乃导至窟下。觉云气拥之以升，遂履平地，见山中树色深黄，萧萧木落，似是秋杪⑩。大惊曰："我以冬来，何变暮秋？"奔赴家中，妻、子尽惊，相聚而泣。高讶问之，妻曰："君去三年不返，皆以为异物矣。"高曰："异哉，才顷刻耳。"于腰中出其糗粮，已若灰烬，相与诧异。妻曰："君行后，我梦二人，皂衣闪带〔11〕，似谇赋者〔12〕，汹汹然入室张顾曰：'彼何往？'我诃之曰：'彼已外出。尔即官差，何得入人闺闼中？'二人乃出。且行且语曰'怪事怪事'而去。"高乃悟已所遇者仙也，妻所遇者鬼也。⑪高每对客，衷杵衣于内〔13〕，满座皆闻其香，非麝非兰，着汗弥盛。⑫

⑨非陈九点化的园中春景，严冬也。

⑩高玉成短短时间内历春、秋、冬三景，仙境的时间和人间交替。

⑪高玉成善心帮助乞丐，丐仙帮助他从追魂的鬼手中逃脱。好人好报，是《聊斋》常见模式。

⑫以此结全篇，结构妙招。

校勘

底本：青柯亭本。参校：二十四卷本。

注释

〔1〕金城：古郡名，今甘肃省兰州市。〔2〕手谈：下围棋。〔3〕呼采：掷骰子时呼喊自己希望的数字。采，骰子上的花色。〔4〕雉卢：彩的种类。〔5〕作剧：玩魔术。〔6〕杖头空虚：没钱买酒。据《晋书》，阮修常在枴杖上挂铜钱，到酒店买酒。后来就把酒钱叫"杖头钱"。〔7〕乱哢（lòng）清咮（zhòu）：种种鸟儿一起发出清脆的叫声。〔8〕勾辀（zhōu）：鸟叫声。〔9〕鸲鹆（qú yù）：八哥。〔10〕盍（hé）：何不。〔11〕皂衣闪带：穿着黑色的衣服，系着闪光的腰带，当是冥府勾魂使者。〔12〕似谇（suì）赋者：像是催交赋税的人。〔13〕衷：穿在外衣之内。

点评

高玉成善有善报，不仅在自家园中看到了美丽的仙境，还进入月宫，又在仙人帮助下逃脱了阴司的追捕。《聊斋》仙境美极妙极，它不是写实主义的，不是自然而胜似自然。《丐仙》给人的启示是：人不需要上天入地求仙，只要一心向善，摒除杂念，一切美景都在意念之中，一切美好的愿望都可以实现。如果心生邪念，胸怀褒欲，一切美景都化为乌有。《聊斋》仙境是作者制造的幻觉，它不是现实世界，但比现实更美好、纯洁，是传说中的凤凰涅槃，是人生理想的升华。

巧娘

歌舞園林各盡歡
麗人忽作夜叉看
若非推解當時意
靈窟何來奪命丹

爱奴

河间徐生[1]，设教于恩[2]。腊初归，途遇一叟，审视曰："徐先生撤帐矣。明岁授徒何所？"笑应曰："仍旧。"叟曰："敬业姓施。有舍甥延求明师，适托某至东瞳聘吕子廉，渠已受贽稷门。君如苟就[3]，束仪请倍于恩[4]。"徐以成约为辞。叟曰："信行君子也[5]。然去新岁尚远，敬以黄金一两为贽，暂留教之，明岁另议何如？"徐可之。叟下骑呈礼函[6]，且曰："敝里不遥矣。宅隘陋，饲畜为艰①，请即遣仆马去，散步亦佳。"徐从之，以行李寄叟马上。

行三四里许，日既暮，始抵其宅，沤钉兽镮[7]，宛然世家。呼甥出拜，十三四岁童子也。叟曰："妹夫蒋南川，旧为指挥使。止遗此儿，颇不钝，但娇惯耳。得先生一月善诱，当胜十年。"②未几，设筵，备极丰美，而行酒下食[8]，皆以婢媪③。一婢执壶侍立，年约十五六以来，风致韵绝，心窃动之。席既终，叟命安置床寝，始辞而去。

天未明，儿出就学。徐方起，即有婢来捧巾侍盥，即执壶人也。日给三餐，悉此婢，至夕又来扫榻。徐问："何无僮仆？"婢但笑不言，布衾径去。次夕复至。入以游语，婢笑不拒，遂与狎。因告曰："吾家并无男子，外事则托施舅。妾名爱奴。夫人雅敬先生，恐诸婢不洁，故以妾来。今日但须缄密，恐发觉，两无颜也。"一夜，共寝忘晓，为公子所遭，徐惭怍不自安。至夕，婢来曰："幸夫人重君，不然，败矣！公子入告，夫人急掩其口，若恐君闻。但戒妾勿得久留斋馆而已。"言已遂去。徐甚德之。④

然公子不善读，诃责之，则夫人辄为缓颊。初犹遣婢传言；渐亲出，隔户与先生语，往往零涕。顾每晚必

---

①塾师遇到的怪事之一怪：并非房子窄小，乃因不是人间。

②塾师生涯，作者最熟悉。语言随手拈来，即有神采。

③二怪：没有男仆。

④三怪：主人对塾师越规行为见怪不怪。

1295

⑤ 有个性。

⑥ 将陷冢筑起坟头，种上树，这是对鬼的关怀。仁义之人。鬼待人以殊礼，人待鬼以真诚。

问公子日课。徐颇不耐，作色曰："既从儿懒，又责儿工，此等师我不惯作！请辞。"⑤夫人遣婢谢过，徐乃止。自入馆以来，每欲一出登眺，辄锢闭之。一日，醉中怏闷，呼婢问故。婢言："无他，恐废学耳。如必欲出，但请以夜。"徐怒曰："受人数金，便当淹禁死耶！教我夜窬何之乎？久以素食为耻〔9〕，赀固犹在囊耳。"遂出金置几上，治装欲行。夫人出，默默不语，惟掩袂哽咽，使婢返金，启钥送之。徐觉门户偪侧；走数步，目光射入，则身自陷冢中出，四望荒凉，一古墓也。大骇。而心感其义，乃卖所赐金，封堆植树而去之。⑥

过岁，复经其处，展拜而行。遥见施叟，笑致温凉，邀之殷切。心知其鬼，而欲一问夫人起居，遂相将入村，沽酒共酌。不觉日暮，叟起偿酒价，便言："寒舍不远，舍妹亦适归宁，望移玉趾，为老夫祓除不祥。"出村数武，又一里落，叩扉入，秉烛向客。俄，蒋夫人自内出，始审视之，盖四十许丽人也。拜谢曰："式微之族，门户零落，先生泽及枯骨，真无计可以偿之。"言已泣下。既而呼爱奴，向徐曰："此婢，妾所怜爱，今以相赠，聊慰客中寂寞。凡有所须，渠亦略能解意。"徐唯唯。少间，兄妹俱去，婢留侍寝。鸡初唱，叟即来促装送行；夫人亦出，嘱婢善事先生。又谓徐曰："从此尤宜谨秘，彼此遭逢诡异，恐好事者造言也。"徐诺而别，与婢共骑。至馆，独处一室，与同栖止。或客至，婢不避，人亦不之窥也。偶有所欲，意一萌，而婢已致之。又善巫，一按掌而疴立愈。清明归，至墓所，婢辞而下。徐嘱代谢夫人。曰："诺。"遂没。数日返，方拟展墓，见婢华妆坐树下，因与俱发。终岁往返，如此为常。欲携同归，执不可。岁杪，辞馆归，相订后期。婢送至前坐处，指石堆曰："此妾墓也。夫人未出阁时，便从服役，夭阻瘗此。如再过，以炷香相吊，当得复会。"

既别而归，怀思颇苦，敬往祝之，殊无影响。乃市椟发冢，意将载骨归葬，以寄恋慕。穴开自入，则见颜色如生。然肤虽未朽，而衣败若灭；头上玉饰金钏都如新制。又视腰间，裹黄金数铤，卷怀之。始解袍覆尸，抱入材内，赁舆载归；停诸别第，饰以绣裳，独宿其旁，冀有灵应。忽爱奴自外入，笑曰："劫坟贼在此耶！"⑦徐惊喜慰问。婢曰："向从夫人往东昌，三日既归，则舍宇已空。频蒙相邀，所以不肯相从者，以少受夫人重恩，不忍离逖耳〔10〕。今既劫我来，即速瘗葬，便见厚德。"徐问："古人有百年复生者，今芳体如故，何不效之？"叹曰："此有定数。世传灵迹，半涉幻妄。要欲复起动履，亦复何难？但不能遂类生人，故不必也。"乃启棺入，尸即自起，亭亭可爱。探其怀，则冷若冰雪。遂将入棺复卧，徐强止之，婢曰："妾过蒙夫人宠眷，主人自异域来，得金数万，妾窃取之，亦不甚追问。后濒危，又无戚属，遂藏以自殉。夫人痛妾夭谢，又以宝饰入殓。身所以不朽者，不过得金宝之余气耳。若在人世，岂能久乎？必欲如此，切勿强以饮食；若使灵气一散，则游魂亦消矣。"⑧徐乃构精舍，与共寝处。笑语一如常人；但不食不息，不见生人。

年余，徐饮薄醉，执残沥强灌之⑨，立刻倒地，口中血水流溢，终日而尸已变。哀悔无及，厚葬之。

异史氏曰："夫人教子，无异人世，而所以待师者何厚也！不亦贤乎！余谓艳尸不如雅鬼⑩，乃以措大之俗莽〔11〕，致灵物不享其长年，惜哉！"

章丘朱生，索刚鲠，设帐于某贡士家。每遣弟子，内辄遣婢媪为乞免，颇不听之。一日，亲诣窗外，与朱关说。朱怒，执界方，大骂而出。妇惧而奔；朱迫之，自后横击臀股，锵然作皮肉声。一何可笑！

长山某，每延师，必以一年束金，合终岁之虚盈，计每日得如干数；又以师离斋、归斋之日，详记为籍，岁终，则公同按日而乘除之。马生馆其家，初见操珠盘来，得故甚骇；既而暗生一术，反嗔为喜，听其复算，不少校。翁大悦，坚订来岁之约。马假辞以故。有某生号乖谬，

⑦语意翩翩。

⑧亦人亦鬼，既是活泼可爱的人，又是鬼气森森的鬼。因爱的力量，其鬼气仅令徐感到好奇，而不感到可怕。

⑨忘掉鬼的身份导致鬼的灭亡。辩证。

⑩三鬼俱雅：施翁，夫人，爱奴。

马因以荐以自代。既就馆，动辄诟骂，翁无奈，悉含忍之。岁杪，携珠盘至，生勃然，忿不可支，姑听其算。翁又以途中日尽归于西，生不受，拨珠归东。两争不决，操戈相向，两人破头烂额而赴公庭焉。

校勘

底本：青柯亭本。参校：异史、二十四卷本、铸雪斋本。

注释

〔1〕河间：明清府名，今河北省河间市。〔2〕恩：明清县名，属东昌府，今山东省德州市平原县。〔3〕苟就：屈就。客气话。〔4〕束仪：给私塾老师的酬金。〔5〕信行：行事守信。〔6〕礼函：封有礼金的聘书。〔7〕沤钉兽镮：贵族家庭的门饰。沤钉，门上的黄色水泡形钉子；兽镮，兽口衔环的门镮。〔8〕行酒下食：给客人倒酒布菜。〔9〕素食：白吃饭。意思是没有教好孩子。〔10〕离逖：远离。〔11〕措大之俗莽：穷酸书生的莽撞行为。

点评

"爱奴"者，可爱的奴婢也。徐生遇鬼而不识鬼，识鬼而怀念鬼，祭鬼无响应而开棺移尸，继而对以冰冷的"尸"面目出现的恋人毫无芥蒂，想象丰富，情节奇诡，而温情寓其中。这是一个温情脉脉的人鬼恋、人鬼谊故事。爱奴和夫人，主仆如姐妹；徐生和施翁，人鬼无猜忌；爱奴和徐生，挚爱无商量。小说成功地塑造了多情、单纯、热情、执着的亦人亦鬼形象爱奴和正直、痴情、诚朴的徐生。贵族之家的塾师跟婢女私通，一般会受惩罚、阻碍，爱奴之恋却得到通情达理的主人的支持，其主人兄妹亦是很生动的形象，是雅鬼。篇末的两篇附录，以两个很不雅、很不达的塾师和东翁闹矛盾的趣事，作为对正文的反衬。以作者五十年塾师的身份，写这样的小说，驾轻就熟，绵密周详，想象极其怪异，生活气息却非常浓厚。这其实是长期做私塾教师的蒲松龄想象出人与人之间的理想关系。

樊奴

歲闌執贄在
門牆一月薰
陶十載強他
日相逢聊報
德賠將詩
姊伴惟房

单父宰[1]

  青州民某,五旬余,继娶少妇。二子恐其复育,乘父醉,潜割睾丸而药糁之。父觉,托病不言,久之,创渐平。忽入室,刀缝绽裂,血溢不止,寻毙。妻知其故,讼于官。官械其子,果伏。骇曰:"余今为'单父宰'矣!"并诛之。

  邑有王生者,娶月余而出其妻。妻父讼之。时辛公宰淄[2],问王何故出妻。答云:"不可说。"固诘之,曰:"以其不能产育耳。"公曰:"妄哉!月余新妇,何知不产?"忸怩久之,告曰:"其阴甚偏。"公笑曰:"是则偏之为害,而家之所以不齐也[3]。"此可与"单父宰"并传一笑。

校勘

  底本:青柯亭本。参校:异史、二十四卷本、铸雪斋本。

注释

  [1]单父宰:原意是单父县县宰,此处自嘲其成了治下之民为家产而阉割(骟)父亲的县宰。单父,春秋时鲁国地名,孔子有弟子曾任单父宰。此处"单父"谐音"骟父",是文字游戏。[2]辛公:辛民,字先民,直隶人,顺治元年(1644)任淄川知县。乾隆八年(1743)《淄川县志》有传。[3]"是则"二句:这是借辛民调书袋说的隐语。《礼记·内则》:"妻将生子,及月辰,居侧室。夫使人日再问之,作而自问之。妻不敢见,使姆衣服而对。至于子生,夫复使人日再问之。夫齐(zhāi,斋戒),则不入侧室之门。"意思是:妻子将要生孩子,到临产之月,就住到侧室待产,丈夫每天派人伺候两次,将要分娩时,丈夫亲自去问候,妻子因衣衫不整,不敢见,请女师帮助整理好衣服再见。孩子出生,丈夫每天派人问候两次。如果丈夫斋戒,就不进侧室之门。王生的妻子因为"不能生育"被休,也就没有居侧室待产的机会。同时调侃丈夫不能与妻子行房,像斋戒不入侧室(以"其阴甚偏"为双关语),因而"家不齐"。

点评

  奇特而残酷的轶闻,现实而冷酷的利益。儿子为不让父亲再添弟弟分家产,竟阉割父亲，自私到顶，丧心病狂，应该被诛杀。封建家庭财产分割导致人性的泯灭。

单父宰

双荆不许再添枝,
冤到他年析产时。
石破天惊传异事,
可怜泉壤太无知。

孙必振

①开篇先造恐怖环境。

②轮盘赌。

③孙必振及读者都以为其必死,结果呢？大出意料。神秘情节生惊悚效果。

孙必振渡江〔1〕,值大风雷,舟船荡摇,同舟大恐。①忽见金甲神立云中〔2〕,手持金字牌下示②;诸人共仰视之,上书"孙必振"三字,甚真。众谓孙:"必汝有犯天谴,请自为一舟,勿相累。"③孙尚无言,众不待其肯可,视旁有小舟,共推置其上。孙既登舟,回首,则前舟覆矣。

校勘

底本：异史。参校：二十四卷本、铸雪斋本。

注释

〔1〕孙必振：字卧云,山东诸城人。顺治十六年（1659）进士,曾任河南道御史。事见《山东通志》《青州府志》。江：长江。〔2〕金甲神：传说中佛教和道教的护法神。又称"金刚力士"。

点评

一念之恶定生死的小故事。众人在金甲神出现时,如果不那样自私自保,可能会沾孙必振的福气而逃过一劫。金甲神只是手持金牌而不说明想做什么,似乎是考验人们的品质。这是真正的微型小说,篇幅虽短却意蕴深长。

孙必振

金丁书名雪蓑
见风狂雷怒浪相
摧旁人惧却月舟
惟会有征帆稳
渡江

邑人

邑有乡人，素无赖。一日，晨起，有二人摄之去。至市头，见屠人以半猪悬架上，二人便极力推挤之，遂觉身与肉合，二人亦径去。少间，屠人卖肉，操刀断割，遂觉一刀一痛，彻于骨髓。后有邻翁来市肉，苦争低昂〔1〕，添脂搭肉，片片碎割，其苦更惨。肉尽，乃寻途归；归时日已向辰。家人谓其晏起，乃细述所遭。呼邻问之，则市肉方归，言其片数、斤数，毫发不爽。崇朝之间〔2〕，已受凌迟一度〔3〕，不亦奇哉！

校勘

底本：青柯亭本。参校：异史、二十四卷本、铸雪斋本。

注释

〔1〕低昂：指价格的贵贱。〔2〕崇朝：一个早晨。〔3〕凌迟：封建社会最残酷的死刑。对犯人零刀碎割，先从非要害处下手。

点评

无赖遭受幻想中的凌迟，应该会改邪归正。这是蒲松龄劝善惩恶思想的表现。幻想中的凌迟当然是虚幻的，但邑人的感觉却真切到无以复加。如果怀疑这都是其梦境、幻觉，偏偏有邻翁来"三堂对证"，匪夷所思。

色人
三年日工梦
醒才乞变凌
逗一座来地
狱石顶因夋
相眼前随
爱肯论迴

元宝

广东临江山崖巉岩,常有元宝嵌石上。崖下波涌,舟不可泊。或荡桨近摘之,则牢不可动;若其人数应得此,则一摘即落,回首已复生矣。

> **校勘**
>
> 底本:异史。参校:二十四卷本、铸雪斋本。
>
> **点评**
>
> 命中所有,连山崖都给你元宝;命中没有,不管怎么想法也没辙。海外奇谈中寓宿命。

研石

王仲超言〔1〕：洞庭君山间有石洞〔2〕，高可容舟，深暗不测，湖水出入其中。尝秉烛泛舟而入，见两壁皆黑石，其色如漆，按之而软；出刀割之，如切硬腐。随意制为研〔3〕。既出，见风则坚凝过于他石。试之墨，大佳。估舟游楫〔4〕，往来甚众，中有佳石，不知取用，亦赖好奇者之品题也。

校勘

底本：异史。参校：二十四卷本、铸雪斋本。

注释

〔1〕王仲超：生平不详。〔2〕洞庭君山：洞庭湖中的山，又叫"湘山"。传说女神湘君居此。〔3〕研：砚。〔4〕估舟游楫：商船和游船。

点评

伯乐不发现千里马，千里马只能拉盐车；王仲超不试用洞庭砚，洞庭砚就只是黑石头。在洞中是硬腐，出洞坚硬无比，可能有什么化学作用在内？作者极善形容，"硬腐"，硬的豆腐，豆腐再硬，能硬到什么份上？此以"硬"形容软。妙。

武夷

武夷山有削壁千仞〔1〕，人每于下拾沉香玉块焉〔2〕。太守闻之，督数百人作云梯〔3〕，将造顶以觇其异，三年始成。太守登之，将及巅，见大足伸下，一拇指粗于捣衣杵，大声曰："不下，将堕矣！"大惊，疾下。才至地，则架木朽折，崩坠无遗。

校勘
底本：异史。参校：二十四卷本、铸雪斋本。

注释
〔1〕武夷山：位于江西与福建西北部两省交界处。〔2〕沉香：香木。〔3〕云梯：攀援登高的梯子。

点评
悬崖峭壁不断掉下名贵的香木和更加名贵的玉块，发财之良机也。贪婪的太守不惜劳民伤财，用三年时间架云梯，真是"以觇其异"？还是想大发横财、独占宝地？不得而知。看来此人之贪，还没贪到《梦狼》白甲份上，神灵仅仅对他小施惩戒。神人露足不露面，一个小小的拇指就像捣衣杵，神人多大，无法想象。

大鼠

万历间宫中有鼠，大与猫等，为害甚剧。遍求民间佳猫捕制之，辄被啖食。适异国来贡狮猫[1]，毛白如雪。抱投鼠屋，阖其扉，潜窥之。猫蹲良久，鼠逡巡自穴中出，见猫，怒奔之。猫避登几上，鼠亦登，猫则跃下。如此往复，不啻百次。众咸谓猫怯，以为是无能为者。既而鼠跳掷渐迟，硕腹似喘，蹲地上少休。猫即疾下，爪掬顶毛，口龁首领，辗转争持间，猫声呜呜，鼠声啾啾。①启扉急视，则鼠首已嚼碎矣。然后知猫之避，非怯也，待其惰也。彼出则归，彼归则复[2]，用此智耳。噫！匹夫按剑[3]，何异鼠子！

① 正面写过猫鼠之间的场面，再以听觉写出，多侧面描写。

校勘

底本：青柯亭本。参校：异史、二十四卷本、铸雪斋本。

注释

[1]狮猫：状如狮子的猫，有可能是波斯猫。[2]彼出则归，彼归则复：即敌进我退，敌退我进。[3]匹夫按剑：没有智谋的人莽撞进攻。

点评

猫捉老鼠，本是天性，老鼠太大，不得不引进狮猫。因为老鼠咬死过若干猫，狮猫出现，就肩负拨乱反正、为猫正名的责任。但猫鼠之战开始，却令人失望，老鼠气势汹汹，猫却避之又避，似乎不敢交手。其实猫是在消耗老鼠的体力，最后给以致命一击。写的是自然界的猫捉老鼠，倒像两军对垒，有张有弛，有进有退，语言精粹，形神生动。

大鼠

攫挐騰擲勢
難休巨鼠今
朝竟斷喉彼
出則歸歸則
出笑他終
墮敵人謀

张不量

贾人某至直隶界，忽大雨雹，伏禾中。闻空中云："此张不量田，勿伤其稼。"贾私意张氏既云"不良"，何反祐护？既而雹止，贾行入村，访之，果有其人，因告所见，且问取名之义。盖张素封，积粟甚富。每春间，贫民就贷，偿时多寡不校，悉内之，未尝执概取盈[1]，故乡人名之"不量"，非"不良"也。众趋田中，见棵穗摧折如麻，独张氏诸田无恙。①

① 但明伦评："于疾风迅雷之中，而辨其畦畛，保其禾稼。善恶之界，鬼神何尝错乱丝毫。"

校勘

底本：异史。参校：二十四卷本、铸雪斋本。

注释

[1] 执概取盈：亲自计量贫民所还的粮食是否充足。概，计量谷物时用来刮平升斗的工具。

点评

这是个简短的劝善小故事。张不量的田即使在遇到雨雹时也不会受到损害，因为有雹神主动保护。这个传说，不仅《聊斋》有，同时代其他作品也有记载，这说明人们对于克己利人的忠厚长者的拥戴之情。文字虽短，却有周折，通过贾人的困惑、解惑，逐层揭开谜底，符合人物心理，很有层次。

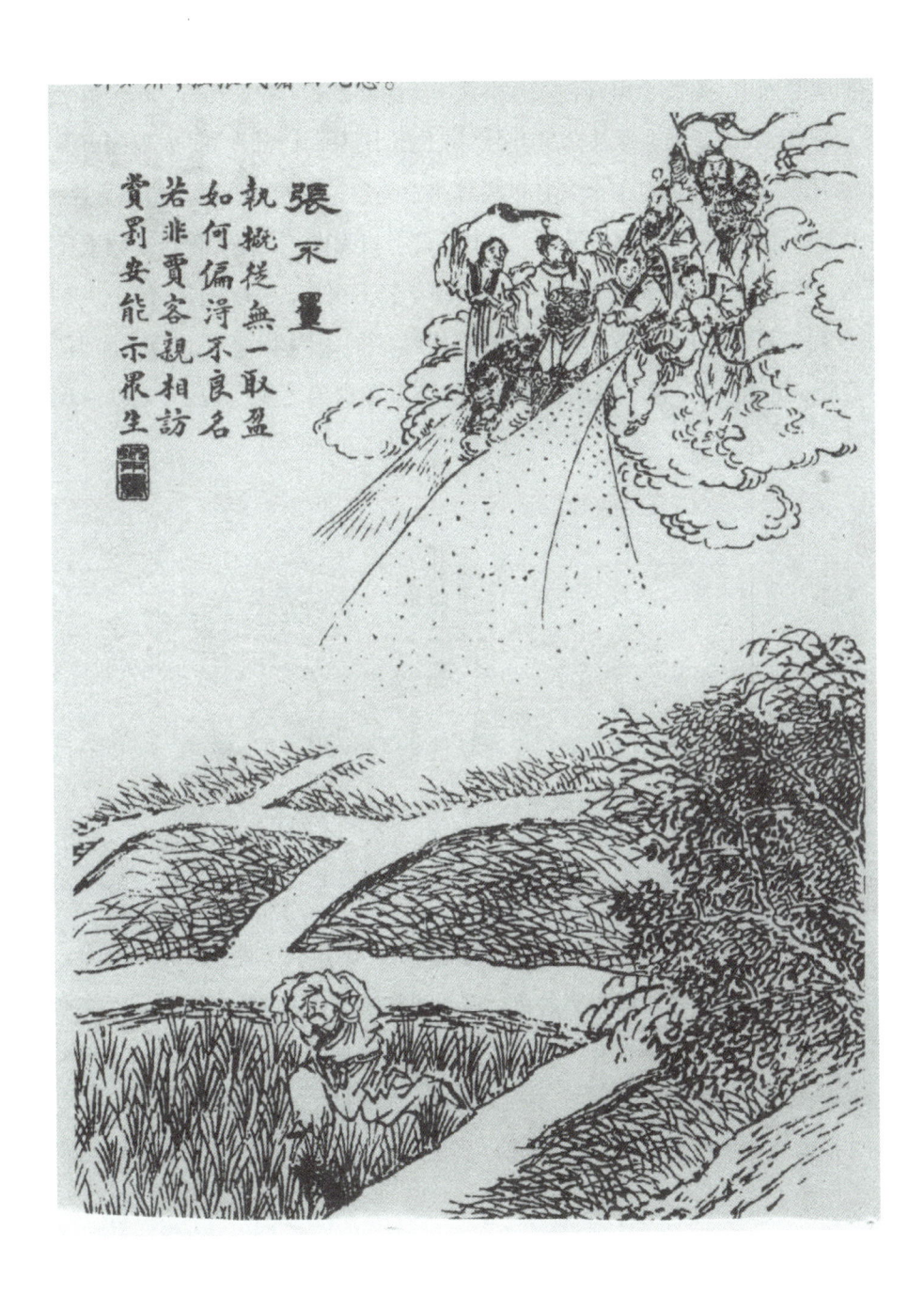

張不量
執概徒無一取盈
如何偏得不良名
若非賈客親相訪
賞罰安能示眾生

牧竖

两牧竖入山〔1〕，至狼穴，穴有小狼二，谋分捉之。各登一树，相去数十步。少顷，大狼至，入穴失子，意甚仓皇。竖于树上扭小狼蹄耳，故令嗥；大狼闻声仰视，怒奔树下，号且爬抓。其一竖又在彼树致小狼鸣急；狼闻，四顾，始望见之，乃舍此趋彼，跑号如前状。前树又鸣，又转奔之。口无停声，足无停趾，数十往复，奔渐迟，声渐弱；既而奄奄僵卧，久之不动。竖下视之，气已绝矣。

今有豪强子〔2〕，怒目按剑，若将搏噬〔3〕；为所怒者，乃阖扉去。豪力尽声嘶，更无敌者，岂不畅然自雄〔4〕？不知此禽兽之威，人故弄之以为戏耳。

校勘

底本：青柯亭本。参校：异史、二十四卷本、铸雪斋本。

注释

〔1〕牧竖：牧童。〔2〕豪强子：强横霸道的人。〔3〕搏噬：抓人，吃人。〔4〕畅然自雄：得意地自命为英雄。

点评

牧童利用母狼的亲子天性，以狼崽为诱饵，使狼疲于奔命，最终丧命。用习惯观念看，是两个天才的聪明牧童；而用现代环境保护主义观点看，已不值得提倡。蒲松龄写这个故事，有明显的寓言性。他将世间那些横行霸道者看作施禽兽之威者，用狼的最终殒命来预示豪强子也不会有好下场，这就有了劝世意义。小说写母狼的失子之痛切、夺子之迫切，丝丝入扣。写牧童的巧为调度，有声有色。

牧豎

猴子呼嘩踞
枒巔老狼狗
底走盤跎
休言螽類
無知誠試
績私情
亦可悽

富翁

富翁某，商贾多贷其资。一日出，有少年从马后，问之，亦假本者[1]。翁诺之。既至家，适几上有钱数十，少年无事，以手叠钱，高下堆垒之。翁谢去，竟不与资。或问故，曰："此必善博，非端人也[2]，所熟之技，不觉形于手足矣。"访之。果然。

校勘

底本：异史。参校：二十四卷本、铸雪斋本。

注释

[1]假本：借本钱。 [2]端人：正派人。

点评

一个无意中的动作，一个有心人的观察。生动！富翁之所以能成富翁，除了会做生意之外，恐怕主要因为他对人生有深刻的认识，能审时度势，决定资本的用向，决定他对其他人的态度。对赌徒敬而远之，智者的选择。

王司马〔1〕

新城王大司马霁宇镇北边时，常使匠人铸一大杆刀〔2〕，阔盈尺，重百钧。每按边〔3〕，辄使四人扛之。卤簿所止，则置地上，故令北人捉之，力撼不可少动。司马阴以桐木依样为刀，宽狭大小无异，贴以银箔〔4〕，时于马上舞动，诸部落望见，无不震悚。① 又于边外埋苇薄为界，横斜十余里，状若藩篱，扬言曰："此吾长城也。"北兵至，悉拔而火之。司马又置之。既而三火，乃以炮石伏机其下，北兵焚薄，药石尽发，死伤甚众。既遁去，司马设薄如前。② 北兵遥望皆却走，以故帖服若神。

后司马乞骸归〔5〕，塞上复警。召再起；司马时年八十有三，力疾陛辞。上慰之曰："但烦卿卧治耳〔6〕。"于是司马复至边。每止处，辄卧幛中。北人闻司马至，皆不信，因假议和，将验真伪。启帘，见司马坦卧③，皆望榻伏拜，抆舌而退〔7〕。

王阮亭云："今抚顺东北哈达城东，插柳以界蒙古，南至朝鲜，西至山海，长亘千里，名'柳条边'，私越者置重典，著为令。"

① 李代桃僵之计。
② 以假乱真之计。
③ 虎老雄威在。

校勘

底本：异史。参校：二十四卷本、铸雪斋本。

注释

〔1〕王司马：即王象乾（1546—1630），字子廓，新城人。明隆庆五年（1571）进士，累官至兵部尚书，卒赠太子太师，康熙三十二年（1693）《新城县志》有传。司马，即"大司马"，周时为六卿之一，掌军旅之事，后世用以称呼兵部尚书。王士禛为王象乾的族孙。〔2〕大杆刀：长柄大刀。〔3〕按边：

巡查边防。〔4〕银箔：银纸。〔5〕乞骸归：请求退休回到家里。〔6〕烦卿卧治：不需要真正出战，仅仅借助声望。〔7〕挢（jiǎo）舌：张口结舌，惊讶状。

点评

　　本文记载的是真实的历史人物，真实的历史事件，反而像志怪小说一样神奇好玩。真真假假，假假真真。假刀造就大力神将的威名，假长城埋伏了真火炮，两次用兵大计谋，都像小孩儿过家家，都是钻了敌人不细察、不深察的空子。至于八十三岁退敌兵，则是利用此前敌人对他的敬畏心理。王司马擅长以假乱真。归根到底，他最擅长的是心理战。

　　明清新城王氏家族能人辈出，尤以王象乾、王士禛为著名。王象乾在明代军事、政治上皆有重要影响，王士禛既是清初台阁重臣，又是文坛领袖。

岳神〔1〕

扬州提同知〔2〕，夜梦岳神召之，词色愤怒。仰见一人侍神侧，少为缓颊。醒而恶之。早诣岳庙，默作祈禳。既出，见药肆一人，绝肖所见。问之，知为医生，及归，暴病，特遣人聘之。既至，出方为剂，暮服之，中夜而卒。或言：阎罗与东岳天子，日遣侍者男女十万八千众，分布天下作巫医，名"勾魂使者"。用药者不可不察也！

校勘

底本：青柯亭本。参校：异史、二十四卷本、铸雪斋本。

注释

〔1〕岳神：东岳天子。即泰山神，传说主宰人的生死。〔2〕提同知：姓"提"的扬州府同知。

点评

心目中可帮助自己脱离泰山神控制的医生，偏偏是勾魂使者，人世间常常有这样的误解。凡夫俗子也经常会上这样的当。聊斋点评家冯镇峦认为此文是"骂煞天下医生"。

酒神

問誰妙手擅回春
不信巫醫隸岳
神今日句
魂非一類
豈徒十
萬八
千人

小梅

蒙阴王慕贞，世家子也。偶游江浙，见媪哭于途，诘之。言："先夫止遗一子，今犯死刑，谁有能出之者？"王素慷慨，志其姓名，出橐中金为之斡旋，竟释其罪。①

其人出，闻王之救己也，茫然不解其故；访诣旅邸，感泣谢问。王曰："无他，即怜汝母老耳。"其人大骇曰："母故已久。"王亦异之。

抵暮，媪来申谢，王咎其谬诬，媪曰："实相告：我东山老狐也。二十年前，曾与儿父有一夕之好，故不忍其鬼之馁也〔1〕。②"王悚然起敬，③再欲诘之，已杳。

先是，王妻贤而好佛，不茹荤酒，治洁室，悬观音像，以无子，日日焚祷其中。而神又最灵，辄示梦，教人趋避，以故家中事皆取决焉。后有疾，綦笃，移榻其中；又别设锦裀于内室而扃其户，若有所伺。④王以为惑，而以其疾势昏瞀〔2〕，不忍伤之。卧病二年，恶嚣〔3〕，常屏人独寝。潜听之，似与人语，启门视之，则寂然矣。⑤病中他无所虑，有女十四岁，惟日催治装遣嫁。既醮，呼王至榻前，执手曰："今诀矣！初病时，菩萨⑥告我，命当速死；念不了者，幼女未嫁，因赐少药，俾延息以待。去岁，菩萨将回南海，留案前侍女小梅⑦，为妾服役。今将死，薄命人又无所出。保儿，妾所怜爱，恐娶妒妇，令其子母失所。小梅姿容秀美，又温淑，即以为继室可也。"⑧

盖王有妾生一子，名保儿。王以其言荒唐，曰："卿素敬者神，今出此言，不已亵乎？"答云："小梅事我年余，相忘形骸〔4〕，我已婉求之矣。"⑨问："小梅何处？"曰："室中非耶？"方欲再诘，阖目已逝。

王夜守灵帏，闻室中隐隐啜泣，大骇，疑为鬼。唤诸婢妾启钥视之，则二八丽者，缞服在室。众以为神，

① 《聊斋》故事开头，常让男主角做一善事，此事似乎与整个情节无关，最后才揭开谜底，原来它才是整个故事的基础。

② 不过"一夕之好"就如此维护，真情狐也。

③ 是"悚然"而非"肃然"，王慕贞此时对狐还有惊惧之心，故后来狐女托名为仙。

④ 他人眼中是若有所伺，实际上小梅已到。

⑤ 王妻已经在跟小梅感情交流矣。

⑥ 必定是前老狐所化。

⑦ 小梅有了神的身份。

⑧ 注意：小梅为保王家之嗣而来。

⑨ 小梅之来，实为保全王家的宗嗣，却由王妻出面哀求，文章曲折。

共罗拜之,女敛涕扶掖。王凝注之,俯首而已。王曰:"如果亡室之言非妄,请即上堂,受儿女朝谒;如其不可,仆亦不敢妄想,以取罪过。"女靦然出,竟登北堂,王使婢为设席南向,王先拜,女亦答拜;下而长幼卑贱,以次伏叩,女庄容坐受,惟妾至则挽之。⑩

自夫人卧病,婢惰奴偷,家久替。众参已,肃肃列侍。女曰:"我感夫人盛意,羁留人间⑪,又以大事相委,汝辈宜各洗心,为主效力,从前愆尤,悉校不计。不然,莫谓室无人也!"⑫共视座上,真如悬观音图像,时被微风吹动。闻言悚惕,哄然并诺。女乃排拨丧务,一切井井,由是大小无敢懈者。女终日经纪内外,王将有作,亦禀白而行;然虽一夕数见,并不交一私语。⑬

既殡,王欲申前约,不敢径告,嘱妾微示意。女曰:"妾受夫人谆嘱,义不容辞;但匹配大礼,不得草草。年伯黄先生,位尊德重,求使主秦晋之盟,则惟命是听。"⑭

时沂水黄太仆致仕闲居,于王为父执,往来最善。王即亲诣,以实告。黄奇之,即与同来。女闻,即出展拜。黄一见,惊为天人,逊谢不敢当礼;既而助妆优厚〔5〕,成礼乃去。女馈遗枕履,若奉舅姑⑮,由此交益亲。

合卺后,王终以神故,衾中带肃,时研诘菩萨起居。女笑曰:"君亦太愚,焉有正直之神,而下婚尘世者?"⑯王力审所自。女曰:"不必研穷,既以为神,朝夕供养,自无殃咎。"女御下常宽,非笑不语;然婢渐戏狎时,遥见之,则默默无声。女笑谕曰:"岂尔辈尚以我为神耶?我何神哉!实为夫人姨妹,少相交好;姊病见思,阴使南村王姥招我来。第以日近姊夫,有男女之嫌,故托为神道,闭内室中,其实何神!"⑰众犹不信。而日侍其边旁,见其举动,不少异于常人,浮言渐息。然即顽奴钝婢,王素挞楚所不能化者,女一言,无不乐于奉命。皆云:"并不自知。实非畏之,但睹其貌,则心自柔,故不忍拂其意耳。"以此百废具举。数年中,田地连阡,

⑩宛然人间正牌继室。

⑪拉神旗遮狐皮也。

⑫一番话,有礼有力有节,活画出内当家风采。

⑬《聊斋》中其他狐狸精与男性的关系较随便,此狐如此自重,仍出于替王家宗嗣考虑。小梅须为入主王家求后台支持。

⑭黄太仆三次出现,一次有一次的作用,第一次出现,是为小梅婚姻的合法性做证明。

⑮聪明的小梅。

⑯活泼可爱的小梅,她已想揭开身份之谜。小梅对王所说的"朝夕"之话,妙语亦实话。

⑰编得一丝不漏。慧黠之至。

仓廪万石矣。

又数年，妾产一女。女生一子，子生，右臂有朱点，因字小红。弥月〔6〕，女使王盛筵招黄。黄贺仪丰渥，但辞以耄，不能远涉；女遣两媪强邀之，黄始至。抱儿出，袒其右臂，以示命名之意。又再三问其吉凶。黄笑曰："此喜红也，可增一字，名喜红。"⑱女大悦，更出展叩〔7〕。是日，鼓乐充庭，贵戚如市。黄留三日始去。

忽门外有舆马来，逆女归宁。向十余年，并无瓜葛，共议之，而女若不闻。理妆竟，抱子于怀，要王相送，王从之。至二三十里许，寂无行人，女停舆，呼王下骑，屏人与语，曰："王郎王郎，会短离长，谓可悲否？"王惊问故，女曰："君以妾何人也？"答曰："不知。"女曰："江南拯一死罪，有之乎？"曰："有。"曰："哭于路者吾母也，感义而思所报。乃因夫人好佛，附为神道，实将以妾报君也。今幸生此襁褓物，此愿已慰。妾视君晦运将来，此儿在家，恐不能育，故借归宁，解儿危难。⑲君记取家有死口时，当于晨鸡初唱，诣西河柳堤上，见有挑葵花灯来者，遮道苦求，可免灾难。"王诺之，因讯归期，女云："不可预定。要当牢记吾言，后会亦不远也。"临别执手，怆然交涕。俄登舆，疾若风。王望之不见，始返。

经六七年，绝无音问。忽四乡瘟疫流行，死者甚众，一婢病三日死，王念曩嘱，颇以关心。是日与客饮，大醉而睡。既醒，闻鸡鸣，急起至堤头，见灯光闪烁，适已过去。急追之，止隔百步许，愈追愈远，渐不可见，懊恨而返。数日暴病，寻卒。

王族多无赖，共凭陵其孤寡〔8〕，田禾树木，公然伐取，家日陵替。逾岁，保儿又殇，一家更无所主。族人益横，割裂田产，厩中牛马俱空；又欲瓜分第宅。以妾居故，遂将数人来，强夺鬻之。妾恋幼女，母子环泣，惨动邻里。方危难间，俄闻门外有肩舆，人共觇之，则女引小郎自车中出。四顾人纷如市，问："此何人？"

⑱ 黄太仆二次露面，证明小梅之子的合法性和体态特点，以做后来验证喜红为慕贞亲生之子凭据。

⑲ 小梅来王家的真正目的现在才揭开：保全王家之宗嗣。但她为什么来，仍然未揭开，作者叙事极讲层次。

1323

妾哭诉其由。女颜色惨变，便唤从来仆役，关门下钥。众欲抗拒，而手足若痿。女令一一收缚，系诸廊柱，日与薄粥三瓯。即遗老仆奔告黄公，然后入室哀泣。泣已，谓妾曰："此天数也。已期前月来，适以母病耽延，遂至于今。不谓转盼间已成丘墟！"问旧时婢媪，则皆被族人掠去，又益欷歔。越日，婢仆闻女至，皆自遁归，相见无不流涕。所縶族人，共噪儿非慕贞体胤[9]，女亦不置辩，既而黄公至，女引儿出迎。黄握儿臂，便捋右袂，见朱记宛然，因袒示众人以证其确。[20] 乃细审失物，登簿记名，亲诣邑令。令拘无赖辈，各笞四十，械禁严迫；不数日，田地马牛并归故主。黄将归，女引儿泣拜曰："妾非世间人，叔父所知也。今以此子委叔父矣。"黄曰："老夫一息尚在，无不为区处。"黄去，女盘查就绪，托儿于妾，乃具馔为夫祭扫，半日不返。视之，则杯馔犹陈，而人杳矣。

　　异史氏曰："不绝人嗣者，人亦不绝其嗣，此人也而实天也[10]。至座有良朋，车裘可共，追宿莽既滋，妻子陵夷，则车中人望望然去之矣[11]。死友而不忍忘，感恩而思所报，独何人哉！狐乎！倘尔多财，吾为尔宰[12]。"

[20] 黄太仆第三次露面，是在王慕贞和保儿已死、王家后继无人、家产要被人抢走的紧急情况下，他出面证明喜红继承人的合法性。小梅最终达到保全王家宗嗣的目的，飘然而去。

校勘

底本：青柯亭本。参校：异史、二十四卷本、铸雪斋本。

注释

[1] 鬼之馁：鬼魂因为没有子孙祭奠而挨饿。[2] 疾势昏瞀：因为病重而神志不清，所说的话不可信。[3] 恶嚣：讨厌吵闹。[4] 相忘形骸：指二人友谊很深，无话不说。[5] 助妆：赠送妆奁费用。[6] 弥月：满月。[7] 展叩：跪拜叩谢。[8] 凭陵：欺侮。[9] 体胤：亲生儿子。[10] 此人也而实天也：这件事貌似人为，实际是天意。[11] "至座有良朋"五句：意思是：一个人富贵的时候，高朋满座，宾客如云，主客之间可以互相帮助、互通有无；待到主人

去世，家业败落，当年的友人都纷纷离去，对遗孀遗孤避之唯恐不远。车裘可共，语自《论语·公冶长》："子路曰：'愿车马、衣轻裘，与朋友共，敝之而无憾。'"宿莽，原意是经过冬天不死的草，此处指逝者坟上的草。语自《礼记·檀弓上》："朋友之墓，有宿草而不哭焉。"妻子陵夷，指家势由盛而衰。〔12〕倘尔多财，吾为尔宰：如果狐狸精家里有钱的话，我给你做管家。这是作者调侃的话。

点评

不绝人嗣者，人亦不绝其嗣。王慕贞受狐狸精之托，保全过他人的后嗣，狐狸精之女小梅托名为仙，来到王家完成母亲嘱托的保全王家宗嗣的使命。故事虽然包含在知恩报恩的传统框架内，却写得人物活灵活现，故事既曲折多变又严密紧凑，语言精彩生动，摇曳多姿。小说中最成功的是小梅的形象。她身为狐女，托名为仙，实际上是热情善良又精明练达的女强人形象。她力挽狂澜，将破败的王家引上正路；她运筹帷幄，将自己的婚姻和儿子置于正派而一言九鼎的父执保护之下；她在完成母亲嘱托任务同时，对王慕贞一往情深，百般呵护，将整个家庭管理得井井有条。小梅三请黄太仆是小说最精彩的情节，将闺中弱女子如何借助权势写得微妙而深刻。小梅、细柳可谓《红楼梦》中王熙凤、探春的先声。

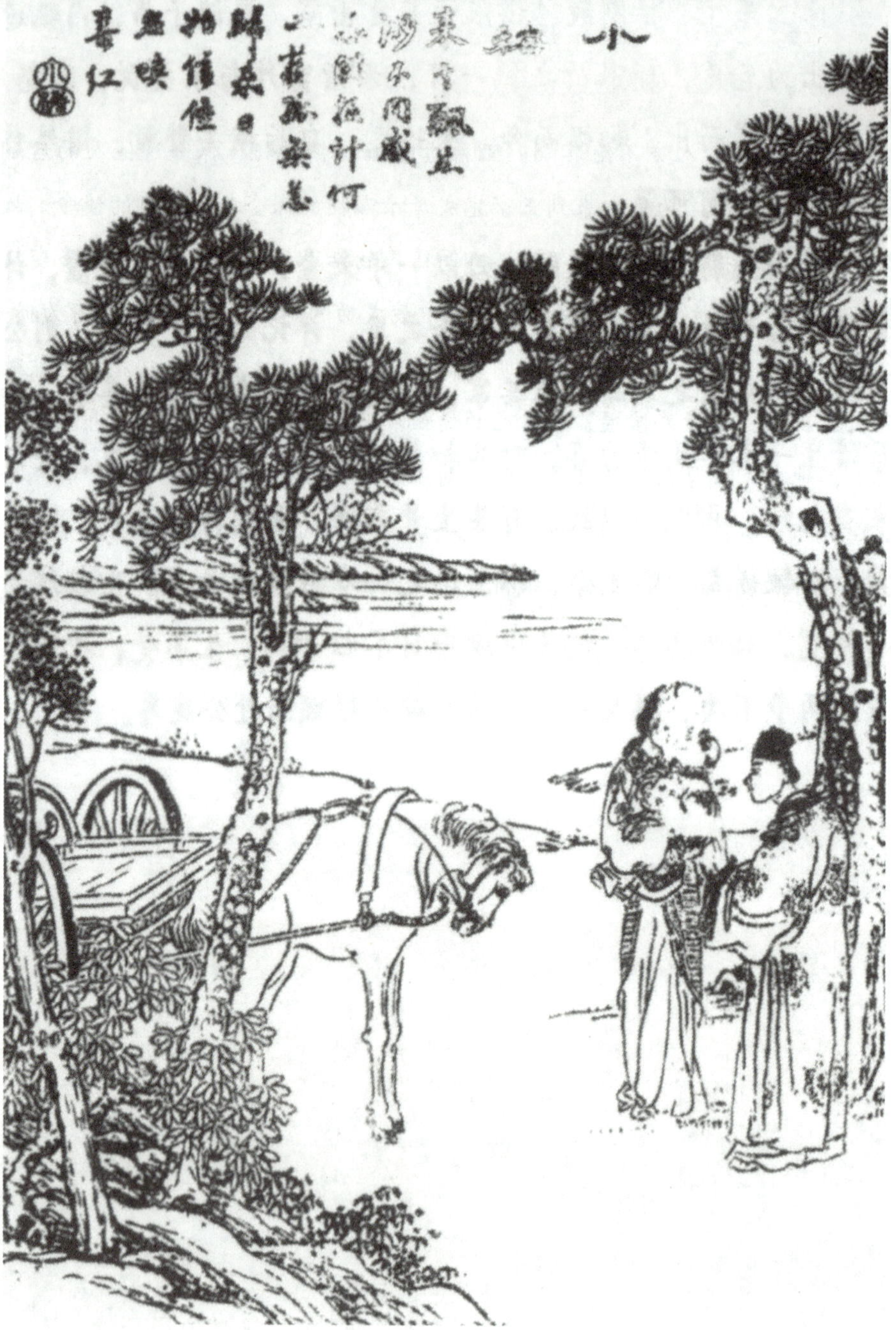
小梅

药僧

济宁某偶于野寺外,见一游僧向阳扪虱,杖挂葫芦,似卖药者。因戏曰:"和尚亦卖房中丹否?"僧曰:"有。弱者可强,微者可巨,立刻见效,不俟经宿。"某喜,求之。僧解衲角,出药一丸,如黍大,令吞之。约半炊时,下部暴长;逾刻自扪,增于旧者三之一。心犹未足,窥僧起遗,窃解衲,拈二三丸并吞之。俄觉肤若裂,筋若抽,项缩腰橐,而阴长不已。大惧,无法。僧返,见其状,惊曰:"子必窃吾药矣!"急与一丸,始觉休止。解衣自视,则几与两股鼎足而三矣。缩颈踽跚而归。父母皆不能识。从此为废物,日卧街上,多见之者。

校勘

底本:青柯亭本。参校:异史、二十四卷本、铸雪斋本。

点评

练"房中术",求"房中丹",一直是中国古代特别明中叶之后的热门话题,明代万历之后,此风犹盛。四大皆空的和尚随身携带房中丹,是辛辣的讽刺。某生自作自受,可供现代嗜药者借鉴。但明伦谓某生"生前人世废物,死后色中饿鬼"。

药僧

房中丹药亦奇哉
步履蹒跚转
可哀我有狂言
供一噱不如
且作寺人来

于中丞〔1〕

于中丞成龙，按部至高邮〔2〕。适巨绅家将嫁女，妆奁甚富，夜被穿窬席卷而去〔3〕。刺史无术。公令诸门尽闭，止留一门放行人出入，吏目守之〔4〕，严搜装载。又出示谕阖城户口，各归第宅，候次日查点搜掘，务得赃物所在。①乃阴嘱吏目："设有城门中出入至再者②，捉之。"过午，得二人，一身之外，并无行装。公曰："此真盗也。"二人诡辩不已。公令解衣搜之，见袍服内着女衣二袭〔5〕，皆奁中物也。盖恐次日大搜，急于移置，而物多难携，故密着而屡出之也。

又公为宰时〔6〕，至邻邑。早旦经郭外，见二人以床舁病人，覆大被；枕上露发，发上簪凤钗一股，侧眠床上。有三四健男夹随之，时更番以手拥被③，令压身底，似恐风入。少顷，息肩路侧，又使二人更相为荷④。于公过，遣隶回问之，云是妹子垂危，将送归夫家。公行二三里，又遣隶回，视其所入何村。隶尾之，至一村舍，两男子迎之而入⑤，还以白公。公谓其邑宰："城中得无有劫寇否？"宰曰："无之。"时功令严〔7〕，上下讳盗，故即被盗贼劫杀，亦隐忍而不敢言。公就馆舍，嘱家人细访之，果有富室被强寇入室，炮烙死矣。公唤其子来，诘其状，子固不承。公曰："我已代捕巨寇在此，非有他也。"子乃顿首哀乞，求为死者雪恨。公叩关往见邑宰，差健役四鼓离城⑥，直至村舍，捕得八人，一鞫，尽伏其罪。诘其病妇何人，盗供："是夜同在勾栏，故与妓女合谋，置金床上，令抱卧至窝顿处始瓜分耳。"共服于公之神。或问所以能知之故，公曰："此甚易解，但人不关心耳。岂有少妇在床，而容人入手衾底者？且易肩而行，其势甚重，交手护之，则知其中必有物矣。若病妇昏愦而至，必有妇人倚门而迎；止见男子，并不惊问一言，是以确知其为盗也。"⑦

---

①大张旗鼓追查，务必诱蛇出洞。

②已料定盗的转移方式。但明伦评："人服其才大，吾叹其心细。"

③少妇卧床，三四健男伸手被中，不合情理，一疑。

④一少妇耳，焉有如此分量？床上必定另有重物。二疑。

⑤少妇病重而无女眷迎候，三疑。

⑥时间选得好，攻其不备，堵在贼窝里。

⑦冯镇峦评："不近情理之事，被公冷眼看出，二条可入《智囊补》。"但明伦评："道破亦复何奇？然非虚心而公者，何能朗鉴若是。"

校勘

底本：异史。参校：二十四卷本、铸雪斋本。

注释

〔1〕于中丞：即于成龙（1617—1684），字北溟，山西永宁人。曾任福建按察使、直隶巡抚、两江总督。康熙皇帝称"居官清正，实天下廉吏第一"。《清史稿》卷二七七有传。〔2〕按部：巡抚巡查属下州县。高邮：明清时高邮州，今江苏省高邮市。〔3〕穿窬（yú）：穿过墙。指入室偷盗。〔4〕吏目：各州掌管缉盗、守狱的官员。〔5〕袭：一套衣服。〔6〕为宰：做县令。于成龙系崇祯时的副贡，顺治末年任广西罗城知县。〔7〕功令：朝廷考察官员的条例。

点评

本文是断案小说，所以具有断案小说的特征：有悬疑，有推理，前因后果分明，人物之间斗智斗法，读起来紧凑诱人。本文又是记实文章，于成龙是真实的历史人物，其事迹见于同时代人如王士禛的书及史书记载中。作为封建朝代的清官，于成龙颇有成就和影响，本文写他断过的两个小案：头一个案件于成龙以严密的推理，判断贼人动向，诱蛇出洞；第二个案件是于成龙早期的政绩，他在并非自己主管的县，冒着违犯朝廷"功令"的危险，主动管闲事，顶风断案。他细心观察，见微知著，周密分析，从日常生活中他人根本不会注意到的小事，觉察到不合情理，立即派人观察，牵出盗匪大案，可谓明察秋毫。从这篇短文也可以看出蒲松龄对清官的敬仰之情。

于中丞

淮徙巨宝监牧匿
传诸令严搜得衰衣频
去入笥中机智不韬铃

皂隶

万历间[1]，历城令梦城隍索人服役[2]，即以皂隶八人书姓名于牒，焚庙中；至夜，八人皆死。庙东有酒肆，肆主故与一隶有素。会夜来沽酒，问："款何客？"答云："僚友甚多，沽一尊少叙姓名耳。"质明，见他役，始知其人已死。入庙启扉，则瓶在焉，贮酒如故。归视所与钱皆纸灰也。令肖八像于庙，诸役得差，皆先酬之乃行；不然，必遭笞谴。

校勘

底本：异史。参校：二十四卷本、铸雪斋本。

注释

[1]万历：明神宗朱翊钧年号（1573—1620）。[2]历城：明清县名，为济南府治，今山东省济南市历城区。

点评

城隍向县令索人服役，县令轻而易举地提供八人名单，八人分明是冤鬼，却从此成了敲诈后来衙役的"神"。以纸灰买酒，应该是为了喝，却偏偏"贮酒如故"。是也是非，非也是是，迷离恍惚。

绩女[1]

绍兴有寡媪夜绩，忽一少女推扉入，笑曰："老姥无乃劳乎[2]？"视之，年十八九，仪容秀美，袍服炫丽。媪惊问："何来？"女曰："怜媪独居，故来相伴。"媪疑为侯门亡人，苦相诘，女曰："媪勿惧，妾之孤亦犹媪也。我爱媪洁，故相就，两免岑寂，固不佳耶？"媪又疑为狐，默然犹豫。女竟升床代绩。曰："媪无忧，此等生活，妾优为之，定不以口腹相累。"媪见其温婉可爱，遂安之。

夜深，谓媪曰："携来衾枕，尚在门外，出溲时烦代捉入。"媪出，果得衣一裹。女解陈榻上，不知是何等锦绣，香滑无比，媪亦设布被，与之同榻。罗衿甫解，异香满室。既寝，媪私念遇此佳人，可惜身非男子①。女子枕上笑曰："姥七旬犹妄想耶？"媪曰："无之。"女曰："既不妄想，奈何欲作男子？"媪益知为狐，大惧。女又笑曰："愿作男子，何心而又惧我耶？"媪益恐，股战摇床。女曰："嗟乎！胆如此大，还欲作男子！实相告：我真仙人，然非祸汝者。但须谨言，衣食自足。"媪早起，拜于床下，女出臂挽之，臂腻如脂，热香喷溢；肌一着人，觉皮肤松快。媪心动，复涉遐想[3]。②女哂曰："婆子战慄才止，心又何处去矣！使作丈夫，当为情死。"媪曰："使是丈夫，今夜那得不死！"由是两心浃洽[4]，日同操作。视所绩匀细生光，织为布，晶莹如锦，价较常三倍。媪出则扃其户，有访媪者，辄于他室应之。居半载，无知者。

后媪渐泄于亲里中，姊妹行皆托媪以求见。女让曰："汝言不慎，我将不能久居矣。"媪悔失言，深自责；而求见者日益众，至有以势迫媪者。媪涕泣自陈。女曰："若诸女伴，见亦无妨；恐有轻薄儿，将见狎侮。"媪

---

① "我见犹怜。"以老媪对美的感受对绩女之美做有力反衬。

② 《飞燕传》"着体尽靡"四字，此段所出。冯镇峦评："吾想《聊斋》真温柔乡中总持，每写儿女之情，便已透纸十重，不只称风月主人已也。"

1333

复哀恳，始许之。

越日，老媪少女，香烟相属于道。女厌其烦，无贵贱，悉不交语，惟默然端坐，以听朝参而已。③乡中少年闻其美，神魂倾动，媪悉绝之。

有费生者，邑之名士，倾其产，以重金啖媪，媪诺为之请。女已知之，责曰："汝卖我耶？"媪伏地自投。女曰："汝贪其赂，我感其痴④，可以一见。然而缘分尽矣。"媪又伏叩。女约以明日。生闻之，喜，具香烛而往，入门长揖〔5〕。女帘内与语，问："君破产相见，将何以教妾也？"生曰："实不敢他有所干，只以毛嫱、西子〔6〕⑤，徒得传闻，如不以冥顽见弃，俾得一阔眼界，下愿已足。若休咎自有定数〔7〕，非所乐闻。"⑥忽见布幕之中，容光射露，翠黛朱樱〔8〕，⑦无不毕现，似无帘幌之隔者。生意炫神驰〔9〕，不觉倾拜〔10〕。拜已而起，则厚幕沉沉，闻声不见矣。悒怅间，窃恨未睹下体；俄见帘下绣履双翘，瘦不盈指。⑧生又拜。帘中语曰："君归休！妾体惰矣！"

媪延生别室，烹茶为供。生题《南乡子》一调于壁云："隐约画帘前，三寸凌波玉笋尖；点地分明莲瓣落，纤纤，再着重台更可怜〔11〕。　花衬凤头弯，入握应知软似绵；但愿化为蝴蝶去，裙边，一嗅余香死亦甜。"⑨题毕而去。

女览题不悦，谓媪曰："我言缘分已尽，今不妄矣。"媪伏地请罪。女曰："罪不尽在汝。我偶堕情障，以色身示人⑩，遂被淫词污亵，此皆自取，于汝何尤。若不速迁，恐陷身情窟，转劫难出矣。"遂襆被出。媪追挽之，转瞬已失。

③仙女本相。

④绩女虽感痴，终不敢越雷池一步。

⑤以传统美女铺垫之。

⑥词令妙品。

⑦八字写美，力透纸背。

⑧天上仙女也时兴缠足耶？

⑨此小调极似《聊斋》其他人物笔下的狎妓诗，是以笔墨形式玩弄三寸金莲，体现文人雅士的色情"爱好"。故绩女说"以色身示人，遂被淫词污亵"。

⑩通篇小说都是写的绩女以色身示人，他人因而坠情障。先是寡媪，后是名士。人人挣脱不了美色的诱惑。

校勘

底本：青柯亭本。参校：异史、二十四卷本、铸雪斋本。

注释

〔1〕绩女：纺线之女。〔2〕老姥：老太太。〔3〕遐想：指想做男人。〔4〕浃洽：融洽。〔5〕长揖：拱手高举，自上而极下地行礼。比一般行礼更加郑重恭敬。〔6〕毛嫱、西子：春秋时越国著名的美女。西子，西施。〔7〕休咎：吉凶。〔8〕翠黛朱樱：黑色的眉毛，朱红的嘴唇。〔9〕意炫神驰：情神迷乱，一心向往。俗谓"迷晕了"。〔10〕倾拜：跪拜。〔11〕重台：即重台履，高底鞋。

点评

绩女到底是仙女还是狐女？学者有不同的解释。从情节构成来看，绩女应是暂时贬谪人间的仙女。传统中仙女谪降人间都是来跟世间男子完成命中注定的姻缘。绩女谪降人间，却并不追求男欢女爱，但是她的美丽却使得包括寡媪在内者都难以抵挡。名士费生见绩女，则是从男性心理对绩女之美做全面而细致、崇敬而带玩味的观察，再用艳词的形式描写出来。《聊斋》用"色身"概括绩女的美丽，用"情障"形容他人的感受。用现代文艺理论分析，寡媪的感受颇有点儿同性恋味道。寡媪的心理屡被绩女点破，又有点儿意识流、后现代的意味。《聊斋》小说之所以能够世代流传，正是因为它可以从各种角度来解读，可以用各种方法来诠释，而不是一碗清水，一眼就可以看透。

明代小说家兰陵笑笑生特别擅长做金莲文章，而蒲松龄在《夏雪》中把《金瓶梅》叫作"淫史"，似乎他对兰陵笑笑生的性描写不以为然。其实《西湖主》中公主荡秋千"分明琼女散金莲"、《绩女》中费生的《南乡子》"三寸凌波玉笋尖，点地分明莲瓣落"所表现的"莲恋"情结，跟兰陵笑笑生并没有本质的区别。

續女

翠黛朱櫻想玉禛
客銀河近陽慎
重、青天碧海飄
茫壹贏得新詞
唱懊儂

红毛毡

红毛国〔1〕，旧许与中国相贸易。边帅见其众，不许登岸。红毛人固请："赐一毡地足矣。"帅思一毡所容无几，许之。其人置毡岸上，仅容二人；拉之，容四五人；且拉且登，顷刻毡大亩许，已数百人矣。短刃并发，出于不意，被掠数里而去。

> **校勘**
>
> 底本：异史。参校：二十四卷本、铸雪斋本。

> **注释**
>
> 〔1〕红毛国：荷兰。荷兰自明代万历年间开始侵扰我国东南沿海，并以武力占据台湾。

> **点评**
>
> 大清国受八国联军抢劫已是蒲松龄身后百年的事，蒲松龄所处的时代，还是康熙盛朝，但各国列强已跃跃欲试，想敲开中国的大门。此短文所写的红毛人用诡计占据地盘，成为荷兰侵略者占据台湾的艺术再现。《聊斋》的历史容量实在不可思议。

红毛毡

占地无多只一毡，
堂皇竟列展旌旗。
未宽等等言他日，
须留意此举端。
其戈此举端。

抽肠

莱阳民某昼卧[1]，见一男子与妇人握手入。妇黄肿，腰粗欲仰，意象愁苦。男子促之曰："来，来！"某意其苟合者，因假睡以窥所为。既入，似不见榻上有人。又促曰："速之！"妇便自坦胸怀，露其腹，腹大如鼓。男子出屠刀一口，用力刺入，从心下直剖至脐，蛊蛊有声。某大惧，不敢喘息。而妇人攒眉忍受，未尝少呻。男子口衔刀，入手于腹，捉肠挂肘际；且挂且抽，顷刻满臂。乃以刀断之，举置几上，还复抽之。几既满，悬椅上；椅又满，乃肘数十盘，如渔人举网状，望某首边一掷。觉一阵热腥，面目喉膈，覆压无缝。某不能复忍，以手推肠，大号起奔。肠堕榻前，两足被絷，冥然而倒。家人趋视，但见身绕猪脏；既入审顾，则初无所有。众各自谓目眩，未尝骇异。及某述所见，始共奇之。而室中并无痕迹，惟数日血腥不散。

校勘

底本：异史。参校：二十四卷本、铸雪斋本。

注释

[1] 莱阳：明清县名，属登州府，今山东省莱阳市。

点评

荒诞无稽却又似乎确有其事。莱阳某不仅看到抽肠的具体而微的过程，众人还看到他突然身绕猪脏，且数日血腥不散。非常荒唐的事情，被非常实在的事情证明着。这是《聊斋》撷拾怪异之作，倘若《聊斋》全部或大部分是这样的作品，恐怕早就湮没无闻了。

张鸿渐

张渐鸿，永平人[1]，年十八，为郡名士[2]。时卢龙令赵某贪暴[3]，人民共苦之。有范生被杖毙，同学忿其冤，将鸣部院，求张为刀笔之词[4]，约其共事。张许之。妻方氏，美而贤，闻其谋，谏曰："大凡秀才作事，可以共胜，而不可以共败：胜则人人俱贪天功，一败则纷然瓦解，不能成聚。今势力世界，曲直难以理定；君又孤，脱有翻覆[5]，急难者谁也！"① 张服其言，悔之，乃婉谢诸生，但为创词而去[6]。质审一过，无所可否。赵以巨金纳大僚，诸生坐结党被收[7]，又追捉刀人[8]。

张惧，亡去。至凤翔界[9]，资斧断绝。日既暮，踟蹰旷野，无所归宿。欻睹小村，趋之。老妪方出阖扉，见之，问所欲为，张以实告。妪曰："饮食床榻，此都细事；但家无男子，不便留客。"张曰："仆亦不敢过望，但容寄宿门内，得避虎狼足矣。"妪乃令入，闭门，授以草荐，嘱曰："我怜客无归，私容止宿，未明宜早去，恐吾家小娘子闻知，将便怪罪。"妪去，张倚壁假寐[10]。忽有笼灯晃耀[11]，见妪导一女郎出。张急避暗处，微窥之，二十许丽人也。及门，睹草荐，诘妪。妪实告之。女怒曰："一门细弱[12]，何得容纳匪人[13]！"即问："其人焉往？"张惧，出伏阶下。女审诘邦族，色稍霁②，曰："幸是风雅士，不妨相留。然老奴竟不关白[14]，此等草草，岂所以待君子！"命妪引客入舍。俄顷，罗酒浆，品物精洁；既而设锦裀于榻。张甚德之，因私询其姓氏。妪言："吾家施氏，太翁夫人俱谢世，止遗三女。适所见，长姑舜华也。"

妪既去，张视几上有《〈南华经〉注》[15]③，因取就枕上，伏榻翻阅。忽舜华推扉入。张释卷，搜觅

---

① 方氏对秀才群体有清醒的认识和针针见血的分析，对黑暗势力有清醒的认识和合理的推测，对丈夫有深切的担忧。美丽的巾帼谋士。张鸿渐命中第一个福星。

② 张鸿渐善良而懦弱，真诚而迂腐，诚笃儒雅是其本色。好人有好报，好人危难遇救星。老妪留宿的善举，使他遇到生命中第二个福星：狐女舜华。穷途遇仙本是浪漫之至的事，舜华是广有法术的狐仙，按说她明察秋毫，预知张鸿渐的身份和遭遇，蒲松龄却描绘成似乎陌生男女偶然相逢，从陌生到了解、相知、相爱。温馨生动。

③ 《庄子》出现似闲笔，实际起两方面作用：其一，家有《庄子》必非俗人；其二，突出张鸿渐手不释卷的特点。请注意张鸿渐找的是帽子鞋子，非外衣，说明他慎独。住陌生女子家，衣服也不脱，见人必须衣冠整齐，礼貌周全。

冠履。女即榻上捺坐，曰："无须，无须！"因近榻坐，觑然曰："妾以君风流才士，欲以门户相托[16]，遂犯瓜李之嫌[17]。得不相遐弃否[18]？"张皇然不知所对，但云："不敢相诳，小生家中，固有妻耳。"女笑曰："此亦见君诚笃，顾亦不妨。既不嫌憎，明日当烦媒妁。"言已，欲去。张探身挽之，女亦遂留。未曙即起，以金赠张，曰："君持作临眺之资[19]。向暮，宜晚来，恐为旁人所窥。"张如其言，早出晏归，半年以为常。

一日，归颇早，至其处，村舍全无，不胜惊怪。方徘徊，忽闻妪云："来何早也！"一转盼，则院落如故，身固已在室中矣，益异之。舜华自内出，笑曰："君疑妾耶？实对君言：妾，狐仙也，与君固有夙缘。如必见怪，请即别。"张恋其美，亦安之。夜谓女曰："卿既仙人，当千里一息耳[20]。小生离家三年，念妻孥不去心，能携我一归乎？"女似不悦，谓："琴瑟之情，妾自分于君为笃[21]；君守此念彼，是相对绸缪者，皆妄也！"张谢曰："卿何出此言！谚云：'一日夫妻，百日恩义。'后日归而念卿，犹今日之念彼也。设得新忘故，卿何取焉？"④女乃笑曰："妾有褊心[22]：于妾，愿君之不忘；于人，愿君之忘之也。然欲暂归，此复何难，君家固咫尺耳。"

遂把袂出门[23]，见道路昏暗，张逡巡不前。女曳之，走无几时，曰："至矣。君归，妾且去。"张停足细认，果见家门。逾垝垣入[24]，见室中灯火犹荧。近以两指弹扉。内问："何谁？"张具道所来。内秉烛启关，真方氏也⑤。两相惊喜，握手入帷。见儿卧床上，慨然曰："我去时儿才及膝，今身长如许矣！"夫妇偎倚，恍如梦寐。张历述所遭。问及讼狱，始知诸生有瘐死者，有远徙者[25]。益服妻之远见。方纵体入怀，曰："君有佳偶，想不复念孤衾中有零涕人矣！"张曰："不念，胡以来也？我与彼虽云情好，终非同类，独其恩义难忘

④ 舜华表现出爱情的排他性，反映封建时代的女性心理。她说这话时，语气调皮、温和、微露酸意。从话语似可窥见她情语絮絮的娇嗔之态。张鸿渐表露是封建时代的男性心理，是爱的"兼容性"和"得新不忘旧"。说这番话时，推心置腹，曲意安抚，似可窥见张挖空心思央求舜华的焦急情态。

⑤ 舜华"化装侦察"就是要弄清自己在张鸿渐心中的地位，因而她只关心自己和方氏的对比。其实稍加留意，就发现此"方氏"有许多漏洞：富有社会经验的方氏，半夜有男子叫门，竟然轻率开门；妻子不向丈夫诉度日之难；一向不作小儿女之态的方氏娇憨如此。此"方氏"缺少方氏的成熟和忧患意识。张鸿渐竟看不出来。妙！

耳。"⑥方曰："君以我何人也？"张审视，竟非方氏，乃舜华也。以手探儿，一竹夫人耳[26]。大惭无语。女曰："君心可知矣！分当自此绝交，犹幸未忘恩义，差足自赎[27]。"⑦

过二三日，忽曰："妾思痴情怜人，终无意味。君日怨我不相送，今适欲至都，便道可以同去。"乃向床头取竹夫人共跨之，令闭两眸。觉离地不远，风声飕飕。移时，寻落。女曰："从此别矣。"方将订嘱[28]，女去已渺。怅立少时，闻村犬鸣吠，苍茫中见树木屋庐，皆故里景物，循途而归。逾垣叩户，宛如前状。方氏惊起，不信夫归，诘证确实，始挑灯呜咽而出⑧。既相见，涕不可仰[29]。张犹疑舜华之幻弄也，又见床头儿卧，一如昨夕，因笑曰："竹夫人又携人耶？⑨"方氏不解，变色曰："妾望君如岁[30]，枕上啼痕固在也。甫能相见，全无悲怜之情，何以为心矣！"⑩张察其情真，始执臂欷歔，具言其详。问讼案所结，并如舜华言⑪。方相感慨，闻门外有履声。问之，不应。盖里中有恶少甲久窥方艳，是夜自别村归，遥见一人逾垣去，谓必赴淫约者，尾之而入。甲故不甚识张，但伏听之。及方氏呕问，乃曰："室中何人也？"方讳言："无之。"甲言："窃听已久，敬将执奸耳。"方不得已，以实告。甲曰："张鸿渐大案未消，即使归家，亦当缚送官府。"方苦哀之，甲词益狎逼。张忿火中烧，不可制止，把刀直出，剁甲中颅。甲踣，犹号；又连剁之，遂毙。方曰："事已至此，罪益加重。君速逃，妾请任其辜[31]。"张曰："丈夫死则死耳，焉能辱妻累子以求活耶！卿无顾虑，但令此子勿断书香[32]，目即瞑矣。"天渐明，赴县自首。赵以钦案中人[33]，姑薄惩之；寻由郡解都，械禁颇苦[34]。途中遇女子跨马过，以老妪捉鞚，盖舜华也。张呼妪欲语，泪随声堕。女返辔，手启障纱[35]，讶曰："表兄也，何至此？"⑫张略述之，女曰："依兄平昔，便当掉头不顾，然予不忍也。寒舍不远，即邀公役同临。

⑥对假人说真话。

⑦妙哉狐女，对爱情拿得起、放得下。

⑧两次回乡路途不同，真方氏的表现与舜华表演的假方氏完全不同。

⑨对真人说假话。

⑩劈头盖脸一顿教训。好方氏，真方氏。

⑪情况皆如舜华所言，一句收住，文笔简约。

⑫《聊斋》点评家戏称"此狐一生善于捣鬼"。此非巧遇，而是舜华未卜先知特意守候和刻意相救。舜华像天才导演，煞有介事，将两个贪财公差玩弄于股掌之上。眼珠一转，鬼主意就来。对公役以金钱为钓饵说鬼话，对张鸿渐半开玩笑娇嗔说真话。心细如发，巧舌如簧。

亦可少助资斧。"从去二三里，见一山村，楼阁高整。女下马入。令妪启舍延客，既而酒炙丰美，似所夙备。又使妪出曰："家中适无男子，张官人即向公役多劝数觞，前途倚赖多矣。遣人措办数十金，为官人作费，兼酬两客，尚未至也。"二役窃喜，纵饮，不复言行。日渐暮，二役径醉矣。女出，以手指械，械立脱；曳张共跨一马，驶如飞。少时，促下，曰："君止此。妾与妹有青海之约〔36〕，又为君逗留一晌〔37〕，久劳盼注矣。"张问："后会何时？"女不答，再问之，推堕马下而去 ⑬。

既晓，问其地，太原也。遂至郡，赁屋授徒焉，托名宫子迁。居十年，访知捕亡寝怠〔38〕，乃复逡巡东向。既近里门，不敢遽入，俟夜深而后入。及门，则墙垣高固 ⑭，不复可越，只得以鞭挝门。久之，妻始出问，张低语之。喜极，纳入，作呵叱声，曰："都中少用度，即当早归，何得遣汝半夜来？" ⑮ 入室，各道情事，始知二役逃亡未返。言次，帘外一少妇频来。张问伊谁，曰："儿妇耳。""儿安在？"曰："赴郡大比未归。"张涕下曰："流离数年，儿已成立。不谓能继书香，卿心血殆尽矣！"话未已，子妇已温酒炊饭，罗列满几。张喜慰过望。居数日，隐匿房榻惟恐人知。一夜方卧，忽闻人语腾沸，捶门甚厉。大惧，并起。闻人言曰："有后门否？"益惧，急以门扉代梯，送张度垣而出，然后诣门问故，乃报新贵者也〔39〕。方大喜，深悔张遁，不可追挽。

是夜，张越莽穿榛，急不择途；及明，困殆已极。初念本欲向西，问之途人，则去京都通衢不远矣〔40〕。遂入乡村，意将质衣而食〔41〕。见一高门，有报条黏壁间〔42〕，近视，知为许姓，新孝廉也。顷之，一翁自内出，张迎揖而告以情。翁见仪貌都雅，知非赚食者〔43〕，延入相款，因诘所往。张托言 ⑯："设帐都门，归途遇寇。"翁留诲其少子。张略问官阀，乃京堂林下者〔44〕，孝廉，其犹子也。

⑬ 舜华如神龙见首不见尾，矫若游龙，飘若飞鸿。留下美丽的悬念。

⑭ 第一次回家爬过破败的围墙，第二次回家围墙坚固。方氏理家大有成就。

⑮ 随机应变，假作训"奴"，实际表演给其他奴仆和邻居听。

⑯ 张鸿渐是蒲松龄情有独钟的人物。他先在《聊斋志异》中出现，又成为俚曲《富贵神仙》的主角。《富贵神仙》后变《磨难曲》，长达三十五回，十万字。在俚曲中，蒲松龄对社会矛盾的观察、描写更深刻，功名思想也表露得更真切。

1343

⑰ 偶然逃亡的地方也必然最终会与张家发生联系，小说家思维缜密。

⑱ 既写儿子功名，又完成身世联系，一箭双雕。

⑲ 吴组缃先生在北京大学讲《聊斋志异》以《张鸿渐》为选读示例。他认为，《张鸿渐》不是《聊斋志异》最好的，却最有代表性。《聊斋》主要题材、重要社会政治问题都有涉及。是拿政治斗争为背景写夫妇关系和男女爱情。（详见《吴组缃小说课》第118页）

月余，孝廉偕一同榜归〔45〕⑰，云是永平张姓，十八九少年也。张以乡、谱俱同，暗中疑是其子；然邑中此姓良多，姑默之。至晚解装，出《齿录》〔46〕，急借披读〔47〕，真子也⑱。不觉泪下。共惊问之，乃指名曰："张鸿渐，即我是也。"备言其由。张孝廉抱父大哭，许叔侄慰劝，始收悲以喜。许即以金帛函字〔48〕，致各宪台〔49〕，父子乃同归。

方自闻报，日以张在亡为悲；忽白孝廉归，感伤益痛。少时，父子并入，骇如天降。询知其故，始共悲喜。甲父见其子贵，祸心不敢复萌。张益厚遇之，又历述当年情状，甲父感愧，遂相交好⑲。

校勘

底本：青柯亭本。参校：异史、二十四卷本、铸雪斋本。

注释

〔1〕永平：即永平府，今属河北省秦皇岛。〔2〕名士：以诗文见长的人。〔3〕卢龙：县名，属永平府。〔4〕刀笔之词：撰写讼状。刀笔，笔利如刀。〔5〕脱有翻覆：假如有变化。〔6〕创词：起草诉状。〔7〕坐结党被收：以结成朋党的罪名被拘捕入狱。〔8〕捉刀人：代笔写状纸的人。〔9〕凤翔：今陕西省凤翔县。〔10〕假寐：和衣打盹。〔11〕笼灯晃耀：灯笼闪耀。〔12〕细弱：老幼妇女。〔13〕匪人：不亲近不熟悉的人。〔14〕关白：禀明、报告。〔15〕《南华经》：《庄子》。唐玄宗天宝元年（742）追封庄子"南华真人"，《庄子》因此又称《南华经》。〔16〕以门户相托：招男人入赘，主持家务。〔17〕瓜李之嫌：指容易引起嫌疑的地方。〔18〕遐弃：远远抛弃。〔19〕临眺：游览。〔20〕千里一息：瞬息可至千里。〔21〕自分：自以为。〔22〕褊（biǎn）心：小心眼儿，心胸狭窄。〔23〕把袂：拉着衣袖。〔24〕块垣（guǐ yuán）：破败的围墙。〔25〕远徙：流放边疆。〔26〕竹夫人：用竹子做的取凉用具，中空，上边有一个个小洞，可抱着睡觉。〔27〕差足自赎：勉强可以赎罪。〔28〕订嘱：约日后再见。〔29〕涕不可抑：哭得抬不起头来。〔30〕望君如岁：盼丈夫归来像盼丰年一样。〔31〕辜：罪。〔32〕勿断书香：不要中断了家族的读书传统。

〔33〕钦案：皇帝关照办理的案件。〔34〕械禁：戴刑具押送。〔35〕障纱：面纱。〔36〕青海：传说中的海上仙山。〔37〕一晌：一段时间。〔38〕寝息：停止，懈怠。〔39〕报新贵者：给新考中的举人报喜。〔40〕通衢：四通八达的大道。〔41〕质衣而食：用衣服换饭吃。〔42〕报条：科举考中者的喜帖。〔43〕赚食：骗吃。〔44〕京堂林下者：退休在家的京城前高官。〔45〕同榜：科举考试同榜取中的叫同榜或同科、同谱。〔46〕齿录：又称"同年录"。科举时代，凡同登一榜者的姓名、年龄、籍贯和三代，编成一书汇刻，称"齿录"。〔47〕披读：阅读。〔48〕金帛函字：礼品和书信。〔49〕宪台：负责审张鸿渐案的御史。

🔶 点评

　　张鸿渐是《聊斋》人物画廊中很有神采的人物。他正直善良，又书生气十足，始终逡巡于真实与幻想之间，逡巡于人妻、狐妻之间，是真非真、是幻非幻，真假难辨，虚虚实实，离离奇奇，构成曲尽人情、人性、人世的妙文。小说成功创造了张鸿渐这个有棱有角、眉目分明的读书人形象。张鸿渐是男子汉，却得益于两个女人——美而贤的妻子方氏，美而慧的狐妻舜华。两个女性写得细致入微，面面生风。方氏精明睿智，历练成熟，千方百计维护书生气十足的丈夫，独撑家庭重负，胆识过人、思谋过人，令须眉汗颜。舜华聪慧过人、多情多义，深谙世人的心理。张鸿渐两次逃亡脱难，全靠舜华。舜华在张鸿渐落难时，给他温暖的家；在张思念妻子时，大度地带他回家；在张落入恶官之手面临死亡时，及时雨般救出他。舜华一次次帮助张度过困境，却对张没任何要求。舜华身上表现出狐狸精的超强能力和独立意识。吴组缃教授曾题诗："巾帼英雄志亦奇，扶危济困自坚持。舜华红玉房文淑，肝胆照人哪有私。"

張鴻漸

耕得善生事不
或逃此張祿姓
名更只因夢境
迷離後知平敖
門總鶩

太医〔1〕

万历间,孙评事少孤〔2〕,母十九岁守柏舟之节〔3〕。孙举进士,而母已死。尝语人曰:"我必博诰命以光泉壤〔4〕,始不负萱堂苦节〔5〕。"忽得暴病,綦笃。素与太医善,使人招致之,使者出门,而疾益剧。张目曰:"生不能扬名显亲,何以见老母地下乎!"遂卒,目不瞑。无何,太医至,闻哭声,即入临吊。见其状,异之。家人告以故,太医曰:"欲得诰赠,即亦匪难。今皇后旦晚临盆矣〔6〕,但活十余日,诰命可得。"立命取艾,灸尸一十八处。炷将尽,床上已呻;急灌以药,居然复生。嘱曰:"切记勿食熊虎肉。"共志之。然以此物不常有,颇不关意。既而三日平复,仍从朝贺。过六七日,果生太子,召赐群臣宴。中使出异品,遍赐文武,白片朱丝,甘美无比。孙啖之,不知何物。次日,访诸同僚,曰:"熊膰也〔7〕。"大惊失色,即刻而病,至家遂卒。

> [!校勘]
> 底本:青柯亭本。参校:异史、二十四卷本、铸雪斋本。

> [!注释]
> 〔1〕太医:古代宫廷掌管医药的官员。宋元之后也称一般民间医生为"太医"。本文的太医,则是太医院中的御医。〔2〕评事:明大理寺官名,正七品。孙评事,事迹不详。〔3〕柏舟之节:立志守寡。语自《诗经·鄘风·柏舟》:"之死矢靡它。"〔4〕博诰命以光泉壤:取得皇帝给亡母的封赠,以让亡母地下感到光荣。明代规定,五品以上授诰命,六品以下授敕命。〔5〕萱堂:母亲。〔6〕临盆:临产。旧时分娩坐于盆中。〔7〕熊膰(fán):即"熊蹯",熊掌。

> [!点评]
> 按一般《聊斋》故事,孙评事的孝心可以感天动地,然而最终却仍然没等到皇帝的封赏,作者是想写一切命中注定,人力不可挽回?还是写太医的医术之神奇?不过太医的同情心和回天之术,确实给人留下深刻的印象。

太醫

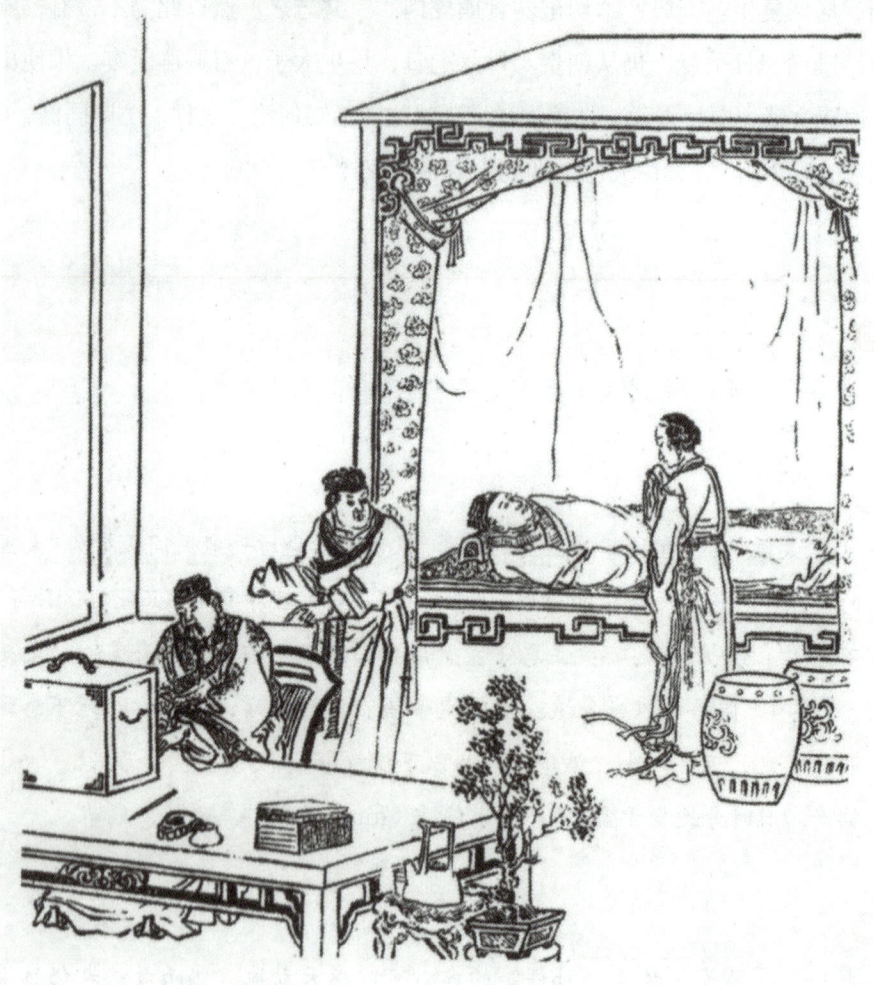

有母青春
賦柏舟表
彰潛德奈
無由鷥封竟
為熊膽誤怨
氣應知
溢九幽

牛飞

邑人某,购一牛,颇健。夜梦牛生两翼飞去,以为不祥,疑有丧失,牵入市损价售之,以巾裹金缠臂上。归至半途,见有鹰食残兔,近之甚驯。遂以巾头縶股,臂之。鹰屡摆扑,把捉稍懈,带巾腾去。此虽定数,然不疑梦,不贪拾遗,则走者何遽能飞哉?

校勘

底本:青柯亭本。参校:异史、二十四卷本、铸雪斋本。

点评

牛如何能飞?牛偏偏能飞!岂非天方夜谭?《聊斋》层次分明地写出从不可能到可能。邑人怕牛飞了,卖掉牛把钱系臂上,钱还是让鹰叼走,等于是牛飞了。这似乎又在说一个命中注定、不可更改的宿命故事,但作者自己却来了番议论。邑人如果不对梦产生怀疑,如果不贪财,自己只会跑的牛如何能飞到天上?议论一加,比起单纯记述,读者有了更多思维选择,文章就变得更有意思了。

牛飛

下來愁見夕
陽過失卻
囊金喚奈
何牛不能
飛鷹有翼
無端惡夢
誤人多

牛飛

王子安

①此时尚比较清醒，知道并未参加会试。

②描写分寸恰当，报人赏十千，长班赏酒食，王子安不当官则已，当官必定中规中矩。

③有此心理必受嘲笑。

④官架子端起来，马上被挑破"穷措大"这层窗户纸。

⑤蒲松龄《历下吟》对考生参加考试有详尽描绘，可参考。

王子安，东昌名士〔1〕，困于场屋。入闱后，期望甚切。近放榜时，痛饮大醉，归卧内室。忽有人白："报马来〔2〕。"王踉跄起曰："赏钱十千！"家人因其醉，诳而安之曰："但请自睡，已赏之矣。"王乃眠。俄又有人者曰："汝中进士矣！"王自言："尚未赴都〔3〕①，何得及第？"其人曰："汝忘之耶？三场毕矣〔4〕。"王大喜，起而呼曰："赏钱十千！"家人又诳之曰："请自睡，已赏之矣。"又移时，一人急入曰："汝殿试翰林〔5〕，长班在此〔6〕。"果见二人拜床下，衣冠修洁。王呼赐酒食②，家人又绐之，暗笑其醉而已。久之，王自念不可不出耀乡里③，大呼："长班！"凡数十呼，无应者。家人笑曰："暂卧候，寻他去矣。"又久之，长班果复来。王捶床顿足，大骂："钝奴焉往？"长班怒曰："措大无赖④！向与尔戏耳，而真骂耶？"王怒，骤起扑之，落其帽。王亦倾跌。妻入，扶之曰："何醉至此！"王曰："长班可恶，我故惩之，何醉也？"妻笑曰："家中止有一媪，昼为汝炊，夜为汝温足耳。何处长班，伺汝穷骨？"子女粲然皆笑。王醉亦稍解，忽如梦醒，始知前此之妄。然犹记长班落帽，寻至门后，得一缨帽如盏大〔7〕，共异之。自笑曰："昔人为鬼揶揄〔8〕，吾今为狐奚落矣。"

异史氏曰："秀才入闱⑤，有七似焉：初入时，白足提篮〔9〕，似丐。唱名时〔10〕，官呵隶骂，似囚。其归号舍也〔11〕，孔孔伸头，房房露脚，似秋末之冷蜂。其出闱场也，神情惝恍，天地异色，似出笼之病鸟。迨望报也〔12〕，草木皆惊，梦想亦幻。时作一得志想，则顷刻而楼阁俱成；作一失意想，则瞬息而骸骨已朽。此际行坐难安，则似被絷之猱〔13〕。忽然而飞骑传

1351

人，报条无我，此时神情猝变，嗒然若死，则似饵毒之蝇，弄之亦不觉也。初失志，心灰意败，大骂司衡无目〔14〕，笔墨无灵，势必举案头物而尽炬之；炬之不已，而碎踏之；踏之不已，而投之浊流。从此披发入山，面向石壁，再有以'且夫''尝谓'之文进我者〔15〕，定当操戈逐之。无何，日渐远，气渐平，技又渐痒；遂似破卵之鸠，只得衔木营巢，从新另抱矣。如此情况，当局者痛哭欲死，而自旁观者视之，其可笑孰甚焉⑥。王子安方寸之中，顷刻万绪，想鬼狐窃笑已久，故乘其醉而玩弄之。床头人醒，宁不哑然自笑哉？顾得志之况味，不过须臾；词林诸公〔16〕，不过经两三须臾耳。子安一朝而尽尝之，则狐之恩与荐师等〔17〕。"

⑥蒲松龄多次参加乡试，数十年为"举人"奋斗，对此有充分理解。

校勘

底本：青柯亭本。参校：异史、二十四卷本、铸雪斋本。

注释

〔1〕东昌：今山东省聊城市。〔2〕报马：为科举考试考中者报喜的人称"报子"，因其总是骑快马，故又称"报马"。〔3〕赴都：到京城。〔4〕三场毕矣：礼部会试的三场都考完了。〔5〕殿试翰林：殿试考中，授翰林。殿试由皇帝主持，前三名直接授翰林院官职。〔6〕长班：长随，供官员使唤的公役。〔7〕缨帽：红缨帽。清代官员的帽子上披红缨。〔8〕昔人为鬼揶揄：晋代罗友仕途不得志，受到鬼的揶揄。事见《世说新语·任诞》刘孝标注引《晋阳秋》。〔9〕白足提篮：科举考试为防挟带，规定考生入场时只准带笔墨、食具，用竹篮装好，入场时不能穿袜子，要一手执笔砚，一手拿布袜，光脚站立，等候检查。〔10〕唱名：点名。乡试入场时，官员点名，再由差役持点名牌将考生导入。〔11〕号舍：乡试贡院两侧为考生考试的地方，按号入舍，故名"号舍"。号舍为考生白天考试、夜晚住宿的地方。无门，上下各两块板，上边的板白天做桌子用，晚上取下来与座位的板合一起做床铺用。号舍很小，考生的头和脚都露在外边，所以像蜂房里露头露尾的蜜蜂。〔12〕望报：盼望报喜的人。〔13〕猱（náo）：猴子。〔14〕司衡：主持阅卷的考官。〔15〕"且夫""尝谓"：八股文开头用语。〔16〕词林诸公：

翰林院的各位官员。〔17〕荐师：科举阅卷时，乡试、会试在主考官之下，设同考官若干，分房阅卷，同考官在他认可的卷子上批一"荐"字，荐给主考官，由主考官核批录取。被录取者称荐举其试卷的官员为"房师""荐师"。

点评

　　《王子安》是聊斋先生描写科举制度的名作之一。《聊斋志异》主要从三个方面写科举制度：考生痴迷、考官瞎眼、考试文字拆烂污。《王子安》是写考生心理的代表作。文字虽短，意义却深。正文以夸张的想象，描绘王子安梦中中举、中进士、成翰林，一步一步写来。王子安垂涎富贵惹来狐仙，对他小施调侃，点化"报马来"，王始而怀疑，继而大喜，接着出耀乡里。梦寐以求，梦中升官，梦中作威作福，受狐仙嘲弄，对利欲熏心者的描写极有章法、极讲层次。"异史氏曰"用亲历者语气，对秀才参加乡试的情况做实录，用七个巧妙而形象的比喻，形容秀才参加举人考试、等待发榜、发榜后的表现，把读书人迷恋科举的情态、心态表现得穷形尽相、入骨三分。《王子安》虽短，却既是构思巧妙、寓意深刻的小说，又是真切描绘人情世态的小品。

王子安

醉裹頻呼賞十千
東昌名士竟如顛
一枕黃粱君差勝
猶見長班拜揭前

刁姓

有刁姓者，家无生产，每出卖许负之术[1]，实无术也。数月一归，则金帛盈橐。共异之。会里人有客于外者，遥见高门内一人，冠华阳巾[2]，言语啁嗻，众妇丛绕之。近视，则刁也。因旁微窥之，见有问者曰："吾等众人中有一夫人在[3]，能辨之乎？"盖有一贵人妇微服其中，将以验其术也。里人代为之窘。刁从容望空横指曰："此何难辨。试观贵人顶上，自有云气环绕。"众目不觉集视一人，觇其云气，刁乃指其人曰："此真贵人！"众惊服，群以为神。里人归，述其诈慧，然后知虽小道，亦必有过人之才；不然，乌能欺耳目、赚金钱，无本而殖哉[4]！

校勘

底本：异史。参校：二十四卷本、铸雪斋本。

注释

[1]许负之术：相面之术。许负是汉初河内的一位老妇，她为周亚夫相面，判定其必贵。后成为相者的代名词。[2]华阳巾：道士的头巾。[3]夫人：诰命夫人。[4]无本而殖：不需要用本钱就可以生财。

点评

作者身边的真人真事。文章好在题目与内容天衣无缝，姓刁而真刁。其刁，是刁滑，刁钻，善于察颜观色，掌握常人的心理，思维先常人一步。估计这位并不会相面的刁某，在替人相面时，也像判断贵妇一样，探人隐私，揣测意图，投其所好。

农妇

邑西磁窑坞有农人妇[1]，勇健如男子，辄为乡中排难解纷。与夫异县而居。夫家高苑[2]，距淄百余里；偶一来，信宿便去。妇自赴颜山[3]，贩陶器为业。有赢余，则施丐者，一夕，与邻妇语，忽起曰："小腹微痛，想孽障欲离身也。"①遂去。天明，往探之，则见其肩荷酿酒巨瓮二，方将入门，随至其室，则有婴儿绷卧，骇问之，盖娩后已负重百里矣。故与北庵尼善，订为姊妹。后闻尼有秽行，忿然操杖，将往挞楚，众苦劝乃止。一日遇尼于途，遽批之。问："何罪？"亦不答。拳石交施，至不能号，乃释而去。

异史氏曰："世言女中丈夫，犹自知非丈夫也，妇并忘其为巾帼矣。其豪爽自快，与古剑仙无殊，毋亦其夫亦磨镜者流耶[4]？"

① 对一般女人来说像鬼门关一样的怀孕生子，对这名农妇竟然如此轻巧！

校勘

底本：青柯亭本。参校：异史、二十四卷本、铸雪斋本。

注释

[1] 邑西磁窑坞：淄川县西的磁窑坞。据《淄川县志》记载又称"西南乡"，是集市所在地。[2] 高苑：明清县名，属青州府。位于淄川东北方向，今山东省淄博市高青县。[3] 颜山：颜神山，又名神头山或凤凰山，在青州西南一百八十里。[4] 磨镜者：唐传奇中女剑客聂隐娘的丈夫。聂隐娘，唐贞元中魏博大将聂锋之女，十岁时被一女尼携走，教剑术，五年后送回，恰好有一磨镜少年及门，聂隐娘禀告父亲后嫁之。夫妇初事魏博，后事陈许。此磨镜少年始终没有表现出有什么特殊才能，是一个神秘人物。蒲松龄猜测农妇的丈夫亦是磨镜少年式人物，以增添神秘色彩。

点评

农妇与"三从四德"压抑下心理脆弱、体质孱弱的女性相比完全不同。她不遵守"嫁汉嫁汉,穿衣吃饭"的法则,自食其力,勤劳吃苦;她乐善好施,爱憎分明,即使对好朋友,也不容忍坏品性。一般产妇要卧床一月,不能见风,不能见人,她居然在生产次日就负重百里。这一极不合情理的细节,给人留下深刻印象。作者以"勇健如男子"总括农妇性格,以几个像电影"摇镜头"一样的细节凸显。寥寥数笔,一个具有特殊美感的女性形象就树立起来。

農婦

憐貧不惜施簪珥 嫉惡還
知挺氏邱 正氣居然帕巾
幗 即論勇健已無儔

金陵乙

金陵卖酒人某乙，每酿成，投水而置毒焉，即善饮者，不过数盏，便醉如泥。以此得"中山[1]"之名，富致巨金。

早起，见一狐醉卧槽边，缚其四肢。方将觅刃，狐已醒，哀曰："勿见害，请如所求。"遂释之，辗转已化为人。时巷中孙氏，其长妇患狐为祟，因以问之，答云："是即我也。"乙窥妇娣尤美[2]，求狐携往。狐难之，乙固求之。狐邀乙去，入一洞中，取褐衣授之①，曰："此先兄所遗，着之当可去。"既服而归，家人皆不之见，袭常衣而出，始见之。大喜，与狐同诣孙氏家。见墙上贴巨符，画蜿蜒如龙，狐惧曰："和尚大恶，我不往矣！"遂去。

乙逡巡近之，则真龙盘壁上，昂首欲飞，大惧亦出。盖孙觅一异域僧，为之厌胜，授符先归，僧犹未至也。

次日僧来，设坛作法。邻人共观之，乙亦杂处其中。忽变色急奔，状如被捉；至门外，踣地化为狐，四体犹着人衣②。将杀之，妻子叩请。僧命牵去，日给饮食③，数月寻毙。

① 褐衣，既可以说是粗布衣服，也可以解释为狐狸皮色衣服。

② 但明伦评："人也而甘为狐行，狐也而空为人衣矣。"

③ 妻子喂狐，不知是何心情？可怜。冯镇峦评："酿酒置毒，已为致富不仁，更欲垂涎邻妇，贪财好色，不死何待？"

校勘

底本：青柯亭本。参校：异史、二十四卷本、铸雪斋本。

注释

[1]中山：酒名。又名千日酒，是一种酒力很大的陈酿，饮之可醉千日。晋代张华《博物志·杂说下》："昔刘玄石于中山酒家沽酒，酒家与千日酒，忘言其节度。归至家当醉，而家人不知，以为死也。权葬之。酒家计千日满，乃忆玄石前来沽酒，醉当醒耳。往视之，云玄石亡三年，已葬，于是开棺，醉始醒。"

俗云：'玄石饮酒，一醉千日。'"〔2〕妇娣：指丈夫弟弟的妻子。

点评

　　《聊斋》故事中，狐化为人，屡见不鲜，人化为狐，极其少见。金陵乙本是奸商，靠治毒酒致富，又和偷酒之狐达成奸谋，幻化狐形渔色，真是五毒俱全。为什么已经脱掉狐皮仍然怕僧人作法？可能因为"狐性"已深入灵魂。天作孽，犹可救；自作孽，不可活。

畫陵乙

鄞歸如
何可觀覯
禍眠著體竟
戚狐邪魔一動
心先愛葺詩真

龍聖工筆

郭安

孙五粒有僮仆独宿一室[1],恍惚被人摄去。至一宫殿,见阎罗在上,视之曰:"误矣,此非是。"因遣送还。①既归,大惧,移宿他所。遂有僚仆郭安者,见榻空闲,因就寝焉。又一仆李禄,与僮有夙怨,久将甘心[2],是夜操刀入,扪之,以为僮也,竟杀之。郭父鸣于官。时陈其善为邑宰[3],殊不苦之[4]。郭哀号,言:"半生止此子,今将何以聊生!"陈即判李禄为之子。郭含冤而退。此不奇于僮之见鬼,而奇于陈之折狱也。②

王阮亭曰:新城令陈端庵凝,性仁柔无断。王生与哲典居宅于人,久不给直,讼之官。陈不能决。但曰:"《毛诗》有云:'维鹊有巢,维鸠居之。'生为鹊可也。"③

济之西邑有杀人者,其妇讼之。邑令怒,立拘凶犯至,拍案骂曰:"人家好好夫妇,直令寡耶!即以汝配之,亦令汝妻寡守。"遂判合之。

此等明决,皆是甲榜所为[5]④,他途不能也。而陈亦尔尔[6],何途无才[7]!

① 先来个鬼错捉,似乎是鬼怪故事,其实要写人比鬼还坏。鬼不会捉错人,官却要断错案。

② 僮仆见了鬼被送还,郭安未见鬼而丢命,官比鬼可怕。

③ 王士禛补充的书呆子断案故事非常有趣。

④ 蒲松龄终生不能考中"举人"(乙榜),他对进士(甲榜)投去讽刺的眼光。

校勘

底本:青柯亭本。参校:异史、二十四卷本、铸雪斋本。

注释

[1]孙五粒:孙珀龄,淄川人,兵部尚书孙之獬(1591?—1647)长子。明崇祯举人,清顺治进士,曾任刑科给事中等职。乾隆八年(1743)《淄川县志》有传。[2]甘心:想杀之求快意。[3]陈其善:辽东人,贡生,顺治四年(1647)任淄川知县,乾隆八年(1743)《淄川县志》有传。[4]殊不苦之:意思是既

对郭父丧子不以为意，也不难为杀人犯。〔5〕甲榜所为：都是进士出身的官员做的事。赵翼《陔余丛考·甲榜乙榜》："今世谓进士为甲榜，以其曾经殿试，列名于一二三甲也。举人谓之一榜，后以进士有甲榜之称，遂以'一'为'乙'，而以举人为乙榜。"〔6〕尔尔：不过如此。〔7〕何途无才：哪个途径出来做官的都有"人才"。陈其善是贡士（乙榜）出身做官，但他的昏庸足可以和甲榜出身官员的昏庸相"媲美"。

点评

　　包括王士禛提供的案件，本文写了三个案件，重要的不是案件如何奇特，而是断案如何奇葩。昏官断案昏到断杀人犯做苦主的儿子，断杀人犯娶被杀者的妻子，断财产纠纷案件则只知道掉书袋，真是昏到登峰造极，昏到不可思议，而这样的官员偏偏是"甲榜"即进士出身。写的是匪夷所思的昏官断案故事，矛头指向的是整个官僚制度。深刻而别致。

> 记史
> 冤狱都由一梦来
> 中年丧子亦堪哀
> 仇人竟作螟蛉咏
> 折狱从知有别才

折狱〔1〕

邑之西崖庄，有贾者被人杀于途，隔夜其妻亦自经死。贾弟鸣于官，时浙江费公祎祉令淄〔2〕，亲诣验之。见布袱裹银五钱余，尚在腰中，知非为财也者。拘两村邻保审质一过〔3〕，殊少端绪，并未搒掠，释散归农，但命地约细察〔4〕，十日一关白而已，逾半年事渐懈。贾弟怨公仁柔，上堂屡聒。公怒曰："汝既不能指名，欲我以桎梏加良民耶！"①呵逐而出。贾弟无所伸诉，愤葬兄嫂。

一日，以逋赋故逮数人至〔5〕，内一人周成惧责，上言钱粮措办已足，即于腰中出银袱〔6〕②，禀公视。验已，便问："汝家何里？"答云："某村。"又问："去西崖几里？"答："五六里。""去年被杀贾某，系汝何人？"答曰："不识其人。"公勃然曰："汝杀之③，尚云不识耶！"周力辩不听，严梏之，果伏其罪。

先是，贾妻王氏，将诣姻家，惭无钗饰，聒夫，使假于邻。夫不肯；妻自假之，颇甚珍重。归途卸而裹诸袱，内袖中；既至家，探之已亡。不敢告夫，又无力偿邻，懊恼欲死。是日，周适拾之，知为贾妻所遗，窥贾他出，半夜逾垣，将执以求合。时溽暑，王氏卧庭中，周潜就淫之。王氏觉，大号。周急止之，留袱纳钗〔7〕。事已，妇嘱曰："后勿来，吾家男子恶，犯恐俱死！"周怒曰："我挟勾栏数宿之资，宁一度可偿耶？"妇慰之曰："我非不愿相交，渠常善病，不如从容以待其死。"周乃去，于是杀贾，夜诣妇曰："今某已被人杀，请如所约。"妇闻大哭，周惧而逃。天明，则妇死矣。

公廉得情，以周抵罪。共服其神，而不知所以能察之故。公曰："事无难辨，要在随处留心耳。初验尸时，见银袱刺万字文，周袱亦然，是出一手也。及诘之，又

①仁者之言亦智者之言。

②注意：费公观察精细，小小银袱将两件不相关事关联起来。

③劈空而来。凶犯定然被吓得魂飞魄散。

云无旧，词貌诡变④，是以确知其真凶也。"

异史氏曰："世之折狱者，非悠悠置之〔8〕，则缧系数十人而狼藉之耳〔9〕。堂上肉鼓吹〔10〕，喧阗旁午〔11〕，遂謦蹩曰：'我劳心民事也。'云板三敲〔12〕，则声色并进，难决之词，不复置诸念虑，专待升堂时，祸桑树以烹老龟耳〔13〕。呜呼！民情何由得哉！余每曰：'智者不必仁，而仁者则必智⑤；盖用心苦则机关出也。''随在留心'之言，可以教天下之宰民社者矣〔14〕。"

邑人胡成，与冯安同里，世有隙。胡父子强，冯屈意交欢，胡终猜之。一日，共饮薄醉，颇倾肝胆。胡大言："勿忧贫，百金之产不难致也。"冯以其家不丰，故哂之。胡正色曰："实相告：昨途遇大商，载厚装来，我颠越于南山眢井中矣。"冯又笑之。时胡有妹夫郑伦，托为说合田产，寄数百金于胡家，遂尽出以炫冯。冯信之。既散，阴以状报邑。公拘胡对勘，胡言其实，问郑及产主，不讹。乃共验诸眢井。一役缒下，则果有无首之尸在焉。胡大骇，莫可置辩，但称冤苦。公怒，击喙数十⑥，曰："确有证据，尚叫屈耶！"以死囚具禁制之。尸戒勿出，惟晓示诸村，使尸主投状。

逾日，有妇人抱状，自言为亡者妻，言："夫何甲，揭数百金作贸易，被胡杀死。"公曰："井有死人，恐未必即是汝夫。"妇执言甚坚⑦。公乃命出尸于井，视之，果不妄。妇不敢近，却立而号⑧。公曰："真犯已得，但骸躯未全。汝暂归，待得死者首，即招报令其抵偿。"遂自狱中唤胡出，呵曰："明日不将头至，当械折股！"押去终日而返，诘之，但有号泣。乃以梏具置前作刑势，即又不刑，曰："想汝当夜扛尸忙迫，不知坠落何处，奈何不细寻之？"⑨胡哀祈容急觅。公乃问妇："子女几何？"答曰："无。"问："甲有何戚属？"云："但有堂叔一人。"公慨然曰："少年丧夫，伶仃如此，其何以为生矣！"⑩妇乃哭，叩求怜悯。公曰："杀人之

---

④随处留心，留心银袱的相似，留心言词躲闪、表情鬼祟。

⑤经典名言。

⑥不打别处，专打嘴巴，打得好。因其胡说乱道该打。作者给此人命名"胡成"，大有深意。因为信口胡言，几乎给自己带来杀身之祸。以死囚具禁制胡成，并不认为此人是杀人犯，是深谋远虑，心有智珠，胸有成竹。

⑦可疑，未见尸怎知是夫？

⑧更加可疑。

⑨说给真凶听。

⑩诱蛇出洞。

⑪ 再诱。

⑫ 似乎推心置腹为妇考虑，实际是三诱其引出真凶。

⑬ 县令是天才演员。

⑭ 推理合理缜密。

罪已定，但得全尸，此案即结；结案后速醮可也。⑪ 汝少妇，勿复出入公门⑫。"妇感泣，叩头而下。公即票示里人，代觅其首。

经宿，即有同村王五，报称已获。问验既明，赏以千钱。唤甲叔至，曰："大案已成；然人命重大，非积岁不能成结。侄既无出，少妇亦难存活，早令适人。此后亦无他务，但有上台检驳，止须汝应声耳。"甲叔不肯，飞两签下；再辩，又一签下。甲叔惧，应之而出。妇闻，诣谢公恩。公极意慰谕之。⑬ 又谕："有买妇者，当堂关白。"既下，即有投婚状者，盖即报人头之王五也。公唤妇上，曰："杀人之真犯，汝知之乎？"答曰："胡成。"公曰："非也。汝与王五乃真犯耳。"二人大骇，力辩冤诬。公曰："我久知其情，所以迟迟而发者，恐有万一之屈耳。尸未出井，何以确信为汝夫？盖先知其死矣。且甲死犹衣败絮，数百金何所自来？"⑭ 又谓王五曰："头之所在，汝何知之熟也！所以如此其急者，意在速合耳。"两人惊颜如土，不能强置一词。并械之，果吐其实。盖王五与妇私已久，谋杀其夫，而适值胡成之戏也。乃释胡。冯以诬告重笞，徒三年。事结，并未妄刑一人。

异史氏曰："我夫子有仁爱名，即此一事，亦以见仁人之用心苦矣。方宰淄时，松裁弱冠，过蒙器许，而驽钝不才，竟以不舞之鹤为羊公辱〔15〕。是我夫子生平有不哲之一事，则松实贻之也〔16〕。悲夫！"

校勘

底本：青柯亭本。参校：异史、二十四卷本、铸雪斋本。

注释

〔1〕折狱：判决诉讼案件。〔2〕费公祎祉：费祎祉，浙江鄞县人，顺治十五年（1658）任淄川知县。乾隆八年（1743）《淄川县志》有传。〔3〕邻保：

邻居。审质：审问。〔4〕地约：地保、乡约。地保，清代地方上替官府办差的人。乡约，乡一级小吏。〔5〕逋赋：追缴税。〔6〕银袱：包裹银子的包袱。〔7〕留袱纳钗：留下包袱交还金钗。〔8〕悠悠置之：安闲自在不问案，将案件束之高阁。〔9〕缧系数十人而狼藉之：抓起、捆起几十个人严刑拷打。〔10〕堂上肉鼓吹：公堂之上打老百姓板子的声音。〔11〕喧阗旁午：喧闹纷繁。〔12〕云板三敲：打板报时退堂。云板，报时的用具。〔13〕祸桑树以烹老龟：使原告被告双方都受到损害。此处用老龟和桑树比喻原告和被告。典故出自南朝宋刘敬叔《异苑》。三国时吴国有人捕到一只老龟，以船载回，要献给孙权。晚上系舟于大桑树，船夫听到老龟说："烧尽南山之柴也不能把我煮烂。"桑树说："诸葛恪见多识广，如果他建议用桑树烧你，怎么办呢？"老龟劝桑树勿要多言，以免祸及己身。后孙权得龟，烧柴百车不烂，诸葛恪建议砍桑树来烧，果然煮烂。〔14〕宰民社：管理百姓的地方官。〔15〕以不舞之鹤为羊公辱：自己无能，辜负了想提拔自己的费县令。《世说新语·排调》记载这样一则故事：羊叔子有鹤善舞，但当客人来时，鹤却就是不肯舞蹈。后世遂用"羊公鹤"比喻名不副实的人。此以"不舞之鹤"自喻，是蒲松龄自谦的说法。费祎祉做淄川县令时，恰好是蒲松龄在县、府、道秀才考试中三试第一、名气满山东时。〔16〕"是我"二句：我的老师做了件不明智的事，正是他对我的赏识。"我夫子"，我的老师，蒲松龄对费县令的称呼。

点评

本文写作者熟悉和敬仰的父母官费祎祉真实的断案故事。他从商人布袱里的钱没丢，推断不是谋财害命，再从周与商人有同样的银袱推测周可能与此事有关，一句突然恐吓，追出真凶，完全靠观察细致、凡事留心。胡成之案，有自己"杀人"的话在，有尸首在，似乎铁案如山，但费县令并不急于结案，而是通过"寻头"巧妙地寻出真凶。此事仍然靠凡事留心：尸首衣破絮，怎么可能有百金？其妇未见尸首，怎么可能断定是其夫？必然是早知其夫已死，而且知道他是如何死的，死在何处，死在何人之手。县令像个天才演员，一步一步，似乎真心为亡者妇着想，一次一次、一句一句都是替她出主意，想办法，实际上一次一次、一句一句都是让杀人犯走到前台。费县令断案精明，但作者主要想阐述的是"智者不必仁，而仁者则必智"的道理，也就是：必须有爱民之心，才有主持公道、精心查案的可能。

折獄

喜捨遺釵不為財
一宵蠅舍親機關
不遠銀獄非無意
苗待他時出首來

义犬

周村有贾某贸易芜湖〔1〕，获重资。赁舟将归，见堤上有屠人缚犬，倍价赎之，豢养舟上。舟人固积寇也〔2〕，窥客装丰，荡舟入莽〔3〕，操刀欲杀。贾哀赐以全尸，盗乃以毡裹置江中。犬见之，哀鸣投水，口衔裹具，与共沉浮。流荡不知几远，浅搁乃止〔4〕。

犬泅出，至有人处，狺狺哀吠〔5〕。或以为异，从之而往，见毡束水中，引出，断其绳。客固未死，始言其情；复哀舟人，载还芜湖，将以伺盗船之归。登舟失犬，心甚悼焉。抵关三四日，估楫如林〔6〕，而盗船不见。适有同乡贾，将携俱归，忽犬自来，望客鸣嗥〔7〕。唤之，却走。客下舟趁之。犬奔上一舟，啮人胫股，挞之不解。客近呵之，则所啮即前盗也。衣服与舟皆易，故不得而认之矣。缚而搜之，则囊金犹在，呜呼！一犬也，而报恩如是。世无心肝者，其亦愧此犬也夫！

校勘

底本：青柯亭本。参校：异史、二十四卷本、铸雪斋本。

注释

〔1〕周村：明清集镇名，属长山县，今为淄博市周村区。芜湖：明清县名，属太平府，今安徽省芜湖市。〔2〕积寇：惯盗。〔3〕荡舟入莽：把船撑到芦苇丛生的地方。〔4〕浅搁：即搁浅。〔5〕狺（yín）狺：犬吠声。〔6〕估楫如林：商船一排一排，非常多。〔7〕嗥（háo）：大声吼叫。

点评

《聊斋》有两篇《义犬》，都非常出色且异曲同工。本文所记犬感于主人的救命之恩，在主人遭难时将主人救了出来，更可贵的是，它像现代的警犬一样，能侦察出加害主人的恶人，使主人报仇雪恨。蒲松龄在创造可爱的动物形象时，赋予这些可爱的动物以人化特点，具有兽人合一的美学特征，获得神采焕发的艺术生命。而其写作目的，是强调人必须有内在美。

義犬

客途那料起風波
一念慈祥脫網羅
垂事應為黃耳笑
報恩人少負恩多

杨大洪

大洪杨先生涟〔1〕，微时为楚名儒，自命不凡。科试后，闻报优等者，时方食，含哺出问："有杨某否？"答云："无。"不觉嗒然自丧，咽食入鬲，遂成病块〔2〕，噎阻甚苦。众劝驾，令赴遗才录〔3〕；公患无资，众醵十金送之行，乃强就道。

夜梦人告之云："前途有人能愈君疾，宜苦求之。"临去赠以诗，有"江边柳下三弄笛，抛向江心莫叹息"之句。明日，途次，果见道士坐柳下，因便叩请。道士笑曰："子误甚矣，我何能疗病？请为三弄可也。"因出笛吹之。公触所梦，拜求益切，且倾囊献之。道士接金，掷诸江流。公以所来不易，哑然惊惜。道士曰："君未能恝然耶？金在江边，请自取之。"公诣视，果然。又益奇之，呼为仙。道士漫指曰："我非仙，彼处仙人来矣。"赚公回顾，力拍其项曰："俗哉！"公受拍，张吻作声，喉中呕出一物，堕地垲然〔4〕，俯而破之，赤丝中裹饭犹存，病若失。回视道士已杳。

异史氏曰："公生为河岳，没为日星〔5〕，何必长生乃为不死哉！或以未能免俗，不作天仙，因而为公悼惜；余谓天上多一仙人，不如世上多一圣贤，解者必不议予说之偾也〔6〕。"

校勘

底本：青柯亭本。参校：异史、二十四卷本、铸雪斋本。

注释

〔1〕大洪杨先生涟：杨涟（1572—1625），字文儒，号大洪，湖北应山人，明代著名的正直官员。因弹劾魏忠贤，受到魏党迫害，死在狱中。〔2〕病块：古人认为积食不化可在腹中结块，称痞症。〔3〕遗才录：按照科举制度的规定，秀才在科考中前两等和三等前十名，称"录科"。三等十名以下可以参加乡试及因故未参加科考者，可再参加录科考试，取中者也可以参加乡试。〔4〕堕地垲（bì）然：掉在地上时"噼"的一声。〔5〕生为河岳，没为日星：此处用文天祥《正气歌》："天地有正气，杂然赋流形。下则为河岳，上则为日星。"

[6]傎（diān）：错乱颠倒。

点评

　　杨大洪是历史和戏剧舞台上轰轰烈烈的人物，本文居然写其因参加乡试失利得了痞症，且从仙人嘴里对他发出"俗哉"的评价，实在出人意表。而一个秀才的小病，偏偏得到仙人的治疗，说明神仙佑正人。杨大洪未随仙学道，而是留在人间，最后成为名标青史的人物，"天上多一仙人，不如世上多一圣贤"，作者身处"官虎吏狼"的时代，正是想借这件怪异小事表达对"清官"的向往。

杨大洪

何须吹逢典
周规何必设
金雨水边栽
芙蓉人多窘
气世无忠孝
不神仙

查牙山洞

章丘查牙山〔1〕，有石窟如井，深数尺许。北壁有洞门，伏而引领望见之。会近村数辈，九日登临，饮其处，共谋入探之。三人受灯，缒而下。洞高敞与夏屋等，入数武，稍狭，即忽见底。底际一窦，蛇行可入〔2〕。烛之，漆漆然，暗深不测。两人馁而却退；一人夺火而嗤之，锐身塞而进。幸隘处仅厚于堵，即又顿高顿阔，乃立，乃行。顶上石参差危耸，将坠不坠。两壁嶙嶙峋峋然，类寺庙山塑〔3〕，都成鸟兽人鬼形：鸟若飞，兽若走，人若坐若立，鬼魍魉示现忿怒；奇奇怪怪，类多丑少妍。①

心凛然作怖畏。②喜径夷，无少陂〔4〕。③逡巡几百步，西壁开石室，门左一怪石，鬼面，人身而立，目努，口箕张，齿舌狞恶，左手作拳，触腰际，右手叉五指，欲扑人④。心大恐，毛森森以立。遥望门中有爇灰，知有人曾至焉者，胆乃稍壮，强入之。⑤见地上列碗盏，泥垢其中，然皆近今物，非古窑也。旁置锡壶四，心利之，解带缚项系腰间。即又旁瞩，一尸卧西隅，两肱及股四布以横。骇极。渐审之，足蹑锐履，梅花刻底犹存，知是少妇。人不知何里，毙不知何年。衣色黯败，莫辨青红；发蓬蓬，似筐许，乱丝粘着，髑髅上目、鼻孔各二，瓠犀两行，白巉巉，意是口也。⑥存想首颠当有金珠饰⑦，以火近脑，似有口气嘘灯，灯摇摇无定，焰缥黄，衣动掀掀。复大惧，手摇颤。灯即顿灭。忆路急奔，不敢手索壁，恐触鬼者物也。头触石，仆，即复起；冷湿浸颔颊，知是血，不觉痛，抑不敢呻；坌息奔至窦，方将伏，似有人捉发住，晕然遂绝。

众坐井上俟久，疑之，又缒二人下。探身入窦，见发胃石上，血淫淫已僵。二人失色，不敢入，坐愁叹。

①若飞若走若坐若立，皆是以大自然中人们比较熟悉的事物形容人们很少见到的石洞奇观。

②开始害怕而程度还不算厉害。

③引人继续前行。

④类鬼神的怪石写得如同雕出。

⑤时而写游人感受。

⑥尸骨描写真切细致，令人毛骨悚然。

⑦财迷心窍。

俄井上又使二人下；中有勇者，始健进，曳之以出。置山上，半日方苏，言之缕缕。所恨未穷其底；极穷之，必更有佳境。后章令闻之，以丸泥封窦，不可复入矣。

康熙二十六、七年间，养母峪之南石崖崩，现洞口，望之，钟乳林林如密笋。然深险，无人敢入。忽有道士至，自称钟离弟子〔5〕，言："师遣先至，粪除洞府。"居人供以膏火，道士携之而下，坠石笋上，贯腹而死。报令，令封其洞。其中必有奇境，⑧惜道士尸解〔6〕，无回音耳。

⑧因此前已对章丘石窟奇观有详尽描绘，此处仅用道士探险丧命，暗示此窟的惊险，避实就虚写法。

校勘

底本：青柯亭本。参校：异史、二十四卷本、铸雪斋本。

注释

〔1〕章丘：明清县名，属济南府，今山东省济南市章丘市。查牙山：据乾隆《章丘县志》当是权枒山。〔2〕蛇行：像蛇一样爬行。〔3〕寺庙山塑：寺庙所塑的鬼神像。〔4〕喜径夷，无少陂：幸好道路比较平坦，没有多少斜坡。〔5〕钟离："八仙"之一的汉钟离。〔6〕尸解：道教对"死"的说法。

点评

古代作家特别是散文家，还从来没有人像蒲松龄这样把溶洞奇观写得如此细致真实、如此巧妙幽深。结合探险者的感受，章丘溶洞令人惊心动魄的景象得到一步一步层层展示，作者极善形容，妙手写来，只觉得高低上下，前后左右，怪怪奇奇。用人们比较熟悉的事物描绘人们很少见到的石窟奇观，取得实在可信的效果。形容贴切，用字讲究，表现了高超的文字技巧。

直干山洞
石洞幽深
世莫知好懑
斑管写雏奇妆
宝风雨挑灯读险
伤心摇手颤时

安期岛〔1〕

长山刘中堂鸿训〔2〕，同武弁某使朝鲜〔3〕。闻安期岛神仙所居，欲命舟往游。国中臣僚佥谓不可〔4〕，令待小张。盖安期不与世通，惟有弟子小张，岁辄一两至。欲至岛者，须先自白。如以为可，则一帆可至，否则飓风覆舟。

逾一二日，国王召见。入朝，见一人佩剑，冠棕笠，坐殿上；年三十许，仪容修洁。问之，即小张也。刘因自述向往之意，小张许之。但言："副使不可行。"又出遍视从人，惟二人可以从游。遂命舟导刘俱往。

水程不知远近，但觉微风习习，如驾云雾，移时已抵其境。时方严寒，既至则气候温煦，山花遍岩谷。导入洞府，见三叟跌坐。东西者睹客入，漠若罔知；惟中坐者起逆客，相为礼。既坐，呼茶。有僮将盘去。洞外石壁上有铁锥，锐没石中；僮拔锥，水即溢射，以盏承之；满，复塞之。既而托至，其色淡碧。试之，其凉震齿。刘畏寒不饮。叟顾僮，颐视之。僮取盏去，呷其残者；仍于故处拔锥溢取而返，则芳烈蒸腾，如初出于鼎。窃异之。问以休咎，笑曰："世外人岁月不知，何解人事？"问以却老术，曰："此非富贵人所能为者。"刘兴辞，小张仍送之归。

既至朝鲜，备述其异。国王叹曰："惜未饮其冷者。是先天之玉液，一盏可延百龄。"刘将归，王赠一物，纸帛重裹，嘱近海勿开视。既离海，急取拆视，去尽数百重，始见一镜；审之，则鲛宫龙族，历历在目。方凝注间，忽见潮头高于楼阁，汹汹已近。大骇，极驰；潮从之，疾若风雨。大惧，以镜投之，潮乃顿落。

校勘

底本：青柯亭本。参校：异史、二十四卷本、铸雪斋本。

注释

〔1〕安期岛：传说中仙人安期生居住的海岛。安期生，传为秦汉之间齐人，曾卖药东海边，秦始皇东游，曾与他交谈并赐金，留书未受，秦始皇派人访至蓬莱山未遇。〔2〕长山刘中堂鸿训：刘鸿训（1565—1634），山东长山人，明代崇祯年间官至大学士，故称"中堂"。〔3〕武弁：副官。〔4〕佥（qiān）：都。

点评

富贵中人既想高官厚禄又想长命百岁，于是从秦始皇开始出现一批一批寻仙问道而一无所获者。刘鸿训本是仙人选中、有可能沾上仙气的人物，但他真正到了仙岛，却按俗世规则行事，不饮凉茶，结果和长命擦肩而过。朝鲜国王所赠的宝镜，也该是能带来仙气的，又是因刘的急功近利，变成一场空。此文写仙境写得神秘莫测，仙境异物令人心旷神怡，又隐隐蕴藏哲理：人们梦想和珍视的富贵与"却老术"水火不相容。

安期岛

安期岛裏
放舟将浮海
傥人顾已酬一盏
瓊漿寒不咽笑
君饞福未曾修

沅俗

　　李季霖摄篆沅江〔1〕，初莅任，见猫犬盈堂，讶之。僚属曰："此乡中百姓，瞻仰风采也。"少间，人畜已半；移时都复为人，纷纷并去。一日，出谒客，肩舆在途。忽一舆夫急呼曰："小人吃害矣！"即倩役代荷，伏地乞假。怒呵之，役不听，疾奔而去。遣人尾之。役奔入市，觅得一叟，便求按视。叟相之曰："是汝吃害矣。"乃以手揣其肤肉，自上而下力推之，推至少股，见皮肉坟起，以利刃破之，取出石子一枚，曰："愈矣。"乃奔而返。后闻其俗，有身卧室中，手即飞出，入人房闼，窃取财物。设被主觉，縶不令去，则此人一臂不用矣。

校勘
　　底本：异史。参校：二十四卷本、铸雪斋本。

注释
　　〔1〕李季霖：新城人，曾任云南元江府知府。摄篆：掌握官印，指做官。

点评
　　人能变成猫狗？人的手能够离开身体？匪夷所思。《聊斋自志》曾写到，作者对"怪有过于飞头之国"的事情特别感兴趣，记录这些不经之谈，是《聊斋》不可缺少的内容。这些沅俗自然是荒诞无稽的，但轿夫的"吃害"（被伤害）既写得非常真切，又完全是当地口语，似幻而真，迷离之至。